目　录

捍疆卫士
张自忠

张秋铧 /著

天津出版传媒集团
百花文艺出版社

图书在版编目（CIP）数据

捍疆卫士张自忠 / 张秋铧著. -- 天津 : 百花文艺出版社, 2015.8(2020.6 重印)
ISBN 978-7-5306-6774-3

Ⅰ. ①捍… Ⅱ. ①张… Ⅲ. ①传记小说-中国-当代 Ⅳ. ①I247.5

中国版本图书馆 CIP 数据核字(2015)第 184465 号

捍疆卫士张自忠
HANJIANG WEITU ZHANGZIZHONG
张秋铧 著

特约编辑:刘国玺
责任编辑:徐丽梅　**整体设计:**郭亚红
出版发行:百花文艺出版社
地址:天津市和平区西康路 35 号　**邮编:**300051
电话传真:+86-22-23332651（发行部）
+86-22-23332656（总编室）
+86-22-23332478（邮购部）
网址:http://www.baihuawenyi.com
印刷:三河市金元印装有限公司
开本:720×970 毫米　1/16
字数:298 千字　**插页:**2 页
印张:21
版次:2015 年 8 月第 1 版
印次:2020 年 6 月第 3 次印刷
定价:38.00元

如有印装质量问题,请与三河市金元印装有限公司联系调换
地址:河北省廊坊市三河市杨庄镇杨庄村
电话:0316-3650243　邮编:065000

〈中小学推荐阅读书目〉

抗日名將—張自忠再版誌念

捍疆衛土

連戰敬題

連戰

国民党荣誉主席连战先生亲自题写书名

序

刘国玺

读完长篇小说《抗日名将张自忠》，心里很是高兴。之所以高兴，这是因为在这部 20 多万字的长篇小说中，作者成功地为我们塑造了一个有血有肉的爱国主义者的光辉形象。

张秋铧，是解放军一位文职军官。他待人诚实热情，又乐于助人。我与他是七十年代就相识的，在我与他近 20 年的交往中，他给我留下了很好的印象。也正是因为这个缘故，所以，他要写长篇小说《抗日名将张自忠》的事，我是早就知道的。

我清楚地记得，1993 年 10 月，我因胸腔积水住进了 254 医院。我从来没住过院，这次住院，我算尝到了住院的苦头。胸腔积水虽不算什么大病，但，一个人住在病房里，着实令人苦闷。躺在床上看见的是天花板，坐起来看见的是白色的墙壁；走出房门，碰见的不是病人，就是穿白大褂的大夫。秋铧很理解我的心情，虽然他每天也有许多工作要做，但，一有空便到我的屋子同我聊天。尤其是晚上，在我住院的一个多月里，他每天晚上都来，一坐就是几个小时，直到很晚才走。正是因为有了秋铧的做伴，使我的住院生活增添了许多快乐。他要写《抗日名将张自忠》，就是这时候告诉我的。

为了写这部长篇小说，秋铧确实下了不少工夫。他个人到处搜集有关资料且不说，就是他的妻子贾晋琴，也付出了不少心血。秋铧有心脏病，做过手术，安了起搏器。但为了了解张自忠在襄阳与日寇英勇作战，以及战死后在重庆的蒋介石又如何处置的情况，她放下两个孩子，陪着秋铧不辞劳苦地走了一趟。

说实话，战争题材的小说是不好写的，尤其是写国民党军队抗战的小说，难度要更大一些。这是因为，它不仅要写好人物，要有可读性，同时，还要把握好政策。这些，在我与秋铧的交谈中，都谈到了。

读了稿子，我原有的担心被打消了。在这部作品中，作者不仅为我们成功地塑造了一位可歌可泣的抗日英雄形象，同时，也妥善地处理了作为爱国主义者的张自忠，与国民党蒋介石政府之间的关系。

张自忠是一个强烈的爱国主义者，“9·18”事变后，帝国主义侵略者将它的侵略魔爪从东北伸向华北的时候，作为一名中国军人的张自忠，置自己的安危于不顾，以民族的大义为重，先奉命驻守张家口，后出任天津市市长，当抗日战争全面爆发，他为了掩护廿九军的撤退，在紧要关头，又出任北京市市长。及至日本帝国主义强盗，为了亡我中华，大举南侵，我大好河山为日寇强盗所占领的时候，他为了抵御外辱，忍辱负重，率领所部，与日寇侵略者浴血奋战，最后，英勇战死在湖北襄河。他为了民族的尊严所表现出的凛然正气，他为了抵御外侮所表现出的英雄气概，强烈地表现出了一个中国军人所具有的高度的爱国主义精神。

应该指出，作者在抒写张自忠的时候，不仅注意了从正面浓墨重彩地予以刻画，同时，还注意了从侧面来烘托张自忠的为人。他还运用我国传统的手法，来刻画张自忠。如作品中对茜兰父女的描写，作者既写了茜兰父女对张自忠为人的敬重，同时，也写了茜兰这个有着民族气节的中国女性，在外敌入侵的时候以维护中华民族的尊严为重，在战火纷飞的血与火的拼搏中，她完全将自己的生死置之度外以她所会医术的特有技能，为张自忠治病，为抗日战士治病。作者这样来处理茜兰这个人物，不仅增加了作品的传奇色彩，同时，从侧面也烘托了张自忠人格的高尚，而且，也反映出普普通通的中国老百姓，为了抵御外侮所表现出的爱国情操。

另，作者在处理张自忠与国民党蒋介石政府之间的关系上，分寸把握得还是不错。张自忠，并非蒋介石的嫡系。他所率领的军队，参谋长张克侠是起了很重要作用的，但当蒋介石听信谗言，要将张克侠调走的时候，张自忠是有看法的。但，他为了顾全抗日这个大局，还是忍痛将张克侠调往他处。这里，既表达了他对蒋介石的不满，同时，也反映了他处处维护抗日大局的浩然正气。

此外，作者对郭喜东、乐二哥等人的描写，也都起到了烘托的作用。郭喜东原本是张自忠抗日时俘获的日本军官的遗弃儿。但，张自忠出于人道，还是让中国老人郭老汉收养了他。及至他长大之后，为了报答中国老人对他的养育之恩，投奔了张自忠，参加了抗日队伍。这里，不仅表现了张自忠的坦荡胸怀，同时，也无情地揭露了日本侵略者惨无人道的本性。

今年，是世界反法西斯战争和中国人民抗日战争胜利五十周年。在中国人民和全世界人民隆重纪念自己胜利的时候，百花文艺出版社推出长篇小说《捍疆卫士张自忠》，是有着特殊意义的。这是一曲爱国主义者的颂歌。我相信，广大读者一定会喜欢这部长篇小说，我相信，广大读者也一定会从这部作品中受到深刻的启迪。

※ 本书原名《抗日名将张自忠》，出版于1995年，曾获得天津市文学创作一等奖，国家广播文艺政府金奖。此文为原版序。

张自忠捻着下颏上的长须，半晌，霍地站起来，右手一扬说：“出膛的子弹不回头！”

——作者手记

第一章

沧海显英雄

大河横贯中华大地。万里黄河九道弯。

在蒋、冯、阎大战打得难分难解的节骨眼上，一场百年不遇的大雨，竟浇熄了民国以来最大的这场内战。人们谈起雨，谁都说这是天意。天老爷帮谁谁就胜。

倾盆大雨日日夜夜下个不停，把个黄河惹恼得咆哮起来了。中原大地千山万壑的雨水，似乎都汇集到了这里。混浊的河水带着滚滚泥沙，宛如一条巨大的黄龙，桀骜不驯地翻卷着，奔腾着，打着漩，怒吼着，排山倒海般地向东倾泻，席卷着房屋、树木、庄稼和人畜。

天不遂人意。中原大战初期，西北军攻势凌厉，中央军节节败退。但自从进入盛夏，遇到了这场旷日持久的罕见暴雨，前线战事急转直下。西北军没有后勤接济，官兵们在雨水中吃不上，喝不上，子弹不够，伤兵等着死。于是，在中央军白花花银圆的诱惑下，有的部队在战场哗变。终于，这支部队土崩瓦解了！

冯玉祥望着败下阵来的士兵们，跪在泥水中，仰天大哭："老天爷，您老人家成心败我啊……”

终于，翻卷了半年多的内战风云，于1930年10月初消散，留在中原大地的是满目疮痍，累累弹痕，处处是饿殍，村村有哭声。

这几天，大雨虽然停歇，但黄河已经爆发的脾气还没有歇息，仍然打着漩儿在怒吼着。

黄河北岸的一个渡口。几个军人守候在那儿，专等南边的渡船驶来。堤岸那边的柳荫下，还等候着许多中下层军官。他们在寻找失散的部队，还有失散的妻儿老小。

从南岸驶来的这条渡船不大，船上坐满了人。艄公立在舵位上，张着帆，巧妙地利用风向，把船驶向对岸。船到河心，水急浪高，木船穿浪而过，就势驶向北岸的渡口。船头上的撑篙人，把一盘缆绳抛向岸边；岸上人赶紧揽在怀里。几个兵拉着缆绳，把船固定在木桩上。船刚停稳，士兵们抻出一块跳板，搭在船头。

船上的人都是伤兵和家属。人们小心地踩着跳板，走到岸上。脚踏到岸上的人都很激动，一颗悬着的心总算落了地。大战中没有死去，没有被俘，女人没有被凌辱，就是天大的幸运；如今又回到了部队，见到了自己的亲人。

岸上的士兵搀扶着伤兵走下跳板，指引他们往北走；有的家属见了接应他们的士兵，流着泪，掏出钱来塞到士兵手里。

这时，一个年轻女人抱个包袱，挪动着小脚，战战兢兢地在跳板上走着。越害怕，小脚越不听使唤。走到跳板中间，跳板不由得忽闪起来。她撑不住，刚要挪步，身子一晃，随着一声惊叫，扑通掉进河里。

人们还没有反应过来，就见一个军人疾跑几步，跳到水里。

水没过腰，但还够不着落水的女人；他再往前行，眼看黄水漫过了胸脯。近岸的水流虽不那么汹涌，却也异常湍急。黄水打着漩儿，把那女人翻了个个儿，眼看就要被拖进水底。这位军人赶紧往前凫水，伸出一只手，抓住了女人的后衣领，顺势往回一拽。

当他往回游的时候，一个浪头打过来，使他呛了一口水。他忍住胃肠的翻动，用后腿狠蹬几下。脚可以够得着地了，他才把女人抱起，踉踉跄跄地爬上岸来。

士兵们帮他接过女人，放到河岸上吐水。

他连咳带吐，仿佛眼睛、鼻子和嘴里都往外冒酸水。一阵难受过后，他抹下头上的帽子，擦把脸，瘫软地倒在沙地上……

过了一会儿，那女人醒过来了，口里喃喃地喊着一个人的名字："冉德明——冉德明——"

"冉德明！有冉德明这个人吗？"一个老兵十分机灵，他理解女人叫唤的可能是什么人，便冲河岸上歇息的军官们喊了几嗓子。

"有，有！"柳荫下有人答应。

"你来看看这个人，兴许你认识。"

叫冉德明的下级军官，听说那个落水的女人认识自己，心里疑惑，但好奇心催他飞快地跑去。就见那女人浑身精湿，头发上有黄泥，但那清秀的脸庞令他大吃一惊，忙叫着："秀秀！"

这轻轻地一声叫唤，倒使那女人清醒过来了。她见到眼前的亲人，抱头痛哭："你，德明！"

原来，这女人是冉德明连长的妻子。今年春天结婚不久，丈夫就归队了，好久没有音信。夏天，公婆催她到郑州去看望丈夫。到了郑州才知道，部队在打仗，丈夫生死不明。不久，部队战败，她随家属们北渡黄河……

冉德明拥着妻子又悲又喜，突然，他想起了什么，问那几个士兵。"刚才救她的是谁？"

"是一个长官。"那个老兵说。

部队败北，官和兵都得通过黄河铁桥和这几个渡口，除了本部队的人，相互认识的人不多。但有一点可以肯定，刚才那个跳进黄河救人的人，是一个军官，没错！

"那位长官呢？"冉德明问。

"喏！"老兵用手一指。

那军官在救人的瞬间，啥也没有想，可跳进河里后才感到，水深流急，时刻都有危险。加上连呛几口水，上岸后一时精疲力竭。

冉德明见那军官在地上仰天歇息，跑步上前，打个敬礼，说："谢谢长官救了我媳妇！"

那军官坐起来，随口道："没事没事，快带她去换身衣服吧，小心……"话没说完，就见冉德明再次打个敬礼，惊呼："张长官，老校长！"

原来，这个军官就是张自忠。

张自忠今年40岁整，硬硬的板刷头，胡子拉碴，那身灰布军装上沾满泥水，腿上、鞋上有黄泥。平日英俊的脸庞显得十分消瘦、憔悴，只有那对精明的眼睛还是那样炯炯有神，右下颏上那两根长须还是那样很有风度地支棱着。此刻，张自忠也认出了年轻人，说：

"冉德明，原来是你！"

冉德明心情激动，双膝一软，跪下，抚着张自忠哭起来。年轻人这个时候的哭，不仅仅是为了感激，还为部队战败，群龙无首，日后归属……

张自忠也不由得一阵心酸，揉揉鼻子，拍着年轻人的肩说："不要哭，出膛的子弹不回头！关键是我们下一步该怎么办，要把劲攒着打外国佬，可不能再搞窝里斗了。"又说，"你还活着，媳妇也来了，你该高兴，去吧，照顾她去吧。"

张自忠像大哥，像长者，那样体贴、亲切。冉德明止住哭，又问了张自忠许多情况。

"你带着收容的弟兄们和家属，往焦作方向走吧，那里有我的部队。"张自忠说。

"那长官您呢？"

"我还要继续收容部队。"张自忠说，"西北军散的散，降的降，我的25师没有什么大损失，我有责任把这支部队带走，日后也好向冯先生交代。"

大战初期，张自忠奉命率部由陇南天水奔赴河南，先后和徐源泉、张治中、王金钰的部队打了几仗，胜多败少，部队伤亡不大。当大战已见定数，冯玉祥宣布下野时，张自忠赶紧把部队带过黄河，在焦作一带集结；自己则坐镇黄河渡口，收容残部和家属。他要决心保存这支部队，给中国军队留下西北军种子……

冉德明是张自忠的学兵，后来到其他部队当班长、排长、连长。在战乱中见到妻子，又遇到了老长官，心中悲喜交加，对张自忠的忠勇精神又多了几分了解和敬佩。他说：

“我执行命令，望长官保重！”他吆喝一声，“弟兄们和家属都跟我走！”

伤兵们互相搀扶着，家属规规矩矩地走在队伍后面，秀秀也走在家属中间；只有一些散兵吊儿郎当。总之，人们形成一个集体，往北走去。

张自忠见冉德明媳妇衣服单薄，又刚刚受了惊吓，便脱下自己的军衣，递给冉德明说：

“快给你媳妇穿上吧，小心着凉。”

刚刚逝去硝烟和战火的中原大地；没有金灿灿的原野和蓝湛湛的天空。只有弹坑、工事和纵横交错的堑壕，只有被砍伐的树桩和烧毁的房屋残垣；颗粒无收的大田里，趴着打毁的大炮、枪械和汽车；死伤的骡马，被饥饿的人们割去吃掉了；残肢断臂的伤兵们，在痛苦地呻吟着，因喝不上水、吃不上饭和得不到救治，而活活地死去；神情麻木的人们，谁也顾不上掩埋人畜的尸体，遍地是焦煳味和尸臭味……

这场战争的胜利者，自然是中央军总司令蒋介石。他用装备精良的军队和美元、袁大头，把一个个对手击败了。大战期间，他一直在柳河车站的专列上督战指挥。此时，他命令专列开往郑州，一显占领者的威风。

一度冷清的郑州火车站，今儿个突然变得热闹起来。中央军的将领和地方各界名流，在这里恭候蒋总司令。一时找不到军乐队，地方人士便找来几套锣鼓，“隆咚呛，隆咚呛”，敲打得甚是热闹。

不多一会儿，专列徐徐开进车站。不等停稳，荷枪实弹的卫队士兵迅速跳下车，张着机头，在列车周围警戒着。顿时，气氛紧张起来，有几个地方官员的腿肚子不停地转筋。

列车停稳之后，全副武装的蒋介石从车上走了下来。他穿一身黄呢军服，佩着武装带，腰上别支小巧的美式手枪，后面披着黑色斗篷。他 40 挂零，中等个儿，瘦削的身材，深陷的眼眶，嘴上有两撇胡子，显得神采飞扬。

迎接的将领和官员不觉上前几步，争着向他敬礼、握手。但蒋介石只是向他们点点头，摆摆手，“好，好，”打了几声招呼。锣鼓敲得山响，震耳欲聋。刚刚被枪炮声困扰了几个月的他，实在不愿再听这么聒耳的声音，他一挥手，说：

“不要敲了！”

锣鼓声戛然而止。人们的脸上凝聚着惶恐。蒋介石不去理会他们，掀掉斗篷，从容地在月台上走了一个来回，站定，摘去手上的白手套，悠然地环顾四周。他仿佛听到了两年前到郑州和冯玉祥结拜金兰时那悦耳的军乐声；仿佛看到了西北军和晋军与他的中央军在怎样的拼搏鏖战，血肉横飞；仿佛感觉到了失败后的冯玉祥、阎锡山此刻的沮丧、懊恼和颓然……一阵不可名状的喜悦和激奋，刹那间洋溢全身。他捏着的白手套在另一只手上拍打几下，不觉仰天大笑起来——

“哈哈哈，哈哈哈哈……”

将领和官员面面相觑，毛发悚然，不知蒋总司令为何这般狂笑。有几个土乡绅站不住了，浑身像筛糠似的瑟瑟发抖。

大笑过后，蒋介石用他那浓重的奉化口音朗朗吟唱道：“天下英雄谁敌手？只有蒋某！”

这时人们才释然，他原来是为胜利而欢笑。几个贴近的亲信忙凑过来，恭维道：“天下谁也不是您的敌手，蒋总司令才是当今英雄！”

“哈哈哈……”又一阵大笑过后，蒋介石正色道：“俘虏的那些人中，有谁不愿意投降的？”

“有，有个姓王的师长。”邵力子想了想，说。这次到前线督战指挥，蒋介石没有带参谋长，除了他的卫队和几个参谋，只带了邵力子和周佛海两名文官协助他处理公文。

“他说了些什么？”

“他说，生是西北军的人，死是西北军的鬼，宁死不投降。”邵力子说。

这次大战，阎锡山最狡猾。一看张学良派兵入关，而自己又没有打败蒋军的希望，便赶紧令部队后撤，龟缩进他的山西老巢。虽然损兵折将，但毕竟没有赔掉老本。而冯玉祥就不同了，他的性格决定他强硬到底，死不后退，敢于战到最后一个人。在被围被俘的西北军各部纷纷投降的时候，只有那个叫王丕襄的师长宁死不降。不说一句软话。

“他娘的个屁！”蒋介石气得骂起来，“老子缺美元，不缺光杆师长！”他气鼓鼓地在月台上走几步，眼里冒着火。突然，把手里的白手套往远处的铁轨处一扔，吼着：“把他给我毙了！”

一个参谋赶紧给前线打电话，传达这一指令。

邵力子忙站出来说：“总司令，地方官员已经给您把行辕准备好了，请您到那儿去休息。”

“不去，不去，哪儿也不去！”蒋介石的气还没有消，那深陷的眼里仍然燃着火光。

“总司令，那儿条件方便些，您还是去吧，大伙都在那里迎候您啦！”周佛海也来劝说。

蒋介石这时好像才发现，车站上还有这么一帮子人。他挥挥手，对他们说：“你们去吧，都去干自己的事去。我就在车上。”

蒋介石说的是真话。郑州是冯玉祥的地盘，战争刚结束，散兵游勇还在活动，哪儿也不如列车上安全。一旦有情况，开车就跑；住行辕好像住鸟笼子，谁要来捣乱，如同瓮中捉鳖。

可是邵力子他们摸不透他的心思，还在一个劲儿地劝说。蒋介石不耐烦，也不搭话，自个儿走上列车，靠在沙发上闭目养神。

侍卫长王世和算是最了解总司令的，他认为是在生那个不投降的王师长的气。他给沏碗龙井茶，放到蒋介石手里，说：“我们打了胜仗，这是最值得高兴的事。总司令这些日子辛苦，您好好休息，犯不着为那些俘虏们伤脑筋。”

“你不懂。”蒋介石端起茶碗又放下，又把目光对着邵力子、周佛海说，“你们不懂。”

手下人怎能理解他此刻的心情？他招降了那么多西北军将领，要是人人都长有一块反骨，日后谁听他的指挥？在这么些对手中，他最佩服冯玉祥，最羡慕西北军。条件那么苦，常常没饭吃没衣穿，可打起仗来却骁勇无比。中央军武器精良，可士气不那么高昂。要是能把骁勇的士气和精良的武器加到一起就好啦!

他端起茶碗,用碗盖划动浮茶叶,品一口,问邵力子和周佛海:“查一查,看西北军中,还有没有实力完整的部队。”

周佛海半天没有说话,这会儿抢着说:“西北军以卵击石,全军覆没,哪还有什么完整部队!”

“怎么没有?”王世和毕竟是军人,又不大喜欢周佛海那番阴阳怪气,反驳着。

“谁?”蒋介石放下茶碗,睁大眼睛问。

“西北军第11军副军长兼整编25师师长张自忠。”王世和像背报告词似的一口气说完。

“张……?”蒋介石瞪着眼,一时没有反应过来。江浙口音把“自”与“治”说不分明,以致他把这个名字听成了他的部将“张治中”。

“就是,就是……”邵力子也说不清,但迅捷地从一摞军官花名册里,抽出了一张登记表,放到蒋介石面前,说:“就是他。”

这张登记表的上首,有张英俊的军官正面免冠相片,其表中这样记录着——

张自忠,字荩忱,1891年8月出生,山东省临清县人。1911年辛亥革命成功,他考入天津法政学堂,加入同盟会;1914年欧战爆发,日军趁机侵占青岛,兵临济南,他投笔从戎,到奉天车震部当兵;1916年,车震将其推荐给冯玉祥。历任差遣、排长、连长、副官、营长、学兵团长、旅长、军官学校校长、师长、副军长……

“张自忠,知道,知道!”不等看完,蒋介石手击书案,连声说,“他现在哪儿?”

“过了黄河,可能在焦作一带。”王世和答道。

“快,给他发去委任令,”一切都使他记起来了。蒋介石异常兴奋,踱了几步,说:“委任为28路军总指挥,赏金10万块光洋。”

因为他了解张自忠的才干,更知道他的作用。那年他派刘峙到西北军中参观,冯玉祥给他看的就是张自忠的25师;前年,冯玉祥又派张自忠率第二集团军旅以上军官参观中央军，之后，让他到南京向蒋、冯做了汇报。张自忠长期任学兵团长和军官学校校长，西北军相当一批中下级军官是他的学生。如果能得此人，不仅增添了一支劲旅，而且所降各部也会稳定。

蒋介石本来打算在郑州只待3天，可给张自忠发去委任令后，第二天没有回音，第三天没有消息，等到第四天，还是没有一点儿动静。他纳闷：给了张自忠那么高的名分，那么多钱，而且我蒋某人日后绝不会亏待他，他怎么不为之所动呢？蒋介石这个时候的心情，就像曹操看到关云长舍弃高官厚禄，不远千里去寻找刘备时一样。既恼羞自己自作多情，还忌恨冯玉祥有这样忠义的将领，又佩服张自忠的为人和气节……十分复杂的情绪涌上心头，最后无可奈何地叹息道：

"这个张自忠啊，唉……"

连着两天两宿，张自忠始终在渡口收容失散的部队和逃难的家属。

战争后期，中央军没有追杀打散的西北军。张自忠趁机把部队拉过黄河，又让工兵营找来船只，便开始在渡口收容残部。凡是西北军部队，不管哪个系统，不管长官是谁，只要愿意过河，他都负责收容；愿意回家的，把刀枪留下。

士兵们衣衫褴褛，蓬头垢面，饥肠辘辘，疲惫不堪，一个个叫花子似的。重伤兵人们带不了，扔下了；轻伤兵被人们搀扶着，一步一挪地艰难行进着。有的倒背着枪，有的拄着枪，像拄着根打狗棍；插在背上的大刀片，血渍、泥土和雨水，把刀刃给锈蚀了。许多士兵的脚在泥水中泡烂了，化了脓；长期洗不了澡，身上长了虱子和疥疮，有的阴部瘙痒，长有湿疹……

看到士兵们的惨状，张自忠的心就一阵紧缩。又一只渡船划过来了，他从河岸走下码头，准备迎接归队的士兵。这时，传令兵从堤岸气喘吁吁地跑过来——

"报告长官，师部电话，让您亲自去接。"

张自忠对那位老兵交代了几句，走向堤岸去接电话。电话是参谋长张克侠打来的，他说：中央军总司令蒋介石来了委任令，让他出任28路军总指挥，赏银圆10万块。

张自忠拿着听筒，半天说不出话来。只是心里一阵躁动，满脸涨得通红；之后，脸色平静；之后，脸色死灰，满头大汗淋漓。好半天，才说："我一会儿就到！"

他撂下电话，二话没说，向卫兵一招手，跨上战马，紧磕马肚，向焦作方向奔去。坐骑撒开四蹄，马蹄有节奏地敲击着黄土地，紧张而清脆的蹄声，在荒凉的原野上传得很远很远。

马，一身汗；人，一身汗。张自忠的胸膛里，像沸腾着一锅杂巴粥。西北军中像模像样的部队，就剩下这么一支了，可中央军还在打这个部队的主意。自己要是投了过去，怎么对得起冯先生？十多年来，得亏冯先生的提拔和培养。不过，此刻他想得最多的还是降与不降。降，日后会怎么样？不降，眼下会怎么样？

太阳偏西的时候，这两骑人马就已经赶到了师部所在地。张自忠抬眼一看，就见村头站着一个人：身穿旧军装，没戴军帽，瘦高个儿，面孔黧黑，一副眼镜，抽着烟卷，不停地朝这边瞭望。他只瞟一眼就认了出来，那是张克侠。

张克侠毕业于中央陆军学校，以后又到苏联学习。他长期是张自忠的搭档：一个是学兵团长，一个是团副；一个是师长，一个是参谋长。他的学识，他的谋略，在西北军中屈指可数。多少年来，他俩患难与共，生死相交，亲如兄弟。此刻见到张克侠，张自忠那颗不安的心脏才平静下来：多难的事他俩都能商量个主意来。

张自忠下马，把缰绳扔给卫兵。

他俩见面只用眼睛打个招呼，张克侠扔掉烟屁股，和张自忠进了师部。他们来到密室，屏退左右。克侠把蒋介石发来的委任令放到张自忠面前，说："刚收到，我就给你打了电话。"

张自忠瞟了一眼，把目光转向克侠。

张克侠把脸埋下，闷着头抽烟。良久，他问张自忠："你打算怎么办？"

"我先听听你的想法。"

他把脸抬起来，看着张自忠说："有两条路摆在面前：一条是有吃有喝，不操心受累，但必须仰人鼻息，听人驱使，任人宰割；一条是忍饥挨饿受穷，操很大的心，但腰杆子笔挺，心里踏实。不知你老兄想走哪一条路？”

“你真是这么想的吗？”张自忠问。

“我就是这么想的，让你来定夺。”

张自忠没有说话，眼睛死死地瞅着墙角，头不动，身不晃，眼不眨，似一尊静止的蜡像；许久许久，他抬起左手，捻着右下颏上的两根长须，捻着，捻着，捻着……又不知过了多久，他霍地站起来，在窄狭的民房里踱步，步子由快到慢，由慢到快，像一头烦躁的雄狮。

张克侠懂得他此刻的心情。这不是个人的升降荣辱问题，而是关系到西北军数万人的命运，关系到冯先生一辈子的心血呀！降与不降，全在张自忠一句话。事关重大，决心难下。克侠不去打搅他，只是一支接一支地抽烟，偶尔瞟他一眼。当他抽到第 5 支烟的时候，张自忠突然站定，平静地对张克侠说：

“好吧，你去把各部队的旅以上干部都找来。”

张克侠的脸上，掠过一丝不易察觉的笑意。他知道张自忠已经决心下定，而且知道他走的是哪一条路。他扔掉烟屁股，走出屋，让参谋和传令兵分头去找各部队的长官。

这个时候，张自忠才觉得口渴得很。他倒了一碗水，咕咚咕咚喝了；又点燃一支烟，“吱，吱——”地抽了几口。抽了大半截，他扔掉烟，整理一下衣帽，紧了紧武装带，走出屋子。

工夫不大，村外响起一阵阵“嘚嘚”的马蹄声——师长、旅长们都到齐了。没有口令，他们一字儿排开，站在张自忠面前。他们中间，有的是他的老同事，有的是他的学兵，有的是他的老部下，也有的和他不熟悉。但今天，失败的命运让他们走到了一起。张自忠原本名声响亮；眼下又主动收容残部，都称他功德无量，十分敬佩。

张自忠站在台阶上，冷峻地在各位师、旅长脸上扫视一眼，说：“各位弟兄辛苦。”他把那张委任令在手里晃一晃，“请各位看看这个。”

那张委任令从排头传向排尾，又递给张自忠。人们一阵骚动，在议论，在嘀咕。

“弟兄们都看过了。”张自忠说，“这里有官有钱，愿意去，尽管走；不怕吃苦受罪的，那就跟我走！丑话说到前头，跟我走的人，可能没有官做，可能饿肚皮。”

人们七嘴八舌地说：“走，我们不愿意当那个鸟官！”“愿意跟张长官走！”

张自忠摆摆手：“先不要说，考虑好了再定。”

大家一阵缄默，然后异口同声地说：“我们愿意跟张长官走，吃苦受罪我们认了！”

张克侠站出来说：“兵败之后的这么个烂摊子，要是投到人家怀抱里去，将来就要受人家宰割，到那个时候，想走也走不成了！”

“对，张参谋长说得对。”一个旅长站出来说，“我们信得过张长官，你带我们到哪里，我们就跟到哪里。好赖大家都是西北军的人，一家人不说两家话，什么话都能说得拢。”

这个旅长叫黄纲，三十出头，身材魁梧，过去没有和张自忠共过事，但为人正派，又很能打仗。此刻听他这番言语，张自忠对他产生了几分好感。

旅长何丰说：“西北军的脾气就是不听人摆布。张长官，你就带我们走吧！”

瘦瘦高高的赵登禹也是个三十出头的小伙子，可他在宋哲元手下当旅长也有年头了。在这次恶战中，他的旅损失不小，这时他也站出来说：“张长官，我看啥话都不要说了，弟兄们信得过你，你就带着大家伙走吧。蒋介石的委任令刚发出，还等着你的回音哩，要不，中央军追来就糟了，这么些人跑都跑不掉。”

还有一个光杆师长文天也说：“荩忱兄，你就带着大家走吧，眼下只有这么一条路了。”

张克侠又说：“走，是当务之急的上上策。”

张自忠点点头，两手叉腰，坚定地说：“弟兄们都这么说，我就没有别的话可言了。往后生生死死，吃苦受罪，谁也别埋怨谁。为防止中央军过河袭击，我命令：部队连夜开拔，向晋南曲沃、侯马方向急速行进。弟兄们，出膛的子弹不回头，出发！”

他宣布了行军序列，强调各位长官切实要约束自己的部队，各部之间要团结，要尊重，不要扰民，遇到问题及时报告等等。待各位旅长走后，张自忠说："文师长就留在我这里，协助我处理一些事务。"他转向张克侠说："通知陕、甘、宁、青等省各部，携带所有后勤辎重，速向晋南集结。"

汾河两岸，有一块肥沃的土地，这就是晋南大地。晋南地理位置特殊：东面是太行山，西和南是黄河。山与河形成犄角之势，宛如几道天然屏障。晋南人世世代代在这块土地上安居乐业，耕耘繁衍。这里有史以来受战乱影响小，所以人口稠密，物产丰富，文化发达，民风淳朴。张自忠选择这块风水宝地屯兵养兵，实在是高瞻远瞩之举。

张自忠率领大军到达晋南不久，西北各省部队也陆续到来。近5万人马，分布在运城、闻喜、曲沃、侯马一线。眼看天气渐冷，人吃马喂，疗伤治病，休养生息，无不需要足够的军需保障。西北军原本就穷，战败之后元气大伤，更是一无所有。许多士兵还穿着单衣，很多人没有被子盖。有的部队一天保证不了两顿饱饭；伤兵和病号得不到应有的治疗。

原西北军某些资格较老的将领，大战中打散了，跑了，如今听说残部到了晋南，便纷纷到这儿来察看，有意统领这支部队。但一看这副惨相，那股雄心就冷却了。

有个头目既想统率这支部队，又不想为这个破烂摊子伤脑筋。于是和张自忠商量：我为正职，你为副职；我主对外事务，你管军内事务。张自忠说："现在不需要名分，就需要对5万来弟兄负责。眼下最要紧的是保障军需供给；不然，官要穷跑，兵要饿散，或者糜烂百姓。"

他们一个个摇摇头，都走了。这副担子，只有落在张自忠肩上。他不断地调解矛盾，不断地劝说官兵，不断地筹集粮草、衣物、药品……

几阵呼呼的北风，带来了飘飘扬扬的雪花。士兵们意志消沉，情绪低落，蜷缩在炕头上，抽烟，赌博，骂街，谈女人。

这支部队向何处去？

张自忠在思考：自己不愿成为冯玉祥之后的第二个西北军王，就中国当前形势看，也不可能再滋生手握重兵的大军阀。作为军人，只想报效国家，抵御外侮，造福百姓。眼下要统御这支残部，最重要的是没钱没物没粮草，完全指望晋南这块土地养活这么多人马，是不可能的。生存都困难，更别谈发展了。眼下要紧的是，必须找一个自己信得过的人来接收这支部队。

那么，找谁最为合适？中央军是不能找的。而离得最近的是阎锡山，但张自忠对他信不过。此人私心很重，不讲义气，待人小气，而且出尔反尔；印象好的是桂系将领李宗仁，他曾经和冯玉祥南北联手反蒋，关系颇厚，去找他，肯定会接收。但问题也不少：南北两方的军队语言不通，生活不习惯，而且把部队从晋南开往两广方向，中间不知会遇到什么情况。路途遥远，交通不便，风险极大……

他辗转反侧，前思后想，认为唯一信得过而且条件方便的，眼下只有一个人，他就是原奉军少帅、中原大战时入关的陆海空三军副总司令张学良将军。

张学良现住北平，只派有两个军在关内驻守热、察、平、津、冀等广大地区，兵力不敷，实力单薄，正需要扩大实力。而自己所收容的这批人马，虽说是残部，但军官多，老兵多，素质好，只要得到应有的物资装备，战斗力是很强的。将此情况向少帅陈述，他不会不接收。

于是，他把自己的想法告诉了张克侠。张克侠没有搭话，闷头抽了几口烟，半晌才说：

“以你的学识和才干，完全有能力带这支部队。但我觉得，就是有人接收，你也最好不要当正职。你长期在第一线当师长，与其他部队联系少；虽然许多中下层军官是你的学兵，但难就难在还有几位师长以上军官和一些老资格的旅长，就怕他们不服你，从中给你为难。”

张自忠一边听着，一边点头，克侠说的是实情。军队山头林立，派系繁多。上级用下级除了才干，重要的看你是不是曾经跟过我，是不是忠诚于我；下级对上级，看你是不是我的老长官，是不是我所信得过的人，不然我就不跟你走。张自忠是1916年投奔冯玉祥的，而西北军中，还有许多当年和冯玉祥在清兵帐下的一些人，这些人现在大都是旅以上军官，冯先生平日对他们都礼让三分。在这混乱之际，自己临时把这支部队带出危险境地是可以的，但要真正统领、驾驭它,老资格的将领肯定不听命。

他们正商量着,突然收到了张学良将军从北平发来的电报,点名让张自忠到北平去面谈。究竟谈什么,电文中没有说。张自忠与克侠都认为,肯定是与接收改编这支部队有关。

于是,张自忠向克侠、文天等人交代一番,让他俩好好掌握部队。自己则换身行头,一副小商人打扮;又带两个护兵当作小伙计,带上盘缠和干粮,一行三人上路了。

他们从侯马雇条小船,沿汾河溯水而上,昼夜兼程,四天之后到清徐上岸;然后顶风冒雪,步行数十里到榆次。在这儿没有片刻耽搁,直奔车站,搭乘去石家庄的火车。在石家庄休息了一夜,第二天早晨就登上了去北平的列车。临近北平,张自忠的心里似乎有些紧张和激动,他从来没见过张学良,该向少帅说些什么呢?

到了北平,他们先找个旅馆住下,吃过饭,洗个澡,就到首善医院去见他的特务团长刘山。

刘山是张自忠最早的学兵,由他一手提拔。此人骁勇善战,不怕吃苦,一上战场就像玩命。这次大战他身中两枪,子弹从胸前贯通出来。到晋南后,里面的伤倒是好了,但外面的伤总是不封口,脓血不断。于是张自忠派人送他去北平治疗。因为,这是他的爱将啊!

刘山长得高大敦实,黑皮黑肉。经过一个多月的疗养,伤口不仅好了,而且体力也得到了恢复。他正打算归队,没想到老长官来看他。

二人相见,喜不自禁,互相询问了一些情况;张自忠说明来意,让他协助做些工作。他们一同来到旅馆,张自忠凭着记忆,让刘山列出图表,标出某部驻何处,有多少人和枪。他们一直工作到凌晨。

张自忠小睡一觉,起床吃过早点,身揣张学良的电报和那份部队实力图表,英姿勃发地去少帅府……

少帅府设在中南海。

自从辛亥革命首义成功,中国结束了历史上最后一个王朝。以后军阀混战，群雄争霸，一片乌烟瘴气。但凡进驻北京城的军阀，一个个都把自己的大本营设在中南海。何也？这是公地公房，随便抢占，而且风景极美，历朝历代都是统治者的基地。于是，这里的主人你上台来我登场，频繁上演一幕幕丑剧、闹剧、悲喜剧。

张自忠来到西华门，就见门口站着几个哨兵，荷枪实弹，威风凛凛。他向带班长打个稽首，递过自己的名帖，说：

“我是奉少帅之命来的，请班长报告一下。”

带班长看看名帖，又把来人打量一番，见他虽是个小商人打扮，但英气勃勃，尽显军人气质，便客气地说：“你这哈来得太早，怕是少帅还没起床哩。”话虽这么说，还是报告去了。

不多一会儿，出来一位副官，盘问张自忠几句，就把他带了进去。张自忠从未到过中南海，就觉得拐了几道弯，经过几重园，来到一个较大的园子，副官领他到客厅坐下。

张自忠的一支烟没有抽完，就见厅外几个人影一闪，张学良将军走了进来。他一身戎装，只是没戴帽子和手套。他先伸出手，十分平易地说：“久仰，张军长一路辛苦。”

张自忠的副军长只是挂名，而实际是师长职务，西北军中人们从不称他为“军长”或“副军长”。少帅此番称谓，显然是了高抬张自忠的身份。

他们寒暄一番，说了些路上的情况。

张学良今年 31 岁，要是一般人，只是个乳臭未脱的毛头小子。孔夫子说三十而立，而许多人到这个年岁却立不起来。可眼前的这位少帅，一靠大帅的荫庇，二靠自己的才干，早在 4 年前就被北洋政府授予上将军衔，不久前南京政府又委任其为全军陆海空三军副总司令，其名分仅在蒋介石之下。

少帅见比自己年长 9 岁的张自忠有些拘束，便没有问及军队情况，而是让他陪自己吃早点。他素来晚睡晚起，侧重于夜生活；要不是张自忠求见，他还要多躺一会儿。其时 10 点已过，张自忠是吃过早点的，可又不便让对方扫兴，就硬着头皮陪着。不过，少帅没有少年得志的凌人盛气，没有架子，说话也很随和，张自忠的心里便踏实了许多。一边吃早点，一边谈部队情况。待早点吃完，情况也说得差不多了。

勤务兵把早点盘子收走。张自忠从身上掏出那张部队实力分布图表，呈给张学良。

张学良让副官拿来一张地图，展开，对着图表一一查看，满意地点点头，问张自忠：

“张军长下一步有什么打算？”

“自忠此行，就是来请教少帅的。”

“冯先生亲手创立的西北军，在全国名声响亮。这次中原战败，情有可原。”张学良说，“眼下部队已经收拢，张军长功不可没，等于第二次创建了西北军，应该请冯先生出来为好。”

“我们多次派人和冯先生联络，先生无意复出。”张自忠还告诉，冯先生暂且隐居太原，还给他往晋南捎了两本书，也捎来话，让他去找张少帅。他说，“我和将领们多次商议，都愿意在少帅麾下，接受少帅指挥。”

张学良再次看了看那张部队实力分布图表，说：“只要冯先生没意见，将领们也愿意，我倒是乐意接收这支部队。应该说，这是支素质很好的部队。将士们相信我不会亏待，我也相信这支部队今后能成为东北军中的得力骨干部队。”

他俩商量了部队整编的许多细节：这支部队对外称东北军第三军，暂编两个师，每个师 6 个团，师以下不设旅；由于军官多，可编两个军官教导团，一个为团以上，一个为营以下。老弱病残官兵愿意回家的送盘缠和生活费；部队的军需、装备，先按两个师配备。张学良说：

“张先生，那我就委任你为第三军军长吧。”

张自忠没有应承，想了想说：“少帅应该理解西北军，这支部队不仅兵老，将也老，比我资深的人很多，我怕是承担不了这个重任。”

“张先生不必过谦。先生文武全才，堪称西北军之佼佼者，完全可以统领这支部队。”

“少帅过奖，在西北军中，我的资望浅，德不足以服人，才不足以驭众。”张自忠想了想说，“如果少帅信任我，我可以推荐一个人。”

"谁？"张学良问。

"宋哲元先生。"这是张自忠近日不断思索、反复敲定的一个人选。他说，"宋先生是我们的老长官，多次出任总指挥，资深望重，待人忠厚。"

张学良知道宋哲元。他和刘骥、鹿钟麟等人是冯玉祥的左膀右臂，多次出任总指挥，向蒋介石发出过讨伐通令；而蒋介石也在讨伐令中点过宋哲元的名。张学良问：

"宋先生现在哪儿？"

"在天津。"张自忠告诉他，在战局急转直下时，许多人纷纷降蒋。唯有宋哲元避居天津，听候中央处理，要杀要剐由他去，反正就是不投降。"宋先生呵，就有个山东人的倔脾气。"

张学良笑了，说："张先生也是山东人，也有那么个倔脾气嘛！"

张自忠淡然一笑。他明白，这是少帅对自己的赞扬，不过此刻，对谁也不便褒贬，便说："如果少帅允许，我明日就去天津请宋哲元先生，相信他会复出的，然后我引他来见少帅。"

张学良见张自忠诚心诚意要去请宋哲元，心里对他很是钦佩。有的人为了升官，不惜施展手段，卑鄙地巴结上司，自吹自擂。而张自忠以大局为重，不仅不伸手，而且主动退让，这不仅表现他忠诚仁义，而且他非常有自知之明，确有儒将风度。张学良站起来，再一次握着张自忠的手，恳切地说：

"荩忱兄，我十分敬佩你的人格。"

第二章
喜峰口救孤

1933年元旦刚过，朔风和雪花卷着一束电波，飞向太行山，飞往山西阳泉。

陆海空三军副总司令、北平军分会主任张学良将军命令：29军火速开赴华北长城一线，抵御从关东入侵的日军。

东北军第3军在晋南整编不久，正逢“9·18”事变，中央政府对全国军事力量进行统一整编，这支部队遂编为陆军第29军，宋哲元任军长。

这时，宋哲元把这个短短的电令看了三遍，又读了三遍，若有所思。事变后，张学良命令这支部队开进太行山，随时准备开赴前线，打击日寇。于是部队冬练三九，夏练三伏，多次举行训练会战。两年来，29军已成为一支劲旅。这次出征长城，抗击日寇，犹如一把出鞘的利剑，向世人展示原西北军的锋芒……他摸摸唇上的胡髭，微微一笑，说：

“来人啦，去请张师长！”

“张师长”就是38师师长张自忠将军。那年他到天津找到宋哲元，说明了来意。宋哲元不甘心失败，正想东山再起，听说部队已经收拢，少帅同意接收，于是欣然和他到北平见张学良，愿意担任军长，并让张自忠任副军长兼师长。但张自忠执意不从，甘愿在宋哲元手下当师长。从而，张学良和宋哲元均对他十分尊重、钦佩。

这个时候，张自忠正在太行山组织部队训练，听说军长有急事相邀，便把军中事向副师长文天和参谋长张克侠交代一番，跨上白龙驹，抖动缰绳，急匆匆地向军部飞驰。

张自忠不愧为军官学校校长出身，极重视官兵的素质训练，从单人战斗、班对抗、排对抗到团与团的遭遇战、攻防战和追击战，他都让部队做得十分熟稔。他经常出题目，出怪招，让部队在各种条件下训练……他紧叩马肚，紧扬马鞭。马蹄磕打着山路的石子，碰出了火星。不多时刻，来到军部门前，翻身下马。

宋哲元听见马蹄声，忙迎出屋子，两人正好碰面。他做个手势，说：

"荩忱，来，来！"把他让进里屋的土炕上，一股热气扑面而来；又亲自倒碗开水，递给张自忠，"喘口气，你先看看这个。"

张自忠端着碗，没有顾上喝一口水，眼睛就被那份电文勾住了。看完电令，他把碗"啪"地蹾在炕桌上，霍地站起来，用那山东临清口音一字一顿地说："好、小、鬼、子！"

"看把你急的！"宋哲元也笑了。

"我就等着这一天啦！"张自忠说。

"依你看，这一仗该怎么打？"宋哲元问。

"怎么打，可以细商量，但这一仗我们打定了，还一定要打赢，狠狠地灭一灭小鬼子的气焰！"张自忠说着，把腰上的武装带紧了紧，好像要立马出征似的。那身灰布棉军装，被武装带束得紧紧的，脚上的皮鞋已经绽开，但帽子却戴得端端正正，还有那双鹰隼般的眼睛，那两道浓密的剑眉，好一副勇猛、剽悍的军人模样。

"找你来，就是要听你这几句话。"宋哲元又一次把开水碗捧给他。见他喝了几口，脑门上开始冒热气了，才说，"我想让你任前线总指挥。"

张自忠迟疑一下，说："大哥，我只是个师长，任前线总指挥怕不合适，万一……"因为29军眼下已有3个师，而他的资历并不是最老的。

"你就放心大胆地指挥吧，我和张副总司令在后面给你戳着，谁敢不听？"宋哲元鼓励着。

张自忠放下水碗，捻了几下长须，沉思片刻，猛地抬起头，拍着胸脯说："大哥，小弟服从命令就是了！这一仗有个闪失，我愿受军法惩处。"

宋哲元说："日军侵占我东北后，气焰嚣张，来势猖狂，我们既不能低估日军的力量，又不要被鬼子的气焰所吓倒；指挥抗击时，既要大胆，又要谨慎，把敌人的情况搞清楚，把问题想得周到些，这样才不会有大的闪失。"

"大哥，我明白了！"张自忠说。

宋哲元又嘱咐："这是日军侵略我国以来，蒋总司令和张副总司令正式下达的第一道反击命令，事关重大。但，只要我们枪声一响，全国人民都会支持我们的，因为我们在自己的国土上打鬼子。你的前面是长城，后面是亿万同胞。"

作为军长的宋哲元，平日像兄长一样厚道，有个大事小情，总爱婆婆妈妈。但此番话在张自忠听来，却是那样重若千钧，如雷贯耳。他在心里把这些话重复一遍，正色道：

"军长，我都记住了！"张自忠把剩下的半碗水一饮而尽，向宋哲元拱手告辞。他跨上白龙驹，沿着那条土石路，飞马跑回部队。马蹄敲打着太行山峦，发出亢奋、清朗的回响。

回到部队后，他一边通知队伍做出击准备，一边命令前卫部队即刻出发，一边和张克侠等人研究作战方案。待一切就绪之后，这天，他选块平地，集合队伍，兴冲冲来到一座小山上。就见将士们个个精神抖擞，意气风发；旌旗猎猎，威武雄壮。他双手叉腰，在山头上来回走动几步，忽地站定，问：

"弟兄们，日本鬼子该不该打？"

"该打！"数万张口，发出同一个声音。

"鬼子侵占我东北三省，不久又占了热河省和山海关，现在又要打进关来占领华北。鬼子如此欺负我们，咱们该不该抵抗？"

“该抵抗！”

“我带你们去打日本鬼子，弟兄们去不去？”

“去！”数万条手臂高举，组成了一片森林。

张自忠把手一挥，命令号兵吹号——“全军出发！出膛的子弹不回头！”

“嘀嘀嗒，嗒嗒嘀嗒……”激越嘹亮的军号声，在千山万壑回响，激动着血性男儿的胸膛。一时间，龙腾虎跃，万马奔腾，浩浩荡荡，气吞万里如虎。数万大军分若干路，从太行山出发，东出娘子关，顶风冒雪，日夜兼程，直指华北，直指古老的长城，直指侵华日军的前哨。

时值三九隆冬，天空中有千条玉龙飞舞，却被将士们的吼声和气势震掉了万片银鳞。银鳞大如席，飘飘落下，覆盖了山山岭岭，沟壑溪涧，平原大地……

早在“9·18”事变时，张自忠通电请缨，发出了“宁为战死鬼，不为亡国奴”的壮语，曾经鼓舞了诸多的爱国将士；今天打鬼子的机会终于来了，他的胸膛里奔涌着浩浩正气，荡荡豪情，充满着必胜的信心。他走在队伍的前头，一边鼓励将士的抗敌士气，一边琢磨这一仗该怎么打。

参谋长张克侠走来，展开作战地图，问张自忠：“总指挥，部队在哪一带集结？”

张自忠早就胸有成竹，在地图上瞟一眼，用手画个圈：“这儿，这儿，还有这儿！”

张克侠看得清楚，那是遵化、蓟县、宝坻。他又问：“那么，指挥部设在哪儿呢？”

“这儿！”张自忠指着三屯营。

“那我军的攻击目标呢？”

“这儿！”张自忠看都没有看地图，手指头却准确地按在一个点上。

张克侠推了推眼镜，见那指头下压着三个字：喜峰口。

喜峰口一侧，零散住着数十户人家，羊粪球似的撒落在大山阳坡上，人们叫它羊蹄峪。

村子中央那棵高大粗壮的老柿树下，聚集着十来个男子汉，他们在商议正月十五办花会的事。大顺老汉吧嗒吧嗒地抽烟锅，胡楂上沾着烟末。他直起腰，扫视大伙一眼问："都同意啦？"

"同意啦！"大伙应着。

"好，就叫牛马羊大花会，我这就去那两个村联络。"他把烟锅磕几下，别在腰里，步履匆匆地向村外走，经过自家门口时，吆喝一声：

"喜顺子，别忘了扫羊圈！"

"忘不了！"喜顺子扛着铁锨、笤帚到羊圈，神气活现地训起话来："喂，羊儿们听着，该过年了，也得舒坦舒坦，来，我给你们扫干净。"

从记事那天起，他就拥有这群羊。在山上放羊时，爷爷给他讲长城的故事：秦始皇筑长城，孟姜女哭长城，戚继光抗击倭寇，镇守长城边关……长城，铸就了他的魂。

"哥！"弟弟小喜峰不知在哪儿叫他。

寻着声音看去，是一群小家伙在山坳里堆雪菩萨。雪是天上下的，用雪堆一尊菩萨，不仅是件乐事儿，也是一桩虔诚事。堆雪菩萨，是羊蹄峪冬天的一大景观。

喜顺子赶紧扫几下，关紧羊圈门，走了过去。哟嗬，小山妞也在这儿哩！那双小手冻得像十根胡萝卜，头上的花头巾滑落下来，脑后晃动的那条黄毛辫子，像条猫尾巴。

"喜顺子哥，来帮帮俺们呀！"山妞说。

平日，他不愿和比他年岁小的孩子玩，这会儿听山妞叫他，他就把个雪团在地上滚几下，滚得大大的，拿到雪堆上。孩子们欢呼起来。那雪团是菩萨的脑袋。于是，几双灵巧的小手，用黑石子做眼睛，用胡萝卜做鼻子。山妞说：

"不能让雪菩萨光着头，像个秃和尚。"

喜顺子很愿意在山妞面前表现，便灵机一动，摘下自己的狗皮帽子，扣到雪菩萨头上。

"哎呀，快别了，你会受凉的。"山妞把帽子扣到喜顺子头上，摘下花头巾给雪菩萨扎上。

"别,别!"小喜峰乐得嘎嘎的,"咱们的雪菩萨到底是男的还是女的?"

"混账话,雪菩萨还分男女!"小山妞看喜顺子一眼,冻红的小脸更红了。"

喜顺子、小山妞、小喜峰等七八个孩子,手拉着手,围着雪菩萨跳着、唱着——

雪菩萨,胖又白,保佑咱们收小麦;
牛羊肥,崽儿壮,收了棒子收高粱……

像一片云在头顶轻轻擦过,忙碌和欢乐中盼来了正月十五。今天就是羊蹄峪和牛蹄峪、马蹄峪共同举办大花会的日子。

锣鼓阵阵催人紧。羊蹄峪的男女老少穿着节日的盛装,纷纷拥向老柿树。

老柿树上高挂一面杏黄大旗,上写"马牛羊元宵花会"七个黑字。周围插着数十面红、黄、蓝、白、黑、绿、杏黄、粉红等八色旗帜,旗上绣着龙、蛇、虎、豹、麒麟。树下的香案上,摆着马头、牛头、羊头,还有香烛纸马。

喜顺子和小伙伴们在山妞家,由她表哥宋德兴给大伙化妆。宋德兴在济南府读中学,放假来到山妞家。听说办花会,就给羊蹄峪的伙伴们排了个"牧羊花会舞"。说的是一个牧羊女孩,凭着根鞭杆,指挥头羊斗败大灰狼的故事。山妞演牧羊女孩,喜顺子扮头羊,狗蛋扮大灰狼,其他孩子是一群羊……

黄灿灿的日头已经一树多高了,可马蹄峪、牛蹄峪的人还没有动静。有人提议边演边等。

于是,锣鼓铿铿锵锵敲得更紧了,唢呐哇啦哇啦叫得更欢了。大顺老汉在香案前站定,手一扬,一切响器戛然而止。他点燃蜡烛,插在烛台上;点燃香,插在香炉里;再点燃 4 沓纸钱,分别在东南西北方向焚烧,然后在香案前烧纸钱,作揖,跪拜,念祷告文。他把一碗酒高举过头,喝一口,浇在马、牛、羊头上,最后在场子的 4 个方向祭洒。再次向主神位三叩三拜之后,站定,大声宣布:

"马牛羊元宵花会开场!"

话音刚落,三声土铳震天动地,顷刻间,唢呐高奏,锣鼓喧天,鞭炮齐鸣,羊蹄峪沉浸在一片欢乐、祥和的节日庆典之中。

人们先舞狮子。几个大狮子同抢一个绣球，还有几个小狮子在凑热闹。

高跷节目名为“岳飞抗金兵”。岳元帅手持方天戟，威风凛凛，岳云手持铜锤，少年英俊；垂头丧气的金兀术，大白脸的奸相秦桧，被岳家军押解着。人们边走边舞边表演，煞是喜庆。

喜顺子、小山妞他们的节目，也等着上场。听到小家伙们，叽叽嘎嘎地说笑，人们早把注意力转移到他们那里去了……

突然，东北方向传来一阵爆豆般的响声。人们还没有明白过来，高跷上的人便刈麦似的倒下来了，直通通扑倒在地上。人们在惊骇中发现，那边黄乎乎卷过一阵旋风，蝗虫般拥了过来。

“不好，日本鬼子来了！”大顺老汉惊呼。

“日本鬼子”是牛头马面、杀人狂、强奸犯和强盗的代名词。人们打赌：我骗你，就让日本鬼子乱枪打死。家长吓唬孩子：别哭，小心让日本鬼子听见！此刻听大顺老汉一声惊呼，顿时炸了营，人们像撞见了鬼，纷纷往村外跑。

男人们腿快，但要照顾女人、孩子；女人见男人跑，也跟着跑起来；孩子们吓得“哇哇”大哭；老人和小孩没跑几步就摔倒了。

踩高跷的男人们倒是知道往村外跑，但无奈脚上绑着棍子，跑不快，而且目标大，刚跑几步，就在一阵机枪声中倒了下去。所有参加高跷队的人——24个精壮汉子齐刷刷地倒下了，他们是山里人的精华，是羊蹄峪的支柱……

大顺老汉随着人群往外跑，跑几步却停住了，大声呼喊着：“喜顺子！小喜峰！”

“嗳，爷爷，我在这儿！”喜顺子应着。

慌乱中，他终于拽住了爷爷的手。爷爷架着他，边跑一边呼唤：“小喜峰，小喜峰！”喜顺子也边跑边喊：“娘！奶奶！小喜峰！”他亲眼看见爹和踩高跷的人们倒下了；现在找到了爷爷，还有奶奶、娘和弟弟没有找到，还有小山妞……

老柿树周围，呼儿唤女、寻爹叫娘的焦灼呼喊，变成了凄厉的哀号。

鬼子放火烧村子了。浓烟大火把一间间房屋吞没，房顶轰然倒塌，烈焰直冲云霄。

骑马的鬼子兵分两路，包围冲出去的村民，机枪不停地扫射。一些人跑着跑着就倒在地上；跑得慢的人被鬼子用刺刀捅死；一个家伙的刺刀上挑着个三四岁的孩子。孩子哇哇地惨叫了几声，被鬼子扔石子似的，掷在地上……

一个十几岁的半大小子，听见鬼子的马蹄声就在身后，吓得猛一回头，就被鬼子斜刺刺一刀劈死；少年的鲜血染红了马头和鬼子的皮靴……

过门不久的一个小媳妇，穿件花棉袄，头扎花头巾，也随人群往山里跑。她怀有两个月身孕，自然跑不快，被鬼子一把拎起。鬼子跳下马，嬉笑着，乐得哇啦哇啦直叫，把她的棉袄扯开，把裤子扒下；匆忙中，把马缰绳系在自己的手腕上。他解裤腰带，趴下身子去强奸这个中国妇女。这是上好的战利品，杀人、强奸是他们最骄傲的两件事。

年轻媳妇无辜受辱，既羞又怕。鬼子是一脸狰狞可怖的凶相；战马在她头上打响鼻，热气喷到脸上。两个畜生，一样可怕。她不敢看它们，忙把花头巾扯下，抖动一下，盖在脸上。

打响鼻的畜生，见个花东西在眼前抖动，惊吓得猛仰脖子，咆哮起来，不禁撒开四蹄，拼命朝山野里奔跑。鬼子正在兴头上，没弄明白是怎么回事，就被四条腿的伙伴拖跑了，肚皮朝下，在荆棘和石块上划拉，留下一片血肉。

后面的鬼子见状，如同吃了兴奋剂，乐得狂笑狂叫起来。年轻媳妇边提裤子边跑。然而，鬼子们围过来，竟然把她轮奸了。这个无辜的中国妇女，未来的母亲，活活被蹂躏而死……

燕山做证，长城做证，老柿树做证：羊蹄峪 87 户人家，村子被毁，房屋被烧，家家有亲人被害，有的家竟没有一个人生还。全村 486 口，从鬼子的枪弹刺刀下逃生的，仅 100 多人！

羊蹄峪的子孙们，世世代代不要忘记这笔血债！不要忘记这一天：公元 1933 年正月十五。

张学良将军原计划让 29 军出冷口，策应万福麟军作战。待 29 军在冀东一带集结完毕，万福麟部败下阵来，而日军旋即跟踪追击至喜峰口，情况异常危急。张学良改变作战计划，命令 29 军迅速占领喜峰口，阻止日军推进。

前线总指挥部在三屯营。总指挥张自忠即令赵登禹率该旅以急行军的态势向喜峰口出击。于是,赵旅星夜出动,于凌晨在喜峰口要塞与日军服部独立旅团遭遇。仇人见面,分外眼红,战斗异常激烈,两方均有伤亡。

我军一线部队只有步枪、手榴弹和大刀片,而敌人的一线部队还配有机关枪和小钢炮;且日军的独立旅团配备齐全——人数上相当于我军一个师,武器装备比我一个师还强。敌人攻势凌厉,炮火猛烈。越往后打,我军越是支撑不住。

赵登禹急向前线总指挥部报告。张自忠让他一面组织抗击,一面令士兵就地构筑掩体,发挥我军劣势装备的特点。激战终日,赵登禹的腿上被炮弹片啃了一口,但仍在指挥战斗。

张自忠担心赵登禹在前面顶不住,忙跨上战马,带两个参谋,急忙向前沿奔去。来到滦河桥,他令刘山特务团随他增援赵旅。但是,特务团刚刚行动,日军的飞机就来了,在滦河两岸狂轰滥炸,阻止我军增援部队。

张自忠站在桥头,督促特务团过河。这时,不到10米远处落下一颗炸弹,张自忠急速趴下,用左臂护着头部。由于距离太近,一块弹片把他的左臂削去了一块皮肉,血流不止,参谋和卫生兵急忙给他包扎。

已近日暮时分,鬼子不善夜战,枪炮声逐渐稀落,张自忠的心才稍稍安宁。

张自忠让人去把赵登禹找来。赵旅长虽然腿上负了伤,但包扎之后,血已止住,打上绑腿,也不显瘸。血气方刚的小伙子,有股子坚韧不拔的英雄气。可他见张总指挥左臂负伤,又这么靠近前沿,心里十分感动。

"前面的战事如何扭转,想听听你的意见。"张自忠说。就在这个时候,参谋长张克侠也赶来了。他又强调说,"敌人来势凶猛,我们必须挫败他的锐气,打掉他的锋芒。"

赵登禹摸摸后脑勺,说:"这么枪对枪、炮对炮地打,咱肯定吃亏。"

"你说下去。"张自忠捻着右下颏上的长须,听着。

赵登禹说:"要打咱们西北军的优势:近战、夜战、大刀片。贴到敌人身边打,就看谁勇敢不怕死,谁胆怯谁先败。"

“你是说应该偷袭一下，打他个措手不及？”张自忠继续捻着长须，问。

“是的。”赵登禹说，“就怕狗日的有准备。”

张克侠说：“听东北军的弟兄们说，日军士兵夜晚都脱光了衣服睡觉。再说，骄兵必败。在东北、热河畅通无阻，气焰嚣张，他们没把中国军队放到眼里，自认为天下无敌。”

“对！”赵登禹兴奋地一拍桌子，“咱们要是神不知鬼不觉，突然出现在鬼子面前，肯定……”

“有道理。鬼子人地生疏，加上麻痹大意，偷袭一下兴许成功。”张自忠继续捻着那两根长须，思考着，半晌，他霍地站起来，左手叉腰，右手一扬，说：“好吧，就这么定，出膛的子弹不回头！”

张克侠说：“偷袭只能用一次，不能用两次、三次。要整他，就要整得他疼，整得他哭，一下打掉他的锐气，让他整个部队士气不振。”

张自忠下了决心，脸上现出了笑意，他改变昔日兵家用小部队偷袭的老例，决定用大部队偷袭。他对赵登禹说：“我想派你亲自带一个团去偷袭敌人侧后。”

赵登禹说：“我的两个团都摆在正面，怕不能抽出来。”

“让你带刘山特务团去。”特务团是张自忠的尖刀团，最善于攻坚，勇猛无比。好钢要用在刀刃上，张自忠决心破釜沉舟。他把赵登禹领到地图前，指着说，“你们出潘家口，直奔敌人侧后。在接近敌人之前，一定不要有声响，一旦杀进敌营后，声势要大，在气势上镇住敌人，压倒敌人，不能让敌人还手。所以，你要把三个营全撒出去，不要留预备队，保证一次成功。”他见赵登禹点点头，又强调，“记住，偷袭成功后，彻夜返回，不要恋战，不要被敌人咬住，要快进快出。这叫动如猛虎，快如闪电。”

赵登禹把张自忠的话在心里过了一遍，又在地图前琢磨了一番行动方案，说：“总指挥放心，保证偷袭成功！”

于是，赵登禹会同刘山，派人找来当地樵夫、猎手，带着团队向潘家口进发。

与此同时，张自忠又派佟光营就近偷袭董家口之敌，还命令我正面部队，一旦听到我军在侧后打响，立即向正面之敌攻击。

在华北平原和蒙古高原坝上之间，耸立着巍峨险峻的燕山山脉。它像一道屏障，把中国北方大地分隔为塞北和关内。也许正因为如此，当年秦始皇统一六国后，便率先在燕山一带修筑长城。东起山海关，一直往西，又由历代修筑，才有了人类奇迹万里长城。它像一条巨龙，横卧中华大地，头东尾西，腾飞在崇山峻岭间。自山海关到嘉峪关，每一道隘口都是一个要塞；而喜峰口，则是冀东到热河的重要关隘。

从潘家口到喜峰口之间，有一条狭长的谷地，这里有几个零散的村落。鬼子来了，村民们跑了，敌人就在村里扎营。山里房子窄小，不够住，敌人就在村子里支起帐篷。

日军宿营很特别，一个小队住一个帐篷，支帐篷的柱子是圆心，每个人脚顶圆心，头朝外，而把枪支在圆心中。

后半夜，我们的队伍闪进了村子，没有一点儿声响，勇士们冲进一间间房舍，一顶顶帐篷，不用一枪一弹，只用大刀片在每个敌人的脖子上抹一刀，就像剖西瓜一样。及至其他敌人被惊醒，由于光着身子，不等拿上枪，就被勇士们砍下了脑袋。

过了好一会儿，村子里才响起枪声和手榴弹的爆炸声，敌人在号叫，马匹在奔跑。这个时候，我们的队伍杀声震天，神鬼惊骇。大刀片在舞动，寒光闪闪，鬼子们纷纷倒地，如秋风扫落叶。架着的大炮被手榴弹炸翻了；粮草物资被点火烧着了。炮弹、子弹像爆豆似的在大火中炸响。侥幸活着的鬼子没命地往山上跑……

战士李大兴的大刀砍钝了，他从地上换一把鬼子的军刀，试了试，太沉，不如自己的大刀片随手，他扔掉日本军刀，握着自己的大刀继续往前冲杀。这时，就见一个鬼子兵扛着个大箱子从村里蹿出来，没命地往山上跑。

李大兴纳闷，鬼子临死也舍不得扔掉宝贝！他即刻追上去。敌人往山上跑，往树林子里跑。李大兴紧追不放。敌人见后面的人追得紧，眼看难得逃脱，便把大箱子扔掉。李大兴追上去，一枪结果了敌人性命，扛着箱子往山下跑。我军消灭掉这个村子的敌人，又奔袭另一个村子的敌人，但李大兴扛着箱子，始终不撒手……

部队克服疲劳，加紧赶路，于拂晓前回到了我方阵地。这时，就听见身后响着敌人飞机的轰炸声。敌人估计我军没有来得及撤出，忙派飞机追杀。勇士们回头望着远处的浓烟烈火，都笑了，说："让鬼子自己给自己送葬吧！"

一过澈河桥，就见前线总指挥张自忠将军正立在桥头，迎接凯旋的抗日勇士。他握着旅长、团长和营长们的手，赞扬他们，勉励他们；见到受伤的士兵，他问明受伤原因，安慰他们抓紧治疗。他见一个士兵扛着个大皮箱，沉甸甸的，问：

"这位弟兄，你扛的啥？"

"不知道，反正是好东西！"

"你叫什么名字？"，

"李大兴。"士兵回答。

张自忠在晨曦中打量着，说："你不就是那年在黄河渡口协助收容的那个老兵吗？"

"是，"李大兴高兴地说，"总指挥还记得俺！"

"嗯，是好样的！"张自忠让他把皮箱放到指挥部去，特别关照连长冉德明，让李大兴好好休息；他又和赵登禹、刘山谈了偷袭的情况。

他安排好部队，骑马返回总指挥部，让副官把皮箱打开看看，就见里面躺着个机器。张自忠认识，这是炮兵指挥用的炮测仪，但不知损坏没有。他把仪器架起来，看了看，是一台很好的仪器，但又特意把炮兵参谋找来鉴定。

炮兵参谋欣喜地说："总指挥，这是一台德国造，是一台高倍炮测仪器，咱们师正缺它哩！"

张自忠十分满意，让人把李大兴找来。

李大兴是个胖乎乎的小伙子，年龄刚过 20 岁，很精明。他向总指挥汇报了缴获这只大箱子的全过程，说："俺不知道是啥家伙，反正是好东西，要不那个鬼子兵不会死死地扛着它跑。说实话，俺还以为是金银财宝哩！"

"这可是比金银财宝还好的东西。"张自忠说，"李大兴，你立了大功，赏你 8000 块大洋！"

李大兴听蒙了。8000块，对一个穷当兵的来说，这可是个天文数字。可他转念一想，这么些钱对我有啥用？不能要。他说："总指挥，杀鬼子是应该的，只要缴获的家伙有大用场，俺就没有白追那鬼子兵，也没有白扛这么几十里路。这些钱，对俺没用，俺不要。"

张自忠说："你把钱寄给家里去，让你父母亲修修房子，置几亩地，也免得你挂牵。"

长官这席话，说得李大兴泪眼婆娑。他哽咽着说："总指挥，我没有父母，没有家了。"

张自忠一愣。

"那年，我爹和我哥去闯关东，被日本鬼子抓去开煤矿，砸死在井里了。我娘听到这消息，急得不吃不喝，也死了。"李大兴啜泣着。

张自忠点燃一支香烟，在沉默中踱了几步，转身对李大兴说："往后，你就留在我身边吧。"

"是！"李大兴转悲为喜。

这一仗，29军的大刀片名扬全国，前线总指挥张自忠将军一举成名。29军是"9·18"事变以来，英勇抗击日寇的第一支部队，受到了全国人民的关注和支持。各报记者纷纷到前线采访；平、津、唐等地的学生及各界人士到前线慰问。全国各地的慰问信雪片似的飞来……

由此一仗，29军的大刀片威震敌胆，名不见经传的张自忠震动了关东军。日军轻而易举地占领了东三省，又没费太多兵力拿下了热河省。正当敌人得意忘形，企图突破长城一线，进军华北的时候，没想到在喜峰口受到了顽强抵抗；更没想到，劣势装备的中国军队，竟用古老的大刀片在日军兵营横冲直撞……

一时间，日军士兵提起大刀片就浑身哆嗦。和我相拒对抗的日军部队，士兵们夜晚睡觉用铁片护着脖子，防止中国士兵"摸西瓜"；有的士兵一到夜晚就做噩梦，常常被大刀片吓得惊醒；有的士兵干脆蹲在墙角，一夜不睡觉。混成独立旅团长服部将军眼看自己的部队心理恐惧、士气低落、战斗力日渐减弱，便想出了一个“绝招”，命令前线部队一到夜晚就放照明弹，防止中国军队夜袭，给皇军官兵壮胆。

我军的胜利，极大地鼓舞了当地老百姓。部队不管是夜袭还是转进，当地群众主动带路；群众还主动报告敌军动态，掩护部队和伤员。那次雪夜偷袭敌人时，我军排长张凤岐受伤较重，连夜撤退时掉队落伍，流血过多，晕倒在半山腰上。一个早起打柴的樵夫见了，忙把他背回家去，放到热炕头救活；又找草药治疗。几天以后，待排长体力有所恢复后，这位樵夫又护送他归队。

这天，刘山团长从潵河桥打来电话，说有几个老乡要见总指挥。张自忠问有什么事，那边说有个日本孩子……张自忠听不明白，说那就干脆把他们送来。

不多一会儿，刘山用炮车把那几个老乡送来了。李大兴把他们领到总指挥屋里。

张自忠见走进屋里的是一位老大爷，一位老奶奶，两个十三四岁的后生，还有个日本孩子。他说：“老大爷，老奶奶，你们受惊了，辛苦了！”

“老总辛苦。”爷爷问李大兴，“这位长官是……”

“我是张自忠。”

老大爷不敢相信，面前的人就是前线总指挥，就是带领弟兄们杀得鬼子胆战心惊的人。果然是大个子，下巴上有两根长须，剑眉，大眼，相貌堂堂，和传说中的一样，只是胳膊挂了彩。

老大爷自我介绍；他姓郭，人们叫他大顺老汉，一个是老伴，一个是孙子喜顺，家住羊蹄峪，元宵花会那天，鬼子把村子烧了，杀了很多人，他是眼睁睁看着儿子踩高跷倒下的……

听说是从喜峰口一带逃出的难民，张自忠格外亲热，忙给他们让座、斟热水。

大顺老汉说：他们一家三口在逃难路上，遇到鬼子的飞机轰炸村子。浓烟烈火中有人往山上跑，敌机在追杀。一会儿有听见孩子的哭声。他们三个人拐过去一看，见被飞机炸死的是个30多岁的日本女人，一个六七岁的日本崽儿，趴在妈妈的尸体上痛哭。老汉要走，老伴说那是条命，要没人管，会被狼叼走的。于是他们把他领过来，本想在路上交给日本人，可那些鬼子兵一个个凶神恶煞的样子，老伴不放心，一直带到这里。大顺老汉说："俺寻思，把崽儿交给咱队伍上，由你们送给日本人。他们自己的崽儿，还能不收留！"

张自忠把那日本孩子拉到自己面前，第一眼就发现了孩子手里的小木人。木人是用桃树刻的，还穿着件和尚衣，脖子上拴根红线。他拿过小木人看了看，笑了，还给那孩子。在日本，小木人不仅仅是玩具，还可以驱鬼辟邪、保佑平安。大人们都喜爱给孩子玩小木人。

廖副官把金翻译找来。一边给他糖块吃，一边咿咿呀呀向他问些什么。那孩子不知是腼腆还是害怕，直往奶奶怀里钻。奶奶抚摸他的头，正了正东洋帽，说："别怕。"

孩子话不多，金翻译问一句，他答一句，有时点头或摇头，说话时眼睛直往上翻。

"总指挥，他叫太郎，有6岁。"金翻译报告。

"什么太郎？"张自忠问。

"武川太郎。"

一听这名字，廖副官、李大兴和喜顺子都笑了。"干脆叫武大郎得啦！"喜顺子笑着说。

"他爸爸叫什么？"张自忠问。

"不知道，说他妈妈叫贞子。"

"他爸是干什么的？"张自忠又问。

金翻译咿咿呀呀问几句，说："他说，他爸爸的队伍里有汽车，有炮，有马。"

"嗯，很可能是炮兵大队长武川勇夫中佐。据证实，他就是在我们袭击的那个夜晚丧命的。"张自忠说，"看来，他就是武川勇夫的儿子。"他捻着长须，沉吟片刻，让李大兴领他们去吃饭。待大顺老汉一家领那日本孩子走后，他对廖副官和金翻译说：

"马上和天津我方联络，让日本驻屯军司令部来人认领孩子。"

不到两支烟的工夫，廖副官和金翻译来报告：已经和日本驻屯军司令部联系上了，他们说马上和服部旅团联系。

“是的，”金翻译说，“日方特别向你致意，说在战场上收留孩子，并无条件地送还，十分感谢。”

张自忠摆摆手：“这帮家伙说好话，干坏事，坏透了，那些外交话不要听。”

“我爹，我娘，我弟，山妞，还有好多好多人，就是被鬼子杀死的。我奶奶要不是躲进地窖，也早死了！”喜顺子不知啥时候来了，说。

张自忠这才过细打量这个逃难的少年：狗皮帽子，破棉袄，脚上穿双绽线的棉鞋；黑黑的脸蛋上有双机灵的眼睛。他不愿多说什么，怕勾起孩子的伤心事，摸摸他的脸蛋说：

“快长大吧，长大了给你爹娘和亲人报仇！”

听这么一说，喜顺子反而伤心起来。两眼吧嗒着泪水，差点哭出声来。

这时，廖副官和金翻译来了。

“日方什么时候来领孩子？”张自忠问。

“他们说，经查询，没有丢孩子。”金翻译说。

太出乎意料了！张自忠急了，“你没告诉他们，说是个叫武川太郎的孩子？”

“说了。可他们一口咬定说没这么个孩子。”

“那他们打算不打算来人看看？”

“一点来的意思都没有。”

廖副官说：“看来，他们不想要这个孩子，怕给他们找麻烦，添累赘。”

“王八蛋！”张自忠愤怒了，把烟蒂狠狠地摔到地上，用脚板踬得粉碎……

这几天，大顺老汉一个劲嚷着要走，不愿叨扰部队；可张自忠一个劲地按着他，劝他们多住些日子。无论在前沿视察阵地，还是在指挥所研究作战计划，他的心里始终装着那个日本孩子，考虑着孩子的去留。如果给正面日军直接送去，他们要是决意不收怎么办？他们可是什么事都干得出来的呀！如果留下，饱受侵略之害和穷困之苦的中国百姓，又有谁愿意收留呢？这个无辜的孩子啊……

他不禁想起了自己的儿女。那年儿子生病，他军务繁忙，顾不上送去看医生。不几天，当那可爱的小生命离开人世时，他是怎样肝肠痛断……

“总指挥在吗？”这天早晨，太阳刚刚露出地平线，大顺老汉就来了。

“郭大爷，您找我？”张自忠从屋里迎出来。

“嗯，是，是这么回事……”大顺老汉吞吞吐吐，好像有话不便说出口。因为那天他提出把喜顺子留给部队，张自忠痛快地答应了；总指挥让他收养那日本孩子，他竟跳起来，愤愤然地走了，弄得总指挥很尴尬。

“要不，进屋里说吧。”张自忠说。

“不啦！长官，您说的那话，我和老伴商量过了。老伴说，不管是谁的崽儿，都是佛祖给的一条命，总不能眼看着他饿死冻死。”

“大娘说得好啊！”张自忠说，“鬼子没有人性，屠杀我国儿童，还遗弃本国孩子。可我们是礼仪之邦，拯救生命是最大的行善。”

“总指挥上次劝我的话，我寻思是对的。”大顺老汉说，“我和老伴合计，还是收养这孩子吧。”

“好啊，太好啦！大爷，我感谢您，感谢大娘，可为我们解决了一个难题呀！”张自忠激动地握着大顺老汉的手，眼里迸出泪花。是啊，这两位普通的山民，虽然疾恶如仇，但极富有人性和同情心，这是怎样伟大的胸怀和性格啊！

“孩子小，我们打算带他到内地要饭去。”大顺老汉说，“长官放心，不管怎么样，我们老两口都要把他抚养成人，尽到做人的良心。”

老汉的话十分恳切，张自忠听了很动情。是啊，亲人被杀，家园被毁，两个老人带个孩子，今后如何生活？他低头不语，心头像吊着块石磨。身为军队将领，没能力保护老百姓，不觉得汗颜吗？他想了想，用商量的口气说：

“郭大爷，逃难要饭终不是办法。我想，你们还是回去，那儿不是交通要道，敌人不会占领。那儿有您的地，有果树，羊蹄峪是你们的根。”

大顺老汉说：“我舍不得羊蹄峪，可不瞒长官说，凭我这把老骨头，怕是很难再建一个家。”

“这好办，让李大兴去，帮您把房子盖起来。”

“这……”大顺老汉犹豫了，队伍正打仗，兵金贵得很，咋能为自己……

“大爷,就这么定了,等天暖和了再走。”

“不再叨扰部队了,今天就走,这会儿就走。”

吃过早饭,大顺老汉和老伴领着那日本孩子来向张自忠告别。李大兴一身便装,戴顶破皮帽,斜背一个包裹,活像带着老小逃难的农民。张自忠拉着老汉的手,说:

“包裹里有140块银圆,其中那40块是我给这孩子的。大爷,大娘,孩子的一切就托付你们了。”他吊着膀子,深深地向两位老人鞠躬。

老人感动了,泪眼模糊地说:“长官放心,豁出俺们这两把老骨头,也不能让孩子受委屈,也要对得起长官一片心意,对得起自己的良心。”

善良的奶奶很少说话,这会儿,也说:“长官放心,这就是我的喜顺子,小喜峰,我,我们不会亏待娃的。”说着,奶奶抹着泪,搂着孩子。

张自忠把一包糖果塞到孩子怀里,说:“留在中国吧,从今往后,这里就是你的家了。”他想起了什么,说:“该起个名字,起个中国名字啊。”

“哟嗬,还是长官想得周到。”大顺老汉拍着脑门,“总不能叫他‘太郎’吧!”

张自忠小声问喜顺子:“你那弟弟叫啥?”

“喜峰,郭喜峰。”

“喜顺,喜峰。这孩子从东洋来,就叫喜东吧。郭喜东!”张自忠问,“大爷,这名字咋样?”

“好,好,就叫郭喜东。”老汉深情地看一眼老伴,老伴点头,把孩搂在怀里。大家笑了。

张自忠着意看了看那个小木人,抚摩着孩子的脸蛋,指着两个老人,“这是爷爷,这是奶奶。”把喜顺子拉到跟前,“这是哥哥,你呢,就改名郭喜东,往后你就是咱们中国孩子了!”

那孩子似懂非懂,见大伙围着自己说笑,小嘴也乐开了花,两只小虎牙龇了出来。

张自忠又向李大兴交代:汽车只开到潵河桥,过了桥走山路,要机灵,千万别碰到鬼子。

开动了，汽车开动了。真要离开爷爷、奶奶，喜顺子舍不得，偷偷地抹眼泪。

张自忠向车上的人招手，向小喜东招手，汽车开出了老远老远，他还在招手。仿佛，那汽车载走的是他的父母，是他的儿子。往昔多少事，依依惜别情，但愿人长久，彼此多情缘！

冬天已经过去，春天悄悄来临。早晨的阳光照耀着远处的燕山，起伏的山峦覆盖着白雪，像一条条腾飞的巨龙。这时，从山村传来歌声——

大刀向鬼子们的头上砍去，
29军的弟兄们，
抗战的一天来到了……

第三章

巍巍大境门

日寇所以在长城一线相峙不前，还有一个重要原因是，他的侧后不断受到冯玉祥将军率领的抗日同盟军的打击；其中，吉鸿昌将军带队攻克多伦，日军伤亡惨重，惊动了裕仁天皇。

冯玉祥这个人不好对付，蒋介石不愿让他重掌兵权，胁迫他解散同盟军，理由是，要抗日，由中央统一指挥。外侮当前，冯玉祥怕引起内战，只得咬牙解散了同盟军，把他的老底子部队交给宋哲元，自己再次隐居泰山。

同盟军一解散，日寇嚣张起来，频频向我长城一线进攻。不知出于什么目的，南京政府让何应钦糊里糊涂和日军签订了《塘沽协定》。

于是，中国军队奉命撤离长城线。

张自忠正准备进行春季大出击，突然接到了撤退命令，蒙了，打电话问宋哲元，才知道这其中的原委——

张学良将军因为弃守东北，遭到朝野人士谴责，尽管这是根据中央“不抵抗”命令撤退的，但这个黑锅还得让他背。好容易盼到长城一线抗击日寇这一天，不知怎么仗打了一半，蒋先生却让他《出国考察》，而让何应钦接替职务。

极受蒋先生器重的何应钦将军，真不愧为蒋先生的亲信，主政北平第一件事，是和日本人签订《塘沽协定》，第二件事就是命令29军和其他东北军撤守长城；第三件事是逮捕、审判吉鸿昌。做了这三件事，何将军觉得还不过瘾，又亲自与日本驻屯军司令官梅津美治郎签订了臭不可闻的《何梅协定》——此是后话。

从年初到5月底，整整一个春季，我国军队及各地自愿到长城一带参加抗日的青年，凭着保卫中华民族生存的决心和意志，用劣势装备连连挫败敌人。他们杀得敌人尸横遍野，我方阵地上也已血流成河。这是"9·18"以来日军最大的一次军事行动，用两个师团及3个独立旅团和配属部队，企图一举突破长城关隘，进军华北。但，它们在中国人民和军队面前失败了，第一次尝到了侵略遭惨败的滋味。中华儿女以英勇的壮举，用血肉"筑成我们新的长城"！

张自忠想着，愣着神，不断捻着下颏上的长须。作为前线总指挥，部队打了胜仗却让撤退，这个口怎么开？但命令不能违抗，思来想去，还得向部队下达。

这个命令、犹如翻滚的油锅里掉进一滴水，噼噼啪啪炸起来了。"为什么让撤退？""打了胜仗还撤退，我们牺牲的弟兄们的血不是白流了吗？""这是个糊涂命令，浑蛋命令！"官兵们咒骂着。

"总指挥，这到底是为什么？"赵登禹、黄纲、何丰等几位旅长闯进指挥部，质问张自忠。

张自忠也急了，"你们问我，我问谁？"

"弟兄们想不通，不愿撤！"

"不愿撤也得撤，这是上级的命令。"

"什么时候撤？"

张自忠想了想，说："今天晚上，不要惊动老乡们，要提前做好准备。"

仲春时节，气候宜人，塞外的风吹过来，夜色黑暗而寒凉。天幕上没有星星，没有月亮，只有几片不算厚的阴云。村子里，零星传来几声犬吠，打破了黑夜的寂静和沉闷。

牢骚归牢骚，命令还得执行。吃过晚饭，部队开始收拾、清点，当月色溶溶地漫过房脊的时候，部队悄没声息地到村外去整队集合，排行军序列。部队受到了老百姓的支持和关心，如今要离开，理当去告别，去道谢，然而，部队情绪低落，谁也张不开口："老乡，我们撤退了！"

部队不打招呼，老百姓还是知道了。当队伍出发的时候，村里的老大娘、大嫂，用笸箩端着红枣、花生、板栗，往士兵们的挎包里塞。部队所过村子，人们在寒夜中排着队，送别抗日英雄。但，他们不是笑脸送别，而是哭着、喊着、号啕着，以泪眼相送。

张自忠和总指挥部的人刚出村子，就见路旁黑压压跪着许多人。一个老汉抱住张自忠的腿，老泪纵横，说："长官，咱们大军走了，谁来保护俺们老百姓啊？"

张自忠几日来的委屈，化作汩汩泪水，在暗夜里淌下来，淌下来。打了胜仗要撤军让地，没有半点道理，"无颜见江东父老"的羞耻心撞击着全身。他寒冷，他恼羞，他心亏，怎么给老乡们解释……老百姓哭声一片，听了让人心寒。国家不管他们了，军队不保护他们了，他们即将陷入魔掌。还有一些老乡，已经打好行装，携儿带女，打算跟在部队后面去逃难……

许久许久，张自忠弯下腰去扶起老汉。细看，吓一大跳，他竟是郭大顺老汉；旁边还有郭大娘，还有小喜东。孩子哭得呜呜的。他只觉得十二分羞愧和汗颜，跪下，和大顺老汉抱头痛哭……

这时，张克侠过来，把大顺老汉扶起来，安慰着。张自忠从惶惑和惭愧中走出来，站在一家门前的台阶上，抹一把满脸的泪，说：

"大爷，大娘，老乡们，上峰让部队撤退，我不能违抗命令。但有一条，我和我的部队是打鬼子的。只要鬼子一天不离开中国，我们就一天不歇地打下去。只要我不死，总有一天，我会带着部队打过长城的！……"

他被克侠和护兵架走了。他真不知道自己是怎么离开那尴尬场面的。这一幕，永远留在他的脑海里——这是耻辱，也是鞭策。

不久，国民党中央军委会决定成立庐山军官训练团。蒋介石点名让张自忠带领 29 军营以上干部去受训，当副营长。蒋介石钦慕张自忠由来已久：中原大战失败时没能收降他，可不久全军整编后，蒋介石亲自在汉口召见他，并赏大洋30万块；这次训练结束，给每人授一柄短剑。蒋介石把剑佩在张自忠身上，着意和他握了握手，并用另一只手在他手上拍拍，微笑地点头致意……

赴庐山受训，必然经过汉口。张学良出国考察回来，正驻军武汉。张学良见了29军军官们十分高兴，陪他们吃饭，包租饭店，并派专轮接送他们。一天，张学良在风景秀丽的东湖单独接见张自忠，临别时特意送他一只金壳怀表。据说这表是他特意定做的，只有十多只，除送给亲朋外，赠给将领的为数极少。他勉励说："表走得是准确的，但愿你我也像表一样，为了国家民族利益，忠贞不贰，毫不含糊。"……

如果说，蒋介石看重张自忠的才干和忠勇的话，那么，张学良更看重他无私无畏和大仁大义的德行。张自忠身上体现的军事才干和品德修养，正是时下高级将领所要具备的。

然而，不论蒋介石、冯玉祥、张学良多么器重他，都抹不去长城撤退时在心头留下的阴影，他那开朗的性格发生了某些变化——自卑、郁闷、烦躁充塞胸中。

这是个多雪的冬天。中央政府任命张自忠兼任察哈尔省主席。

初任封疆大吏，他自感责任重大，经验不足。戎马平生，只知道训练部队，只知道带兵打仗。可省主席却要管全省事务，包括政治、外交、经济、军事、文教等等。

他琢磨了一些日子，对参谋长张克侠说："陪我到北平去走一趟。"

"干啥？"克侠扶一扶眼镜，问。

"去请一个人，请个能协助我处理政务的人。"

"嚯，谁能替你当省主席？"张克侠很惊讶。

"不是代替我，是协助。"张自忠说，"这个人很有两下子，去了你就会知道。"他冷静地分析了当前的情况：日本人在华北无孔不入，察省处于华北的前哨，部队不能有些许松懈。当务之急是两件事：抓紧军事训练和更换武器装备。如有个得力的人来协助他处理政务，他就能把主要精力用在部队建设上。

克侠同意张自忠的分析,答应陪他走一趟。

张家口到北平不算远,但大雪把铁轨埋没了,火车走得很慢。当他俩走出永定门车站时,已是申酉之交,该是吃晚饭的时候了。风雪征程,颇感疲惫,他俩到一家饭铺吃过饭,找到西四牌楼下,辨别了一下方向,便朝西四北大街走去。凭着张自忠的印象,从个不大的胡同往里走,有个小四合院,那里住着他要找的人。

黄昏时分,那家的门环被张自忠敲了几下,里边有人开门。可用人告诉他们,先生和太太看朋友去了,今儿个风大雪大,能不能回来说不定。他们留下话,说明儿上午再登门拜访。

他俩来到宋哲元的寓所,汇报了有关情况,聊了会儿天,便到招待所住下来。

他俩住了间头号房。房里有两张铺,一切颇感方便。一会儿,门房叫他们下楼洗澡。澡池很小,但十分干净,池子里热气腾腾,但水却清亮得很。寒冷的冬天泡个热水澡,谁都感到惬意。张自忠半躺在池子里,眯着眼;克侠摘了眼镜,干脆躺下来,只把脑袋露在外面。

"大哥,咱俩要找的这个人是谁?"克侠问。

"是我在天津法政学堂的同学,陕西人,比我大三岁,叫马冲。"

"他怎么留在北平了?"

"他是个很有抱负的人。法政学堂毕业后,他取道武汉,投身国民革命。不久,孙中山先生选派一批学子赴日本留学,他是其中的一个。学成回国后,他一面在北师大任教,一面参与政治活动——什么护法反袁、五四运动,拥护北伐军。张作霖入关后,他被聘为大帅府的政治经济顾问。直到张学良将军主政北平,他们之间也没断过来往。"

"最近呢?"克侠又问。

"长城抗战撤退时,我到北平和他见过一面。"张自忠说得从容,澡池静静的,很有聊天气氛。"这二年他虽没供什么职,但也没有真正埋在故纸堆里,而是一边著书,一边静观形势,常有宏论发表,尤其对日本的侵华野心看得颇为透彻。"

回到房间，躺在床上，他俩一边抽烟，一边聊，张克侠说：

“这个马冲有学问，我信，但能干不能干可就两说了。倒不如从弟兄们中找个更合适的人。”

“涉及政务的事，不是谁都可以干的。还是那句话，弟兄们的精力都要放到部队上。”……

夜已经很深了，两人都有些困倦。炉子里的煤火烧得正旺，时而发出一声噼啪的响声。壶里的水“沙沙”地响，和窗外呼呼的朔风形成巨大的反差，使人感到房子里安宁、舒适、暖和。

第二天上午，当他俩顶风冒雪来到马冲家时，主人早已把火盆生旺，情怀激烈地等着哩！

马冲是个重感情的人。听说张自忠昨晚来访，后悔不迭，大呼“回来晚了，晚了！”今早亲自收拾书斋，生了火盆，单等客人到来。

张自忠把克侠介绍给马冲认识之后，三人便在书斋落座。马太太亲自送来两杯香茶，冲克侠笑笑，和张自忠随便寒暄几句；又把丈夫的宜兴紫砂茶壶放到桌上；出去时，把书房门带上。小小的斗室里只有三个好朋友，自由自在，谈天说地。“有朋自远方来，不亦乐乎！”

“荩忱老弟荣任察省主席，我已经听说过了，可喜可贺！”马冲把那只拳头大小的紫砂壶揽在怀里，像抱着只热烘烘的手炉，像揣着只温良可爱的猫，好一副学者派头。

“是荣耀，也是责任。”张自忠说，“学兄，我俩正为这事而来，想请你……”

马冲用手势制止他往下说，哈哈一笑，“喝茶喝茶。”他拿眼瞅着客人品茶，问：“这茶如何？”

“不错！清香扑鼻，开人七窍。这种茶，我似乎没有喝过。”张自忠说。

“对茶，我品不出个名堂，不如烟内行。”克侠自嘲地一笑，“这茶是……”

“铁观音。是福建的一个学生，他的同事到北平办事，托他捎来的。”马冲说。

“比起龙井和毛峰来，这茶更有一番清香。”

“唉！”听张自忠这么一说，马冲长长地叹口气，把手中的壶往桌上一推，

“什么龙井、毛峰，什么银针、碧螺春，还有六安瓜片，用不了多久，这些茶，我们怕是喝不上啦！”

听了这话，两个客人如同丈二和尚摸不着头脑，都拿眼睛直瞅他。马冲把头埋在怀里，一片愁云遮着他那开朗的脸。张自忠把壶放到他手里，让他继续搅着，意思是让他继续说下去。他的眼睛盯着火盆里闪烁的炭火，感奋地说：

“日本人亡我民族之心不死，大有一举侵占我中华国土之势，箭在弦上，早晚会有这一天。”

克侠不善言谈，可听到这话不觉大吃一惊：“教授是说，日军就要向我内地发兵了？”

“这种情形不可避免了。”马冲身穿棉长袍，一双两块瓦的老头棉鞋；瘦瘦的脸颊，宽阔的前额，脑袋已经谢顶，头顶闪着油汪汪的亮光。他抱着紫砂壶走几步，说，“江南一旦被日人占领，我们还能喝得上茶吗？”

“岂止喝不成名茶，还要亡国灭种当奴隶！”张自忠的话不是补充，而是忧愤。

“老弟，你既是将军，又是省主席，军政一身，责任重大，我倒有几点建议。”马冲说。

“愿请教，洗耳恭听。”张自忠诚恳地说。

“第一，大事请示上峰，但本省之事，应当自行解决；第二，对中外一切政治、经济、军事等重要事件，应该及时了解，有所关心；这第三嘛，得暇要读点书，古今中外历史及著名战争，要了解一些。高级将领应该是个战略家。”马冲侃侃而谈，“今后，中国军队的主要对手是日军，所以，要重视研究日军情况，包括战略战术，武器装备，后勤辎重，以及有关将领的性格特点，都要心中有数。一旦交手，不致惊慌。这就是兵书上所说的：知己知彼，百战不殆！”

“好，马兄说得好啊！”张自忠听得热血沸腾，从椅子上站起来，一把抓住马冲的手，差点没把那只紫砂壶摔到地上。

“孤陋之见，谨供老弟参考。”马冲摆摆手。

“这次来，不仅是来聆听教诲，还是来请学兄出山的。”张自忠说，“我一介武夫，一旦临政，甚感惶恐；形势瞬息万变，怕分寸把握不住，所以，想请你去协助我处理政务。"

"这个……"马冲对客人来访之意已猜中几分，可一旦说明，他还是感到有些意外。自忠在学校时品学兼优，从军后又十分注意学习，当学兵团长和军校校长时，确实读过一些书，而且经历过一些重大政治事变。在国军高级将领中，他算得上文武双全。他原想，自忠在叙同窗之谊中，只是试探下他的口气，没想到他真会请他去辅佐工作。于是他说："这是老弟抬举小兄，情意我领了，可我是不能去的。"

"我是诚心诚意，请学兄千万不要推辞。"

"马教授，我们可是专门来请的。"克侠说。

"我是个书呆子，从没有做过官，恐怕会使老弟失望的。"马冲的态度甚为坚决。

三人正说着，马太太走进书房，插话说："荩忱，你不知道吧，他最近身体不好，一劳累就吐血。平日他读书写文章，我总把着他。"

"写文章，那是个呕心沥血的事，到我那儿去，肯定会好些。"张自忠见马太太干预，忙说，"等天气暖和些，也请嫂夫人去住些日子。"

"火锅点着了吗？"马冲忙把话岔开。

"点着了，菜也做好了。"

"吃饭吃饭！"

一张红木八仙桌的中央，锃亮的紫铜火锅如同那紫砂壶一样精致、可人。火锅里柴炭轻微地"噼啪"声，和那闪灼灼地火苗，映红了餐室，温暖了在风雪天相聚的人……

张家口北城门外，察哈尔省政府。

张自忠率部分团长、参谋和省府人员，到察北考察多日。出发前，他曾交代，每人要用心考察，事后必须写份书面情况。回到省府后，他将每份报告细细阅读，然后亲自汇总，写了"保卫和开发察北意见书"。这时，他兴致勃勃地把马冲找来，正在和这位新任省府秘书长研究这份重要文件。

那天，尽管马冲和太太推辞再三，但毕竟拗不过军人的执着。不过马冲最后说："古书云，气同则从，声比则应。你我虽为同窗好友，但这些年风云动荡，每人都有自己的世界观。勉强不得。和，咱俩一起工作；不和，我将随时离开。请你给我这点自由和方便。"

"好，学兄尽管自便。"张自忠许诺。

实在没有理由再推托了。在这乱云飞渡的岁月里，能辅佐张自忠镇守边关，稳定形势，也算是为国家出了份力。然而，他还是说了句最不愿说而又不得不说的话："荩忱老弟，我先得声明一句：咱可不要做汉奸啊！"

没想到，马冲会说出这么句话来。张自忠听了心发颤，脸发沉，盯着马冲的眼睛，半晌，一字一板地说："那就把我的骨头砸碎了，看看到底有没有一点儿汉奸气味！"……

省主席办公室的一角，摆着两张单人沙发，前面放只炭火旺盛的火盆。张自忠和马冲一字一句地斟酌着这份意见书。这是他上任后，呈报中央和行政院的一份重要文书。察北虽然天气寒冷，地广人稀，但大有开发利用的价值。其丰富的土特产，发达的畜牧业，如适当发展工业生产，将可成为我国的牛羊肉基地、奶制品基地和毛纺工业基地。而张家口作为平绥线上的重镇，连接着察北和绥远，将是这一带的商品集散中心。

"意见书"研究接近尾声，黄纲、何丰、刘山等三个旅长突然闯了进来。他们英姿勃发地站在张自忠面前，举手敬礼。张自忠一见是自己的三名得力干将，来不及还礼，就一把将他们三人搂住。

"黄纲，什么时候回来的？"他惊喜地问。

"昨天晚上。今天特来向师长报到。"这位个子高高的黄纲旅长说。

"想不到你们三人能一起来。"

"我们是来让省主席请客的。"刘山说。长城抗战不久，他提升为旅长了。

"饭是要吃的，要说请客，有什么由头？"

"他们说，近日省主席委任了一位秘书长。"何丰慢条斯理地说。

"这就是你们要见的马秘书长。"张自忠把马冲介绍给三位旅长。

原来，那年张自忠和刘山、何丰到庐山训练团学习回来后，觉得让军官们参加高层次的训练很有必要，于是他又保送黄纲去学习。

“在南京，听到过中央对抗日有什么主张没有？”张自忠问刚从中央军官学校归来的黄纲。

“临毕业时，蒋总司令参加了典礼，在会上讲话说：抗日不是一人一家的事，关系民族、国家存亡，应由中央统一部署，不要轻举妄动！”

一提起日本人，张自忠就气愤。他说：“要是我自家的事，早就与鬼子拼啦！”

“蒋总司令还说，”黄纲继续说，“抗日需要准备，准备需要时间。我们争取和平，局部做些让步，就是为了准备更充分些。”

张自忠点点头，又看马冲一眼。马冲无可又无不可地笑笑，笑得颇为深沉。

“我们在军校学习的都是新武器，那性能就是好，杀伤力强，命中率高。”黄纲说，“师长，我们的武器太差了。”

张自忠默默地点头。就目前几个派系的军队来说，西北军最能打，但武器装备也最差。后来苏联支援了一点儿；蒋介石给了一点儿；29军成立后，张学良又给了一点儿，但仍然没有扭转有兵无枪的局面。人们只知道西北军的大刀片有名，殊不知，这是因为武器不足逼出来的。他鼓励三个旅长说：

“只要部队训练好，素质过硬，补充武器容易。我们有打算：能造的，自己造；不能造的就买，争取尽快地更新装备。”

刘山晃晃腕上的表说：“师长，别光说话了，得照顾照顾弟兄们的肚子。”

“吃饭吃饭！”张自忠哈哈一笑，向外面叫一声，“李大兴，叫副师长和参谋长来吃饭。”

小餐厅的圆形餐桌上，放着八大盘菜。天寒地冻的张家口，没什么鲜嫩可口的蔬菜，无非是牛羊肉、蘑菇和白菜土豆。张自忠平日下部队，就和士兵一起吃；在省府，就和工作人员一样买饭吃。除非招待客人，才加几个菜。

他们刚在桌前坐定，刘山见了桌上的饭菜，忍不住，提议边吃边等副师长和参谋长。自家兄弟，用不着客气。张自忠应允，先端起酒杯，欢迎马秘书长，欢迎三个兄弟的到来。他们刚喝了两杯，副师长文天就来了。

“参谋长呢？”张自忠问。

“在司令部处理一桩麻烦事。”文天拍打拍打身上的雪，说，“日军张北特务机关送来一份文函，说是根据《塘沽协定》和《何梅协定》条款，让我军撤到大境门内；大境门一带由他们驻扎。”

张自忠正端着一杯酒，一听说日军如此蛮横无理，脸色陡然沉下来，把酒杯放到桌上。

“岂有此理！”黄纲重重地放下筷子。

“师长，让我带弟兄们，去张北把鬼子的特务机关捣了算啦！免得它惹是生非。”刘山说。

“小鬼子记吃不记打，春天在龙门所吃了亏，冬天又想吃大境门。”何丰说。

马冲初来乍到，见三位旅长怒发冲冠，不便说什么，从桌上的烟盒里取支烟，抽着。

张自忠觉得，饭桌上的气氛太紧张了。弟兄们难得一聚，怕大伙吃不好。他不觉朗朗一笑，说：“喝酒，天塌不下来！”举起杯向弟兄们晃一晃，等众人都端起酒杯时，他“嗞”的一声把酒干了下去。军人就有这么个性格，无论眼前发生天大事，该吃得吃，该喝得喝，该睡得睡。不会吃、喝、睡，就甭想当个好兵。不过，他虽然这么安慰弟兄们，但思绪早已飞向了战场，不禁想起今年春天，保卫察东的那场战斗……

敌人向我华北长城最北端的独石口进犯。在风沙弥漫，气温零下40余度的恶劣环境下，我军将士坚守阵地，英勇杀敌。敌人一面派飞机轰炸，一面要求我军退出龙门所和赤城。见恐吓无效，竟派飞机掩护步骑2000余人，向龙门所猖狂进攻。激战3天3夜，敌人败退而归……

和鬼子多次交锋之后，他深知敌人的伎俩：先是要无赖，叫你把地盘让给它；你若不让，它就恐吓；再不见效，它就硬来；如果真的碰得头破血流了，它就自己搬梯子下台阶，说是“误会”，让双方“停止冲突”。

张自忠陪弟兄们吃饭，可心里却在盘算该怎样教训一下鬼子。饭菜刚下肚，当每人点燃一支香烟的时候，张自忠说：

“实在对不起，本来要留弟兄们看看戏，洗个澡，再畅谈一番。看来，鬼子不愿给我们这个机会。现在,弟兄们就各自回部队去吧! ”

“是! ”三个旅长同声应着。

“且慢! ”张自忠拿眼看大家,说,“黄纲,你部从大境门向北行走45里,在罕诺坝一线布防,严阵以待;何丰和刘山,你们从察北和察东分别派一支人马在大境门和罕诺坝之间。一旦黄纲打响,你们进行接应。”他又转身对副师长文天说:“命令宣化的直属守备部队,抽调一个营进驻大境门内。一切行动,在今晚零点以前就绪,我等着你们的好消息。出膛子弹不回头,行动吧! ”

“是!”三个旅长同时敬礼,并各自跃上了自己的坐骑。张自忠向他们扬扬手。三匹快马如同三支离弦箭,向着不同的方向射去。

张自忠看着三个旅长走后,对文天说:“你快点回师部去,把我的安排跟克侠说说,掌握好部队,有什么情况随时联络。”

待文天跃马离去后,张自忠和马冲走进了他的办公室。然后,将布置情况写进战斗日志。

“荩忱,调兵遣将是一个方面,但还有个重要方面也不要放弃:那就是和日方交涉,保持现有局面,井水不犯河水。”马冲说。

张自忠不觉捻着右颏上的几根长须,沉思着,站起来,仿佛在大境门上视察他的部队如何按命令行动。啊,人吼马嘶,风声鹤唳……

日军所以扬言要驻大境门外,是因为《塘沽协定》注明中日军队以长城为界。殊不知,大境门是张家口的北大门,是长城的一部分。如果允许日军驻扎这里,那么,张家口就不会在我手里;失去张家口,察哈尔就不复存在,平绥铁路也势必落入敌手,整个华北受到严重威胁。

想到这里,他还是接受了马冲的劝告。是的,尽量避免大动干戈,维持现状无疑为明智之举。他决定让马冲到日本特务机关去交涉。他看看怀表,黄纲开始行动了。他对马冲说:

“你辛苦一趟吧。不管什么协定,也不管什么长城线,你只强调,大境门外早已驻有中国军队,如果日军由张北南开,双方发生误会,一切后果由他们负责! ”

马冲一一点头,并商量了一些细节。这是他受聘后处理的第一桩涉外事件，未免有些忐忑。张自忠把他送上汽车，鼓励说：

“你是中国政府官员，是代表省政府和主席去的，要理直气壮，态度坚决，寸步不让！”

送走马冲，他再一次看看表，时针已指向9点。他给师部打电话，询问部队调动情况。张克侠告诉他：部队都在行动，而黄纲的先头部队已接近罕诺坝。张自忠指示说：通知黄纲，部队连夜筑构工事，随时准备迎击敌人！

副官、秘书、参谋、护兵，都在办公室外守候着，连大气都不敢出，只拿耳朵听着屋里动静。省政府大院里，汽车、摩托、马匹，均已齐备，单等张自忠调遣。无数双眼睛，盯着那扇亮着电灯的窗户；每个人的神经，都像紧绷的弦。朔风呼啸、严寒刺骨的张家口之夜啊，恬静和温馨中，却有着难以捉摸的骚动。

张自忠端着茶杯，一口一口地品茶，但舌苔粗糙，品不出什么味道；他一支接一支地抽烟，烟蒂灼伤了指头，却不觉疼；他在紫红油漆地板上来回踱步，皮鞋叩击着木地板，像秒针那样规律，像在给人们散发镇静剂。

这时，廖副官进来报告，说有位先生求见。

客人穿件黑色毛呢大衣，蓝狐皮领子，手里拄根文明棍。客人进来，把大衣扣解开，在沙发上优雅地坐下。首先自我介绍：

“敝人邱仰，从北平来，久闻将军威名，前来冒昧拜访，张将军辛苦了！”说着伸过手来。

张自忠感到惊讶，夜已深沉，天气又冷，如是一般性拜访，显然不是时候，难道有什么重要事情？他向外招呼看茶，便试探性地问：

“邱先生是到张家口办事？还是……”

“办事办事，顺道拜访将军。”邱仰连声说道，点燃了自己带的雪茄。

张自忠对来人身份不明，又不便多问，相互间稍有沉默。这时，李大兴给客人送上茶。

“张将军，听说日本人让将军的部队退到大境门以内，可有此事？”邱仰问。

张自忠又是一阵惊讶，说：“没想到邱先生的消息如此灵通。”

“哪里哪里，只是略有耳闻。”邱仰端起茶杯，品一口，也不看主人，问，“将军做何打算？”

张自忠哈哈一笑，说：“邱先生既已耳闻，而且深夜来访，想必有高见，愿意领教。”

“依我之见，日本人提出这一要求，是很有根据的。”邱仰放下茶杯，仰头一笑，“张将军当初驻守张家口时，没有想到吧？”

当初驻守张家口，他张自忠确实没有想到日本人会有如此混账的要求。但面对陌生的客人，他既不愿点头，也不愿摇头。整个屋子充满了雪茄的味道。张自忠将手里的烟蒂扔进烟缸。

“当年在塘沽签约时明确规定，日中两国军队以长城为界。那时日本人只在冷口、喜峰口一带作战，无暇顾及张家口。现在提出这个要求，等于是继续执行《塘沽协定》之规定。”客人站起来，在地板上一边走动，一边侃侃而谈。

“依先生之见呢？”张自忠进一步逼问。

“据我所知，日本人素对张将军评价颇高。”邱仰走着，说着，并不看张自忠。“如果将军审时度势，主动让出大境门外，既对将军无损，而且也深得日本人欢心，那个时候……”

“邱先生，”张自忠打断他的话，讥诮道，“看来，我真得让出大境门为好。请问邱先生，如果我主动放弃大境门，日本人是不是更欢心呢？”

一听味道不对，邱仰停住步，说：“将军不要开玩笑。我不过是说，咱中国人向来说话算话，既然有协定存在，就该按协定办事，不然，人家会骂我们不守信誉。”

“邱先生倒是很为中国人着想。”

“我也是中国人嘛！”邱仰听到夸奖，高兴了，说，“前些天，学生们搞什么罢课、游行，说什么‘还我河山’，其实，这些年轻人想不通。河山还是属于中国，日本人占点地盘，无非是保护自己的侨民，保护他们在中国的工业和商业，并没有把咱中国的河呀、山呀搬到人家日本去嘛……”

“邱先生！”

邱仰只顾自个儿说得痛快淋漓，得意忘形，突然听到张自忠叫他，不禁吓了一跳，猛地回过头来，却见张自忠手里托着他的茶碗，说：

"邱先生,对不起,我还有公务,请用了这碗茶就走。"

该说的话都说了,而且张自忠对他这么尊重,心里未免有几分兴奋,他伸手去接茶碗。可不等接住,茶碗"啪"地掉到地板上,在他的脚前被摔得粉碎了,茶水溅了一地,茶叶、茶水溅到他的皮鞋上。两人对视一眼,都没有言语。廖副官、李大兴等人听见动静,也都立在门口。

"请送客!"张自忠冲门外喊。

邱仰临出门时又说:"张将军,还是下命令让你的弟兄们往后让一让为好。"

"邱先生放心,我已经下命令了!"

"那好,那好!"难得听到这句话,邱仰欣喜地要和张自忠握手。但主人已转身进了办公室。

"什么东西!"不等邱仰走出省府大院,张自忠冲外面骂道。他觉得烦躁,窝气,心里狠狠地骂着:他妈的日本人浑蛋,一面要人家国土,一面还派汉奸当说客,天底下竟有如此不要脸的!

当然,此刻最关心的,还是马冲去和日本人谈的结果如何?黄纲到达罕诺坝没有?他又一次给张克侠打电话,询问黄纲及何丰、刘山各部情况,并且亲自和已经到达罕诺坝的黄纲通了话。这时,他的心绪才稍稍稳定些。只要部队行动迅速,准备充分,或谈或打都好办。

他不时地掏出怀表看看,后来干脆把表放到桌上,一边踱步,一边不错眼地盯着表针。10点半过去了,11点也过去了。当离零点只差12分钟的时候,大院里一阵骚动。一会儿,木楼梯上响起"沓沓"的脚步声。他不觉向办公室门口走去,却恰遇马冲上楼向他走来。

马冲身穿中山装,怀表上的银链在胸前晃动;见到张自忠,他摘下礼帽,没有握手,却先掏手绢擦额头上的汗,冲他满意地一笑。

张自忠把他让进办公室,扶他在沙发上坐下,亲自给他斟茶,并不急于问结果。

马冲呷口茶,看看张自忠,这才轻松地一笑,郑重地说:"省主席,一切按你的意见办了,日本人也答应了你的要求。张北日军正待行动,先头部队已经出发，又回去了。”

张自忠旋即握着马冲的手说：“老兄辛苦了！”

两个人爽朗、畅快的笑声，打破了寒夜的沉静，在这个长城重镇的夜空回荡。

此刻，时针正指向零点……

一年一度的春节就要来了。无论战争阴云多么沉重，人们还是纷纷置办年货，求得家人的团聚和平安。中国人，十分看重年节。

位于内蒙古高原和华北平原之间的张家口，不仅冬天寒冷、漫长，而且风大雪大。风卷着雪粒和沙砾，敲打着门窗，抽打着行人。风把人们厚厚的棉衣、皮衣打透了，令人发颤。你如果在寒风中站立一会儿，手指和脚趾就会感到麻木。虽然过了腊月就该是春天了，然而，腊月却是冬天中最寒冷的日子。

正值学校放寒假，察省学生纷纷从各大专院校返回家乡，也有教师和学生路经张家口，赴大同参观云冈石窟，还有师生借参观之名，专程赴察考察时政。张家口的大街上，常有三五成群的学生在走动、在议论。

这天，张自忠在办公室思考察省的防务。地处华北边缘的察哈尔，日伪军常常在这里制造摩擦。今天在东蚕食一块地盘，明日在西骚扰一阵。我军往往是兵来将挡，水来土掩，疲于应付。日军得寸进尺，胃口很大，而上面的对日政策又不明确。张自忠恨不得大打一场，把敌人赶出察省。这种矛盾心情，使他感到沉重和烦躁。

这时，忽听得外面人声嘈杂，仿佛是几个人在和卫兵吵架。张自忠信步走出办公室，走下楼梯，站在楼前的台阶上，用眼睛问卫兵。

卫兵说：“他们要闯进去！”

“我们是北平来的学生，我们要见省主席张自忠将军。”那些人中，有人站出来解释。

哦！张自忠细看来人，确实是几个学生娃子。一共 7 个人，其中还有两名女同学，年纪都在 20 岁上下，和他就读天津法政学堂时的模样差不多。见了这些学生，使他不仅想起了自己的学生时代，也想起了自己的子女。

“我就是张自忠。同学们到察,是不是遇到了什么困难需要我帮助?”张自忠和蔼地说。

“我们没有什么困难,”一个戴眼镜的男同学说,“我们就是想……”

“就是想见一见张将军。”还是女同学嘴快。

“谢谢同学们!”张自忠笑了。

“我们想提几个问题,不知可不可以?”

“可以,提吧!”张自忠鼓励同学们。

“您对华北自治有什么看法?”

“对我们学生运动有什么看法?”

“您在察省是怎样抵抗日军的?”……

张自忠的目光在每个同学的脸上扫过。在这民族危亡的多事之秋,孩子们过早地成熟了。他们不仅仅关心自己的书本,而是从教室里走出来,放眼全国,挽救危亡。最敏感、最敢作敢为的还是这些学生。未来属于他们……他的目光从同学们的脸上缓缓移向远方,深沉地说:

“同学们,感谢你们,为有像你们这样的后来人而骄傲。我不想多说什么,只想要你们记住:中国是中国人民的,只要万众一心,都不愿当亡国奴,我中华民族就不会被异族灭亡。至于我个人,和你们一样,是生于斯长于斯的中国人,我挚爱脚下每一寸热土。如果有一天,我干出了对不起祖先和国人的事;如果有一天,我虽握有重兵而不能保卫国土和民众,我……”他的声音哽咽了,半刻,低沉地说,“我将自杀!”

“那么请问张将军,有什么具体的……”一个男同学继续提问,被细心的女同学拽了一把。因为她发现,将军的眼里分明闪动着泪光。

同学们蓦地惊呆了,不敢看将军。可能是由于地球引力作用,一个个把头死死地扎在胸前;另一个女同学在嘤嘤啜泣,由于强忍着悲痛,喉间有一两声压抑的哽咽……

铅灰色的天空中,一团团阴云在缓缓地移动;呜咽的寒风从头顶穿过街道,碰撞着落了叶片的枯枝;房檐上的冰凌被刮下来,清脆地掉落在墙根下;一辆拉货的马车,在遍地残雪的街上艰难地行进着;店铺前的幌子在瑟瑟抖擞,远处传来商人们有气无力地吆喝声。

当同学们向张自忠告辞时,他说:“难得你们一片热情,千里迢迢来了,就应该到处看看考察一下,察省的大部分地方仍然掌握在我们手中。我们要有信心,不要太悲观了。太悲观了,反而看轻了我们自己。同学们说对不对呀?”

“对!”同学们的情绪顿时又活跃起来。

打这以后,张自忠让腾出省府招待所,专门接待来察的师生和团体,并备一辆汽车,供来人浏览市容时乘坐。他指示秘书长和教育局长认真接待,解决师生困难,和他们座谈、联欢,宣传抗日主张,激励抗日信心。

一天,听说天津来了一批学生,张自忠带着廖副官到招待所去看望。刚到招待所门口,就听见里面吵吵嚷嚷,相互间言辞激烈。他不便近前,打发廖副官去察看。

一会儿,廖副官出来向他报告,说是这批学生来得多一些,招待所的床位不够,让一位长住的客人暂且到饭店住两天,这位客人不干,正和招待所长大吵大闹。张自忠问:

“这位客人叫什么名字?来干什么的?”

“听说姓邱,具体情况不清楚。”廖副官说。

“是叫邱仰吗?”张自忠问。

“对,是听说叫这么个名字。”

听说是邱仰,张自忠的气不打一处来。他想去见邱仰,刚走几步,却止住了,转身回到办公室,让廖官去把秘书长马冲找来。

邱仰何许人也?张自忠已经打听得清楚:他原是吴佩孚的幕僚。“吴大帅”被北伐军打败后,陷于四面楚歌。后来逃亡四川,奔走甘南,到达北平,他始终是“大帅”的马前卒。“华北自治”甚嚣尘上之时,日本人想把吴佩孚抬出来做溥仪第二。但不知出于何种原因,吴始终没有明确表态。从这个时候起,邱仰就和日本特务勾搭上了。他自称“日本通”,其实并没有到过日本,只是和日本人混得厮熟罢了。他一直住在省府招待所里,至于究竟是谁约来的?是谁派来的?还是他自己跑来的?谁也说不清。他每日不是在日本领事馆,就是到日本特务办事处。他和人们接触时，张口闭口都是什么“建立大东亚共荣圈，共存共荣”；每当日本人应酬，也总是少不了他参加。人们叫他“蚰蚓”，可恶的软体动物……

不多一会儿，廖副官和马冲走了进来。

“秘书长，请你和廖副官到招待所走一趟，让那个姓邱的马上离开张家口。”张自忠说。

马冲犹豫了，一时没有搭话。廖副官找到他时，他正和教育局长研究教师的寒假生活问题。春节前夕，让教育局的人到部分教师家里去看看，帮助解决些困难。听说省主席让他去处理邱仰的事，但没想到竟处理得这么果决。他想了想，说：

“现在已经是下午，让他明天离开吧。”

“不，现在就走，让他把房间腾给学生住。”张自忠气愤地说，“晚上不是还有趟到北平的车吗？这样的人，给中国人丢脸，也给省府丢脸！”

军人的性格就是干脆、果断。和这样的人共事无须你啰唆。只要他下了决心，你是很难改变的。再说，对邱仰，也用不着给什么面子。像他这样的人是很不要脸的。他们是日本人豢养的叭儿狗，只要日本人手里还有一块肉，他们就会摇尾乞怜。

当马冲和廖副官来到招待所时，邱仰和所长的吵架还在继续。

“你们年轻人太不懂事。你拿着4两棉花去纺一纺(访一访)，看我邱某是什么人？是有来头的，日本人见了我都客气得很。告诉你，住你们招待所，是看得起你们！”

“我没别的意思，只是让你到饭店临时住两天，那儿条件不赖，也是我们包租的。再说，我们总不能让这些学生娃分开住吧！”

“学生学生，你们就知道鼓动学生抗日，全然不顾大局，日中提携、共存共荣，有什么不好？”

两人吵得正欢，忽见马秘书长和廖副官进来，都封了嘴。片刻，招待所长委屈地说：

“秘书长，您看……”

马冲用手势制止，复又转向邱仰，说：“邱先生，咱俩单独说几句话。”

“好吧！”邱仰矜持地仰着头，说。

马冲把他领进所长办公室，掩上门，说：“邱先生，还是回北平和家人过团圆年去吧。”

马冲的话虽然宛转，但邱仰还是愣了一下。这不是下逐客令嘛！不过，他到底是场面中人，立即说：“为日中亲善奔走事大，家人团聚事小，感谢秘书长的好意。”

“邱先生在这儿住的时间很长了，最近招待所又紧张，恐怕有诸多不便，还是离开为好。”马冲逐渐把话挑明。

“很方便，很好！请秘书长不必费心为我考虑。”邱仰要无赖了，就是不愿离开。

“我的意思，你还是离开为好！”

“我不打算近期离开。”

“这是省主席的意思。”马冲终于亮出了底牌。

“是……张将军说的？”

马冲肯定地点头。

邱仰像泄了气的皮球，瘫坐在沙发上。自从张自忠任察哈尔省主席那天起，他就预感到会有这一天，但没想到这天来得这么快，而且毫不留情面，没有一点点儿回旋余地……

那是大境门事件的尾声。日本人为了自找台阶，那天举行宴会招待察省军政头面人物，他邱仰也参加了。平时他戴礼帽。这天他戴顶日军将校呢帽，端着酒杯给驻察日军最高指挥官村上启作敬酒时，指着头上的帽子说：“太君，这顶帽子，是土肥原将军特意送给我的，我今天戴它出席宴会，是为了表示对指挥官的敬意。”这位村上大佐是新近从关东军司令部调来的，对这里的人和事颇生疏，他只是点点头，把酒干了。邱仰仿佛获得了最高奖赏，又端着酒杯，到另一名中佐面前，原封不动地说了那番话。那中佐是刚提拔的骑兵大队长，年轻气盛，竟用三个指头将他的帽子抓起，看一看，哈哈大笑：“什么土肥原将军的帽子，跟我的帽子没什么两样，你，你们中国人，狡猾狡猾的！”邱仰的脸由红变白，赔着傻笑。日本人满堂哄笑。

他们的笑声，惊动了主宾席上的张自忠。他实在看不惯这副奴才相，遂说身体不适，先退一步。当他走到邱仰跟前时，狠狠地瞪了一眼，将一团餐纸扔到邱仰脚边，从牙缝挤出了两个字："丢人！"其实，他邱仰被日本人耍弄、嬉笑的事，并不止这一回，只不过这一次被张自忠瞧见了。没想到他把这事看得这么认真……

当邱仰还在恬不知耻地回忆那天晚上的盛况和洋相时，马冲站起来，对他说：

"邱先生，马上收拾一下，让廖副官送你！"

廖副官一直把他送到站台，送上火车。白色蒸汽从车厢底部"嗞"地喷出来，开车铃声响起。这个时候，廖副官才从车上跳下来。

透过车厢的窗玻璃，邱仰看一眼廖副官，心里恨恨地说：张自忠，等着瞧吧！

第四章
情满海河水

以中国的历法计算，过了年就该是春天。然而这时的塞北，春草还没有发芽，树枝还那么枯败；漫漫黄沙蔽日，飘飘雪花时来。在圈里关了一个冬天、啃着干草的牲畜，渴望春的原野和水肥草丰的世界。

张自忠已经十来天没在省府露面了。省府的一切事务，均由马冲负责处理。有时候，马冲给张自忠打电话，副官和参谋不是说师长不在，视察部队去了，就是说师长正在召开紧急军事会议。这些日子，马冲打了若干次电话，可张自忠连一次电话也没有亲自接。作为文职人员，对军务不便过问。他知道，张自忠把精力主要放在部队训练和防御方面，亲自校点各团人马车辆，审批训练计划，全师基本换成了捷克式步枪。但近日传来消息，察北发生了摩擦。

马冲早就听说，关东军重要人物板垣征四郎指挥其所属人员，对蒙古上层人物进行活动；板垣潜入蒙古，亲自向德王表示：关东军将全力支持蒙古进行“独立运动”。正因为有日本人的策划和支持，伪蒙军才会打响攻占察北的战斗……

这天晚上，马冲处理完政务，躲在自己的房间里，坐在台灯下，一边读《战国策》，一边吃着焦花生，不时呷口白干酒。这屋子不大，一张床，两只沙发，床边一张三屉桌。门后墙角处垒着煤火炉子。火苗和灯光，使小小的卧室盈满橙黄色，像借来了一抹春阳。窗外风沙滚滚，室内闲情悠悠。难得有这样的夜晚。

蓦地，一阵寒风涌进屋子，吹得马冲打个哆嗦。他忙不迭去掩屋门。然而，他愣住了。天啦，屋门口堵着个人，是他——张自忠！

张自忠披件浅绿色的斗篷，皮帽子推在后脑勺上，脚蹬马靴，手上握着马鞭，脸上毫无表情，直愣愣地立在门口。马冲关严屋门，把张自忠扶在沙发上坐下，问：

“兄弟，你这是怎么啦？”

张自忠不言语，两眼呆呆地盯着墙壁。

“怎么回事？”炉子上的水已经开过。马冲沏杯热茶，送到张自忠手里，“到底怎么啦？”

热乎乎的茶杯捧在手里，他那僵硬的身体，仿佛才有了一点儿生气。良久才说：“察北丢了！”

“是部队没有打好？”马冲大吃一惊。

“不怪弟兄们。”

“那……”马冲心里说，不是部队没有打好，就肯定是你没有指挥好。失去察北6县，张家口将直接受到威胁。

“当一个军人多难啊，当一个指挥官多难啦！”张自忠仍然盯着墙壁，连声叹息。

“你不要这样自责，”马冲安慰说，“胜败乃兵家常事，没有常胜将军，也没有……”

“不是！”没等马冲说完，张自忠转过身来，对马冲说，“是上峰不让抵抗，不让打！”

马冲心里一惊：一个贪得无厌，一个不让抵抗，后果不堪设想。如果失去察哈尔，平津就难以保住了。张自忠眼睑红肿，两眼闪着痛苦的光；马冲不敢看他，把脸转向别处。张自忠长长地叹息一声，把茶杯放到几上，说：

“不打吧，白白地丢掉国土，对不起祖先和国人；打吧，又违抗上峰命令。如果我硬要打，将受到军法惩处。左右不是，没有别的办法，只有自杀才是出路！”

马冲心里的惊讶，不啻天庭突地响一声炸雷。但他马上镇定下来，理智地一声冷笑：“哼！想不到你会说出这样的话来，实在可笑！算我当初看错了人，不该到这里来协助你。”

张自忠把头埋在胸前。胸腔里的那颗心脏，凝固着痛苦，但他努力克制着，不让这痛苦漫延至全身，用硬汉的骨架支撑那无地自容的头颅。

“国家和冯先生培养你，今天正是国家用你的时候，你却以死来逃避，岂不可耻！”马冲毕竟是位老成持重的学者。他明白，在这种情形下，不用激烈、犀利的语言来刺痛他，就不能扭转他那自杀情绪。他继续说：

“你以为就你一个人爱国，别人都不关心国家生死存亡？‘中夜四五叹，常为大国忧’。看到国土沦丧，谁不忧虑？我从北平跟你出来，以为是跟你来当官、来享福？错了！我一介书生，不能直接杀敌，但也要为国家做点什么，尽寸草之心，报三春之晖。你懂吗？”

张自忠缓缓地抬起头，看一眼马冲。他的话语由尖锐到动情，后来，这位夫子的眼里溅出了泪花。张自忠身上的血液涌荡起来，思想在激烈斗争着：古人说，人固有一死，为国家而死，忠义之大者。如果只是为了轻松地解脱自己而想到自杀，确实是很可耻。他端起茶杯，喝了口茶，情绪好了许多。不觉想起那次大境门事件时，中日双方交涉的情景来——

当马冲转达了张自忠的意见后，那位新调任的日军指挥官村上大佐，盯着马冲问：是在喜峰口抵御皇军的那个张自忠吗？当他听到肯定的回答时，目光黯淡下来，和特务机关长交换了眼色，无可奈何地同意了我方的条件。张自忠后来打听到，原来村上和混成第14旅团长服部少将，是日本士官学校的同班同学。服部在喜峰口惨败，受到上司斥责。服部见了村上，痛哭流涕地描述当时挨打的惨状……

张自忠喝口茶，又是一声长叹。这声叹，吐出了积压在胸中多日的郁气，心情开朗了许多。是啊，自己为国家出大力、尽大忠的时候还没有到来，怎能轻易结束自己的生命呢？屈原说：身既死兮神以灵，子魂魄兮为鬼雄。生为人杰，死为鬼雄，此乃人之大节。要死，就要死在战场上，出膛的子弹不回头！

响鼓不用重槌敲。深明大义的人，一旦略加点拨，一切郁闷和痛苦，都会化为乌有。马冲见张自忠的气色和缓过来，把那瓶白干和花生推到他面前，拍拍《战国策》，隐喻越王勾践的故事，说：

“君子报仇，十年不晚，关键是卧薪尝胆。不论任何时候，报国的壮心不灭。”

“学兄说得对呀！”张自忠喝口白干、剥着花生说：“这几天，心里痛苦得很，实在想不开。老兄这番话，增添了我报国的信心。天生我才必有用，相信这一天会有的。”

张自忠和马冲一边喝酒，一边分析当前的形势：日本得陇望蜀，节节进逼，灭我中华，这是既定国策。29 军驻守华北，直接影响日军扩张，地位十分重要。有那么一天，当日军公然大举进攻的时候，谁想当卖国贼，都会成为众矢之的，遗臭千秋。中华五千年文明史，铸就了伟大的民族凝聚力，也造就了各个时代的民族英雄。任何外国人和外国势力，企图染指和吞并中华，简直是痴心妄想……

张自忠看看怀表，时针指向 5 点。他霍地站起来，晃晃手里的马鞭说：“听君一席话，胜读十年书。好啦，什么事情都没啦，我该出去遛遛。”他大步走出门去，跃上白龙驹。马儿打个响鼻，抖动鬃毛，高扬脖子，撒开四蹄，向着夜暗的街道奔去。

“戴好帽子，小心着凉！”马冲喊着。

张自忠扣紧大皮帽子，消失在茫茫夜色中。

他的坐骑白龙驹，是伊犁马和蒙古马杂交的品种。体格高大，能奔跑，耐受力强。这匹马是张学良将军送给他的。骑上白龙驹，令他想起张将军的嘱咐，记住丧失国土的耻辱。此刻，他右手扬鞭，左手紧紧拉着马缰，双脚直叩马肚。真是铜铃震响，残雪飞溅，四蹄起烟尘，马尾扬疾风……

工夫不大，人马来到大境门下。

长城顺山势蜿蜒而行，至两山交接处，直下数十丈，一座城楼巍然耸立于谷中，即为大境门。为连接边塞与内地之交通要塞，素为兵家必争之地。门额上，有前清察哈尔都统高维岳所书的“大好河山”四字匾，笔力雄浑苍劲。

白龙驹沿着马道，直奔长城之巅。放眼望去，就见四下里危峰耸立，嶂影幢幢；而长城则沿着山势起伏，如龙走蛇行，逶迤飞腾而去。燕山万重，长城一线，天地缥缈，雾气茫茫，仿佛萦绕着不尽的历史烟云……此刻，张自忠信马由缰，在长城上来回走动，一种沉郁、苍凉的感受袭上心头。苍穹里，可曾听到胡笳声声，马蹄踏踏？是啊，每当战云低垂，烽烟弥漫之际，万千神州儿女，在这里挥洒过多少血泪，埋下了多少忠骨啊！

长城，宛如一块巨大的磁铁，横卧祖国东西，吸引了亿万颗炎黄子孙的心，成为中华民族的脊梁和象征。岁月悠悠，长城依旧！

是的，人与高山、长河相比是渺小的，但为保卫山河而死是伟大的。在民族危难的时刻，一腔热血，应该洒在祖国母亲的胸膛上。

“是这样，是这样啊！”面对长城，面对天地，面对历史，张自忠受到了人生的启迪，心胸豁然明亮起来。为祖国而死的信念逐渐坚定、牢固，深深扎根在心底。他猛吸一口气，冲着群山大喊：“啊——”群山回荡着一个男子汉的声音。这声音越来越浑厚、激昂、深远。

太阳，从群山的缝隙里姗姗地爬出来，用那支无与伦比的巨笔，给山峦和长城勾画出金色的轮廓，峥峥然，巉巉然，蔚为壮观。严寒的冬天已经过去，多彩的春天就要来了！

这时，从城区方向传来“嘚嘚”的马蹄声。奔马在长城脚下立定，骑手冲城墙上高喊：

“师长，宋长官急电！”

“什么事？”

“他说在天津等你！”

张自忠不敢怠慢，带上马冲、廖副官和李大兴，匆忙登上了去北平的火车。

詹天佑设计修建的这条铁路线，确实不一般。前面一个车头拽着，后面一个车头推着，在山腰间转，在山丛中飞，在山洞中钻出钻进。火车呼哧呼哧喘着粗气，像个爬山越岭、长途跋涉的汉子，虽然辛苦吃力，但却无比豪迈。

他们在北平没有耽搁，又急忙奔赴天津。在车上，他和马冲猜测，宋哲元这么急着让他到天津去，不知何故？猜来猜去，没道出个头尾。

“此次到津，怕是派你有大用场吧？”马冲说。

“还能有啥大用场，能把察省保住，就是保住了华北的北大门。我想，”张自忠说，“可能是研究军事，还是和日本人……”

“要是研究军事，就该在北平武衣库，或者在丰泽园。”马冲打断他的话说。

“要不，是和日本人会谈？”

“我看都不是。”

“那你的意思是……？”

“呜——”正说着，火车拉响了汽笛，天津北火车站到了。廖副官、李大兴忙着收拾桌上的书报，准备下车。在北平，宋哲元让人告诉张自忠，到天津时，有人在北火车站接他们。

然而，他们一行离开月台，走过摇摇晃晃的天桥，眼看就到出站口了，也没见一个穿军装的熟人。张自忠正在纳闷，一个穿便装的年轻人走到他面前，小声叫道：

“张师长。”

张自忠定睛一瞅，嗬，这不是宋哲元身边的陈副官吗？他问：“宋先生呢?”

“宋长官让我来接您。”陈副官很机警，拿眼瞟一下周围，没有多说一句话，从容地陪张自忠一行走出检票口。

车站前面，停着许多洋车。洋车，有地方叫黄包车，而天津人则叫“胶皮”。车夫见到旅客出来，纷纷立在出站口两旁，恭敬地问：“先生，用胶皮吗？”“小姐，有胶皮。”同时，卖糖堆儿的、卖包子的、卖其他小吃的，也都拥上前来，冲旅客兜售着，招揽生意。

陈副官陪张自忠他们没有理会这些人，继续往前走。大经路口的马路牙上，齐刷刷停着几辆胶皮。陈副官向张自忠伸手示意。

陈副官坐第一辆车带路，张自忠、马冲等人依次坐后面的车。车夫脚下生风，“噌噌”地往前跑着。张自忠坐在洋车上，心里好生纳闷：以往不管到哪里，都用汽车接送。今天，让他在不起眼的北火车站下车，又让他坐胶皮车。他知道，日本在中国的驻屯军司令部设在天津，而天津又有各国租界。宋哲元此举，是让他悄没声息地来，不要惊动外人。那么，宋哲元让他来干啥？他此行究竟负有什么使命呢？

沿着大经路，来到金钢桥头，胶皮车往右一拐，进了市政府大院。张自忠下了胶皮，由陈副官领着往前走。来到大门口，卫兵向他们敬礼；过了二道门，当他们来到一座小楼时，张自忠不觉吃了一惊：不仅宋长官和夫人在这里迎接，而且还有自己的妻子敏慧和女儿小云。

宋哲元握着他的手，指着敏慧和小云，说：“荩忱老弟，没想到吧，啊？哈哈……”

战友、亲人相聚，洋溢一片欢情。他们互致问候、寒暄，气氛热烈、愉快。

“老兄，召我来是……？”张自忠问。

“先不谈这个，”宋哲元说，“洗澡，吃饭。”

宋哲元陪张自忠走上小楼，在小客厅里坐下，对夫人说：“你们准备的东西呢？”

“在这儿呢！”宋夫人回答。

一会儿，宋夫人、敏慧、小云，从房间里抱出几个盒子，摆在张自忠面前。宋哲元把盒子一个一个打开，原来是礼帽、西服、坎肩、领带、皮鞋等等。张自忠瞅瞅这些衣物，看看宋哲元，又迷惑地瞅一瞅女眷们。大伙儿不禁大笑起来。笑得最响亮的是女儿小云。

“给你的。”宋哲元说。

“是宋伯伯让给您买的；大妈、妈妈和我，到劝业场挑了一个上午。”小云指着这些东西说。

当张自忠从卫生间出来时，完全换了一副模样：头戴藏青色礼帽，身穿深蓝色套装，鼓鼓的领带结，锃亮的黑皮鞋，显得年轻、文气、潇洒。尤其是那条白蓝相间领带装饰，一下子增添了几分风流倜傥的派头。

宋夫人见状，首先发难，拉一把敏慧说："瞧，怕都不认识了吧！哪儿像个带兵打仗的将军，真是个英俊的小伙子，你说像不像？"

敏慧瞅着丈夫，只是笑。的确，她很少见丈夫穿西服。记得他俩结婚，自忠穿的是虾青色春绸长袍；他到天津读书，寒暑假回家，也没穿件像样的衣服。那时家道中落，自忠的生活十分节俭。以后从军，摸爬滚打，就是当了团长、师长，也是成天一身棉布军装……

在饭桌上，宋哲元才正式告诉他：让他出任天津市长。所以让他秘密来津，是为了掩人耳目，突然宣布。因为日本人扬言，天津市长人选，必须由他们首肯。

"老兄，我能在察哈尔维持好，就算不错了；而天津是华北商埠重镇，租界又多，怕是……"

"不用多说了，荩忱，我反复考虑过：正因为这样，才非你莫属！"宋哲元说，"对我身边的几个弟兄，应该说我是很了解的。这叫因材施用！"

不管张自忠怎样推辞，宋哲元总是好言相劝，晓以大义。还说他文武双才，颇有韬略，是西北军中之佼佼者。一句话，天津市长的这把交椅，非让他坐不可。军人以服从命令为天职，纵有一千个不愿意，也只好应承。

晚饭之后，宋哲元屏退左右，和张自忠在密室谈到半夜。他们分析形势，确定了今后的目标。他们认为，中日大战不可避免，而爆发地点，将是华北最敏感地区——北平或天津。确定今后着重抓两件事：一是尽量维持局面，缓和矛盾，延缓战争爆发时间；二是以日军为目标，加紧部队训练，抓紧改善装备。

宋哲元住在小楼，没迈出市府半步，而且没会见任何客人。两天之后，就偕夫人回北平去了。这时，才正式宣布张自忠任天津市长。

上任伊始，自有一番应酬和部署。他先后会见军政元老，工商巨头，士绅名流。他在召见市府全体公务员时强调：要清正廉洁，千万别暗通交易，贪赃枉法；要善于做实事，提高办事效率，不要呆滞在公文旅行中；要积极建议，改进工作，对政府和市民负责……

根据《辛丑条约》规定，天津市 20 里以内不准驻扎中国军队，但各列强可以驻兵。为了确保天津治安,他加强了天津保安队,又将他的特务营改编为保安营,直接拱卫市府;将他所指挥的 5 个旅,分别配置在塘沽、马厂、廊坊、通县、韩家墅,确保天津,连接平津,守卫津浦;还将副师长文天委任公安局长……

张自忠密告驻韩家墅部队:班长以上干部换穿便衣,每天分批轮流到市里熟悉地形,尤其是日租界地形。还给官兵每人预备一身保安服和警察服,控制卡车若干辆,一旦与日军冲突,以便迅速进市区应付变故;还指示部队要训练巷战……

这天,张自忠坐车回到市政府,就见市府门前聚集着许多人,司机按了几声喇叭,也不见人们让开。张自忠走下汽车,想上前看个究竟。人群中有认识张自忠的,忙说:"张市长来了!"人们见是新任市长,忙闪开一条道。张自忠见几个保安队员,围着一个日本浪人和一个乞丐模样的人,在理论什么。

日本浪人穿西服,戴东洋帽,年纪二十出头,鼻孔下却着意留一撇人丹胡子,嬉皮笑脸,说一口流利的中国话。那乞丐蓬头垢面,衣衫不洁,却有一颗早已发乌的金牙,操着地道的天津话。说话时,脚尖不时在地上划拉着。

"怎么回事?"张自忠问。

"他们不要脸,在这儿撒尿,我们制止也不听。"带班的士兵报告。

张自忠一愣,心想,岂止不要脸,简直是对市政府的侮辱。他见那么多市民在这里,不觉压了压火气,平静地问那个日本浪人:

"你叫什么名字?"

"秋山!"日本人很傲气。

"你呢?"又问那个天津乞丐。

"乐二哥。"

"哈——"看热闹的人哄地笑起来。

"笑嘛!我就是叫这么个名字。"

"他们在这儿撒尿了吗?"张自忠又问士兵。

"撒了,这不是!"士兵脚尖指点地上的尿痕。光洁的水泥地面上,有两大泡尿,散发着臊气。

“去找两只水桶来。”张自忠吩咐士兵。

一会儿，士兵拿来了两只水桶。士兵们和看热闹的市民，不知市长要水桶干啥。

“来，”张自忠口气平缓，但又不容置疑，对两个撒尿的人说，“你们一人提只桶，去河里打水来，把自己的尿冲洗干净，我在这里看着。”

秋山瞅一眼水桶，又看一眼张自忠，一时间不知该怎么办才好。以往在这儿也曾撒过尿，也曾拉过屎，没谁来阻止，更没谁来处罚，没想到新任市长却这么严厉。倒是那个叫“乐二哥”的年轻乞丐没有怠慢，拎着水桶直往海河跑。

市民们见日本浪人不动窝，纷纷催促着：“去呀，打水去呀！”“对这些不守公德的人，就该这么治一治！”“看他们还敢不敢明着欺负中国人！”

面对市长的执拗和市民们的愤怒，秋山知道难以逃脱处罚，难以逃脱在这么些人面前丢丑。应该说，天津是他的第二故乡，然而……

他父亲本是日本商人，在中国做生意发了财，连儿子都是在天津出生的。儿子长大之日，正是日本势力膨胀之时。那年，父亲为一笔生意回日本，没想到在海上遇到暴风，船沉人亡。母亲跟一个日本军官姘居；后来那军官调任，母亲跟那人走了。秋山守着父亲的遗产，胡吃海喝，嫖妓押赌，不几年工夫，便沦为一个穷光蛋。他只好投靠日本特务，混碗饭吃。唉，人世沧桑，此时彼时……不过，此刻的秋山并没有想这么多，他只好拎着空桶到海河边，向乐二哥做个鬼脸。他和乐二哥商量，他只管把水从河里提出来，让乐二哥拎着水去冲尿。

乐二哥拎了一桶水，把自己的尿冲了，又拎来一桶水，要去冲秋山的尿。张自忠说：

“你只管冲你的尿，那一泡，是秋山先生的杰作，还是让他亲自来冲为好。”

士兵们到河边传达市长的话。秋山这才拎着水桶，很不情愿地来了。那张小白脸涨得红红的，喘着粗气，将水朝那泡臊尿冲去……

这几天，张自忠心里很不平静。市政府门前那两泡臊尿，熏得他夜不能痳，烦躁不宁。以前他就听说过，日本浪人和流氓地痞，不仅公然在天津市政府门口拉屎撒尿，而且还扰乱市面，抢劫商店和摊位。有一次，竟然将东火车站的一段铁路炸毁。每次闹事，日本人和其他外国人就浑水摸鱼，趁机自行扩大租界。

作为这个特殊城市的市长，他的责任是既要保土，又要安民，究竟怎样才能制止这种事情发生呢？他和马冲及有关人员反复研究，最后做出决定：

将外地流窜来津的流氓、小偷、乞丐，能遣送回家的，给以盘缠路费，限期离开；家中无人而本人不愿回家的，和本市的惹是生非之徒、游手好闲之辈，一块收容起来，开办游民习艺所、妇女习艺所、残老教养所，一面教育，一面劳动。这样，就再不会有乐二哥被日本人所利用的现象了。这叫作“釜底抽薪”。

以条约为基础，审核各国租界地，不准外国人擅自扩大。围绕各国租界地，修筑一条柏油马路，使得界限分明。这叫作“防微杜渐”。

政令一出，深得金融、工商界人士支持。不久，乞丐绝迹，市面整洁；各租界外国人的越轨行为得到限制，博得了广大市民的赞扬。

为了进一步维护和稳定社会治安，张自忠派便衣到日租界，打进流氓团伙中，规劝李大、马二、袁三、边四、潘五、齐六、牛七、徐八和阮九等人，教他们不要为异族做工具，不做日人的帮凶打手，不要欺负邻里乡亲。便衣又打又拉、恩威并施，苦口婆心，除袁三死心塌地当日人鹰犬外，其他人老实了许多……

最近，公安局在葛沽捕获了一名多次聚众抢劫、欺男霸女的匪首，人们叫他“葛沽老大”。这家伙在葛沽方圆数十里搞得乌烟瘴气，无恶不作，称霸一方。这既是个流氓团伙，又是帮会组织，手下数十人都是帮杀人不眨眼的亡命徒。他们被公安局围剿时狗急跳墙，动用长枪、短枪、火铳，打伤警察多人。“老大”利用熟悉的地形，潜进乱葬岗的一个空坟里，被警察发现后施放催泪弹，才被抓获。

这家伙长得虎背熊腰，一脸黑油光亮的横肉，中等个儿，极为壮实。他的胸脯上文着只秃鹫，臂膀上文着龙蛇，背上文着太极图。听说他曾在上海滩混过，回葛沽打码头时，他硬是在翻滚的油锅里捞出两个铁球；这还不算，他要用刀子把自己的一条膀子卸下来，还是众人跪下说情他才作罢。正因为这样，众人才慑服他，惧怕他，推举他为“老大”。

提起“老大”，葛沽人无不毛骨悚然，谈虎色变。他要宰谁家的牛，谁要说句不痛快的话，他不仅当面把牛给宰了，还把主人毒打一顿；见谁家姑娘有姿色，他说要寅时去行乐，谁家也不敢到卯时给开门；至于吃饭不给钱，到店铺随便拿东西，更是家常便饭。他手下人为虎作伥，到店铺拿了东西扭头就走，店主人若问一句：“老几位还没给钱呢？”他们就说：“找我们老大要去！”店主人一听，吓得上下牙齿直磕碰，赶紧应承，“误会误会，几位爷走好！”如说半句难听话，店铺就会被席卷一空，砸个稀烂。

就是这么个恶贯满盈的家伙，居然有人为他说情。先是葛沽镇的两名士绅，拄着文明棍，抖擞着银白长须，居然到市府陈情；后来市里某些人士也绕着关系找来说情，甚至市府里个别公务员也找市长说情。张自忠十分恼火。

一天，他的副师长、市公安局长文天来见，说已经侦察清楚，这个“葛沽老大”是在帮的，早年混迹上海滩时加入“青帮”，和上海、南京的青帮头子有联系。张自忠听了哑然一笑。军队走南闯北，他对帮会内幕有所了解。青红帮所以有较大影响，在于它的成员十分广泛，无所不包，上至官员，下至游民、僧道、兵勇、尼姑、妇女乃至流氓地痞、土匪盗贼，只要愿入帮的都能参加。青帮成员多为流氓、店员、差役等，红帮多为穷光蛋、盐枭和长江兄弟。江湖上有句口头禅，叫作“青红不分家”，但各有门槛、地盘。

“打听到他们有什么动作没有？”张自忠问。

“听说他手下的喽啰们到上海、南京搬救兵去了。”文天说，“这些家伙胆真大。”

“你说他们是文救，还是武救？”

“什么文救、武救？谅他们不敢来劫牢房、劫法场，无非是找人来说情呗！”

“不知会来哪位神仙，派人打进去，搞清楚，同时让法院快点审理，早日结案。”张自忠嘱咐。因为他知道，青红帮有个特点，就是抱团。青帮训练帮匪，唯一的说教就是一个“义”字。他们常说：铁树不开花，安青不分家；他们的教义是互相救济，互相照应，以义相投。“葛沽老大”真要舍得花钱，那边的“老头子”会出山的。

又过了几日，文天来告诉他：据内线报告，南京的“老头子”答应出山了；“葛沽老大”的同伙使了不少银两，说了不少好话，在“潘安堂”磕了不少响头。葛沽的银两源源往南京运，才打通关节。

“打听到是谁来？”张自忠问。

“听说是青帮头子张树声。”

张自忠一愣，不禁反问：“谁？”

“张树声。”文天一字一顿。

浑身像散了架似的，张自忠瘫软地倒在沙发上。张树声是他早年的上级。那年他到奉天新民屯投入陆军第20镇87团车震部，补为副兵，他的连长就是张树声。张树声提拔他当了司务长。不久，袁世凯与日本签订了臭名昭著的《二十一条》，宣布为洪宪皇帝，蔡锷在云南组织护法军讨袁；车震部奉命援湘，不久兵败返里，张自忠由车震推荐给冯玉祥，而张树声回到了老家江苏，后来才知道他是在帮的……万没有想到，“葛沽老大”竟拜在张树声门下。大约是匪徒们打听到张自忠和张树声有老关系，才不惜重金请张树声出面说情。不看僧面看佛面嘛！

文天只知道张树声曾在军队里混过，但不知道是张自忠的上级，见他脸色不好，问：“市长是不是觉得有什么难处？”

张自忠让勤务兵上了两碗茶。他端着一碗茶喝着，不时用碗盖拂着漂浮的茶叶，并不搭话，其实是在思谋对策。一碗茶喝完，文天又给续上开水，他又不紧不慢地喝着，良久，放下茶碗，捻着下颏上的长须，问：

“案子审理得怎么样了？”

“法院正在审理，案情基本清楚。”文天说：开始时，被害人不敢诉苦作证，怕犯人放出来遭报复；法院和公安局做了许多工作，说只要大家讲真话，才证据确凿，才能判他死罪。这样，葛沽一带的百姓才说了真话。这家伙罪大恶极，罪在不赦，不杀不足以平民愤。

“张树声估计什么时候来天津？”张自忠问。

“据说他正在安排南京的事，少则五至六天，多则十来天。葛沽的匪徒在那儿催着、求着，肯定不会拖得时间太长。”文天说。

张自忠捻动着长须，思谋片刻，站起来，手一扬，说：“他奶奶的，就这么定，出膛的子弹不回头！六天之内，在葛沽开公判大会，将匪首就地正法；这几天，一切来说情的人我都不见，说情的条子、信函，一律不往我这儿转。”

文天见市长决心很大，说：“没问题，公安局和法院配合，保证第六天宣判。”

张自忠说：“咱们是军队将领，又是政府官员，要以百姓利益为重，以法为重。为官一任，造福一方。这个官好不好，老百姓心里有一杆秤，眼下局势混乱，民气不振，我们这些当官的，更应多想着老百姓，才对得起自己的良心。”

第六天上午 11 点，正义的枪声结束了一个罪恶的生命。漏网的匪徒如丧考妣，而葛沽百姓无不拍手称快，受害人家里放爆竹吃捞面。

话说青帮头子张树声纳了重贿，安排了南京事务，由葛沽的小匪徒簇拥着，乘火车抵达天津。他打算直奔市政府，会见张自忠。凭着他的老面子，凭着他当年对张自忠的提拔，不愁张自忠不放人。就是碍于民愤不便立即放人，但只要不枪毙，日后就有办法，也算是尽了“老头子”的责任。此次北上，他特地在潘安堂烧了香，拜了神位，求罗祖保佑，马到成功。

张树声今年 50 多岁，个儿不高，枯瘦，一副特大号水晶茶色眼镜，遮住了半个脸；头戴瓜皮帽，缎子长袍，布面皮底鞋，拄根文明棍，在南北大小喽啰簇拥下，一步三摇地走下火车。

可还没有走出车站，天津这边就有人跑步来报：“老太爷，不，不好了，葛沽老大……被，被张自忠给崩了！”来人单腿跪下，一脸哭相。

“什么？”张树声抖动着长袍，厉声问。

“我们老大，被，被枪崩了！”

“什么时候？”

“今天，刚才，上午……”

张树声用文明棍戳着地皮，恨恨地在心里骂张自忠不给面子，忘恩负义，准是听见风声后提前正法了。一腔火气直冲脑门，可眼睁睁没有咒念了。陪同来的一个小帮徒哭丧着脸说：

“老太爷,我们老大,老大,这可怎么办呀!”

张树声气不打一处来,重重地在这个帮徒脸上掴个耳光,骂道:“你们他妈的不听准日期,人都崩了,还让老子来干啥?成心让老子遛腿?”吓得喽啰们在地上连连磕头。张树声觉得栽面,既不去葛沽镇,也不去见张自忠,摸摸两撇胡子,袖子一抖,说:“回南京去!”……

这,就是将军市长张自忠。无论赞誉还是诋毁,他自个儿心里有数。

这天黄昏,张自忠站在小楼的阳台上,透过婆娑的绿荫,望着那边的街市,看着平静流淌的海河,瞅着三水汇际的三岔河口。

对于天津,他是有感情的。记得那年在法政学堂读书,春天里的一个星期日,他和马冲及几个要好同学,乘坐轻快的小舟,从金汤桥码头出发,荡着双桨,溯流而上。同学们谈理想,谈人生,谈时政;老夫子马冲立在船头吟诗。渴了,捧一掬甘甜清凉的河水饮用。春来河水绿如蓝。春阳和煦,轻风拂面。他们要到郊外观赏沽上盛开的桃花,领略大自然的风光。

船到三岔河口,船夫告诉他们:古时候,这儿的三股水分三色:清水、浑水、黑水。那是因为有大禹爷治水时留下的分水剑。以后,有个人使魔法要取走这宝剑,让龙王爷知道了,一怒之下,收回了宝剑。打这时起,三岔河口的水就成为一个色了……”

天津,北倚燕山,东临渤海,车船纵横,五方杂处。作为华北商埠重镇,作为北平之门户,战略地位极其重要。然而,在这战争一触即发的岁月里,他作为市长,要保境安民,中兴城市,谈何容易!

这时,左臂上的那块伤疤,不觉一阵奇痒。那年长城抗战,被日军的飞机炸弹片掀开了一个窟窿后,因为消毒不彻底,治疗不及时,虽然伤口愈合了,但留下了一块紫红发亮的疤痕,每到夏天奇痒难忍。他不禁挽起袖子抓挠起来。

透过紫罗兰色的暮霭,他听到东北角那边人声鼎沸,热闹异常。抬头望一眼夜空,皓皓明月高挂中天,银光闪闪,清晖熠熠,洒满人间。啊,今天七月十五,是娘娘宫放荷灯的日子……学生时代天真烂漫的情怀要复回了,复回了!他忘记了烦恼,忘记了一切,兴冲冲走下楼,汇入人海,拥向娘娘宫。

第五章
娘娘宫巧遇

天津老城东北角，北运河、南运河与海河交汇的三岔河口岸，一对高大的桅杆特别引人瞩目。桅杆上悬挂着数丈长的旗幡，上绣 2 4 个金字：敕封护国庇民显神赞顺垂佑瀛堧天后圣母明著元君宝幡。

桅杆前面是戏楼广场，对面便是天津卫妇孺皆知的娘娘宫。宫内各层殿宇，供奉着道教、佛教及各种神像一百多尊。大殿正中起坐的主神像，就是荣膺历代皇帝敕封的海神娘娘。

据传说，海神娘娘真有其人，姓林名默，户籍福建莆田湄洲屿，生于北宋初年。她从小对海事就有不同凡俗的灵感。经常随父兄乘船出海，学会了航海本领，并屡屡救出遇难船只，在当地广为流传。17 岁那年，为救一艘商船，不幸遇难；然而，她羽化成仙之后，还常常显灵。只要遇难船人高呼："海神娘娘，保佑平安！"船只便会化险为夷。所以沿海一带都建有娘娘庙。

天津为漕运中心，天后宫四季香火不断。七月十五本是佛教的盂兰盆会，超度亡灵，追荐祖先，求福求寿，以及超度水中鬼魂。可后来，道教也把这一活动引了进来。自此，金钢桥这边的天后宫，海河那边的大悲院，是这天晚上天津市最热闹的两个去处。

正值盛夏，天气炎热，加上伤疤奇痒。张自忠穿着短裤短褂，只带了贴身卫士李大兴，走过金钢桥，来到宫北大街。老远就看到，桅杆上此时也换上了一串大红灯笼，煞是好看。

这里人头攒动，摩肩接踵，热浪阵阵。娘娘宫的两边墙根下，让小商小贩的摊位给占满了，卖香烛纸马的，卖冰糖梅苏的，卖西瓜和梅子汤的，还有十八街麻花，果仁张的五香酥蹦豆儿。有两个乡下女孩，兜售着夜来香和栀子花，香风驱散热汗味儿，很是舒心。

桅杆那边，是拉洋片的摆着"西洋景"，那人一边敲打着钹和鼓，一边拿腔捏调地唱着，很能吸引一些年轻人和孩子们。

张自忠走着，看着，围着广场转了一圈儿。就觉一阵热气袭来，伤疤顿觉痒痒，甚感难受，顺手抓挠了几下。他和李大兴每人喝杯冰糖梅子汤，便朝娘娘宫走去。他买了一把香，刚要迈进庙门，就被一个声音止住了：

"这位先生，您的胳膊……"

张自忠将迈进庙门的那只脚抽回来，立在门口定睛细看。原来，叫住自己的，竟是位银髯飘逸的古稀老者。老者面容清癯，个儿不高，下穿一条半长不短的黑布裤子，上穿一件白布坎肩，早已谢顶，鬓角和后脑勺的头发已见稀疏。最打眼的是脚上那双鞋：千层布底，用黑白索线编织的鞋帮。不像草鞋，也不是布鞋；既凉快，又跟脚。一看，便知此人不凡！

"先生，我是说，你这胳膊常犯痒痒吗？"老者笑模悠悠地问张自忠。

"呵，我这胳膊，是有点儿痒痒，不要紧的。"张自忠并没在意，只是应酬着。

"你这胳膊，每到夏天就痒，有时奇痒难忍，怎么抓挠都不解痒，一直痒到心里。"老者抬起张自忠的胳膊，仔细看看，"有四五年了吧？"

张自忠十分惊讶，就往他眼前一过，就发现了他的伤疤，并且说得如此准确。看来，老者确非等闲人物。娘娘庙里的道场还在进行，箫管声声，鼓乐阵阵，男女道士念经的声音不断飘过来。他对李大兴说：

“把这香,拿到庙里上了吧。”

“那我说几句什么呢?”李大兴知道,上香人总是要在神像前说几句话的。

“说什么都行。”

张自忠打发李大兴进了娘娘庙,他想和老者多攀谈几句,问:“敢问师父,这疤瘌能否治好?”

老人哈哈一笑说:“世上没有医不好的病。有的病医不好,那是医者没有把病看透。何况先生的胳膊,只是病在肌表,大可不必忧虑!”

“是的,师父言之有理。”

“虽然病在肌表,如果久不治疗,病毒可以向里渗透,波及脏腑,漫延全身。到那个时候再治疗,恐怕就为时晚矣!正如黄帝《内经》所言:不治已病治未病,不治已乱治未乱。”

张自忠双手抱拳,恭恭敬敬地向老者行礼,说:“就请师父为我治疗吧!”

老者手拂银髯,颔首含笑,再次仔细查看张自忠的胳膊,叫声:“兰儿,拿红药来!”

“唉!”一个女孩子的声音。

原来,离老者不远处,有个十八九岁的女子。她穿件月白短袖紧身绸衫,一条既不像裙子又不像裤子的裤裙。裤裙在风中抖动着浅蓝色的小碎花儿。雪白的脖子上,挂一串草珠子项链,头戴一顶细篾斗笠。斗笠被生桐油油得锃光瓦亮。粉红色的斗笠里子,映得姑娘灿若桃花,肌肤娇翠欲滴。

那女子应了一声,却没有动弹。几个已婚妇人从她身边走过,每人怀里揣着个“娃娃大哥”。这是从娘娘宫里“拴”来的,意在招引小弟弟。抱回去的泥娃娃要给穿上衣服,放在被阁子旁边。若以后真的生了孩子,就要回娘娘宫还愿,再塑一百个泥娃娃送来,叫作“拴一回百”。

“大姐、大嫂,买我的膏药吧,我的膏药能治你们的病症。”女子冲妇女们说,“用了我的膏药,保准你们明年每人生个胖娃娃!”

那几个妇女不禁驻足看这女子。她们怀疑地问:“贴膏药,还能治我们的病?”

“这叫作内病外治,安全可靠,比吃药方便,效果还好。”那女子解释。

这时，有的人凑过来，想说自己的病情。

“走吧！”一个嘴唇有点儿往上翘的妇人说，“一个黄毛丫头，懂得什么怀不怀、生不生的。”

“大嫂，话可不能这么说。”那女子说，“医生治百病，并不是每个医生先得了病，才有资格给别人治病。我虽是个女孩子，但我懂得治妇科病，这叫医同此道，书同此理，你说对吗？”

“对呀，对呀！”妇人们笑起来。她们纷纷看那女子，又悄悄地向她述说自己的病情。

老者半天不见兰儿过来，他向张自忠歉意地笑笑，再次叫道：“兰儿，拿红药来！”

“唉！”她又是响亮地答应一声。等那几个妇人每人拿几张膏药，欢天喜地走后，她才将一个药袋拎过来，问：“爹，啥事？”

“你看看这位先生的胳膊。”老者说。

“呀！这是……”那女子看一眼，不觉惊叫出声。

“不要大惊小怪！”老者制止她，又问病人，“先生，你这胳膊起初是怎么病的？”

“啊，是生疮落下的。”张自忠编句瞎话应付。他不愿说是战伤，更不愿让人知道自己的身份。

听他这么一说，老者不觉着意瞟他一眼。

“不对！”那女子说，“你这是金疮之伤，是……”

“唉，小孩子家不必多言！”老者打断女儿的话，说，“快拿一贴红药来。”

那女子从布袋里拿出一贴红纸膏药，递给老者。老者将膏药轻轻揭开，哈口气，再揭开，然后贴在张自忠的伤疤上，说：

“你这是春天落下的病，夏天发病，夏天治病，正是时候。贴这膏药第三天，你感到又痒又痛，但千万不要抓挠；第四天以后，这伤疤处流黄水，满七天，你才能将这膏药揭掉。”

“师父的话我记住了。”张自忠抚摸着贴了膏药的伤疤，问，“这一贴膏药用完之后呢？”

“休息三天，我再给你贴第二贴药。”

“那么十天之后，我到哪里找您呢？”

“这娘娘宫前，东火车站，还有金汤桥头。”老者想了想说，“如这三个地界都找不到，我们就住在金汤桥头的归来客栈，到那儿定能找到。”

张自忠掏出钱来，要给老者药费。老者却把钱还给他说：“若先生觉得有效，下次给不迟！”

这时，李大兴从庙里出来，说道士们已到海河放荷灯去了。张自忠告别了那父女俩，和李大兴走出宫门，径直来到河边。

嚯，海河两岸，人山人海人们要在这盂兰节之夜，目睹放荷灯的盛况。你瞧，天上明月皓皓，海河清波渺渺。三岔口那边，大悲院放的荷灯已漂流而来，仿佛明星从天而降，直飘在人们眼前。这边，娘娘宫的道士们，将一盏盏荷灯，小心翼翼放到水面。红纸糊的荷花，点燃的蜡烛坐在花中，花下有个木托儿。荷灯顺流而下，飘飘然，悠悠然。上游和下游，满河都是灯，明月和星星倒映在水里，又增添了几分灿烂。站在岸上的人，真难分清哪是明月，哪是荷灯，哪是星星……

张自忠挤在人群中，观看这夜中盛景，既感欣然，又觉怅然。这景象多么迷人、壮观啊！然而谁能想到，这派虚假的太平盛世景象之下，却隐伏着一场灾难。日寇侵华战争随时可能降临。善良的人们啊，稚气的孩子啊，尽情享受和平吧！作为将军与市长，他将竭尽全力维持和平，推迟战争，让老百姓多过几天安稳日子。

荷灯远去了，远去了，飘向遥远的天际……

夜已经很深了。自鸣钟“当、当、当”地敲了十二下。小王庄那边传来了第一遍鸡叫。鸡鸣声此起彼伏，叫得人心烦。街上一片寂静。偶尔，铁路那边有几声火车笛鸣。

敏慧已经躺下了，可是牵挂着丈夫，又坐起来，给廖副官打电话。

廖副官见长官没有回来，也没有入睡，在和几个兄弟们聊天喝茶。他在电话中说：黄昏的时候，师长带着李大兴出去了，到哪儿去了不知道。不过他安慰说，李大兴很机灵，不会有什么事的，劝夫人安心休息。

话虽是这么说，敏慧还是放心不下。她干脆穿衣下床，坐在床头的沙发上，侧耳倾听外面的动静。女儿小云已经睡了，隔壁的房间里响起均匀的呼吸声。坐了一会儿，觉得有些困倦。她顺手拿本闲书翻翻，消磨时光。

一会儿，就听见小楼外响起了脚步声，她急忙站起来，走出房间。脚步声近了，那脚步声是那样耳熟。是的，是自忠回来了！她刚走到楼梯口，就见自忠一身短裤短衫打扮，已站在面前。她又惊又喜，亲切地说：

“你到哪儿去了？害得人躺不下。”

“到娘娘宫那儿看荷灯去了。”张自忠应着。

“荷灯不是早放完了吗？”

“我和李大兴在河边又转了转。”

夫妇俩走进房间。敏慧沏杯清茶，递过去。

张自忠坐在沙发上，喝口茶，说：“听你的口气，你们娘儿俩是不是也看荷灯了？”

“看了，我和小云在阳台上看，很有意思。”

“你们娘儿俩是‘隔岸观火’。能看得清吗？”

“看得清。大悲院的师父们在这边放。小云是第一次看荷灯，瞧得眼都直了，一定要到河边去，到近处去。人多，我没让她去。”

夫妻俩说了会儿闲话，厨房送来了夜宵。自忠让敏慧去叫李大兴来一起吃，他也让敏慧吃点儿。敏慧不吃，说吃了夜宵胃里胀得慌。

吃过夜宵，敏慧让自忠到卫生间去冲个温水澡。自忠扬扬左胳膊，说：

“澡是冲不成了，用凉水擦吧。”

“怎么回事儿？”敏慧托着他的胳膊，见伤疤处贴了一块膏药，问。

张自忠把遇到老者的事，原原本本说了一遍。

敏慧说：“别不是骗人的吧？时下江湖郎中不少，但真能治好病的不多。”

“不会的，我看这老者非等闲人物，下次我见他时，和他细攀一攀。”

李大兴在澡盆里放了水，让张自忠去洗。膏药怕沾水。李大兴便帮他擦澡……

这膏药贴了两天，不见动静，第三天早起，就觉得胳膊一阵刺痒，痒中带疼，又疼又痒，很是难受。张自忠记得老者的话，怎么难受都没有抓挠。第四天，果然开始流起水来，那是黄黄的、黏黏的液体。敏慧给找块细软手帕，让他不停擦拭。不管怎么样，他始终遵照老者嘱咐，没敢抓挠一下。直到第七天晚上，他才把膏药揭下来。膏药上那厚厚的药汁成了薄痂。

他扳起胳膊细看，伤疤周围有些红肿，中间起了一片小水泡。但原来那块紫红发亮的疤痕却不见了，想必是被膏药化掉，变成了液体。

敏慧化杯温盐水，用纱布蘸着，给自忠清洗胳膊，清洗残留下的药痕和痂疤……

又过了三天，伤疤处的红肿已经消退，水泡儿也没了；原来那块铜钱般厚的、紫红伤疤再也见不到了，整个胳膊皮肤的颜色一样。他和敏慧十分高兴，都信服这膏药异常灵验。

这天早早起来，张自忠把李大兴叫到跟前，让他骑着自行车，去找那卖膏药的父女俩。

工夫不大，李大兴回来说没找见。

“你到那几个地界都看了吗？”张自忠问。

“看了。娘娘宫，东火车站，金汤桥两头，我都看了，就是没见嘛！”李大兴说。

张自忠没再说什么，只给马冲打了个电话，问有没有急办的事，告诉他，自己出去一会儿就回来。马冲嘱咐他要小心些，说这几天，日本军队在搞军事演练；日本侨民在搞疏散演练。

敏慧听说自忠要外出，忙拿来杭纺短绸衫让他换上，自忠说，又不是出去办公，是去找那卖膏药的老师父。他依然穿那天晚上的白布短褂短裤，只是戴了一顶巴拿马帽，手拿一把黑纸扇，一副轻便、潇洒的打扮。他坐上胶皮，径直来到金汤桥头的归来客栈。

归来客栈的招牌不小，但门脸却不算大。他走进前厅，见一账房先生正在拨拉算盘珠子，并不像算账的样子，便问：“请问老板，有位卖膏药的老师父，是否住在贵栈？”

账房看都没看一眼，就往后指。倒是一个跑堂的小伙计灵活，领着客人来到后院，说："那熬膏药的便是。"

果然，刚进后院，就闻到一股药香。院子的一个角落，父女俩蹲在那儿熬药。几块砖头支个铜锅，下面架着劈柴，文火烧着；锅里的药汁浓浓的，咕咚咕咚地冒泡儿。就见那老者，左手托着一摞方方正正的纸，右手拿支铜棒，在锅里搅一棒药，便在左手的纸上一下一下地搌着。手心就是圆心。那纸片随着铜棒转悠着，把药汁均匀地、圆圆地涂抹在纸上。

那小女子心灵手巧，学着父亲的样子，也在涂抹着膏药，而且也是那么圆，那么匀。

张自忠看得入神，不想去打搅他们。待到铜锅里的药膏不多了，女儿说："爹，您去歇会儿。"当那老者站起身来时，才发现张自忠立在自己身后，而且看样子来的时间很久了。老者忙着洗手，把客人让进房里。

这是个套间，里外两张床。桌上，放着一包一包的药料和制膏药的家什；里面房间颇干净，桌上摆着梳子、镜子。老者让客人坐在靠墙的椅子上，自己坐在床上。老者向外吆喝：

"掌柜的，给来壶茶！"

一会儿，领张自忠进来的那个小伙计，托着一只茶盘，盘中一只白瓷茶壶，三只茶碗。他把壶和碗放到桌上，向客人点点头，退了出去。

张自忠掏出香烟，奉给老者一支，老者用手一拦，呵呵一笑，说：

"老朽不吃烟。"

南方人有的把抽烟说吃烟。老人既然不抽，张自忠也不好意思自己抽。正在尴尬之际，老者斟上茶，一碗递给客人，一碗自己用。他们一边品茶，一边寒暄，互致问候。张自忠问：

"敢问师父贵姓？"

"贱姓欧阳。"正在这时，那女子收拾熬药的家什进屋，老人介绍说，"这是小女茜兰。"

"欧阳师父，茜兰小姐。"张自忠客气地认过父女俩，便自我介绍，"晚辈姓张，弓长张。"

“张先生的胳膊怎么样了？”欧阳老人问。

“师父的膏药果然灵验。”他说着，伸过胳膊。

欧阳老人托着胳膊看看，满意地微笑着，说：“疤已经没有了，说明一是你精血正壮，元气充沛，二是这块伤疤年头不长。”

“师父真乃神医圣手。”

“过奖。”欧阳老人说，“我再给你第二贴膏药。”

欧阳茜兰走过来，见那伤疤已经平复，十分高兴，说：“张先生的胳膊，不再会奇痒难受了。”说着，拿张黄纸膏药，递给父亲。

“上次那贴膏药，叫‘平创排毒膏’；这一贴叫‘托里生肌膏’，意在从里往外驱赶毒邪，和软肌肤。我还得给先生带一贴膏药走，那叫‘补中活血膏’。”欧阳老人一边给贴膏药，一边说着。

茜兰姑娘拿出一贴白纸膏药，递给张自忠。

“不是再过十天之后，我才能用这第三贴膏药吗？怎么师父提前给了呢？”张自忠问。

“还是提前给先生为好，假如十天之后找不到我们爷儿俩，岂不耽误了张先生病情！”欧阳老人用掌心把膏药熨平，说道。

“这么说，师父和小姐要很快离开天津？”

“嗯，”老人看一眼女儿，说，“我们是第一次来天津。听人说，天津卫水陆交通方便，物丰市华。今天看来，津沽大地虽然市面繁荣，但外侮甚重，不可久居，还是尽早离开为好。”

张自忠心头不觉暗暗吃惊，欧阳老人出语不俗，确实非一般人物。他心中隐约潜在一种想法，欲和老人多聊一会儿。他说：

“师父和小姐还是多住些日子吧。我们天津人好地好，你们还可多治些病人。”

老人只是笑笑，并不多言。张自忠不便多坐下去，就将身上带的钱放在桌上，说：

“小意思，师父费心了。”

“药金我是不会要的。”老人把那把票子塞给客人，口气很坚决，“张先生能看得起老朽，不嫌医术浅陋，已经足矣。”张自忠坚持要给钱。但不等他再说什么，欧阳老人便打发客人说：

“张先生请走好！”

“爹！”茜兰觉得父亲这样，未免有失礼貌。

“小孩子家，不用多言。”老人又对张自忠打个手势，重复一句：“张先生请走好！”

见欧阳老人的脾气很倔强，张自忠不便再说什么，就把那张白纸膏药装进兜里，双手一拱，向老人告辞。茜兰把客人送到客栈门口。

这个时候，就见天空中雷声阵阵，乌云滚滚。几只水鸟，在海河上穿梭般地飞翔着，焦急地鸣叫着，并无心捕食。忽然间，天陡地变黑，一阵灰暗的暴风像条黑龙，经过海河，席卷马路，横扫街市。晾在阳台上的衣服被卷起来了；废纸飞扬，尘土扑窗；卖货的筐箩被掴翻了，商铺的窗户和门板吹得“哓哓”的响。幌子被刮得掉下来，像放风筝一样，飞得老远老远。

风头过后，风尾挟着暴雨接踵而来。酒盅般大的雨点，砸着屋瓦、地面和行人的脑袋；街上一片惊叫声。人们纷纷向屋檐下、商店里躲避。女人的纱裙被雨打湿透了，紧裹在身上；有人忙用芭蕉扇护着脑袋，急着往家跑。河面上，溅起大大小小的玉珠，像爆起的米花儿。

这情景煞是吓人！

张自忠忙冲街上喊：“胶皮！胶皮！”

只见行人惊慌乱窜，胶皮车却连个影儿也没有。洋车夫们，不知跑到哪儿躲风避雨去了。

“张先生，还是到客栈歇一歇，等雨停了再走。”看这情景，欧阳茜兰说。

张自忠看看怀表，已经12点了。他转过身来，见欧阳师父也在前厅，不觉自嘲地一笑说：

“人不留客天留客，师父，该吃午饭了。这样，我请客，请师父和小姐赏光。”

“怎么敢蒙先生破费呢？”欧阳老人抬头看一眼天色，口气缓和了许多。

他们不在餐厅用饭，却单单让伙计把饭菜送到那父女俩的房间。不用餐桌，就用房间的小桌。张自忠和欧阳老人坐在椅子上，茜兰坐在床上。三个人边吃边聊，气氛十分融洽。欧阳老人虽不抽烟，但每餐必饮三杯酒。张自忠也只饮了三杯酒，问道：

“敢问师父，您的膏药疗法如此精道，内、外、妇、儿皆验，是怎么悟出来的？”

欧阳老人一笑：“愚顽之人，哪有这么好的悟性。我这点医术，是学出来的，学而知之嘛！”

“我爹是江南名医吴师机的关门弟子。”茜兰说，“我爹学医那会儿，吴师祖已经70多岁了。”

张自忠依稀记得，小时候听老人们讲过，钱塘有个“膏药大王吴师机”。临清一带的药铺出售膏药，有的就标有“吴师机方”字样。名师出高徒。欧阳老人的医术果然不同凡响。他说：

“师父医术不凡，你们父女俩何不在一个地界安居乐业，何必终日在江湖闯荡？”

“唉，一言难尽啊！”老人将举起的酒杯又放下，摇摇头，感叹一声，人生的辛酸和历程的艰苦，一起涌上心头。他一反平日的刚强，烈烈的目光暗淡下来，缓缓地叙述自己的身世——

那年，父亲得了噎食症，久治不愈，骨瘦如柴，才找吴师机给贴膏药。三贴膏药下来，病症大减，再用三贴，顽症全消。父亲大喜，从此和吴师机来往甚密，成了朋友。父亲求吴师机收儿子为徒。当吴师机81岁去世那年，他当时只有20岁。他告别师母，背了几本医书和医案，回到家乡小镇行医。

若干年后，当他在江浙一带名声大噪时，孙中山正在领导一场翻天覆地的革命。打这个时候起，他先后在黄兴、冯国璋、孙传芳等人的军中行医。一个好的医生，在军中是宝贵的。孙传芳为了讨好吴佩孚，将他当礼物“送”给了吴佩孚。那年头，总统年年换，军阀狗咬狗。他感到生灵涂炭，空有悬壶济世之术。于是他又投奔了孙中山。声势浩大的北伐战争时，他正在朱培德的部队里救治伤兵。

然而，北伐还没最后胜利，就来清洗异党，镇压工人；再以后就是蒋、桂之战，蒋、冯、阎之战，你争我夺，乌烟瘴气。欧阳老人一气之下，不辞而别，浪迹天涯……

“我爹以前是在党的，打那离开后，再没有回头。”欧阳茜兰接着爹的话茬，补充道。

“我已是快入土的人了，在不在党无所谓，只求自由自在，六根清净，眼不见心不烦。”欧阳老人凄然地一声苦笑，银须飘拂面颊。

这个时候，张自忠十分庆幸自己的眼力，那股潜在心中的说不清的意识，逐渐明朗起来了。对，让他父女俩留在自己的部队。他说：

“欧阳师父，晚辈有一事相求，想请你们父女留在天津，为津城百姓和军中弟兄们治病。”

茜兰见这位张先生口气不小，不觉闪动着黑黑的眸子，诡谲地说：“爹，我们没看错。”

“怎么回事？”张自忠迷惘地问。

“咯咯——”茜兰笑着说，“头一次看见你的伤疤，就晓得你是个带兵打仗的人。”

“哦？”张自忠更加感到惶惑。

“你那伤，说是生疮留下的，不对！”姑娘心快嘴快，指着张自忠说，“既不是刀斧砍的，也不是子弹穿的，而是弹片掀的，可能是飞机炸弹……”

“哦？”简直神奇得很！看到伤疤，竟能准确知道是怎么受的伤。张自忠在迷惑之中，倒更加感到异常欣快。要是军中有这样的神医……

“你想，我爹多半辈子在军中行医，哪样的伤势没见过？你的伤，岂能瞒过爹的眼睛！”

“兰儿，休得无礼！”老人制止女儿的快嘴。

老人不仅有如此丰富的阅历，还有如此高超的医术。在老人面前，他张自忠好像个光屁股娃娃似的，从上到下，从外到里，被那双神明的眼睛看得透亮。他不能再隐瞒自己的身份了。他挪开椅子，站起来，双手一揖，歉意地说：

“师父请原谅，晚辈就是张自忠。”

但，欧阳老人并没有些许惊讶，他的眼睛从张自忠脸上挪开，转向女儿，爽朗朗地说：

“兰儿，你爹眼力还可以吧？哈……”

房间里的三个人，都哈哈大笑起来，三颗激奋的心，已经跳在一个点儿上……

暴风雨过去了。海河碧蓝如练，波光粼粼，色彩分外明丽，景象格外姣好……

这些日子，张自忠志得意满，心情格外愉快。闲暇时，在书房临摹碑帖，欣赏名家字画。他起小对书法就有兴趣，军旅倥偬之际，也忘不了写几笔，其中，对魏碑是颇下了一番工夫的。有时，他一边拍桌子腿，一边哼几句山东吕剧，虽然嗓音发哑，但唱得很有些韵味。

是的，近来有几件事很令他高兴不已。

前不久，我军驻丰台骑兵遛马，日军说妨碍了他们休息，双方发生口角，日军竟将我军包围。在自家门口岂能受鬼子欺负？我西苑驻军又开来将日军大包围。双方对垒，虎视眈眈，箭在弦上。宋哲元急令张自忠和日方交涉。然而，驻屯军司令官田代将军竟恶人先告状，一再强调责任由中国军队承担，并威胁说：“请张将军赶快设法制止，否则便要开火！”言语之间，欲让张自忠屈服。但，他十分从容而又十分强硬地说：“要讲责任，我认为主要责任在贵方。我来会见阁下，就是为了双方取得谅解，共同解决问题。阁下，中国有句成语，叫作‘养兵千日，用兵一时’。国家养兵，原为打仗。我们不向别国派兵，但对那些在我国土上胡作非为的人，中国的将士们是绝不会手软的！”

田代本来有病，加上他在任上没做出什么成绩，心情十分急躁、忧郁。原想这次丰台事件，会给中国军队一点颜色看看，没想到这个张自忠伶牙俐齿，口气强硬，无懈可击，一点不像《塘沽协定》《何梅协定》的谈判对手。他深感事情不妙，一时急火攻心，猛地一阵眩晕，向他的参谋长摆摆手，从牙缝里艰难地挤出一个字：“撤！”

不过，张自忠并没给对手一点喘息之机，他趁热打铁，又给田代来了个下马威。平时，日本人随便抓我百姓，随处打枪放炮。张自忠让市公安局向日方下达一份公函:津市五方杂处,伏莽遍地,为保证百姓和各方人员安全,我们到处派有武装便衣密查。如贵方越界办案,须先通知我局,经我认可,然后会同办理;若贵军出外演习,须事前将时间、路线及场所通报市府,以便转告我驻军,以免发生误会。否则,发生意外,我方概不负责。

通过这两件事,田代算真正认识了张自忠。他愈加忧虑,愈加惊恐。张自忠任天津市长,无疑给他带来了灾难。他预感,他或者将被本国召回,或者会被张自忠气死在天津……

张自忠心情愉快的另一个原因,就是结识了欧阳父女。如果他们真的愿意在军中行医,那可是弟兄们的福分!军人的要求再简单不过的了:一是粮草弹药充足,二是负伤后能及时救治。有高明医生站在身后,比指挥官挥着手枪督战管用。医者,士兵的天神!

那天在归来客栈,他邀欧阳父女留在军中,老人沉吟半晌,说:"将军大名,如雷贯耳;但你我毕竟萍水相逢,容老朽考虑一些日子。"张自忠不敢勉强。老人身怀绝技,却多年在为军阀们的内战服务。如今已届古稀之年,岂能轻易依附于人。不过他相信,就欧阳老人忠诚、耿直的性格来看,只要自己诚心诚意,胸怀坦荡,老人终会答应的……

此刻,张自忠正在书房习字,廖副官进来说:

"师长,马秘书长说,赵子青的那批货到了。"

"哦,真的?"他那两道剑眉往上一扬。

"下午两点,他和副师长、参谋长陪你到塘沽验货,晚上在利顺德宴请赵子青。"

"太好了!"张自忠放下笔,说,"你知道这是一批什么货吗?清一色的德国造!"

廖副官走后,他那激动不已的心,再也平静不下来了。他搁下笔,合上碑帖,哼着戏文。

敏慧不免觉得有些奇怪:自忠难得有这么高兴。他平日本来不苟言笑,加上政务、军务繁忙,常使他眉头紧锁。不过,真要是高兴起来呀,倒是乐得像个孩子。她不便进去,只在书房门口探头看一眼。自忠却发现她了,哈哈笑起来。

“看把你乐的！”敏慧被他的笑感染了。

“我想吃脆薄饼。”自忠笑着迸出这句话来。

“那我就给你做去。”平时有厨师做饭，只有当自忠想吃点家乡饭的时候，敏慧才亲自下厨。

工夫不大，小云叫父亲吃饭。餐桌上，摆着一摞脆薄饼，一盘大葱，一盘面酱和几个小菜。

自忠拿两张饼，夹几截大葱，抹些面酱，吃一口，嚯，那个香啊！做脆薄饼是母亲的拿手。起小培养的口味和嗜好，一辈子改不了。母亲过世后，敏慧发扬母亲的手艺。每当他高兴的时候、苦闷的时候、疲倦的时候，敏慧总要亲手给他烙几张脆薄饼吃……

吃过午饭，他倚在沙发上翻阅报纸。饭后看报，既是休息，又是享受，也是他的午休方式。

《国权报》《振报》，大肆鼓吹日本如何发达，皇军如何威武，天皇如何贤明……翻来覆去是一个调子：日中亲善，共荣共存。张自忠浏览一下标题，放到一边，又去看《大公报》《益世报》等其他报纸。这时，一个标题映入眼帘：

女子光天受辱，江湖父女勇斗日蛮。

他的目光，即刻落在这篇报道上——

[本报讯] 今早，一女子在日租界被仨军曹施暴，巧遇江湖父女搭救脱险。

一名叫陈椒香的年轻女子，头插草标，跪于街头，泪流满面地诉说自己的不幸。她和母亲从四川老家到天津投奔舅父，没想到舅父的商店被日本浪人捣毁，日银行催逼贷款甚紧；在走投无路之下，舅父投河自尽。陈母悲痛交加，于昨日身亡。人们同情女子，纷纷解囊。可是，三名日军曹巡逻至此，见小女子甚有姿色，连声叫着“花姑娘”，虎狼般扑来，竟将女子衣服剥掉。小女子大声哭喊、挣扎，那哭喊声撕心裂肺般地惨。

就在这时，在津卖膏药的父女俩路过河边，听见女子的喊叫，急奔过来。他们使出拳脚，把三名军曹击倒在地，帮女子穿好衣裤，飞也似的离开日租界。据悉，日便衣正在，搜捕那父女俩……

不看便罢，张自忠看了，却被惊出一身冷汗来。他像弹簧似的从沙发上立起，紧锁眉头，沉思，却把下午到塘沽的事抛到了脑后。他急忙走下楼去，和廖副官驱车赶到归来客栈。

天气炎热，正是午休时候，客栈不见人影。廖副官向里面吆喝一声："掌柜的！"这才从账房里面伸出一个脑袋来，打着哈欠，流着口水，瓮声瓮气地问："是住店吗？"

"我们找卖膏药的欧阳师父。"廖副官说。

"是那父女俩？嗨，已经走啦！"

"什么时候走的？"

"走不大一会儿。"那老板这才清醒过来。

"他们留下过什么话吗？"

"你们是……"

"我姓张。"张自忠走上前，和老板搭话，"前几天我来过，还吃过饭，掌柜的还记得吗？"

掌柜的眯着眼睛出神，摇着头。正巧，那个小伙计听见声音，从里屋出来，见果真是那天打听欧阳师父的那位先生，忙问：

"您就是张先生？"

"正是。"张自忠笑着问，"小二哥好？"

"欧阳师父走时留下一封信，让我亲手交给先生。"小伙计从怀里摸出个牛皮纸信封。

张自忠接过信，见那封皮上写着："张先生亲启"。他拆开，匆匆瞟了几眼，遂谢过小二哥，告辞归来客栈，急忙赶到西火车站。

汽车在车站前停下，张自忠趋步进到站里，就听见一声汽笛长鸣，火车隆隆声起。来到月台上，只见一列南下的火车已经开出津浦线，车轮由慢变快地转动着，给车站留下了一团烟雾。两道锃亮的铁轨闪着白光，从火车的肚子里吐出来，吐出来，一直延伸到远方。

他在月台上，悻悻然，惴惴然，怅惘若失。他不觉将那张元书纸笺展开，龙蛇般舞动的几行墨迹，化作欧阳老人的声音——

张先生：如晤。

日前邂逅，又匆匆叩别。先生乃坦荡君子，不谋个人私欲。但平津为日倭所包围，望先生好自为之。先生所邀之事，老朽实难从命。时局复杂，人心不测，日久见人心，还是多观察些时日为好。如果有朝一日先生真需要老朽之时，某会不邀自来的。

谨颂

台安

采药山人 欧阳樽叩首 即日已午之交

不知过了多长时间。车站“当当当”地响起了铃声，又一批旅客检票进站了。在嘈杂的人声中，值班站长手举信号灯，向进站火车画了三个圈。啊，火车开来了，有旅客下车，也有旅客上车，驶向自己要去的地方。

欧阳父女俩，将会浪迹何处呢？

第六章
敲山震群虎

天刚麻麻亮，娘就起床叫他：“乐儿，该起床了！”语气中有不尽的怜爱。

“娘，还早呢！”乐二哥翻个身，喃喃地说。

“不早了，正是上早班的时候哩。”

乐二哥像个几岁的顽童，不情愿地坐起来，揉揉惺忪的睡眼，又倒在枕头上。

“乐儿，起来哩，海河的船老大都有动静了。”娘说，“天亮得早，人们行动也早哩。”

乐二哥这才穿衣下床，洗脸、漱口，上厕所。懒洋洋地把一切做完，娘已经把早点买来了。

“趁热吃，刚炸的馃子。”娘拿只碗，又把豆浆倒在碗里，放勺红糖，端到儿子面前。

老伴过世早，娘就他这么个宝贝疙瘩。他家本姓乐，爹娘得他之时都已四十出头。老来得子，喜从天降。爹说：“这可有了乐儿了！”从此，爹娘就叫他乐儿。他从小爱和孩子们打架，而且不打赢不罢手，同龄的孩子们怕他，便叫他“乐二哥”。儿子是自己的好。不管他怎样游手好闲，惹是生非，怎样被日本浪人利用，娘总是那么疼爱他。嗨，要不是那天遇到张市长，这乐儿，怕是这辈子难得走正道……娘看着儿子一根一根地往嘴里塞着油条，心里这么想着。

乐二哥吃过早点，这才拉起胶皮，懒懒地走出门。临出门时，娘拿起布掸子，在车座、车沿上拍打拍打灰土，嘱咐：“拉车机灵点儿，小心挨巡捕的打；别惹客人生气，脚板勤点儿。”

“记住啦，娘，歇着吧！”别看他在外面天不怕、地不怕，但在娘面前却很孝顺。走不多远，来到一家客栈门口，喊着：“胶皮，有用胶皮吗？”

一个背着褡裢的大汉出来，一屁股坐在车上，操着东北口音说：“东火车站！”

胶皮上坐了人，乐二哥精神头也足了，步子迈得也大了。走出不几步，客人问：

“哪疙瘩有厕所？”

“有，有。”拉车人总要给客人许多方便。

来到一个厕所旁停下。客人进去了一会儿，边系裤腰带边上车。他拉着车，快步如飞，到了东火车站。客人掏出3毛钱塞在他手里。

“老板，再加两毛吧！”乐二哥说。

“哈？在咱那疙瘩，3毛就中！”说归说，客人还是又掏了2毛钱。

东火车站也叫老龙头车站，据说乾隆帝下江南时，路过天津，游海河，船到这里，问：这儿叫什么地名？天津道台讨好说：叫老龙头。后来在这儿兴建车站，就叫老龙头火车站；又因为它在海河的东边，也叫东火车站。

东火车站很热闹。乐二哥拉着空车，在车站前面转悠着，吆喝着：“胶皮，有用胶皮的吗？”

这时，一个三十来岁的农村妇女，领个拖着鼻涕的孩子上前问：“这伯子，英租界咋走？”

“英租界？”乐二哥打量这娘儿俩，指着前面说，“过万国桥，径直往前，咳，我送你们吧！”

"这伯子,不用了,他爹会接我们的。"说着,那女人背着包,拽着孩子,朝大桥走去。

乐二哥见车站招揽不了客人,便拉车过桥,赶英租界的上班高峰。在天津,英租界地盘最大,洋行最多。这个时候,往往是胶皮最忙的时候。车到万国桥,却见那娘儿俩刚刚走过桥。乐二哥紧走几步,撵上,说:

"这大姐,我送你们吧。"

"不用,不用!"那妇女拽着孩子直往前走。

"我也去英租界,顺道,不要钱。"

那妇女站住了,打量洋车夫。

"上来吧,坐好。"

妇女先坐在车上,乐二哥把孩子抱上去,倚在妈妈的怀里,包裹放在脚前。

正是一截下坡路,胶皮如飞。过了法租界,就是英租界,按那信封上的门牌号码,胶皮在门口停下。那妇女在口袋里掏钱,乐二哥说:

"大姐,不用给了,就当是给孩子买了串糖堆。"

"要给的,要给的。"可当她掏出钱来时,胶皮已经走远了,她喊着,"这伯子……"

乐二哥刚到一个胡同口,就听见一个沙哑的喊声从小洋楼里冒出来:

"胶皮!"

他冲洋楼望去,见一个人向他招手。他停住车,在胡同口等着。

半支烟的工夫,一个高大肥胖的外国绅士走出来,一手拎着长把洋伞,一只胳膊揽着个娇小玲珑的女人。这女人一头灰发,但眼睛碧蓝,身材细匀。绅士的后面,还跟着个老成而又圆滑的中国男仆。

洋绅士爬上胶皮。当他那将近300磅的身体落在车座上时,车子颤悠着,车座的弹簧"咔嘣"作响。他扬扬手,那女人给他一个飞吻;仆人哈着腰,点着头,目送着车子走远。

"怡和洋行!"胖绅士抻一抻脖下的领结,说。

乐二哥明显地感到了客人的分量,比两个普通客人,相对那农村娘儿俩,分量还要重许多。他曾听其他车夫说过，怡和洋行的董事长是个大胖子，说他的一条腿，比女人的身子还粗。乐二哥不禁联想起了那个娇小的女人。唉，可怜的女人啊，怎么会受得了！

“快点儿！”洋绅士嫌车夫走得慢，催促着。不过，他的汉语说得不怎么好。

车夫想快却快不起来，使出全身力气，哈爬着身子，拼命往前拉，可总像有人往后拽似的。乐二哥暗暗叫苦：今天早起碰见了鬼！胶皮拉人论个儿而不论分量，这胖子比几个人都沉，活像一只大公猪！

离怡和洋行不远，有一段下坡路。乐二哥紧拉几下，想利用这段地形跑快点。正巧这时，一个大家庭里的两个老婆打起架来。小老婆打不过，往屋外跑，大老婆从屋里“嗖”地扔出一把笤帚；小老婆把身子一拧，笤帚飞到了街上。也是活该有事，这把笤帚不偏不倚，正好趴在乐二哥的洋车轮下。

车子沉，速度快，躲闪不及，一个轮子从笤帚把上轧过去。车子猛地一颠，差点儿没掀翻，乐二哥吓出了一身冷汗。可就在车子猛地颠起的一刹那，车上人杀猪似的号叫一声：

“噢，bottom！”

乐二哥不知发生了什么事，赶紧停下车。就见那洋绅士跳下来，指着自己的屁股。拍着车上的坐垫，还用长把洋伞戳着车夫，哇啦哇啦地喊叫着。那张脸青紫，像长了瘤子的猪肝。

乐二哥到车座前看看，手在坐垫上摸一摸。陡然，他大惊失色。原来是坐垫弹簧断了，扎了洋人屁股，唉，要不是洋人那么沉，要不是颠那么一下，坐垫弹簧是肯定不会断的。

然而，洋绅士不依不饶，继续哇啦哇啦地叫喊，继续用伞尖戳车夫的身子。乐二哥自认倒霉，一个劲儿地说“对不起，不要车钱”。

受了洋人的气，乐二哥心里窝火，无心拉车，便回到家里睡大觉。娘见他一阵阵唉声叹气，一声声长吁短叹，知道儿子心里不舒坦，也不敢问，只是悄悄地抹泪，做点好吃的给儿子吃。

第二天早起，乐二哥拉着车刚出门，遇到另一辆胶皮，那哥们儿说：

“今儿个甭想拉客，您哪，先去英租界吧！”

“您老说嘛？”

那人告诉他：怡和洋行的胖董事长，昨天被一辆胶皮坐垫把屁股给扎了。胖董事长到英工部局找巴恩士局长，要求检查所有洋车弹簧垫子是否坚固，以免再伤害洋人屁股。工部局立即通传全体车夫去验车。

乐二哥傻了眼，没想到因为自己，平地起风波，反连累了这些穷哥们儿。

话不多言。他们来到英工部局门前，就见一张白纸写着个大大的通知：

> 凡起英国捐的洋车，自 8 时至 18 时到此报到，登记后不准离开，随时接受检验，违者处罚。

车夫们都想早点验完车，好去招揽活计。在外国租界林立的天津谋生不易，当洋车夫更是艰难。自打八国联军入侵中国，天津有了 8 大租界地。后来，十月革命胜利，苏联政府取消了俄租界。剩下这么 8 个租界，洋车就得起 8 个捐。天津这么大地儿，你知道坐车人往哪去？不起那个租界的捐，甭想进人家租界地。

洋车夫卖苦力不说，还时常挨各国巡捕的打。车是从洋车厂租来的。用一天车，就得交一天“车份”。除去车份、车捐，每个车夫一天不赚 1 元 5 毛钱，一家人的生计就难以打发。

都想早验早完事，穷哥们儿赶到一个点上了。一时间，数千辆洋车在工部局门口长蛇阵似的摆开。巡捕房怕洋车夫在租界闹事，派来了许多巡捕。他们腰里挂着电棍，手里拿着木棍，巡长腰插手枪，虎视着验车的中国车夫。

车夫们心里急，都想往前挤。不多一会儿，前面挤成了一个疙瘩。巡捕一见秩序乱了，挥起木棍，见人就打，人们被打得头破血流。巡捕见木棍难以奏效，便摘下电棍，在人们身上乱捅。挨了电棍的人大叫一声，痉挛地仆倒在地……

直到下午 6 点，还有 3000 多辆车没验完。工部局发话：明日接着验。

车夫们白等了一天，许多人连午饭都没吃，有的被打伤了。他们一天不干活，白赔车份，白搭车捐，反而挨了打受了气。有人在工部局门口大骂，有人敢怒不敢言，有人唉声叹气。

乐二哥昨天就没拉客，今天又白耗了一天，回去如何向老娘说！他觉得这口气实在难以咽下去，洋鬼子太欺负人！他对大伙吆喝一声：

“哥们儿，咱们到胶皮车工会诉诉苦去！”

胶皮车工会十分同情穷哥们儿，但又觉得事关外交，便推举乐二哥等8人，到市政府请愿，希望自己的政府为穷哥们儿做主。

市长张自忠和秘书长马冲，接见胶皮工会代表。当乐二哥握着市长的手时，连声说：

“谢谢市长，谢谢市长！”

“乐二哥，你好！”张自忠亲切地问候。

听到市长的问候，感激和委屈的泪水同时流下来，嘴唇哆嗦着，却说不出一句话。

那天，市长让他冲洗了尿痕，将他留下，问了他家里一些情况。市长让他做小买卖，他说不会做，怕赔本；介绍他去修码头，他说约束大，活计苦；最后，市长给他30元钱，让他去租辆洋车，说：“拉车虽然苦点，但比较自由。”自此，他当上了洋车夫……

张自忠拍着他的肩，安慰着：“干啥都不易！”又向其他代表说，“你们有什么事就说吧！”

胶皮车代表们，把在英租界验车的事，一五一十地向市长说了一遍。

张自忠听了很痛心，沉默一会儿，他问大伙有什么对策。大家七嘴八舌议论一番。最后，张市长声色俱厉地说：

“你们告诉洋车工会，英国人侮辱中国车夫，那么，咱们中国车夫就不在英租界拉座！”他对马冲说，“凡带有英国捐牌而未起中国地捐的洋车，都可以在中国管地拉座。将这一情况通知公安局，让他们注意保护好车夫！”

乐二哥和代表们没想到，张市长这么同情穷哥们儿，这么给他们撑腰。他们憋着的那股冤气，正想找个地儿杀一杀。这下可好了！洋车工会立即通知英租界车户8000余名，自即日起，一律拒绝在英租界拉座。

有市长亲自支持，车夫们群起响应。听到这一消息和工会的决定，每个人都很振奋。

第二天，英租界内，只见空车过，却不见拉座。可大多数人并没发现比往日有什么异常。

等到上班高峰，人们才发现今天确实和往日不一样。领事馆、驻军、各洋行、各码头的华洋职工，出门上班，大声喊“胶皮”而不见胶皮应声；又喊“洋车”而没有洋车跑来。群情哗然，莫名其妙。居民们很惊讶，纷纷站在家门口看热闹。偶尔有一辆空车，却匆匆向中国管地跑，即使英国巡捕手提指挥棒，大喊“打住”，车夫也不回头，也不搭话，急忙跑出租界地。

怡和洋行的那位胖董事长，站在胡同口，早已等得不耐烦了，一个劲儿地松动着脖子上的领结，嘟囔着。那个娇小的灰发、碧眼女人，在他的胳膊肘下，搂不住他那肥胖的腰，却一边安慰他，一边闪动着惶惑的眼睛，向街上张望着。那中国仆人站在街心，不停声地喊：“胶皮！”

好容易在街那头发现了一辆洋车，不知有多少张嘴巴争着喊：“胶皮，往这儿来！”

“胶皮，这边来！”那个中国仆人站在街心，眼睛睁得溜溜圆，沙哑着嗓子喊着。

但，车夫仿佛没有长耳朵，匆匆跑着。

胖董事长急了，甩掉女人，挥着洋伞冲上去，对车夫吼着：“送一回，5 块钱……10 块！”

车夫回过头来，揶揄地说：“对不起，您哪！”

胖董事长见是昨天扎他屁股的那辆车，显得很尴尬，摸摸胖脸，又摸摸肥墩墩的屁股。

约莫 9 点钟光景，工部局派出卡车，到租界内各主要路口，将有领事馆、司令部及工部局工作证者请上车，送到工作地点。

再过一会儿，太古、怡和等洋行，汇丰、麦加利等银行，也派出车辆去接职工。

直到 10 点多钟，还有许多华人职工在路口候车。没有办法，工部局将一辆囚车也派来了。华人职工认为不吉利，大骂英国鬼子欺负人，宁肯不要薪水，也不愿上这辆囚车……

如是僵持了三日。

这几天，巴恩士心情烦躁，看什么都不顺眼，常常狂吼乱叫，指手画脚。职工们怕惹他生气，个个都躲着他。这天，他走下汽车，迈向大楼的台阶时，对门卫吼起来：

“门卫主任先生，你没有尽职，瞧，台阶上有纸屑；还有，花没有浇水，嗯！”

走进前厅，见几个工人在打扫卫生，他说：

“你们，搞得满楼垃圾飞扬，臭气冲天；还有，这楼梯扶手擦得不干净！”

他走进办公室，见一个年轻秘书没打领带，吼着：“你，密斯特魏，怎么不打领带？啊？”

“局长先生，在办公室，也可以不戴领带或领结，这是您规定的。”秘书申辩。

“你知道，我今天要带你去见谁吗？”

“谁？”年轻的秘书愣住了，问。

“市长，张自忠市长！”

这个年轻人，是汉语翻译兼秘书，平时很受赏识，没想到这个时候也挨了剋。不过，巴恩士是个好老头，对人慈祥、宽厚，言语虽重，但心地善良。这几天为洋车夫罢工的事，闹得老头子的脾气又火暴起来了。魏秘书连忙打上领带，准备有关资料和备忘录，安排好汽车。

不一会儿，巴恩士和魏秘书走下楼去。都说巴恩士衣着讲究，巴恩士今天果然穿得规矩。鬓角特意做过修饰；平日很少戴礼帽的他，此刻，头上却端正地戴着一顶高筒礼帽；脖领上的黑色领结正了又正，胸前的扣子摸了又摸。他边走边问魏秘书：“都准备好了吗？”

“准备好了，局长先生。”

“开车！”他和魏秘书坐上汽车，对司机说。

“巴恩士爵士，请等一等！”

巴恩士正要往车里钻，怡和洋行的胖董事长颤悠着满身肥肉，挥着手里的洋伞，喊着。那声音，像个快要淹死的人在喊求救。

巴恩士一挥手，司机将起动的引擎熄了火。巴恩士用诧异的目光欣赏着“胖董”的那身肥肉，可没想到他上台阶时并不怎么笨。巴恩士在心里笑：他要是真像头笨熊，那小妞就不会那么听话了。每当有社交场合，他总是带着那妞儿，人们总是窃窃地笑；尤其是当他搂着小妞跳舞时……

“爵士先生，那些车夫们简直不像话，专门不拉英租界的人，闹得我们商行的职工上班都不安心，商行处于半瘫痪状态。我提议，一定要严厉处罚这些中国佬！”“胖董”用伞尖戳着地面。

“董事长先生的尊臀没事了吗？”巴恩士问。

“谢谢，没事了。”

“没事还来找我干啥！”

“关于那些可恶的中国车夫……”

“都怪您的屁股，尊敬的董事长先生！”巴恩士钻进汽车，“嘭”地关上车门，汽车“轰”的一声开走了。他要到天津市政府，亲自拜见张自忠市长，向他说明情况，请求车夫复工……

在张自忠的策划和支持下，车夫罢工风潮胜利解决，起到了“敲山震虎”的作用。不独英租界，其他租界的巡捕和洋人，也对中国车夫客气了许多。

闲暇时，乐二哥总要吹吹他知道的那些情节：张市长如何为胶皮工人做主，如何与巴恩士谈判，巴恩士如何摘下礼帽致敬……

总之，张自忠这个市长当得十分专心——日本人胃口很大，其他外国人也想占便宜，流氓地痞、贪官污吏也想趁机捞一把；而老百姓时刻盯着你有没有汉奸行为，为市民办好事没有；中央政府既不给财力，又不给政策，在这样的夹缝中当市长，只能一靠勤，二要廉。

天津市的税收，过去一向是官商勾结，由市府委托某商人承包，每年向政府纳一定金额，其余款项分别装进官僚和商人的腰包。张自忠上任后，一个商人找到旅长黄纲，请他说情承包天津市税务。条件是一年上缴款项 65 万元，但在合同上只写 40 万，这样，张市长就可将那 25 万元装入自己的腰包。黄纲毕竟是个粗人，不知轻重，真的把这件事跟张自忠说了。

张自忠听了没说话，半天，冷笑一声，说：“25 万，25 万，嘿，真不少！黄纲，干脆把这 25 万给你,你要不要?”

“那……”黄纲一听糊涂了,承包商明明说这是给市长的,自己怎么可能得这笔钱呢?

“要是你愿意,这 25 万,加上我这市长,都给你得了。”张自忠依然一脸冷笑。

“那怎么可能?”黄纲讪讪一笑。

张自忠说:“别看你个子不小,这 25 万块摞起来,怕是比你的人还高。不过,要是你钻进这钱堆里去,你这辈子就甭想再爬出来。小时候我就听老辈人说过:钱能活人,也能埋人。”

黄纲一听话锋不对,忙说:“那个承包商死乞白赖求我跟你说一声,不行我也好回话。”

张自忠拿眼睛盯住他,说:“人家死乞白赖求你,怕不是白求你吧?”

“长官,别误会!”黄纲急得脸都红了,“我没要他一分钱,不过他说事成后给我 3 万。这话只是说说,我一点儿都没朝这里想。”

张自忠见自己的部下坦白交代, 就没有再批评他, 倒给他一支香烟,抽着,说:“作为地方税收,理应一分不少地上缴国家,谁要中饱私囊,那是犯罪。我们作为军人,作为官员,拿国家薪饷,吃民众粮食,不该有这种犯罪的想法。黑着心干坏事的人,都没有好结果,不是被钱埋掉,就是反遭黑手。”

黄纲是个正直人,听张自忠这么一说,自觉惭愧,抽完一支烟,走了。他平日对张自忠十分敬重,无话不说,别人求他时,他没把这当多大的事。这会儿他越想越觉得不该管这黑道的事,他大骂那个商人自个儿心黑、手黑,反要害别人。

类似这样拒受贿赂的事不少。意大利商人经营的回力球场,每晚以赌输赢卖票来吸引大量中国人和外国人,据说每月收入累计数万。意商怕市府干涉,就派中国买办恳求市府,情愿每月以 5000 元馈赠市长,遭到张自忠的拒绝。他指示:对外商的行贿手段要注意,以免混淆视听而玷污政绩;对类似回力球场的暴利经营,一要适当限制,二要征收高额税……

刚刚送走黄纲,就见文天青头黑脸走进来,也不说话,闷着头坐在沙发上，张自忠给他烟抽，他用手挡回来。张自忠不知有什么别扭事，问：

“你这是怎么啦，老弟？”

“你当了市长，可把弟兄们都忘了。光知道用部队，可什么事情都不让部队管。”文天像装着一桶火药来的，噼噼啪啪地炸。

“文天老弟，这话可不像是你说的，我的情况，我的想法，难道你还不清楚吗？”张自忠说。

“你让部队在塘沽、汉沽缉私，可稽查的物资不让部队处理；地方那么多位置，也不多安排些弟兄。弟兄们在穷地方受穷，如今到了富地方还受穷。”文天任公安局长后，办了很多大案要案，可就是对张自忠决定的这几件事不满意。

为了缓和气氛，张自忠给他点燃一支烟，递给他，说：“部队不沾钱和物，干净，在老百姓眼里有分量。为老百姓出力办事、流血牺牲，就是为了要钱？在战场上，多少钱买一条命？”

“我不是这个意思，我是说，咱们西北军穷得叮当响，好容易到了天津，你得给大家一点方便，让大家过得去。”文天说。

“你还记得冯先生给一个穿皮鞋的连长敬礼的事吗？作为方面军统帅，吃穿都和士兵一样，这不是几十年西北军的作风吗？正因为这样，尽管武器差，可战斗力强。”张自忠没有正面回答。“钱这个东西，其实最不值钱，人需要多少钱算够？活着，有吃有穿足矣，说不定哪天死在战场上，钱再多又有什么用？”

“你知道吗？到天津消费高，许多军官养不起家，部队的伙食不比以往强多少。”文天说。

“这个情况我知道，你回师部告诉克侠，统计一下，看军官们有什么困难，士兵家里有受灾的没有，我们要酌情救济。”张自忠说，“眼下，不光部队困难，老百姓更困难，但无论如何，不能损害民众利益，不能趁机捞一把。”

“那……”文天心里的疙瘩并没有解开，但又没有力量去驳倒对方。因为他知道，张自忠对自己的钱从来不看重，可对公家的钱从来不含糊。有个司务长吃伤兵薪饷，让他知道后，把这个司务长逐出兵营，通报全军，永不录用；有个士兵的妹妹被人贩子卖进了妓院，那兵急得哭，他用自己的钱把那姑娘赎了出来……

最让一般人难以做到的是，他从不给亲友安排差事。山东老家的几个亲戚，听说他在天津卫当最大的官，便来投奔他，让他安排个差事。张自忠说：天津地面复杂，不是你们待的地方。你们一没文化，二没专长，别人看我的面子，会给你们一碗饭吃，但明天我一走，你们的饭碗就没啦！有个远房侄子说什么也不肯回去，非求叔叔安排个事干不可。张自忠对他说：眼下时局艰难，我这个市长也不会干长久。那时我走了，树倒猢狲散，谁来卫护你？倒不如趁早回家去，免得日后哭天抹泪。他让妻子给他们送些钱，回去买农具或做点小本生意……

想到这些，文天无言以对。

张自忠拍着文天的肩，深沉地说："古人说，武官不怕死，文官不爱钱，国之幸也！而我们这一代军人，势必既不能怕死，又不能爱钱。我说这话不是吹牛，我的心你日后会明白的。"

张自忠真的动了感情，文天心里也觉得酸酸的。是啊，得理解他，这个市长当得多难啊……

这天，马冲神色紧张地走来，对张自忠说：

"特一区税务分局来电话请示，说有一艘外国商船没有纳税，就擅自装货出口。现在船只被扣留，可主管人员与他们交涉时，洋人说，自《辛丑条约》以来，一向没纳地方税，至今已30余年了，凭什么现在让他们纳税？分局拿不定主意，就打电话请示市府。你看……"

马冲一向干练，善于处理棘手问题，但对这件涉外税案，他却感到没有了主意。是啊，几十年都过去了，现在突然让外国人纳税，洋人脑袋就那么好剃！可不纳税，又明摆着不合理。按照国际惯例，出口税是无论如何要纳的，而且《辛丑条约》上也没有说外商可以不纳税。

然而，张自忠听了这事，不仅没皱眉头，反而表现出了极大的兴趣。他说：

"问一问，是哪国的商船，要是日本的船，这次就把他放了，要是……电话撂下没有？”

“撂下了。”马冲说。

“赶紧打电话问准确。”张自忠按下其他事，心一下子转移到这件事情上来。

一支烟没抽完，马冲告诉他：“问清楚了，是美国公茂洋行的船，装的是西口羊毛。”

“美国，公茂洋行……就是那位甘经理吧？”

“是的，就是那个叫甘米尔的。”

“好，这事来得是时候。”张自忠捻着右下巴上的长须，说，“你告诉特一区税务分局，礼貌接待，严守秘密。至于交涉一事，你我亲自处理。”

“你我亲自处理？可我心里没底呀！”马冲说。

“你先让分局稳住人家，别搞僵了。至于策略，咱们可以细商量。”张自忠不仅兴趣大，而且信心足，弄得马冲有点儿吃不透。

他俩会同税务、外事、商务等部门商议，定出了策略：第一轮，让特一区税务分局与商行的主管部门谈；第二轮，让秘书长与商行的经理谈；最后一轮，则由市长亲自出马谈。

这几天，前两轮会谈还算顺利。张自忠看了一些资料，做了一番布置。这天，在市政府后花园，以家宴形式请美国公茂洋行总经理甘米尔和夫人，就是他所布置的第三轮会谈。

这个小小的餐厅，不像大饭店宴会厅那么豪华和气派，却显得十分朴素与亲和。红油漆地板，白绫糊的墙壁，天花板中央挂盏小巧的枝形吊灯；墙上，显眼地挂着一轴横幅，那是西北军创始人和统帅冯玉祥的手笔：一粥一饭当思来之不易，一言一行当报百姓父母。

张自忠把这两句话当成座右铭，以此鞭策和告诫自己。他曾对市府公务人员说：我们的吃喝衣住是谁给的？老百姓！老百姓是我们的衣食父母。吃老百姓的饭，就该为老百姓办事。

美国人虽然豪放，但很遵守时间。差 1 分钟不到 6 点，甘米尔自己驾驶着汽车，偕夫人来到了市府门口。当夫妇俩走下汽车时，秘书长马冲和翻译小姐在这里恭候;卫兵向他们敬礼。他扬扬手,笑笑,向卫兵致意。

他们来到小院,走进市长办公楼,张市长偕夫人在这里迎接。市长握着他的手说:

“欢迎总经理先生和夫人光临!”他将夫人李敏慧介绍给客人,也和甘夫人握手道好。

他们没进会客室,而是直接来到一楼的小餐厅。共进晚餐,就是他们要举行的会谈。

圆桌不大,桌上铺着洁白的台布,中央放束红、黄、白三色的月季花。人们围着圆桌分宾主坐下。甘米尔的右首是张自忠,左首是敏慧;甘夫人挨着敏慧坐下;马冲和翻译小姐坐下首。不用服务小姐斟酒、布菜,就他们6个人,厨房把菜端上来,马冲、敏慧和翻译小姐都热情为宾主服务。

席面不大,菜不算多。除一个冷拼盘外,就是干煸对虾、南北海参、红烧鲫鱼和青椒牛肉丝,然后是几盘菜蔬素食。他们没有喝人头马,没有喝威士忌和白兰地,桌上摆着三种酒:直沽高粱酒、红葡萄酒和啤酒。

张自忠没有发表冗长的祝酒词,甘米尔也没有致答词,完全是家庭式的朋友间的便宴。他们吃喝随意,谁也不勉强谁,更不互相灌酒。

甘米尔刚坐下时,心里忐忑不安。市长亲自宴请他和夫人,这顿饭可不是好吃的,中国叫作“鸿门宴”。为缴纳出口税一事,先后进行了两轮会谈,并无结果。他在公茂洋行工作10年出头,就从没听说在天津缴纳过出口税,尽管他刚开始是很惊讶的。但日子长了,习惯成了自然。现在冷不丁让他们纳税,他自然在心理上接受不了!本来,缴纳进出口税,是国际贸易常识,然而,中国天津却很特别……

张自忠压根儿不提那码事,好像他今天宴请的不是一个美国商人,而是自己的朋友、战友和亲戚。家长里短,海阔天空,谈笑风生。

“听说,美国和中国的气候差不多?”他说。

“是的,美国地处北温带,但南北气候差异很大。不像中国这么四季分明。”甘米尔自取得哈佛大学商学硕士后,先在本国工作3年,以后派遣来中国,至今,算得上半个中国通。

翻译小姐莞尔一笑，说：“中国在地球这边，美国在地球那边；一个是白天，一个是晚上，两个国家的人脚顶着脚，脚步声都能传过去。”

翻译小姐说得风趣，立时，桌上的人都笑了起来。同一桌上的黄皮肤和白皮肤两拨人，感情上似乎接近了许多，隔膜开始消融。

“这叫相反相成，大同小异。”张自忠也笑了。一会儿，问：“总经理的父母可还安好？”

“我从小没有父亲。20多年前，父亲在欧洲那场大战中死去了。”甘米尔这才解除了戒备，打开话匣子。“母亲带着姐姐和我移民美国。现在，母亲跟着姐姐生活，她们都很好。”

“如果有可能，请总经理的母亲到中国来看看。老人家一生颠沛，真不容易。”张自忠慨然一笑说，“世界上的母亲都是一样的。我也是少年时代就没有了父亲，全靠母亲抚养。”

甘米尔久久地望着张自忠说：“这么说，我们两个人都有相同的命运。市长先生的母亲一定很了不起，把你培养成了将军。”

“前几年，母亲就去世了。”张自忠十分怀念母亲，语气充满情感。他转过身，看着甘米尔说，“我们的命运相似，可我们两个人，只有一个母亲了。”

甘米尔很感动，站起来，握着张自忠的手说，“谢谢，我一定将市长的话告诉母亲，她一定会很高兴的。市长先生，你是我最伟大的朋友。”

一直很少说话的敏慧，问那位年轻的总经理夫人，“平时，夫人做些什么呢？”

“看书，跳舞，听留声机。”美丽的夫人耸肩一笑，脸颊上有两个浅浅的酒窝。

“如果夫人有兴趣，我陪你到中国大戏院看京剧。”敏慧说，“京剧很好看。”

“就是那些把油彩涂在脸上，边唱边打的戏吗？”总经理夫人闪着碧蓝的大眼睛。

“是的。”敏慧笑了，“来中国，不看京剧，就不算真正到了中国。京剧是中国的艺术之宝。”

"那好吧，到时候市长夫人可得讲给我听。"那女士耸耸肩，做个诙谐的手势。

席间，敏慧送给那女士一把白绢折扇。她将扇子打开，告诉客人，说那上面的花草是她自己画的。那女士接过扇子，见扇面上画着一块山石；石下有一丛水仙，石上长着一棵兰草。那女士虽不懂中国画，但甚觉好看，爱不释手。

酒喝得差不多了。厨师端来了主食：一盘玉米红薯饽饽——把红薯蒸熟捏成泥，和上玉米面，贴在炉壁上用煤火烤熟。外焦里嫩，香甜松脆。红薯和玉米的香味，顿时盈满餐厅；另一盘是山东的薄脆小饼，还有葱白、面酱。

翻译告诉客人，这是张市长家乡的食物。

吃腻了奶酪、黄油的客人，先吃块玉米红薯饽饽，觉得满口喷香；再吃张小饼卷葱白，也是别有滋味。那年轻夫人平日爱吃零食，市面上的小吃尝遍了，可就是没有吃上这些食物。她看一眼敏慧，伸出拇指，用中国话说：

"顶好！"

吃完饭，甘米尔用餐纸擦嘴，问张自忠："市长先生还有什么话说吗？"

"没什么，只是请总经理先生和夫人来聚一聚，让她俩认识认识。"张自忠指着两位夫人，又转向甘米尔，"总经理先生还有什么话要说？"

"那就是，关于那一船货的事……"甘米尔不知怎么表达自己的意思才好。

"总经理先生什么时候开船都可以。"

"不是说要纳税吗？"甘米尔惊诧地问。

张自忠笑笑，没有正面回答，他说："该说的话，秘书长先生已经向你表达了，而且，总经理是商学专家，国际贸易知识丰富。中美两国政府关系密切，我们要尊重两国人民的感情。在天津，美国租界是最小的，每年的进出口额也不大。如不纳税，除了中国蒙受损失，美国获利极小，而真正获得利益的，是其他几个租界国。请总经理先生，并转请总领事先生想一想，何必在朋友间造成不愉快，而让别人获利呢？"

甘米尔愣住了，那灰色的眼睛眨了几下，慢慢地从张自忠的目光下移开。是这么个道理！但这个道理此刻从张市长的口里说出来，却是那么深刻而又中听，丝毫没有为难他的意思。

“我现在就通知码头放船，总经理愿意什么时候开船都可以。”张自忠说。

“我理解市长先生，也尊重中国人民的感情。我愿意纳税，请接受我的申请。”甘米尔说。

“误会了。今天请总经理及夫人共进晚餐，并不是要让总经理马上表示对纳税的意见，如果还有什么想法，我们可以再商量。”张自忠恳切地说。

“是的，纳税，现在就办！”……

市政府草拟了一份关于外商必须缴纳进出口税的通知，并附有美国公茂洋行的纳税申请单，一起下达到各租界领事馆，请转饬所属商行，自即日起执行。从此，所有外商一律纳税，再没有发生过纠纷，就连实力很大的日商也没敢抗拒。消息灵通的外国记者，对此很有一番评论。

一天，闲暇的时候，廖副官问张自忠：“您那天打电话告诉特一区税务分局，说要是日本商船就把他放了。现在外商都纳税了，可这个问题我还是没想明白，您为什么要放日本商船呢？”

张自忠哈哈一笑，正在这时，马冲进来。他说：“就让秘书长给你解释吧。”

“当时，张市长打电话那会儿，我也感到纳闷，但很快我就想明白了。”马冲说。

“你是怎么想的？”廖副官问。

“日本人横蛮得很。你扣他的船，让他纳税，他非和你打起来不可。如果他再把其他租界都鼓动起来，告到中央去，不仅问题解决不了，还会引起一场严重的外交冲突。”

“那么市长为什么要下面保密呢？”

“如果万一和甘米尔交涉不成，放他的船就是了，其他外商不知道，不会引起风波。”马冲问张自忠，“你当初是不是这么想的？”

张自忠哈哈大笑起来。

第七章
金钢桥斗智

这天早起，市府保安营的士兵们出完早操，打扫了卫生，在院子里洗漱。

连长张凤岐将报纸撕个角，撒上烟末，卷支喇叭筒，点火抽一口。他长长地吐口烟，悠然中，抬头看看天，嚯，碧空骄阳，明净如洗。他紧抽几口，把烟屁股扔在脚下踝碎；扎好武装带，扣好风纪扣，快步走向营部。

他，就是那年夜袭喜峰口时，身负重伤，被老乡救治的那个排长，如今提升为连长。他个儿不算高，但机灵得像只羚羊。无论打仗还是训练，他的连队都是刀尖。张自忠总是在关键的时候才用他。

市府保安营的三个连队，都在金钢桥一带；营部就在市府后花园那边。

营长佟光正在组织巷战训练。这是师长的指示。他说：城市部队必须会巷战，不然，攻也攻不进，守也守不住。佟光瞟一眼训练计划，打算吃了早饭就到各连去看看。

“报告！”营部门外的声音。

佟光回头一看，说：“张连长，进来！”

“营长，我上午想到日租界去转转。”

“哦，你不是已经去过了吗？”

“是去过。那次主要看的是海光寺周围，这次，我着重了解劝业场和中原公司一带。我们的巷战训练是模拟战，主要地形是日租界。但我觉得，对商业区的保卫战心里没底。”

“你这家伙就是道道多。”佟光资格老，和部下关系好。他用反掌在张凤岐胸脯上拍一下，“去吧，注意安全，早去早回。上午的训练呢？”

“我已经安排好了，由副连长负责。”

吃着早饭，他小声跟副连长赵东说了他的行动计划，交代了工作。当弟兄们走向训练场的时候，他换了便衣，悄然溜了出去。

过金钢桥，走大胡同，东马路走到头，就进了日租界。这是全市商业中心，地理位置极好。张凤岐的脚还没有迈进日租界，全身的神经就开始紧张起来。啊，日租界，魔鬼窟！

这里，宪兵、警察横眉竖目，虎视眈眈地盯着进出租界的每一个人。路口蹲着两只狼狗，龇牙咧嘴，舌头伸得老长，唾液像拔丝似的从狗嘴里流出来；它们急促地喘息着，绿光莹莹的眼睛盯着前方，耳朵直挺，仗着主人的势力，随时准备扑向行人，去撕咬和搏斗。

他没有理会这些两条腿和四条腿的家伙。和所有行人一样，把脚步放松散，尽量不要暴露军人的特点和姿态。一边向街道两旁张望，一边在心里谋划：假如在这里巷战，该如何行动？

这里是藏污纳垢之所在。除了商店、客栈、茶肆、酒楼，就是妓院、烟馆和赌场。所到之处，常有那样的人和这样的声音招呼你：

“爷，我们姐儿俩陪您老人家玩玩，来呀！”

“先生，进来歇歇，抽口烟，赛神仙！”

“财星高照，香香手。老板，保您赢！”

不管她们和他们怎么拉你拽你，哄你逗你，你可不能搭话，也不能停步——不吭声，往前走，木头人一个。见你不是上钩的鱼，那些人也就罢了。不然，就得吃不了兜着走！

除了这些去处，满街都是算命的、卜卦的、看相的、瞧风水的，个个都说自己是活神仙、活菩萨，“前五百年无所不知，后五百年无所不晓”，“卜生死，关命运，不灵不要钱”。上下嘴皮一碰，“叭、叭、叭”，信口开河，油嘴滑舌，见风使舵，投其所好，让你五迷三道，晕头转向，点头称赞掏腰包。除了算命的，就是卖药的，那也全是两片嘴皮的营生：祖传秘方，起死回生，内病外伤，药到病祛！那些久治不愈的病人，抱着试试看的侥幸心理，也在这里扔些钱财，换回对身体有害的假药和毒药……

对这一切，张凤岐丝毫没有兴趣。他一不买东西，二不瞧热闹，只在心里琢磨着巷战。每到一个十字路口，他都停下来观察一下地形，确定制高点和如何部署兵力、火力。

走不多远，他来到了劝业场。这个远近驰名的综合性商场，称得上是个大世界。除了购物，还有舞厅、茶座和曲艺演唱。富人豪绅的行乐园，小偷流氓的作案地。注意，劝业场门前的每一根粗大的水泥柱子，都是巷战时的掩体；而商店里的每一扇窗户，到时候都可能吐出火舌。那时，劝业场将是敌我争夺的重点建筑。

在劝业场二楼，见个日本军官搂着个人高马大的中国女人，在柜台前挑选服装。那军官矮胖敦实，两条短腿，黄呢军服笔挺，肩上有条红道道，活像一张立起的麻将牌。那女人操关外口音，脸蛋红润，大眼高鼻，胸脯高耸如山，比那日本军官整整高出一个脑袋。

张凤岐心里暗暗发笑，想起战场上鬼子骑马的情景：一匹高头大马，驮着个小鬼子。嘿，这家伙的坐骑一定像这女人一样高大。小人骑大马，小鬼子玩高女人！一定滑稽得很。

那女人挑几件裙子和旗袍，都觉得不满意，不是小了就是短了，要不就是颜色不中意。

“比这些长点大点的，你这疙瘩还有吗？”

“没有了，小姐。”

“你说，这么大个店，咋就没有呢？”

“你的，再找一找！”日本人戳着店员的鼻子。

那店员吓出了一头冷汗，翻箱倒柜找了个遍，说："对不起，实在对不起，要不……"

"八嘎亚路！"不等那店员说完，日本军官跳起来，在那店员的脸上掴了个耳光。

张凤岐看了个满眼，十分生气。当那一耳光打过去时，他差点叫出声来，不觉咬紧后牙槽，攥紧了拳头，不大的眼睛睁得溜圆……

走出劝业场，回头再到中原公司。这里也是他要看的重点。然而，当他刚进中原公司大门时，两个日本便衣特务跟上来，低沉地吼道：

"你的，站住！"

听这声音不对，张凤岐头也不回，装着没听见，一直往里走。他想钻进人群中，摆脱特务纠缠。可是特务跟得紧，他往里钻，特务也往里钻。当他要从另一个门出去时，终于被特务拦住了。特务不问青红皂白，左右开弓，"叭叭"就是两个耳光，打得张凤岐直趔趄。

"什么的干活？"

"我，我是做小生意的。"

"哪里的干活？"

"在……在北火车站摆烟摊。"

"狡猾狡猾的！"两个特务逼近张凤岐。

"放了我吧，我是做小生意的，是好人啊！"张凤岐装出可怜兮兮的样子，说。

"好人？"那个刀条脸的家伙冷笑着，"在劝业场，你的，就不像个好人？"

"开路！"另一个矮胖子，一把揪住他的衣领，吼叫着，拖着他往海光寺那儿走。

任凭张凤岐怎么解释，怎么说好话都不顶用。他在心里说：今天栽到鬼子手里了，看来，得想个辙，一定要逃脱这一关……

部队训练回来，副连长赵东没见连长；部队开过午饭，还不见连长回来。赵东在心里说：连长今儿个是咋啦？被那些花花绿绿给绊住了腿？然而，到了掌灯时刻，还不见人影儿，赵东这才慌了神儿，顾不得多想，赶紧向营里报告。

“你说什么？”佟光在电话里惊讶地吼叫。

“张连长到现在还没有回来。”

“胡说！”佟光不敢相信。

“真的，打早晨出去，一天都没有回来。”

“找，赶紧找！”

佟光放下电话，急忙赶到一连。他马上布置了任务，挑选十多个精明的士兵，换上便衣，分别到日租界外围打探情况。一有消息，马上来报。同时，他还在三岔河口、金钢桥、金汤桥等重要路口派出岗哨，发现动静及时拦截。

把士兵们派出去后，他又打了三个电话：向保安总队长报告，向师部参谋长报告，向市长报告。张自忠在电话里说：

“张连长是长城抗战的功臣，你们一定要多派人去寻找，活要人，死见尸。”

一直到街上断了行人，既不见人回，也没有消息。佟光和赵东都很着急。赵东一个劲儿地抽烟，佟光一个劲儿地喝茶。

半夜里，一个叫李木的士兵侦察回来，向他们报告说：他在外围探不出个名堂，就进了租界。夜里，见劝业场屋檐下，几个算命、卖药的人在闲聊。听那话，说是上午日本特务在中原公司抓了人。我问那人长啥模样，他们说这人蛮精神，20多岁，个儿不高，留着短寸头。

“你们听听，这不是咱连长又是谁。”李木说。

听了李木的侦察报告，佟光和赵东不觉大吃一惊。落到日本人手里，不死也得脱层皮。赵东表扬了李木几句，让他回去好好休息。佟光愣愣地坐在板凳上，半晌没有言语。屋里死一样的沉寂。通讯员站得远远的，不敢近前。闷到后半夜，佟光这才向赵东下达命令：

“沿河加强警戒，派出到日租界的侦探，把住重要路口；天亮前到明儿一天，鬼子必有动静。你们全连都要行动起来，师长在候我们的回话。”……

且说在日本特务机关关押的张凤岐，被鬼子折磨了一天一宿，电棍皮鞭，拳打脚踢，就差没灌辣椒水。在他年轻的生命旅程中，尝到了鬼子的残忍手段。鬼子问他：是不是张自忠派来的？到日租界的任务是什么？敌人越是审讯，他心里越发明白：千万不能说出实情，就是死也不改口。不管敌人怎样严刑拷打，威胁利诱，他始终是那句话："我在北火车站摆烟摊，不信你们去看看。那里有我的家小。"

天快亮了，鬼子又是一阵毒打，直打得张凤岐昏了过去。鬼子们觉得累了，放下刑具，抽支烟，一个个这才去倒头困觉……

不知过了多久，浑身皮开肉绽的张凤岐，被硬邦邦的皮鞋踢醒。他睁开浮肿的眼睛，见这人的塌鼻梁上架副墨镜，他认识，此人就是特务队长佐佐木。每回审讯和用刑，都是他指挥的。

"你的，起来！"佐佐木把他踢醒，拖出小黑屋，又推搡着走出地下室。

特务机关的院子里，停着一辆卡车，昨天逮他的两个特务也在车上。

"你的，上去！"佐佐木把他推上汽车，张着大机头，顶着他的后脑勺。刀条脸和矮胖子立在两边，一左一右，反剪着他的胳膊。

"开路！"佐佐木向司机扬扬手。

汽车驶出院子，在人群中横冲直撞。行人惊叫着，忙不迭躲闪。花花绿绿的幌子，红黑金字招牌，纷纷被汽车甩在后面。人们见车上反剪着一个中国青年，不禁驻足观看，小声议论几句。一个老太太冲汽车长叹一声："作孽啊！"

张凤岐心想：鬼子把我拉出去干啥？要杀我？万分遗憾的是：弟兄们不知他的下落，不定多着急呢！自己就是死，也得给部队个消息。要不，不明不白地死了，日后谁来给自己报仇？

正想着，汽车驶进了大胡同。张凤岐心里一阵惊喜。他判断：鬼子要到北火车站，看是不是真的有他的烟摊和家小。他也觉得好笑，自己一个当兵的，哪儿有什么"烟摊和家小"！那不过是搪塞鬼子的话。不过，他毕竟是军人，是基层指挥员。他知道，弟兄们一定在寻找他，长官也做了相应的布置。对，见机行事，绝不放过机会！一天一宿没沾米水的他，顿时打起了精神。

果然，汽车驶出大胡同，就上了金钢桥。他发现，河北岸有许多熟悉的面孔，哦，那是自己连队的弟兄们。就在这时，弟兄们发现了这辆汽车，纷纷向桥头靠拢。张凤岐大叫一声：

“弟兄们,我是连长,我被鬼子逮着了!”

弟兄们听清了声音,也看清了车上的人。他们呼啦围上来,让汽车停下,在市府待命的弟兄们听到动静,也跑来了。无数把枪刺,在汽车前面架起。这动作,飓风一般来得突然。

“放人,把我们的人放了!”

“不放人不准走!”……

车上的三个特务一下子蒙了。以往,他们抓人杀人是随便事,从未遇谁阻拦过。由于没有思想准备,特务们不知如何处理。到底佐佐木有见识,他用机头顶着张凤岐的后脑勺,吼叫:

“让开,要不,他就死了死了的!”

已经熄火的汽车又轰鸣起来。汽车很可能要拼命冲出去,将张凤岐带走。

弟兄们一见鬼子不讲理,急了,几个士兵爬上汽车,去救连长。就在弟兄们和特务推搡之际,张凤岐趁机跳下了汽车。

佐佐木一见自己的俘虏跑了,急得哇哇乱叫。他迅即扬起手臂,朝张凤岐“叭叭”打了两枪。他的枪法是很准的,但由于心慌意乱,两枪都没有打中,当他第三次扣动扳机瞄准射击时,他的全身却猛地抖动了一下,手枪掉在地上……

原来,夜晚到日租界侦察情况的李木,只睡了一小觉就起来了。他的第六感官告诉他:今天准有事。他擦了擦手枪,在弹匣里压满了子弹。连长失踪,全连震动。士兵们换上便衣,三人一组,在海河两岸打探动静。李木和另外两个弟兄就在望海楼与金钢桥之间转悠。见一辆日本汽车被拦住,估计有情况,紧往这边跑。

特务队长佐佐木经常干坏事,许多人和他打过照面。待李木赶到汽车跟前,恰见张连长从车上跳下来,而佐佐木甩手就是两枪。眼看佐佐木要打第三枪。为了保护连长,他迅即掏出手枪,照准佐佐木的手腕打去。他是有名的神枪手,点哪儿打哪儿,不差分毫。

也是佐佐木命中注定该死。就在李木扣动扳机的瞬间,汽车司机松开制动,加大油门,车身猛地往前一拱;而佐佐木的身子也随着往前一拥。谁能想到，那粒本来要打断他手腕的小小弹丸，此刻就钻进了佐佐木的心脏里……

佐佐木怪叫一声，整个身子从汽车上弹出来，栽到地上，像从车上扔下来一麻袋土豆。

特务一见大事不妙，开着汽车狼奔豕突……

听说日本特务头目被我们士兵打死，金钢桥两边行走的人，海河里行船和打鱼的人，都来瞧个新鲜。“是他，就是他！”人们指着佐佐木的尸体议论着，叫骂着，数落着他干的“好事”：

“带着特务和流氓闹事，趁机扩大租界地，就是他！嗐，可砸了不少店铺，打了不少人呢！”

“那天夜里，在老龙头炸铁路的，就是他！有个走错路的老头撞到那里，他怕走漏消息，硬是把那个老头给活埋了。这家伙黑着哩！”

“有一次，他把外地来的娘儿俩糟蹋了，又把人家用刺刀挑死，扔到海河里。……”

李木见佐佐木真的死了，知道闯了祸。他蹲在尸体旁，一会儿看看死人的眼睛，一会儿用手试试鼻子有没有气，希望他好赖能活过来。

“我可不是成心打死他的，就怪那狗日的汽车，要不……”他嘟囔着，眼里迸出了泪花。

张凤岐把他拽起来，说：“兄弟，谢谢你救了我。你没错，都是我惹的祸。到时候，要杀要剐由大哥我一人承担！”这里的枪声惊动了保安营，惊动了坐镇指挥的佟光和赵东。他们风风火火赶到金钢桥。

“报告！”张凤岐向佟光敬礼，又和赵东紧紧拥抱。从死神手里挣扎着回来，百感交集，激动异常，弟兄们之间友谊深似海，胜过手足情！

张凤岐陪佟光、赵东看过尸体，介绍了冲突经过，三位年轻军官便来到张自忠的办公室。

张自忠正为手下弟兄的生死担忧，见他们三人进来，握着张凤岐的手，抚摸着他脸上和身上的伤，说：“张连长，你受苦了！”

“师长，是我闯了祸。”张凤岐的眼睛湿湿的。

张自忠又和佟光、赵东打了招呼，说:“你们坐吧！”待年轻人坐下后，他却点燃烟抽起来。是的，这下子确实惹了祸。在市府门前打死了日本特务队长，说什么也不好交代。平时，日本人就希望闹点摩擦，找个借口，给中国人找点茬子。这回真的把他们的人打死了，他们岂能善罢甘休！待一支烟抽掉了半截，他才说:

“张连长，你先回去养养伤，千万别露面。”他对佟光说，“通知保安总队和公安局，让他们立即进入岗位，密切注视日人动静。通知韩家墅旅，准备开进市区应战。你们营要做好相应的准备，一定要控制金钢桥。”

他下达命令后，当三位年轻军官出来时，他又嘱咐:“绝不先开第一枪，要有理有节。”

“是！”三位军官向他敬礼，各自奔向岗位。

全市的保安队员和警察行动起来了，市府保安营行动起来了，韩家墅部队也行动起来了。

海河北岸，市府周围，堆起了一摞一摞的土麻袋，士兵们迅速进入阵地，枪口对着河那边。金钢桥被拉起来了，往日的通途变成了天堑;金汤桥、老铁桥、万国桥的这边，设置了拒马和障碍。海河两岸行人纷纷逃避。

果然不出所料。工夫不大，日本特务、宪兵数百人，从海光寺开了出来。有的乘卡车，有的跑步前进，在大胡同集结。所过之地，行人逃避，市面骚动，混乱不堪。不过，现场指挥的军官很识相，一看中国军队早有准备，没敢轻举妄动，只是隔河对峙着……

一看这局面，张自忠心里很是着急:只要枪声一响，真正遭殃的是市民。然而，据侦察获悉，日军没有撤回的意思，而且还不断增派部队，不时有指挥官来视察。日军平日横行霸道，这会儿他死了人，岂能息事宁人？形势危急，如箭在弦，兵戎相见的局面如何缓解？如果第三国出面调解的话……但，你只要不危及他们的利益，那些人总是隔岸观火，袖手旁观。

张自忠捻动着右下颏上的长须，苦思冥想着。突然，计上心来，立即命令佟光:“在市府楼顶上支起大炮，炮口对准英法租界！”

佟光听了一愣，可又不敢问为什么。愣了好半天，才说了个“是！”执行去了。

早有耳目报告英国领事馆：“不好啦，张自忠把大炮对准我们租界了！”

总领事雅斐乐先生正在修饰胡子，听到报告，他不相信，说：“不是开玩笑吧？”可当他亲自爬上楼顶，举起望远镜朝天津市府楼瞭望时，不觉惊出了一身冷汗。那里，若干门大炮高昂着头，黑森森的炮口确实对着自己。他很生气，忙着爬下来，给法国领事馆打电话。

法国总领事菲利普先生没有留胡子，却在他的卧室，正和一位中国女友接吻。听说英国总领事来电话，他忙把一瓶夜巴黎香水给那女人。可当他拿起电话时，却大吃一惊，那光溜溜的下巴抽搐了几下，说：

“这个张自忠，是不是疯了？”

放下电话，平日并不亲密，也无来往的英、法两国租界的总领事，乘车相伴来到天津市府。

张自忠热情友好地接待了他们。不等落座，菲利普总领事急不可耐地问：

“市长先生，你的大炮怎么对准了法英租界？”

“是的，请市长先生解释。”雅斐乐总领事说。

张自忠没有直接回答，而是先向他们通报了中日两方士兵发生摩擦的情况。然后说：两位总领事先生已经看到，日军在河那边已结集了数百人。海河贯通全市，很难判断日军会从哪个方向过来；而且一旦冲突，租界的界线就……”

“市长先生，”菲利普不等张自忠的话说完，便说，“你们可以先撤去士兵。”

“是的，那样，日本人肯定会撤回去的。”雅斐乐很圆滑，冲张自忠笑笑，“首先需要您的姿态。”

“总领事先生们，你们是不是搞错了？”张自忠说，“不是我们表示不表示姿态的问题。他们要打过来，我们只是防御而已，是迫不得已。”

“市长先生，我们还是希望你先撤去士兵，只要你们先撤，日方那边我们会让他们撤的。”菲利普很急躁，口气也不那么客气。

“谢谢两位总领事先生关心中日两方冲突。不过，我强调一句：先撤回士兵的应该是日方。他们越界行动，本身就是侵犯了中国主权。”张自忠很客气，而口气却很强硬，没有余地。

“那么，这个事件可以不可以调解呢？”雅斐乐似乎比菲利普老练，圆滑中有深沉。

“我们愿意坐下来谈，也愿意调解。不过，这不取决于我。”张自忠说，“遗憾的是，如果日方继续不撤回士兵，一旦两国士兵真的发生冲突，第三国的利益肯定会受到损失，那是我这个市长所不愿意看到的。”

两个白人官员相互对视一眼，一个摸摸胡子，一个耸耸肩。一个说：“我们愿意出面调解。”一个说：“请中国士兵克制一些。”

他们走出市政府，竟亲密无间地同坐在一辆车上。见河那边日军蠢蠢欲动的情形，再回头看一眼市府楼顶上的大炮，不觉同时叫出声来：“啊，上帝！”各人在各人的身上赶紧画“十”字……

大约过了两个来小时，日本领事馆打来电话，要求市长到那儿去会谈，口气十分坚决。

马冲接到电话，立即报告张自忠。他听了，笑了笑，说：“等一等再说。”

过了一会儿，日方又来电话催促。

马冲捂着话筒问张自忠，该怎样回答对方。因为事情僵到如此程度，会谈地点是十分重要的。“地利”直接影响人的情绪和会谈效果。

张自忠捻着长须，沉思片刻，说：“这么回答：请总领事先生到市府来，让市长陪总领事看看佐佐木先生的遗体。张市长对佐佐木先生的不幸，深表遗憾，并期待和总领事瞻仰遗容。”

马冲在电话里重复了张自忠的这段话，果然很有效果。那边同样是捂着听筒，商议片刻，马上回答：“可以，总领事一会儿就去。”

张自忠让人将佐佐木的遗体擦洗干净，罩上白布，放在一张担架上，并派人看护。同时，将金钢桥放下，让士兵全部撤到隐蔽处。

不多一会儿，一辆小轿车驶来，车上插着日本国旗。大约崛内总领事听说金钢桥这边戒备森严，车子刚出大胡同口，他就让翻译呼喊：

"我们是日本领事馆的,是来和市长先生议事的,你们千万不要开枪!"

车到市府门前,执勤士兵向他们敬礼。张自忠迎上来,和他们握手寒暄。

崛内总领事 50 来岁,个儿不高,面容清瘦,头发略带灰白。他那老成持重的性格和学者风度,十分令人尊敬。自从帝国大学毕业后,一直在外务省任职,可以说是位身手不凡的老外交家。领事馆和驻屯军司令部不和,是在中国的所有日本人都知道的。这在很大程度上是,领事馆的人瞧不起司令部那些军官们的粗野作风。因此,堀内和司令官田代,对外似乎一致,但在内部却视如水火,常在上司那里告对方的阴状。

陪同堀内来的有一名翻译,还有一名秘书。翻译的面孔挺熟,但秘书却很陌生。他 20 多岁,白净的脸蛋,唇上有绒绒的汗毛,一脸书卷气。

然而此刻,当张自忠和崛内握手寒暄的时候,这位一向以老成著称的总领事,却那么沉不住气,刚从车里出来,身子还没站稳,就用中国话说:"张市长,你的,打死了我们的人,还击毁了汽车。凶手的,应该严惩!"

"总领事先生,请不要着急。"张自忠对崛内那迫不及待的神情觉得好笑,说:"我们先去看看佐佐木先生,总领事以为如何?"

"这个……这个,凶手的,应该严惩!"崛内那干瘦的脑袋摇成个拨浪鼓,按自己的思路说。

"至于怎么解决问题,那是第二步。"张自忠又说一遍,"我们先去瞻仰佐佐木先生的遗容。"

崛内由张自忠和马冲陪同,先视察了金钢桥头双方发生误会的现场。马冲介绍了当时的情况,然后去看佐佐木的遗体。

金钢桥头,有棵不小的白蜡树。树荫下,安放着一张搁有佐佐木尸体的担架。尸体罩着白布单,脸和手洗干净,并且整了容。

张自忠陪崛内一行人来到遗体前,廖副官分别给他们每人一束白菊花。他们接过花,安放在佐佐木的遗体上,然后退后一步,向死者默哀……

一次又一次的会谈,双方唇枪舌剑……

崛内和日本各方电商,同意不让事态扩大,因此,提出了几项解决条件。

然而,司令官田代对崛内的做法极为不满。他拍着桌子喊叫:"要强硬,要厉害，要给点颜色让张自忠看看，要显示出大日本帝国的国威！”

按说，总领事全权代表本国政府处理一切事务；然而，在军国主义膨胀的日本，军方把持政权，操纵国家机器。关东军用刺刀建立了“满洲国”，而田代，也想用枪炮在平津造成一个特殊环境。这将是他晋升和向天皇邀功的砝码。

处理丰台事件时，田代气得昏了过去，经过两个月调理，西药、汉药吃了不少，元气有所恢复。此刻，他对崛内耀武扬威地吼叫着：

“一定要张自忠道歉，只要道歉，就算他输了，在帝国面前，在皇军面前，他就抬不起头！”

“司令官说得极对！应该让张自忠道歉！”与其说崛内老谋深算，倒不如说他更狡猾些。他要让田代晕晕乎乎地上当。他把话锋一转，关切地说，“听说司令官身体恢复得不错，十分为您高兴。今天我陪您共进午餐，干两杯樱花酒。”

“好的，好的。”田代拍拍胸脯，说，“身体的没事了，棒棒的，还能为天皇陛下效力。前天，听说在金钢桥打死了我们的人，我说，这回看张自忠说什么，等着来向我道歉吧！我一高兴，一气喝了半瓶樱花酒，还有一个满洲娘儿们，哈哈……”

“这两天，我的神经性头痛病又犯了，怕在会谈中坚持不住。而这最后一次会谈又十分重要。我想请司令官先生亲自出马，那将一定大获全胜！”崛内捧着半个脑袋，让人生出怜悯。

“你是说，让我去和张自忠较量？没问题！感谢崛内君如此信任我，给了我一个机会！”

“别客气，司令官是帝国的栋梁嘛！”

就这样，当田代欣然受命，和张自忠坐在谈判桌上时，表现得十分气粗语壮。他先发制人，向张自忠出示了日方四项解决条件。

张自忠仔细看了看，只见四条是这样写的：一、严办凶手张连长，交日方处理；二、优厚抚恤死者家属；三、向日方道歉；四、保证以后不再发生类似事件。

他皱了皱眉头，又淡然一笑，说：“日方提出的条件颇为周到。我们对第二条和第四条表示同意，只是，对第一条和第三条……”

"不能改,一定不能改！这是经多方面商量决定的。"田代挥着手,蛮横地打断对方的话。

等田代说完,冷静了一会儿,张自忠继续说:"对于肇事者我们是要严办的。但只能由中国法院审判,再由法院将审判结果通知日方。"

"绝对不行,一定交日方处理！"

"请问司令官先生,您知道,这个冲突在什么地方发生的吗？"张自忠礼貌地问。

"在金钢桥,在你们市政府门前。"

"司令官说得很对。如果这场冲突发生在日租界，肇事者当然交贵方处理;但正如司令官所说,这场冲突发生在日租界以外的中国管界内。所以,按法律惯例,理所当然由中国法院审判。司令官先生不会有异议吧？"

"这个……你的……"田代理屈词穷,气得恨不能骂一句粗话。急了骂粗话,是他的习惯。

"关于第三条……"

"要道歉,一定要道歉！"田代吼叫起来。当张自忠否掉第一条时,田代就预感会谈结果不妙。他眼里冒着凶光,脸色气得发紫。要是能把张自忠的那张嘴巴撕裂,那才解恨呢。

"请您冷静一下,司令官先生。不然,咱们就谈不下去了。"张自忠的话中有点儿揶揄味道。

田代这才闭着嘴,瞪着张自忠。

"日方要求中方道歉,这种提法显然欠妥。"张自忠说,"这起事件首先是由日方误会引起的。如果不是日方误会逮捕我方张连长,我方人员也不至于误会打死日方特务。事件是由双方误会所致，谈不上什么谁向谁道歉的问题。"

"不行,一定要道歉,中方一定要道歉！"田代气急败坏地拍着桌子。他明白,如果在政治上输了,就等于彻底输掉了。政治影响之重要,即使赔偿多少钱都不能与之相比。

张自忠冷笑一声:"如果贵方一定坚持要道歉的话,我们只好同意。那就按事件误会的先后顺序，首先由日方向中方道歉，不该误会逮捕中方连长；然后是中方向日方道歉，不该误会打死日方特务。司令官先生，你看这样……"

"不行，你们……岂有此理！你们打死了我们的人，难道不应该道歉吗？难道我们的人能白死吗？嗯？"这里，似乎不是谈判桌，而是田代的司令部，他舞着拳头，飞着唾沫星子，在向他的部属耍威风。他把袖子撸得老高，站起来。

"司令官先生，请你坐下，这是在谈判席上，大可不必大发雷霆。"张自忠说，"中国有这么句话：事，不讲不明；理，不辩不清。事件的前后经过就是这样，这其中的道理也是明摆着的。"

"不行，我们的人不能白死，不能白死！"田代气得脸色发灰，但到底没敢再立起来敲桌子。

"是的，对于佐佐木先生的不幸，我们深表遗憾和哀悼，对于死者家属，我们将给以优厚的抚恤。请司令官转达我们对其家属的问候！"当说到最后一句话时，张自忠站起来，恭恭敬敬地向死者致意，那真诚的哀悼溢于言表。

没想到，张自忠会来这么一手。谈判已经到了尾声，一切都在张自忠的驾驭下，田代在张自忠面前失去了平时的骄横。田代气得胸中烦乱，浑身燥热，血液翻涌，仿佛有什么东西在撞击着他的心脏和喉咙。他不知道是怎么走出会谈间的。

车到海光寺司令部，当他被人扶下汽车，走进屋子时，就感到脚下发飘，突然一阵恶心呕吐，眼前一黑，栽倒在地上。人虽然昏过去了，但口里还在喃喃地说着什么。细听，那如游丝般的声音里，不停地嘟哝着：

"张自忠，张……"

残雪还没有消融，原野已见新绿。汽车在土路上颠簸，张自忠觉得烦躁，解开棉袄纽扣，排遣那吹不散的政治阴云和胸中的郁闷。

"9·18"事变以来，日本军国主义变本加厉地打华北的主意，"华北独立"、"华北自治"的叫嚷甚嚣尘上，接着，"冀东自治"、"蒙疆自治"，强占察北。日本在华北到处驻兵，华北像个火药桶，随时可能起火爆炸，而平津地区事实上已成为国防前线。

日本人得寸进尺，不断提出无理要求：合办沧石铁路，合作开矿，要求29军团以上单位和华北各省市政府聘请日本顾问等等。为了摆脱纠缠，经蒋介石首肯，宋哲元称病回乐陵休养。然而，日本政府又出新招，邀请他到日本参观访问，说是为了加强日中交流。

宋哲元明白，自己是不能到日本去的。日人提出这个要求，那个协议，到那个时候可就没有回旋余地了。可如果硬是回绝不去，日本人心生嫉恨，不知会生出什么事端来。他苦思冥想了一些日子，心头豁然一亮：有了，让张自忠替我走一趟！张自忠遇事冷静，能言善辩，善于周旋，他去日本，回旋余地大得多。于是，他把张自忠招到了乐陵……可张自忠死活不愿去，而宋哲元好说歹说非让他去不可。张自忠说：谁去谁挨骂。宋哲元说：就是让你替我挡箭去。一是服从命令，二是为了国家利益，缓和日中关系，张自忠勉强地同意了……

他回到天津市政府，刚坐到藤椅上，就见办公桌上放着一封信。一看这笔迹，就知道是冯玉祥将军写来的，心里十分高兴。

冯玉祥既是他的老上级，又是他的恩师。他们之间有着深厚的感情。他在奉天新民屯车震部下当兵二年，车震见他是个人才，遂介绍他改投冯玉祥。在冯将军的麾下，他从一个士兵起步，十年之后就当上了旅长、师长。这期间，冯将军给过他多少教导和帮助啊！

中原大战失败后，冯玉祥避居汾阳，后赴泰安疗养。在全国同胞日益要求抗日的情绪下，他奔赴张家口，组织抗日武装，就任民众抗日同盟军总司令。他派吉鸿昌将军率兵北进康保、宝昌，继续收复沽源，又激战五昼夜，胜利克复多伦。捷报传来，欢天喜地，举国同庆。

然而，蒋介石深嫉冯玉祥再掌兵权，恐贻后患，遂派大军压境，胁迫解散同盟军。冯玉祥避免引起内战，遂将同盟军各部交给宋哲元收编，而他仍回泰安闭门读书。张自忠派一个营前往泰安，保卫冯将军的安全……

此刻，他将信封剪开，展信阅读：

荩忱老弟如晤：派人捎去一信，以示问候。

泰山风光如画，我如画中闲人，除每日读书、习武，却不能做甚实事。

你来函云：步履维艰，实难维持；常遭国人斥责，深感愧疚。我对此种局面和心情甚为理解。我以为，不管别人怎么说，只要抱定一个主意：绝不做吃里爬外、出卖祖宗的事，就无愧为我堂堂中华民族之子孙。如果患得患失，中庸无为，反易为日贼所左右。望老弟以民族大业为重，一展雄才伟略。千秋功罪，自有评说。

谁言"廉颇老矣"？有朝一日，我当和弟等挥戈上阵，痛击日贼……

这封信，在张自忠手里放下又拿起，拿起又放下；一边读着，一边琢磨。冯将军的这封信来得太及时了，无疑更坚定了他的主意和信心。是啊，民族要发展，既不能闭关锁国，拒绝交往，又不能引狼入室，贻祸子孙。这就需要有主心骨，用个准确的天平来权衡利弊。凡是对国家有利的事就做，凡是危害民族利益的事，遭杀遭剐也不干！宋哲元派他出访日本，说心里话自己不愿去，但看了冯玉祥的信，他反而觉得去看看倒不是坏事。"他山之石，可以攻玉"。日本岛国发展迅速，自有它先进可取之处。至于签不签协议，那完全是自己的事。遇到大事往中央推，他岂奈我何？这么想着，张自忠笑了……

这些日子，张自忠一方面处理政务、军务，一方面物色访日人员，看些日本资料。这天，他在后花园小楼上看资料，马冲来告诉他：

近日，英国领事馆举行英皇加冕庆典活动，招待驻津各国来宾，届时还要选一位最高嘉宾。英国总领事雅斐乐向马冲透露，内定宋哲元和田代两个人选。日本总领事崛内多次找他，要求届时可请田代司令官为最高嘉宾。雅雯乐知道张自忠的脾气，为了慎重起见，想听听中国方面的意见。

这里说的"英皇加冕"，就是爱德华八世因爱上了一个美国女人，受到朝臣指责，于是他甘当温莎公爵，而让位他的弟弟乔治六世继位。

张自忠放下资料，冷笑一声，说："英国人绅士派头太足，尽出花花点子；搞个招待会，还要请什么'最高嘉宾'，也不嫌烦琐！"

"雅斐乐既然同我们商量，我们还是态度明朗些为好。"马冲说。

"宋先生已经去乐陵，政委会决定，凡天津方面有什么应酬，天津市长就近出席。"张自忠说，"看来，到时候我就代表宋先生了。"

“英国人很看重‘格’。在你和田代之间,不知道他们究竟选谁。”马冲为难地说。

“我既然能代表宋长官,就应该有这个格。”张自忠说,“我们不是争什么‘最高嘉宾’,而是争名分。和外国人打交道,该争还是要争的。这不是为了个人,而是为了国家的尊严。”

“你只要能出席,当最高嘉宾没问题,英国人肯定能给这个面子,就怕日本方面……”

“此事关系到国格、国体,务必不能含糊!”张自忠说,“庆典活动在英租界举行,而英租界是中国领土,中国是主人;它驻屯日军是不平等条约的产物。国际场合,不能喧宾夺主!”

“就怕英国人也不愿意得罪日本人。”

“你可以直截了当答复雅斐乐,如果他们内定田代为最高嘉宾,中国方面绝无一人出席!”

这时,马冲发现张自忠的办公桌上有一封信,而信的末尾赫然署着三个字:冯玉祥。他走出小楼,走进后花园。园子里的月季、芍药和牡丹,并没引起他的兴趣。他只是在想:以前,他自以为了解张自忠,可近来明显感到,自打到了天津,张自忠对日本人的态度越来越强硬了。马冲一向善于站在高处看人,可对张自忠的变化,他并没有理出个头绪来。此刻,见到张自忠的案头上放有冯玉祥将军的信,他心里才豁然开朗了:张自忠,除了他固有的民族爱国心之外,天津民众的抗日热忱和冯先生的谆谆教诲,无不给他以激励和鼓舞。

作为同窗和政见一致的好友,他对张自忠多了更深一层的了解。他欣然走出后花园,回到秘书长办公室,给英国领事馆打电话……

第八章
扶桑花不香

阳春三月，海河之滨，风和日丽。海河里，船夫们起舵或抛锚的应答声；码头工人扛着麻包，踩在跳板上的“吭唷、吭唷”声，把河水激起了一层层浪花。海河岸边的东火车站，一改往日拥挤、嘈杂的景象，变得秩序井然。

一辆接一辆的汽车，纷纷驶进车站广场。

天津市军政要人及各方面人士，到车站为张自忠率领的访日观光团送行。

贵宾休息室里，几位漂亮的服务小姐，给贵宾们献茶。当小姐将茶杯放到客人面前的茶几上时，不经意地在一位日本军官的脸上扫了一眼，顿时，她吓了一跳。这位军官脸色铁青，两眼睁得铜铃般大，颈上的青筋蚯蚓似的跳动着，预示有一场歇斯底里大发作。当另一名小姐将茶杯放到张自忠市长面前时，他向她微微颔首，说：“你们下去吧！”

姑娘们走了，门被轻轻关上，贵宾室陷入难堪的气氛之中。

“再说一遍，市长先生，”田代将面前的茶杯一推，“29 军团以上单位，如果一时不能聘请我军为顾问的话，欢迎你的38师做个先导！”

“是的，这也是我国天皇陛下的意思。”老奸巨猾的崛内，见田代的脸气得像猪肝，反而微微一笑，仿佛显得十分轻松和不经意。

然而，崛内的微笑非但没有缓和气氛，反倒使气氛变得更加凝滞了。张自忠没有想到，裕仁天皇竟对华北的事管得那么具体，馋涎欲滴。他倒不觉得这件事本身多么棘手，而是感到形势十分严峻。历史将无情的注定：中日两国交战，必定由29军和日本驻屯军的冲突引起。想到这里，脸上僵硬的肌肉尽量变得松弛一些。他也同样向堀内和田代微微地一笑，说：

“谢谢总领事和司令官的关心。关于聘请贵军顾问一事，我曾多次表明意向，一句话，暂时没有这个打算，38师也不能做这个先导。”

“为什么？”田代粗声粗气地问。

“为什么？道理很简单，”张自忠冷笑一声，“因为贵我两军的性质和宗旨不一样。”

“嗯？”田代瞪着两只大眼。

“我军的宗旨是，守国土，护百姓，敢于打败一切侵犯我国的外国军队，绝不向国外派兵。至于贵军嘛……”说到这里，张自忠哈哈一笑，接着说，“既然宗旨不同，其战略战术势必不同。如果在日常军务中，顾问和我军的意见相左，这样，反而在我各级指挥官中，对贵军印象不好。”

“不行，一定要聘请。过去已经谈妥了的，现在又反悔了，怎么对天皇陛下……”田代急得跳脚，脑袋一个劲儿地摇着，很有些神经质。

值此访日之际，崛内怕和张自忠的关系搞僵，忙出来打圆场：

“算啦算啦，聘请军事顾问一事，等张市长访问归来后再议。”崛内看看表，快到开车时间了，他要抓紧谈自己的事，忙问：“张市长，关于市政府聘请我方顾问的事，考虑如何？”

张自忠瞅着崛内，意味深长地一笑。他刚来天津时，崛内就提出这个问题，他一直拖延、敷衍。崛内不死心，趁他访日之时来敲竹杠。他在心里说，我得戏弄戏弄这个老家伙。

“我考虑再三，打算接受总领事先生的忠告：聘！”张自忠沉吟片刻，故意卖个关子，说。

“啊，太好了！”崛内高兴得叫起来，他又意味深长地瞧田代一眼，问，“打算什么时聘任？”

“等我访问贵国回来吧，因为我还得……”

没等张自忠说完，进站铃声响了。副官、秘书、翻译进来，请他上车。可是，张自忠一出贵宾室，就被一帮记者围住了，纷纷提问：

“张市长，此次访日的目的是什么？有没有什么特殊使命？”

“临行前，市长有什么感想？”

“中日两国关系前景如何？”

此次访日，遭到许多怀疑，朝野内外议论纷纷，有的小报竟载文对他进行指责。出访前发表一个讲话正是时候。于是，他想了想，说：

“此次访日，纯粹为观光性质，未负任何使命。因自己才识不足，未能适应世界潮流。为了振兴津门，造福百姓，欲赴国外各地观光，以借鉴经验，改进政务。中日两国同在东亚，风土人情大同小异，唯一则突飞猛进，一则百业待兴，实在有研究之必要。”接着他话锋一转，“各位无不关心中日关系发展前景。我以为，中日两国人民要求得进步与发展，首先必须要有和平与稳定的环境，只有这样，两国人民才能友好往来，平等互利，取长补短。而一旦有风吹草动，两国人民都会受到损失。”

记者们在采访本上“哗哗”地速记着，中外人士驻足聆听着。张自忠提高了嗓门，继续说：

“请各位注意，当八国联军入侵中国的时候，一位西方哲人，形容中国是一头沉睡的狮子。当睡狮惊醒的时候，她将力量无穷，巍然屹立于世界民族之林。那些形形色色的中国通们，应该正视中国五千年文明史所形成的巨大凝聚力。众所周知，我对长城一线颇为熟悉。那些妄想蚕食、鲸吞和征服中国的人，那些痴心打中国主意的人，就请你去研究一下长城吧！”

他的话音刚落，月台上就响起了一片鼓掌声。许多人称赞这个讲话晓以利害，软中有硬，十分得体。不过，亲日派却惊得瞠目结舌，面面相觑。田代看了崛内一眼，气得胸脯子一起一伏，嘴里嘟嘟囔囔。崛内装着没理会这个讲话，走上前去和张自忠握手，说："市长先生旅途顺利，参观愉快，敝国的朝野人士都欢迎您！"

这个时候又有记者问："张市长赴日本访问，打算签订什么协议吗？"

不等张自忠回答，开车铃声就响了。观光团的人簇拥着张自忠，走上即将启动的火车……

不到一个小时，火车到达塘沽。一行人来到码头，登上了日本"长安丸"。船虽不大，但一应设施齐全，住的房间颇为舒适。

当观光团一行十多人安置就绪后，轮船就拉响了汽笛。船长和大副、二副及水手们各就各位，通过一番旗语联络，引水员引水，轮船缓缓离开码头，逐渐加速，向着浩瀚大海驶去。

船长不过40岁，个子虽然不高，但长得匀称、干练。那张紫铜色的脸膛上，常常含着笑，对人和气、礼貌，他告诉大家：这艘船虽然小，但在清末年间第一次到天津时，我们邀请光绪皇帝、慈禧太后坐这条船，在近海兜游了一番。皇帝和太后玩得十分愉快。

轮船驶过防波堤，渐渐地，房屋、岸树、码头看不见了。环眼四顾，只有大海茫茫，白浪滔滔，天海相连。船，在大海里是那么渺小，宛如一叶孤立无助的扁舟，人与船连在一起。

人们离开祖国，离开家乡，却要踏上那片陌生的土地，去观赏海外风光，领略他乡风情，参观发达的工厂和军队。或愉快，或惆怅，或思念，但每个人都有一番感想。

张自忠把随行的几位旅长请到他的房间。日方允许29军的4名旅长同行，是有用意的：一方面可以炫耀"帝国武威"，同时也可拉拢这些军中骨干。他给旅长们布置了一个任务，让每人写篇出访感想，明天上午交卷。

4位旅长回到各自的房间，铺开纸，望着舷窗外的大海，都很作难。平时，抓部队训练和处理军务，忙得他们脚踢打着后脑勺，哪有闲情逸致写文章！今日，难得有这份闲暇，可师长又让他们写感想。可不写又不行，不会写也得硬着头皮写。没有副官帮忙，秘书代笔，只有自己亲自动手动脑。

然而，当他们收拢思绪，让心情慢慢平静下来后，顿时，许多感慨油然而生。虽然，笔尖显得滞塞，语言不那么流畅，白纸费了一张又一张，有的写了一遍又一遍，有的甚至挑灯夜战。但到第二天上午，每个人到底都写成了。军人那种有啥说啥、直来直去的作风，那腔不屈外侮、守土卫国的热情，跃然于每一张纸上……

对旅长们交来的每篇文章，张自忠看得仔细、认真，有的加了评语，有的进行了修改，对某些好的认识画上道，画上圈，加上眉批。下午，他把旅长们请来，也谈谈自己的感受。然后将文章退回，让他们撕碎扔进海里。他说：

"作为军人，民族气节和正义感至关重要。如果谁喂养你，你就听谁的，有奶就是娘，同猎户家豢养的鹰犬有什么两样！军人鄙视政治，但要懂得爱国。岳武穆、戚继光、史可法等先贤，是中国军人的千古楷模，我们应该效法。"

在西北军，张自忠是个颇有影响的人物。他当过军官学校校长，培养了大批军官。而今不独29军，但凡其他原西北军各部中，旅以下各级指挥官里，不少人是他的学生。此刻，四位旅长看了师长对自己文章的修正和评语，听着这番宏论，个个心悦诚服，点头称是。

大海航行，并不像诗人笔下那么富有诗意，船上的生活异常单调、乏味。人们在船舱里待腻了，就到甲板上走一走，呼吸几口带着咸味的空气，看无垠的大海，看涌起的浪涛，看船头的浪花。几只海鸥围着桅杆盘旋，不时发出鸣叫。这时，船上的人会情不自禁地发出一阵欢笑。即使最不爱瞧热闹的张自忠，也会绽开满脸的笑，操着浓重的山东口音说："嘿，这些家伙！"

偶尔，迎面驶来一艘货轮或客轮，两只轮上的人，无论黄皮肤还是白皮肤，都会热情地向对方打招呼，仿佛碰见了久别的故友。尽管只是擦船而过的一瞬，也愿给对方留下美好印象。

送走了朝霞，又迎来了夕晖。

当紫罗兰色的暮霭，涂抹在海面上的时候，大海显得那样温驯和姣好。你会想到，美妙的少女身着紫罗兰丝绒旗袍，在春的大地上行走。

此刻，迎着晚风，甲板上伫立着一位少女，她，就是张自忠的女儿小云。

一头齐耳短发上，箍一条鹅黄色的软缎带，上穿一件紧身夹衫，下穿一条长裙。半高跟皮鞋，稳稳地接触着涂有绿漆的甲板。春天的海风略显凉意，她在脖子上围一条印花乔其纱巾。

她是一位在校中学生，宁肯暂时放下功课，也愿随父亲到国外去看看，开阔眼界，增长见识。父亲十分喜爱女儿。平日只要在家，不管事务多忙，心里多烦，都愿听女儿讲学校里的事——有的同学考试如何作弊；有的同学给汉奸校长写打油诗；有的老师如何鼓动学生罢课。这个时候，父亲听了哈哈大笑，家庭气氛融融洽洽。女儿是父亲的掌上明珠。

北平学生有过这么一句话：社会之大，却容不下一张书桌。学生运动是民众运动的先导，他们的爱国热忱是成年人所不能比的。学生凭的是热情，成人用的是理智；而拳拳赤子之情，却是民族精神中最可宝贵的东西。她的父亲虽然是位显赫的将军和官员，但在各种抗日活动中，小云却是积极分子，写标语，印传单，演讲，游行呼口号，以及募捐活动……

这时，晚风吹动着她的裙裾，她不去理睬，像一尊大理石雕像，眺望着海天相接处。

“小云，你在想什么？”父亲不知什么时候来到甲板上，站在女儿身边，问。

“爸爸，我在想，多少年来，中国人一直向东洋人学习。”小云说，“什么教育救国、实业救国、科学救国、军队救国，还有医学救国等等。但是，中国并没有富强，反而国力衰微，每况愈下。”

张自忠心里一阵惊喜。在自己眼里，女儿总是不懂事的孩子，没想到，她居然能想这么多、这么大的问题。国难当头，年轻人的思想成熟得早，正应了一句谚语：穷人的孩子早当家。

“还有个奇怪现象：你向老师学习，可老师总是欺负你。”小云回头看一眼爸爸，说，“自从甲午战争以来，东洋人欺负我们还少吗？”

“这是因为我们国力不足，谁软弱就被欺负。”

“我国地大物丰，人口众多，东洋仅区区四岛之国，为何他强我弱？”

“这是因为……”张自忠一时不知说什么好。

“是因为军阀混战，政治黑暗，技术落后等原因造成的。但我认为，要强国，首先必须强民心。万众一心，自强不息，奋发进取，国家兴盛才有指望。”她的眼睛从父亲的脸上移过，继续望着大海，“爸，我觉得，政府应该容忍学生游行请愿，欢迎抗日团体。发动民众才能救国。”

“好啦好啦！在船上，还是少谈这些为好。风大了，小心着凉，进舱休息去吧。”张自忠望一眼模糊的星斗和黑色的大海，这样叮嘱女儿。

船顶上的两只大探照灯，直直地照着前方，指引轮船夜航；在船的两侧和后面扫描，防止遇到海盗船只和其他什么不测之物。轮船，被天和海包裹着，四周一片漆黑，丝毫欣赏不到“海上明月”的醉人景象。没有鸥鸟相伴，也听不见其他水鸟的鸣叫，在宁静的夜海里，轮船一心一意地航行着，不管前面可能会遇到什么……

这天8点多钟，船在门司靠岸。该市警备司令官和市长，上船欢迎观光团一行。之后，观光团告别“长安丸”，乘船渡海去对岸的长崎市。在长崎没有停留，即刻乘火车赴箱根……

尽人皆知的富士山，被日本人誉为圣岳。由于昔日火山口的爆发，山麓处有无数洞穴，千姿百态，十分迷人。山顶有个火山湖，天气晴朗时，从这里可以看日出、云海、影富山等自然景观。诗人曾用“玉扇倒悬东海天”“富士白雪映朝阳”等佳句赞美它。当第一道晨光射来时，可以遥望富士山东面和北面的五个湖泊。融融春日里，樱花、湖光、蓝天及雪峰相辉映，更显得雄伟旖旎，秀甲天下。

如果说，富士山是日本大地上的一顶壮丽雪冠的话，那么，箱根则是镶嵌在雪冠下的一颗媚人的翡翠。在这旖旎而富有诗意的箱根大山和芦湖，翠峰环拱，温泉四溢，奇峰异谷……芦湖上的富士山倒影，大涌谷的火山烟云，“箱根八里”的雄关古道，“深良用水”的美丽传说，“箱根关所”的江户遗风，“小田原攻城”的历史陈迹，以及驰名世界的“箱根七汤”，无不令人陶醉神往。

登上箱根山，但见云海茫茫，风景如画。正值樱花盛开时节，就见山下花海千顷，红波荡漾，人间沧桑，尽收眼底，好不令人飘飘然。

但最使人产生情趣的，还是芦湖。这里潋滟的波光，使箱根平添迷人姿色。湖水清澈湛蓝，碧波涟涟；湖面上风帆点点，水鸟成群。

相传，芦湖曾是箱根神社万卷上人的洗手池。湖底栖息着一条毒蛇，每晚游于湖面，吞食、残害行人。人们深恶痛绝，只得每年供奉美女，以减其淫威。后来，上人得知此事，在湖中构筑石坛，日夜诵经。毒蛇迫于法道而蹿出湖面，飞上天际，献出珍珠八宝，表示降服……”

箱根的景色虽然优美，但观光团一行并没有流连忘返。这里景色再美也是人家的；我国的黄山、西湖及桂林山水，依然别有胜景。他们住了两天，便乘车来到了名古屋。

然而，中午刚到饭店下榻，就接到了驻东京中国大使馆的电报。说是次日名古屋国际博览会开幕，中国展览馆请天津市长举行揭幕典礼。

张自忠接到电报，立即请有关随行人员商议，预计揭幕典礼会不会出现什么问题，然后，派廖副官和金翻译去展览馆察看一下。

少许，他俩神色不安地来到市长房间。张自忠正草拟讲话稿，见状，估计定有变故。于是放下笔，让他们二人坐下谈。

廖副官说：“我们中国展览馆的对面，就是伪满洲国展览馆；那个馆和我们的馆一样大。”

“而且还挂有伪满洲国旗。”金翻译补充。

张自忠大吃一惊，忙问：“可是看清楚了？”

“没错！不信，您再派人去看看。”廖副官跟随张自忠多年，说话随便些。

听了二人的汇报，张自忠顿时感到愤怒，将笔掷在桌上，咬着牙说：“欺人太甚！”他从沙发上忽地站起来，两眼喷着火，对廖、金二人说：

“你们赶快去，代表我和日方交涉：东北是中国的领土，在中国人民心中只有一个中国，不晓得有什么‘满洲国’。日方把所谓的‘满洲国’展览馆，与我国展览馆放在对门，是公然对中国政府和人民的侮辱！为此，要求立即降下伪旗，关闭伪馆。”他看一眼二人，“你们听明白了吗？”

“明白了！”于是，二人奉命而去。

张自忠是个细心和果断的人。以他多年的经验，知道日本人不是那么好商量的。他已经做了最坏的打算：一方面通知观光团所有成员，立即停止活动；另一方面通知中国展览馆领队，凡未开箱的展品请不要开箱，已开箱的展品要立即装箱。如不关闭伪满展馆，我国将不参展。

观光团所有人的心，都被这根线牵得紧紧的，无意再观光异国风情。

张自忠的房间里，烟雾缭绕着。房间的四壁，挂满了裱工精细的日本画。张自忠平素爱好字画，他认为，所谓日本画，只不过是中国画和水彩画、西洋画的混合体。日本人在绘画方面确实没有什么独创。茶几上放着一碟打开了的烟卷，还有满满一盘苹果。苹果又大又红，但张自忠却没有尝一口的欲望。

穿着漂亮和服的服务小姐，光顾客人的房间极勤，每次来，都像鸡啄米似的点头鞠躬，问客人还需要什么，不管要什么，请关照一声就行。张自忠只是礼貌地摆摆手。此刻什么也不需要，他只需要烟卷。服务小姐在茶几上的烟碟里，不知加了多少回。

这时，服务小姐轻轻地拉开门，对客人用生硬的中国话说："吃饭！"

张自忠看看表，吃饭的时候到了，可廖、金二人还没回来，这说明他们和日方交涉得异常艰难。服务小姐躬着腰，等着客人回答。张自忠一想到展览馆的事，那股恼人的火气忽地蹿上来，摆着手，粗暴地说："不吃！"

服务小姐惊愣了一下，看看客人的表情，她轻手轻脚地走出了房间。

当门被轻轻拉拢的时候，张自忠似乎觉得自己有些失态，不应该对一个柔弱的姑娘那么粗暴。他想向那女人表示歉意，但脚到门边又止住了，还是等离开的时候，向她表示谢意吧！

直到6点多钟，廖副官和金翻译才回来。观光团的人都饿着肚子，见他们二人回来，才觉得松了口气。然而，张自忠从二人的神色上就知道事情并没有办妥。廖副官刚要汇报，张自忠制止他。因为他不想让大伙跟着挨饿。

"别急，吃了饭再说。"他这样招呼廖副官。

说不急，那是对别人的安慰，在他的内心里，却比谁都着急。在餐厅里的那张大圆桌旁，他胡乱吃了半碗大米饭，什么生鱼片、味噌汁，还有其他海鲜，都全然不知是什么味道。

不等大伙放下碗筷，他就过早地离开了餐厅。廖副官见状，也赶紧扒拉完碗里的饭，紧跟着走出来。听见后面的脚步声，张自忠就知道是谁来了。他放缓脚步，等廖副官走近，拿眼睛在空中画个问号。

顿时，廖副官的脸色变得灰暗了，半晌才说：“很不顺利。他们说，展览会是政府安排的，他们得请示政府后才能答复。我俩反复申明我方的意见，可他们就是不松口。”

这时，金翻译也来了，又向他补充了一些交涉的细节。他们边走边谈，在饭店后面的小花园里站定。张自忠问廖、金二人：

“你们觉得，下一步该怎么办？”

“我们的要求不能变，一定要坚持。”

“口气不能变，不过，要有退一步的打算。”金翻译接着廖副官的话说。

“打算是有，但没有退一步，出膛的子弹不回头！”张自忠语气坚定地说，“你俩再辛苦一趟，向日方直接表明我的态度，如果明天早起还不关闭伪展馆和降下伪旗的话，我国将不参展；同时，我观光团立即回国，并不参加日本的天长节。”

日本官方听说张自忠因此要毅然回国，并将不参加天长节，着实压力不小。天长节，是日本天皇的诞辰之节，为日本的重大节日。那天将举国欢庆，天皇还要举行隆重的庆典阅兵式；各国将派特使参加。中国政府派张自忠市长参加天长节之事，官方已奏报天皇。如果中国没有人参加，天皇追问起来，谁敢承担得起！官方考虑利害关系，反复研究，直到当晚 11 点钟，才答应了张自忠的要求。

当廖副官和金翻译回到饭店，将日方的决定报告张自忠时，他没有表示丝毫的惊喜，而是沉静地站在那儿，思绪万千。半晌，才走到二人面前，握着他们的手。

握着张自忠的手，廖副官的心情异常激动。他跟随长官多年，亲眼目睹过张自忠的喜怒忧悲。但以往任何一次，都不如这次感受深刻。在日本的国土上，在军国主义飞扬跋扈的形势下，张自忠，以一个地方代表团团长的身份，敢于挺身而出，不畏强暴，据理力争，努力维护民族尊严。非有强烈的民族气节，非有沉着应变的过人胆识，是不会达到这样的目的和效果的。疾风知劲草。通过这件事，廖副官不仅深感张自忠人格高尚，而且欣慰能追随这样的人，虽死而无憾……

虽然日方答应了张自忠的要求，但这一夜，他却睡不踏实。他不敢轻信日本人的许诺，翻手为云，覆手为雨，欺骗恐吓，他们什么事都能干得出来。不到5点钟，他就把廖、金二人叫起来，让他们到博览会打探一下情况。

不多一会儿，廖、金二人向他报告：伪旗降下来了，伪馆关闭了。直到这个时候，他的脸上才绽开了少有的笑容。他通知大伙：观光团全体成员出席我国展览馆揭幕剪彩仪式！

在名古屋住了三天，观光团乘火车到东京。

在东京火车站，中国驻日大使馆人员、旅日华侨、留学生，以及日方朝野人士、新闻记者等，在这里热烈欢迎张自忠率领的观光团。

日本首都东京，位于本州关东平原南端，东南濒临东京湾。著名的隅田川、荒川等河流，蜿蜒曲折地从市区流过，出东京湾，注入太平洋。

东京古称江户，其来由，一说是入江的门户；一说是12世纪平安时代末，源赖朝的部下江户重长在千代田建城而得名。后来，德川家康在此设置幕府；当明治天皇迁都江户时，改名东京。1923年的关东大地震，使东京受到惨重破坏。中国红十字会号召人民募捐，赈济兄弟的日本人民。如今，东京建成了新的面貌。

观光团在东京文京区，参观了日本著名庭园——小石川后乐园。

这个庭园，初建于江户时代，宽永年间重建时，又请中国明末学者朱舜水参与设计。就连“后乐”之园名，也是根据朱舜水的建议，取自范仲淹“后天下之乐而乐”的名句。

园内古木苍苍，溪流潺潺，湖水漾漾，清幽古朴。园内的西湖堤、小庐山、八卦堂和得仁堂等，具有中国建筑风格。圆月桥，是朱舜水亲手设计的中国式石拱桥。水多时，半圆形桥拱倒映水面，宛如满月。园内引进神田上游之水，流贯其间，悬为瀑布，潴成深湛的池塘，池中修有蓬莱岛。园内还有日本传统的回游式庭园，有假山、凉亭和草屋……

日本的景色虽然美丽，但在军国主义统治下，政治空气却显得那么紧张、疯狂。

观光团出访之时，正值前不久日本发生了震惊世界的政治事件——日军中的激进分子，打着“忠君爱国”“扩拓疆土”的旗帜，在1936年2月26日凌晨，突然包围首相府，占领国家机关，袭击政府各部和警视厅，击杀首相及一些大臣。4天之内，使国家机构完全瘫痪，国内一片混乱。

日前，事件虽已平息，但你在街上行走常会看到，许多人头上箍着白布条，上面写着“忠于天皇”“拥护军国”“进军支那”等字样。而且经常有人呼口号，唱日本军歌。

一天黄昏，他们在帝国饭店前面散步，就见某神社的十多个人在游行。他们身上的衣服既不像和服，又不像道袍，背后画的图案既不像太极图，又不像乌龟壳。有的扬着白幡，有的敲着响器，一边走，一边念念有词，说是为在中国东北、华北死于战乱和非命的日军、日侨招魂……

张自忠感到，这种狂热情绪，是军国主义恶性膨胀的结果。在参观中看到，许多工厂竞相转产制造军火、飞机和兵舰。生产这么些东西不能当饭吃，只能是用于侵略，而侵略的第一个目标就是中国。看到这些情况，他连一天都待不下去，恨不得早日回国，狠抓军队，随时应战。不过他又想，既然出来了，除了解些情况外，还要广交朋友。民众是无辜的。

这天，观光团去参观一家唱片株式会社。这家唱片社的生产规模不大，但生产能力很强。唱片不仅能满足国内，还远销中国及东南亚。国内市场以军歌和流行歌曲为主，而出口唱片，主要灌制的是日本民歌。

一到唱片社，大家的情绪活跃起来。这比参观其他工厂更贴近生活。大家熟悉唱片，也需要唱片。有留声机的人家，哪天不放几张听听？那胶木制作的唱片上，有着一圈一圈的道道，用针在道道上划拉着，那好听的声音就会从这上面飞出来。

参观灌片车间，人们要穿上白衣，换上拖鞋，不能说话，站在玻璃门外静静地看着。不过，隔行如隔山。任凭你看得多么仔细，但谁也看不出个名堂来，只是看个新鲜罢了。

在试片车间，聪明的株式会社经理，还请来了一位年轻漂亮的女歌唱家。她是这家唱片社的特邀歌星，在国内颇有名气。经理先给大家放唱片上的歌，再让大家听歌星唱歌。经理说:这唱片上的歌,就是这位小姐唱的。

这位小姐大约 18 岁,看第一眼,她简直是位东方美神。模样纤细,皮肤晶莹,身材小巧,但姿容十分淡雅。那头光亮的黑发,梳着日本女孩子喜爱的荷叶形,前面的刘海剪得齐崭崭,颊上没有敷脂粉,但脸色却白里透红。那珠圆玉润的颈项上,没有戴项链和别的饰物;那双传神的眸子,使人读到了活泼、浪漫和清纯。不过,那碎花绉纱和服,鲜艳的腰带,以及腕上的银镯子,却显示了她的高贵和矜持。

听说客人来自中国天津,这位小姐十分高兴,鞠躬和点头微笑之后,自我介绍说:她叫节代,她的男友在天津惠通航空公司任职。

小云的年岁和节代相仿,听说她的男友在天津工作,走上前,用日语向她问候,并做自我介绍。顿时,中日两位少女的情感流通了。

节代十分愉悦,用她那圆润的嗓音,为客人们演唱了一首《四季歌》。当她一曲唱完时,客人们热情鼓掌。节代又唱了一首《樱花》。这是日本著名民歌,日本无人不会唱它。此刻,在场的日本人挥动着手臂,边唱边舞;参观的中国人也拍着手,一起合唱起来——

樱花啊,樱花啊!
暮春时节天将晓,
霞光照耀花英笑,
万里长空白云起,
美丽芬芳任风飘。
去看花,去看花!
看花要趁早……

歌美人更美。在日本,这是他们听到的最好的歌,是他们见到的最美的人。小云和节代依依惜别,两个少女手拉着手,相互祝福再三。

回到帝国饭店,人们余兴未尽,继续谈着唱片,谈着节代。然而不多一会儿,节代来了。她找到张自忠和小云,说要托他们给她的男友捎东西。她从拎兜里掏出个牛皮纸口袋，说是一张录有她歌声的唱片，还有一张照片和一封信。

张自忠接过牛皮纸口袋，见那上面歪歪扭扭地写着：中国天津惠通航空公司、专田一郎。

“请节代小姐放心，我们一定交给专田君。”张自忠微笑着，诚恳地说。

“谢谢市长先生，谢谢小云小姐。”从张自忠的眼睛里，节代仿佛看到了父亲怜爱的眼光。

小云用汉语加日语，问这问那；节代拉着小云的手，用日语加汉语，有说有笑。

说笑了一会儿，节代的脸色突然变得阴郁起来。她说：她的爸爸在满洲关东军，4 年前回国探亲，将妈妈和弟弟接走。可不知怎么回事，除来过一封信后，以后再也没有了消息。

她和奶奶托人多方打听，有的说可能调到华北去了，有的说可能在从事什么秘密工作。奶奶已经快 70 岁了，风烛残年，十分想念远方的儿子、儿媳和孙子。她常在神像前祈祷，在庙堂里敬香；常常在梦中念叨他们的名字。每当这时，她总是倚在榻榻米上，老泪纵横……

真不可想象，这么个美人儿，内心里还藏着这么大的痛苦！而且痛苦竟这么深刻。

“家里的人，总是惦记着外面的人，也许他们太忙，或者有什么别的原因吧。相信他们都会平安无事的，请节代小姐宽心些。”小云安慰着。

节代摇头，脸上布满阴云，似乎早已意识到，这杳无音信中，隐藏着不可逆转的灾祸。

欢乐和痛苦，把两个异国少女的心紧紧连在一起了。张自忠想，孩子们没有成见，心容易相通。但愿下一代和下几代人，如同兄弟姐妹，世代友好。起码不像我们这一代人之间，关系这么紧张，这么敌对。在这种情况下，有多少人，多少家庭，像节代的家庭那样付出了代价啊！

“节代小姐，我邀请你到中国去唱歌，你会感到中国民众的热情好客和友好诚恳。你还会看到长城、泰山、黄河和江南风光。”

"谢谢小云小姐,我想去,我一定会去的!"说到这里,节代的脸上呈现出幸福的向往,两只眸子闪射着迷蒙憧憬的光……

除游览名胜之外,观光团参观了一些工厂,看了军事设施,观看了航空表演,也会见了日本朝野要人。每当日方人士谈到实质性问题时,张自忠总是说:"我只是个地方官员,涉及华北和国家情况,须待我回国请示后再做答复。"

日方提出在华北开矿、修铁路、办银行、开发港口等等,他都"一推六二五",他的任务就是观光考察。不管外人如何评论他,但他自感良心平安,没做一件对不起国家和民族的事。

观光团晚上一般不出去。人们聊天、看书、听留声机。张自忠喜欢写字,常常研墨展纸,挥毫练习魏碑体。他说,魏碑古朴、遒劲,一笔一画都有讲究,练魏碑字体,还能磨炼人的耐性,摈弃随意和油滑习性。许多旅日学生纷纷上门求字。他每次送别人字时,总是说:"我不是书法家,字不算好,但内容让我们共勉吧。"

他写的字,多是"泰山云海""伟哉长城""民族兴旺"和"同志仍须努力"之类的话语,鼓励留学生们不忘养育自己的那片国土,学成早日回国。

这天下午,一个留学生找到帝国饭店,对廖副官说,他是山东聊城人,叫宋德兴。山东旅日同学有近两千人,想同观光团见见面。

等张自忠回到饭店,廖副官向他汇报了旅日学生想见他的请求。张自忠想了想,说:

"旅日学生中,政治态度相当复杂,还是不见为好。他们再来时,就说我不在。"

晚上 7 点多钟,宋德兴又来了。

"张先生不在。"廖副官告诉说。

聊了会儿天,听说观光团第二天上午就要离开东京,感到很失望。他说:"山东同学十分关心张市长这次来访。张市长是长城抗日名将,大家希望能同他见见面。'老乡见老乡,两眼泪汪汪'。在他乡异邦,同学们热切希望和同乡一聚。"他坐了一会儿,留下电话,走了。

廖副官来到张自忠的房间,转达了宋德兴代表山东同学们的意愿。张自忠听了没置可否。

11 点多钟的时候,廖副官和金翻译正要就寝。张自忠敲门进来,对廖副官说:

“你给宋德兴同学打个电话,就说我明天早晨 8 点钟,准时到达同学会。”

廖副官忙去打电话。一宿无语。

第二天早起,张自忠让廖副官带领观光团全体人员按时去火车站;他只带着金翻译去山东旅日同学会。小云嘱咐他别误了火车;他说他将准时从同学会赶到火车站。

听说张自忠市长要和大家见面,同学们互相转告,今天,大家早早聚集在同学会门前,热烈欢迎张市长的到来。同学们还准备了早餐。

同学代表宋德兴,出生在一个乡绅家庭。由于这些年来,不是干旱就是水涝,土地收成不好,加上兵祸连年,以致家道日益衰落。他的父亲颇有些文墨,看到国家贫弱到如此地步,他不甘心儿子也像他一样当个土地主,于是,积攒了一些钱,送儿子到东洋留学。

宋德兴颇有活动能力,且为人仗义正直,爱接济穷困的同学。于是同学们推举他为理事。此刻,宋德兴站在门口,那高高的个子,黑黑的脸膛,给张自忠留下了极好的印象。

一阵乡音,一片真情。同乡相见,并没有客套。同学们来得不少,约有 200 多人,其间还有几个女同学。大家把张自忠迎进一间大屋子里。这间屋子可能是同学们的集会场所,光有凳子,没有桌子。只是在主席台上,放有一桌一椅。

首先,宋德兴致欢迎词,接着,在同学们的热烈鼓掌声中,张自忠讲话。

张自忠走上讲台,环顾会场一眼,第一句话就问:“你们这里有日本人吗?”

“没有,大门已经关了。”宋德兴告诉他。

张自忠没有做什么演说,只是客观地介绍了国内情况,介绍了华北形势,介绍了这次访日的起因和经过,也询问了同学们今后的打算和现在的经济来源。他当场取出一笔钱,说是帮助同学会一点活动经费。看看表,离开车的时间不多了，于是，他最后说：

“同学们放心，我张自忠任何时候，绝不做对不起国家和人民的事。如果同学们日后回国，愿意跟我去打侵略军的，我一定欢迎！”

同学们的热烈掌声，激动着每一个人。有的同学流下了眼泪。能在异国见到亲人，能听到将军和政府官员的中肯话语，每一个海外赤子为母亲担忧的心，轻松了许多。从张自忠的身上，他们得到了安慰，看到了祖国的希望。

离开车不到10分钟，张自忠和金翻译才来到火车站。同学们到车站为他送行……

观光团离开东京后，又在奈良看了鹿群，在八幡参观了炼钢厂，在大阪参观了地铁，过京都，从神户乘船回国。一路顺风平安。

在东火车站，第一个迎上前去的是崛内。他向张自忠鞠躬、握手，十分自豪地炫耀：

“市长先生，在敝国的感觉还算良好吧？”

“嗯，可以。”

崛内拉着张自忠的手不撒开，十分亲热，生怕别人插进来说话。

“田代司令官可好？”张自忠见迎接的人中间，没有那个好出风头、气量狭小的将军，便问。

“还算好。”崛内停了一会儿，似乎有点幸灾乐祸，说，“不过，自从那天来车站送别市长后，回去就病得不行了。我感觉到天神，在向他招手！”

“哦！”张自忠着实感到惊讶，说，“请转达我对司令官先生的问候。”

崛内没有搭话，却十分亲切地凑到张自忠耳边说：“市长出访前说的那话，可以兑现了吧？”

“阁下说的是……”张自忠知道他说的什么。

“就是在市府聘请日方顾问的事。”

“呵！”张自忠心里暗暗发笑，一个多月，他竟念念不忘。看来，我得给他个准话，不然，本来像瘦猴的他，别再变成了猴干。他说，“出访前我就说过，决定聘；不仅聘，而且要大聘。”

“唉呀！”崛内惊喜得两眼冒光，从那两只镜片后面直射出来，“太好了！”

“不仅市府聘，各厅聘，各科处也要聘。这叫作‘韩信将兵，多多益善’。”张自忠说。

“真的？”崛内不觉撒开握着的手，两只手掌紧紧地揉搓着，那内心里的激动难以言表。自打张自忠上任，聘请日本顾问之事久议不决，他崛内急得上火。没想到张自忠访问日本后突然开窍了。他想了想，说，“不过，人不要太多，每个部门有一个顾问就行，我保证派最优秀的。”

“一个太少，太少了！”张自忠故意摇着头。

“要多少？”

“每个部门要 7 个！”

“怎么要那么多？”

“我天津市有 7 国租界，要聘顾问就得聘 7 家，不然会说我偏谁向谁。这叫作‘一碗水端平’。”张自忠盯住崛内的眼睛，冷冷地一笑，“假如只聘贵国 1 家，那 6 家会对贵国群起而攻之的。我这是为贵国着想啊，总领事先生，您说对吧？”

“这个，这个……”老谋深算的崛内失算了，一时间竟哑口无言，气得脸色发青，直翻白眼。抱了一个多月的热火罐，却被一桶凉水浇灭了。

倒是站在崛内身旁的那个陌生的年轻秘书，抿着嘴直笑，故意躲开崛内……

张自忠回来的第一件事，就是要把节代的信，亲手交给专田一郎。他让廖副官给惠通航空公司打电话，请专田来取信件。

然而，不多一会儿，来到市府大楼的，竟是崛内身边的那个年轻秘书。

“先生是……？”张自忠很惊异，“专田一郎”和眼前的总领事秘书，实在难以统一起来。

“我就是专田一郎。”来者自我介绍，十分有礼貌；那一口汉语，说得流利、地道。

张自忠和专田一郎见过几面，并打过几次交道，对他的印象极好。他，中等身材，对人彬彬有礼，缺少日本人的傲慢劲儿；他那浓厚的书卷气中，有着质朴和机灵。

天气已经炎热,他让客人坐在旁边的藤椅上。护兵送来两碗龙井茶。

“专田君这么年轻,可汉语说得如此流利,是受过专门训练的吧?”张自忠端起茶碗,用碗盖拂了拂浮在上面的茶叶,品一口,问。

“我在大学就是学的汉语专业。”专田喝口茶,说,“中国历史悠久,文化底蕴深厚,我就是要研究中国文化,增进日中两国友谊和彼此的了解。”

“十分可敬。”张自忠说,“海外人士,愿来中国看一看的人不少,但下功夫学汉语的人不多。”

“是的,那个时候,同学们报考军校成风,也有报考航空、海洋、机械和其他专业的,而报考汉语的却寥寥无几。”专田一郎说。

“看来,专田君学汉语专业是对的,要不,我们无缘认识。”张自忠问,“不是说你在惠通航空公司工作吗?怎么又在总领事馆了呢?”

“去年毕业后,先在惠通公司当总经理秘书;后来承蒙崛田先生看中,最近刚当上了总领事秘书。”专田说,“我不满足于当秘书,想一心一意研究一点中国文化,不改学汉语的初衷。”

“专田君志向远大。”张自忠十分赞赏,说,“如果有事需要我帮助,我一定尽力。”

这时,张自忠将那个大牛皮纸信封,从抽屉里取出来,交给专田一郎。他看一眼信封上的字,笑了,并不急于看里面的内容。他问:

“节代,她很好吗?”

“节代小姐很好,她对我们十分友好、热情。”张自忠说,“她的歌唱得很美,如果节代小姐能来中国,我一定亲自给她举办独唱音乐会。”

“谢谢市长先生,谢谢!”

他们说了会儿闲话。兑过几次开水,茶碗里的茶色由碧绿变得清淡了;后来,两个人都没什么话说了,斗室里出现了冷场。一般来说,这个时候客人该告辞了,然而,专田却没有起身的意思。两个人就这么静静地坐着。

忽然,专田站起来,两手垂直,向张自忠深深地鞠躬说:“我对市长的人格十分敬重。我想向您打听一件事,不知道可以不可以?”

“可以。专田君有什么事就请直说吧。”

“将军在喜峰口的时候，可曾捡到过一个日本孩子？”专田仍然立着，问。

“日本孩子？多大年岁？”这个问题着实使张自忠惊讶，他忙问。

“那时六七岁，是个男孩，平时戴着日本儿童帽。”专田说，“他是我的表弟，节代的弟弟。”

“哦？”喜峰口抗战已成为历史，但他对捡到的那个日本孩子常给予接济。然而此刻，专田突然提到这件事，他思想上没有准备，只得支吾着。

“我的姑夫叫武川勇夫，是混成旅团的炮兵大队长。头年冬，刚把我姑姑和表弟接到‘满洲’，春天就参加了喜峰口战斗。”专田说。

“唔——”往事如烟，在张自忠的眼前飘过。

“我到中国后多方打听，有确切消息说，姑夫阵亡了，而姑姑却死于战乱中，可表弟却失踪了。关东军觉得没法向死者亲属交代，就一直瞒着姑父战死的消息。”专田说，“节代和她奶奶望眼欲穿，我来中国时她们嘱咐我一定打听清楚。”

“那个孩子叫什么名字？”张自忠问。

“武川太郎。”

“有什么特征，或者有什么信物吗？”

专田想了想说：“有个小木人。那年秋天，姑父回国休假，那时我刚上大学。我陪着姑父、姑姑、表妹和表弟，到我的家乡琵琶湖游玩。我用一根桃木，刻了个小木人；表妹节代还给小木人做了件衣衫。太郎十分喜欢。记得我在码头送别时，太郎摇晃着小木人说：表哥，有这个，我会想你的。没想到他们走后不久……”

室内的气氛是那样凝滞和沉重，两个人的心里都不好受。许久，张自忠充满感情地说：

“是啊，在东北，在华北，在我国其他地方，日中冲突下，得有多少人丧生，有多少无辜的妇女、儿童受害啊！我访问贵国时，曾多次对朝野人士表示：日中一旦发生大规模冲突，首先遭殃的固然是中国人民，但日本人民也要遭受灾难。战争，是两国人民都不希望的事。”

“将军说得对。您、我，还有许许多多的日本人和中国人，都要为制止日中这场冲突做出努力。不要让灾难降到两个民族的人民头上。”专田的话是诚挚的，他有失去亲人的切肤之痛。

“关于这个孩子的事……”张自忠把话说了半截，停住了。他觉得，这个孩子几年来，在中国生活已经习惯，郭家的爷爷、奶奶对他照顾很好，相依为命。他把喜顺子送到张家口读书，每年寒假、暑假，他都回家住些日子，小哥儿俩十分亲热。如果贸然让专田认领，恐怕对小喜东的身心无益。等孩子再大些，懂事些了，再向他说明情况，这样对孩子更有益些。于是他说：“专田君放心，孩子只要在中国，他一定会生活得幸福，一定会健康成长的。”

专田一郎拿着节代的信，向主人告辞。他刚走到楼梯口，就被张自忠叫住了：

“专田君，请留步！”

这时，小云正从房间里出来。温水浴后，旅途劳顿已经消除，青春活力洋溢全身。此刻，亭亭玉立地站在父亲面前，看着那位陌生客人。

“这是我的女儿小云。她在日本时，已经和节代小姐成了好朋友。”张自忠真诚地说，“如果专田君得暇，可以常来走走。不管中日关系前景如何，我希望我们能成为朋友。”

“谢谢。”专田见过小云，并向她问好，回头对张自忠说，“为有您这样伟大的朋友而骄傲。将军，我会成为您的好朋友的。”

专田一郎走了。张自忠站在楼梯口，心情久久不能平静。心，不觉飞到了喜峰口：那轰隆隆的飞机炸弹片，把他的胳膊啃了一口，鲜血染红了棉衣……大刀片在挥舞，寒光闪闪下，血溅魂飞……郭家老小把小喜东从硝烟中救出，张自忠为他取名，又把他们送上汽车……

“师长，郭喜顺探家回来了，还给您带了些核桃。”这时廖副官过来说。

“哦，喜顺子回来了！叫他来，问问那个小喜东怎么样？哭不哭鼻子？夜晚还尿不尿炕？还有，我给他捎去的鞋穿着合适不合适？啊？”

第九章
卢沟起狼烟

天津的夏天并不算炎热。

张自忠胳膊上的伤疤，自打欧阳樽用膏药治好后，再没有那么奇痒难忍的痛苦了。

这天，他从廊坊视察部队回来，海河里已落满了星光和灯光。从日本访问回国后，市府的事务全权交马冲处理，而他把全副精力用在部队建设上。他清楚地看到，日本国内疯狂扩军备战，驻华北日军不断挑起事端，蠢蠢欲动。说不定哪天就会大打起来。作为第一线部队，必须枕戈待旦，努力提高快速反应能力。

津市濒临渤海湾，很有海洋性气候特点，冬天不很冷，夏天不太热；气候湿润，雨量充足。尤其是那条贯穿市区的海河，徐徐的轻风将夏夜的闷热带走，给人们送来清凉和爽快。

在某一些角落里，通宵舞厅的霓虹灯还在闪耀着，赌场、烟馆和妓院还有喧闹声。除此之外，绝大多数人，皆沉浸在夏夜的幻梦中。

张自忠草草地冲了个澡，便坐在书房里读兵书。《孙子兵法》以及和兵法有关的书，如《吕氏春秋》《战国策》《左传》《三国志》等，他当军校校长时就已读过。不过，这些书依然跟随他多年，得暇时总要翻一翻。每次阅读，都有心得。

吃过夜宵，他还在书中流连。敏慧一再催促，他才合上书，熄灯躺下。

他翻了几个身，似乎没有睡意，心里不知在想些什么。宁静的夜，怦动的心，当二者不能跳到一个点上的时候，神魂就飘荡起来。他仿佛回到了少年，回到了他梦萦魂牵的故乡……

他和同学们来到临清县城西北，运河东岸，那里耸立着一座高高的砖塔。塔座条石砌基，呈八角楼阁式结构，正南面的门楣上镌刻着“舍利宝塔”四个大字。宽宽的塔檐下，置有许多佛像。他和同学们进到塔里，沿着转角形梯道，迂回登上塔顶。临塔眺望，孤帆远影，运河如带，田野阡陌，村树人家，尽收眼底。

啊，那不是唐园吗？是的，唐园村，生他养他的地方。他和村里的孩子们一起在运河游泳、摸鱼；一起在地里收庄稼，拾柴火；一起捉蝈蝈，养八哥、喜鹊……父亲在外地当个小官，不幸死于任所后，母亲带着子女，吃尽千辛万苦，扶柩回到了故里。唐园，那是他成长的摇篮，那是他前程的起点。唐园的村树下，小路上，田野里，留下过他的欢笑和忧愁。他终生不忘故乡的养育之恩。国土在哪里？人民在哪里？在他的心里，想得最多、占地盘最大的，就是唐园，就是乡亲们那些熟悉的音容笑貌……

这时，塔顶上飘然走来个道士，自称是从泰山碧霞祠来的。道士指着塔下的运河，对张自忠说：“往下跳吧，那里自有一番人生体验，跳吧！”不等张自忠明白过来，那道士就从数十丈高的塔顶上将他一掌推下去。张自忠飘飘忽忽，“扑通”落进运河里。那河水深不可测，突然，一个怪物舞着利爪，张着血盆大口，向他猛扑过来。他用力往前划，可怎么也游不动。他干脆回过头来，挥拳向怪物砸去。然而，一番拼搏，打斗不赢，浑身被怪物抓伤，就在怪物向他张着大口吞食他的那一刹那间，他抽出平日佩戴的那支勃朗宁手枪，大喝一声，扣动扳机，“叭、叭、叭”，向怪物射去三枪，怪物中弹号吼一声，逃遁而去……

他惊醒了。那怪物的号吼却变成了铃声。

不错,床头柜上的电话铃确实响起来了!这是通往29军司令部的作战电话。刚才的梦太险恶了,令他心悸不已。他来不及细琢磨,依然躺在床上,伸过手去,将话筒拿起。

"喂,我是张自忠,请讲……什么?宛平城……讲清楚些……妈的,借口!什么丢失了士兵?小鬼子是故伎重演,又来这套把戏!……明天上午10点,让我赶到军部开会,好。等等,我建议:在宛平方向加强力量。我们不先放第一枪,但日军硬要攻城,我们绝不答应;将情况通报全军,命令将士们不得离开营房,随时准备参战;要及时报告南京最高统帅部,报告在乐陵的宋军长。请问候守卫卢沟桥的弟兄们!"

就在他接电话的时候,他已经坐起来了。他溜下床,先点燃一支烟,不觉向电话机旁的那本记事日志瞟一眼。啊,今天,是1937年7月7日。谁也不会想到,这将是中国人民世世代代不会忘记的日子。

"怎么回事?"在电话中这么一阵大呼小叫,早把敏慧吵醒了。她披件衣裳,坐起来,问。

"他妈的,小鬼子闹事了!"于是,他把情况简略地向敏慧说了一遍——

今夜10点多钟,日军的一个中队在卢沟桥附近搞夜间演习。收队时,说一个叫石山的士兵没有归队,还说宛平城方向听到了枪声,要求进入城内查找。日军的这一借口,遭到了我守军的拒绝。不过,20分钟后,那个石山归队了,说是因为拉肚子耽搁了时间。说到这里,张自忠吸口烟,披件衣服,对敏慧说:

"你还记得'9·18'事变吧,那次也是借口一个士兵失踪,说是被我东北军抓起来了。其实呢?那个家伙却在妓院一宿未归。"

"日本人太蛮横无理,在我们国家还那么穷横!"敏慧溜下床,气愤地说。

"岂止蛮横无理,简直是欺人太甚!"张自忠说,"按说,他的士兵归队了,就该到此为止吧,可日军说要进一步调查石山失踪的情形,还说宛平城方向不断有枪声,是对日军的挑衅。"

"依我说,哪儿是中国军队在挑衅,明明是日本人想搞名堂,总想把中国军队压下去，把中国人踩在脚底下。要不，怎么会跑到我们国家来呢？”敏慧气愤的时候，说起话来也是慢条斯理。

“宛平方向究竟有没有枪声，还是两说的事。”张自忠的思路还在“卢沟桥事件”上，“就是有枪声又怎么啦？在我们防区打枪，关他鬼子屁事！”

“那，不知现在的结果怎么样？”敏慧问。

“到我接电话为止，中日双方派人正在交涉，还听说丰台日军数百人正往卢沟桥方向开呢！”

张自忠抽完一支烟，便给师部张克侠打电话，除了通报情况，命令应战外，还指示，凡附近驻有日军的部队，要密切注视日军动向。

天不大亮，他就驱车紧往北平开。经杨村、河西务，到通县，他没有直接到军部所在地武衣库，而是绕道来到卢沟桥。

夏天的太阳，金光灿灿地照在这座富有诗意的古石桥上；永定河水，在桥下舒缓婀娜地流淌；桥栏上雕刻的大大小小的石狮子，仿佛个个都有生命，在桥栏上跳跃嬉闹。乾隆皇帝题的“卢沟晓月”碑刻，历尽风雨，竖立桥前。

这里曾是唯一通向京城的路。远道而来的游客不顾劳顿，总要在天亮前登桥观赏一番迷人的“卢沟晓月”。东方红霞初绽，而西天却还挂着皎洁的明月；月光一泻千里，笼罩着波光粼粼的永定河，笼罩着河两岸的庄稼和村落。而银白月色中，又多了层玫瑰色的曙光，更增添了几分朦胧和神奇。

张自忠明白，北平的外围，几乎都有日伪军，而只有北平西南及平汉铁路，完全为我军驻守。卢沟桥为平汉铁路要冲，北平咽喉，素为兵家必争之地。意大利人马可·波罗，曾在游记中特别描写过卢沟桥。14 世纪中叶和末叶，元朝和明朝的皇帝，为防止诸王和燕王造反，曾在此派重兵把守。最令人难忘的是，1922 年的直奉战争，双方为了争夺这座桥，曾在此厮杀五昼夜，把永定河变成了血水河，成为军阀混战史上最残酷的一页。

当张自忠乘吉普车来到卢沟桥头时，守卫的士兵向他敬礼；受伤的士兵们眼泪唰唰地流。

他们说：中日双方交涉时，日方竟要求中国守军以撤出卢沟桥为先决条件。双方谈判因此决裂。不到 5 分钟，早有预谋的日军对我发起攻击。我军忍无可忍，奋起反击。弟兄们愿以卢沟桥做坟墓，用生命和热血捍卫祖国尊严……

张自忠握着士兵的手，抚摩着伤员的肩，连声说："有种，反击得好！"

谁能想到，中国人民的伟大抗日战争，从此拉开了序幕。中华儿女，用胸膛护卫着母亲。

他在桥头伫立良久，望着西面的山峦，东面的田野，以及蜿蜒而去的平汉铁路，不觉把拳头攥得紧紧。他看看表，立即向军部驶去……

飞峙长江边，紧傍鄱阳湖，耸立着奇幻明丽的庐山。相传周朝有匡氏众兄弟上山修道，结草为庐。素有"匡庐奇秀甲天下山"之美誉。

庐山多险绝胜景，神奇迷离。匡庐瀑布一泻千里，名传天下；仙人洞石松横空，五老峰山姿奇特，龙首崖苍龙昂首，大天池霞落云飞，白鹿洞四山回合，玉渊潭惊波奔流，秀峰碑刻如林，溪水温泉处处。许多诗人墨客慕名前来，留下了"飞流直下三千尺，疑是银河落九天""不识庐山真面目，只缘身在此山中"的千古绝唱……

蒋介石十分喜爱庐山。他常向人赞扬庐山景色优美，空气新鲜，清爽宜人。可惜他不会作诗，没能在如林的碑刻中，留下他的诗文和墨宝。不过，作为政治家，他却十分喜好在庐山驾驭重大的政治风云。他曾在这里举办过影响深远的"庐山军官训练团"，又将这里选定为国民党政府的"夏都"。每当夏季来临，党、政、军要人纷纷从南京来到庐山。

此刻，蒋介石身穿杭纺白绸衫，在他的"美庐"别墅走来走去。他的胸中，仿佛被谁点了把火，烧得他难以忍耐；心里仿佛有十五只吊桶，七上八下。侍卫官和副官们谁也不敢近前。

一如匡庐之苍茫玄虚，那云雾缭绕中，星星点点的幢幢琼楼玉宇，恰如一颗颗美丽多彩的宝石，除让人赏心悦目外，似乎还有一层神秘缥缈的云纱。美庐，就是众多明星中最引人注目的一颗，辉煌中还含蕴着威严。

美庐为二层西式别墅，原是英国赫莉太太的私宅，为当时庐山上最豪华、最宽敞的一幢。房主因和蒋夫人私交甚厚，后将此屋献给宋美龄。颇信风水的蒋介石，发现此屋背靠大月山，门依东谷河，前瞻牯牛岭，大有蛟龙出海之势，兴奋之中，遂命名为“美庐”。当然，这还含有双关之意，他亲题“美庐”二字，刻于院中巨石之上。

一片绿色之中的美庐，有着绿顶、绿厅、绿窗、绿门、绿廊。庭园里山石依依，满目葱茏。封闭的内廊，爬满了宋美龄亲手种植的美国凌霄，而在后院，则是蒋公种的大片南方林竹。

自打接到“卢沟桥事件”的报告后，蒋介石的心里就没有平静过。6年前，“9·18”事变那场噩梦来得太突然了，他没有半点心理准备，对日本政府的狼子野心没有看透，他下了“不抵抗”的命令。一夜之间，数十万大军溃退关内，东北三省沦入敌手。尽管此事让张学良当了替罪羊，但在国人心中，谁都明白个中原因。

日本鬼子像头发狂的疯牛，继而进犯热河，策反蒙疆，染指华北，到处寻衅闹事，终于激起了中国人的民族爱国心。由张学良、杨虎城二人发动了“西安事变”。当时他以政治人格担保，答应停止内战，抗日救国，从而形成了抗日民族统一战线。可是，日本军人政权并没有发现，中国大地是埋葬他们的陷阱和坟墓，却还一个劲儿地往前冲闯、奔突。这一天终于来到了，日本政府预谋已久的全面侵华战争爆发了！

当然，作为中国政府首脑，对敌人的阴谋他还是知道一些的。早在臭名昭著的《田中奏折》中，日本就确定了灭亡中国的国策；1936年8月，在日本首脑集团会议上，又通过了一个叫“基本国策”的文件，旨在对中国发动大规模的进攻，并实行国家规模的战时体制。最近又有情报表明，日军在卢沟桥发难，那是事先由陆军中央选定的。

自从统一战线实行以来，中央已经做了一些准备。但目前国家实力虚弱，党、政、军各级干部，许多人贪欲难填，中饱私囊，人民对政府多有不满。打仗需要钱，一旦战争爆发，本来虚弱的国力，本来困苦的人民，那就不堪重负了！作为炎黄子孙，受过民族文化熏陶，受过孙中山先生的多年教诲，要说他不爱国，愿意拱手把中国让给日本人，那是有点冤枉。身为国民党主席、政府总统、陆海空三军总司令，他肩负的担子之沉重，是别人所不能理解的。

这时，他走上二楼，撩开窗上的绿色纱幔，向远处眺望着。在朦胧烟雨中，在滔滔云海里，看到了与云天相接、姿态各异的五个山头。

那是五老峰！相传，不知哪年哪月，从哪儿来了五个老汉，常在江湖垂钓。一天，突然狂风骤起，天昏地暗，江水倒灌，波涛汹涌。那轰隆隆的洪峰，山崩地裂般地冲进湖里。正在五位老汉惊疑之际，浪涛里漂来了一条小船。船上有位中年渔夫，见了五位老汉，悲怆呼喊：

“天哪！洪水这般作恶，为什么不见哪位英雄、哪路神仙施展法术，在湖口筑起屏障，拯救无辜的生灵啊！”渔夫眼望苍天，说了又哭，哭了又笑，突然调转船头冲向湖心浊浪，说：“我的老母，我的妻子，我的儿女，我的亲人们，都被大水淹死了，我要去寻找他们！”

大浪吞没了小船，老人们的心碎了，相互看了一眼，一个个“扑通”跳进水里。于是，他们竟在长江和鄱阳湖之间矗起了一座天然屏障，挡住了滔滔江水，才使鄱阳湖清波碧浪，风帆点点，成为一片乐园……

在日军大举进攻之下，民族陷于危亡之际，他蒋介石，多么需要像五位老汉那样力挽狂澜的英雄和神仙啊！

卢沟桥冲突闹起来后，蒋介石觉得这次和往常不一样。以往闹冲突，只限在事发地点和肇事部队。而这一次，日军不但增派部队，仗越打越大，丝毫没有息事宁人之意。他感到不妙，于是就请党政军要人和共产党及其他民主党派人士，到庐山举行谈话会，听听各方面的意见，以便他下定决心，制定国策。

但是，在昨天的谈话会上，有主张打的，也有主张和的，还有张群那个老糊涂，搞了个“十四字真言”，提倡“败而后和”，浑蛋得很！如果真的打败了，再想和，可就由不得你了，到头来不是亡国灭种，就是当“儿皇帝”。不管哪种命运都惨得很。以他蒋某人的性格来看，这两种命运他都不愿意接受。此刻，轻风舞动着纱幔，蒋介石不觉把目光收回，投在那张宽大的办公桌上。

那上面，放着一摞侍从室送来的剪报，参谋总部送来的战报；军政部和军统方面送来的情报，还有29军和其他部队发来的电报。他硬着头皮坐在藤椅上，喝口龙井茶，顺手从那只精美的木漆盒子里，拈一粒美国开心果放在口里。这是夫人美龄为他备用的，自从戒了鸦片烟，夫人就让他吃开心果。

然而，平日吃开心果很开心，这会儿，感到这东西不是个味儿。“呸，呸！”他把嘴里咬碎的果子吐在地板上，又将木漆盒子往边推一把，这才草草地看桌上的那堆文电——

延安消息：中国共产党7月8日召开群众大会，并发表宣言，呼吁全中国同胞团结起来，筑成民族统一战线的坚固长城，抵抗日寇的侵略。

北平消息：北平民众和各抗日团体，冒着敌人炮火，纷纷参加救护工作，送水送饭，搬运弹药。有个老大娘把自己喂养的鸡宰了，熬成鸡汤，送往医院慰劳伤兵。长辛店铁路工人为了协助军队固守宛平城，很快做好防空洞和枪眼。民众支援抗战的事迹，鼓舞了前线将士。一天夜间，日军以坦克向我阵地冲来，我一连兵力，冒死奋进，将敌9辆坦克全部打退……

北平消息：日人在平所办之《新兴报》，职工全部脱离报馆，以示不合作；日方以高薪招募司机，竟无一人应募。凡商行厂矿及单位之汽车，自愿听凭部队调遣。东郊农民约一千人被日军强迫拉往丰台挖战壕；农民将押车日兵及司机打死而逃散。农民们说：从此咱们再不受东洋鬼子的气了！

南京消息：海外华侨团体纷纷请电政府，要求出兵保卫祖国，并组成“卫国兵团”回国抗战……

民众的抗日情绪高涨，这是他已经想到了的。蒋介石又看看那些电报，让他很受感动，这是许多将领亲自给他发来的请缨电，纷纷请求开赴前线参加抗战。外敌入侵之时，将领请命出战，说明国家有望，百姓有福。这无疑使他增添了抗战的信心，心里涌起一股激情。

他又简略地扫一眼29军发来的战报——

7月10日，部分日军打算冲入北平城，在我军严密防守之下没有成功。

12日半夜1时许，日军向北平西郊蒋家村、青塔村、古庙等处我军攻击。日军坦克车且由通县开到朝阳门外，企图西东两面夹击，冲入北平。

13日，日军包围北平，在永定门外和我军发生激战，我多次将敌击退。

14日，日军向大红门我军炮击；同时日骑200余人由丰台经南苑、面河，向我军部攻击。当晚9时许，落垡车站发生激战……

蒋介石越看越觉形势严重，越看越觉浑身发热。他稳住神，详细阅览日本方面的情报——

7 月 8 日上午，陆军大臣紧急命令各师团，停止办理例行的每年 7 月 10 日部队退伍手续，让数万士兵继续服役。

7 月 9 日，裕仁天皇张罗在宫中组建大本营，以便协调陆海空三军，亲自指挥对华作战。

7 月 11 日，首相召集紧急内阁会议，经天皇批准，决定先从满洲、朝鲜、台湾立即出兵华北，同时命令本土若干师团准备启程增援。

北宁路上，每天都有满载关东军的兵车，络绎开进关内；从海上运来的大批日军，由塘沽紧急登陆；关东军各机场之大批飞机，转场至北平近郊及天津东局子机场……

当蒋介石看到那些消息、战报时，除了激奋之外，还有烦躁不安的情绪，但看到日本方面的这些情报后，他的内心越来越明白，越来越沉重了：日本政府果真想大打一场！中日甲午战争时，当年的明治天皇是通过“大本营”协调陆海军行动，不断发布“敕令”，才打败中国的；现在，裕仁效法先祖，想再一次打败中国。

蒋介石联想到这几天中日双方的外交活动：在天津的日本驻屯军司令部，一再表示就地解决冲突；日本驻华使馆向我外交部表示了日本政府对此事件不扩大的方针；日本外务大臣向我驻日大使表示：对事件不扩大，进行就地解决。刚听到这些消息的时候，他确实高兴了一阵；现在看来，日本的一切外交活动表明了两个字：欺骗！这是他们的缓兵之计。

这个时候，蒋介石觉得底气足了许多。事情就是这样，一旦决心已定，一切似乎就胸有成竹了，心里顿时变得轻松起来。他要大打，你不想打也得打！怕什么？有那么些将领请命，有全国老百姓支援，还有共产党和民主党派在那里鼓动。不下决心大打一场，实在没法向国人交代，也难以使日本惊醒。中华民族，是个向心力和凝聚力很强的民族，一旦外族入侵，全民族必然奋起反抗。古今多少事，一起涌心头……

他想起了中山先生的话：“乘时报国”；想起了中山先生常爱提到秋瑾女士的两句诗：“头颅肯使闲中老，祖国宁甘劫后灰？”此刻，他的胸中不觉回荡着一股浩然之气。

他来到临时作战室，站在军用地图前，沉吟片刻，瞟一眼作战室的参谋们，拿起一条软鞭，在地图上点点画画地说：

“我方为了自卫起见，不能不有所准备。我命令：这，这，这，三支部队，向北平方向推进，接应29军，其他沿海部队，也要做好抗敌准备。”说完，扔下软鞭，大踏步走出作战室，直奔庐山大礼堂。

从美庐到大礼堂并不算远。虽有一段山路，但已砌有台阶。他平日多坐滑竿，今日抗敌决心一下，似乎腿脚都变得利索了。他不觉迈开双脚，踏着山石和野草，匆匆来到大礼堂。

他走上台阶，停留在礼堂门口的平台上。这是谈话会第二天。战事在即，这样的会不能开长。只要开战的决心一下，调兵遣将，全国老百姓跟着动起来，事情就好办了……他正想着，发现身边站了许多人。原来是人们都急着让他拿主意；听说总座驾到，纷纷出来迎接。他向大家摇摇手，走进了大礼堂。

就在这一天——7月17日，就在这个谈话会上，他代表中国政府向全国人民下达了抗日总动员令。他的声音洪亮得震动了人们的耳鼓：

“我们希望和平，但我们不能以任何代价寻求和平；我们不要战争，但我们或将被迫而自卫。”

“地不分南北，人无分老幼，皆有守土抗战之责！”……

蒋介石没有想到，为他的这番话第一个带头鼓掌的，竟是素来和他政见不一的冯玉祥。此刻的冯玉祥，脸上绽着诚挚地笑，站起来，带头鼓掌。紧接着，大伙跟着拍起巴掌来。雷鸣般的掌声，响彻庐山上空，在中国的大地、海域和天空回荡……

针对裕仁天皇组建大本营的行动，蒋介石决定成立中国人民抗日最高统帅部：国民革命政府军事委员会；蒋介石被推选为委员长。

蒋介石在庐山的声音，穿山过海飞往全国各地。而位于海河之滨的天津，自然成了抗日救亡的前沿，群情沸腾海河水。

早在5月14日，《益世报》发表社论，就接连不断出现的海河浮尸案件，明确指出，此事为日人所为，要求当局彻底清查疑案，惩办凶手。海河两岸的轩然大波还没有平息，卢沟桥的炮声就响了。天津民众痛恨日军，抗日救亡的高潮再一次被激起来。霎时间，渤海湾的滔滔巨浪滚滚而起。海啸爆发了！狂风、暴雨、惊雷，随着大地的震动，怒吼着，呼啸着，惊天动地，摄人心魄，神鬼震惊……

于是，学生救国联合会、抗战后援会、各界民众抗日救国会等组织纷纷成立，他们踊跃募捐，积极宣传，慰问官兵。天津民众的抗日热情，极大地鼓舞了广大官兵，也鼓舞了作为天津军政首脑的张自忠。

这些日子，他奔走于北平和天津之间，除了陪宋哲元等人和日方交涉外，就是深入部队，组织防守。大约是紧张劳累和生活不规律，他得了痢疾。腹部疼痛，里急后重，一天拉好几次。敏慧抓了几服草药，熬成汤，让他喝下。但只吃药不休息，痢疾仍不见轻，他撑着病体，继续奔波着，有时整天整宿合不了眼。

当接到上峰“自卫守土”的命令后，张自忠觉得手脚被放开了，心情感到了从未有过的畅快。他立即召开军事会议，决定趁大批日军没有完全赶到之前，为配合北平我军，在天津搞一次出击。他说：“出膛的子弹不回头！不狠狠地教训教训小鬼子，它不知道中国人的拳头是铁打的！”

部队同时进行三路出击：一路袭击海光寺日军兵营，直捣驻屯军司令部；一路袭击日军东局子飞机场；一路袭击已被日军占领的东火车站和北火车站。为了策应这次出击，他已将驻马厂的部队调往津郊杨柳青。这次出击，以熟悉市区情况和道路的保安队为主，驻韩家墅和杨柳青的部队分别配合。

这天夜里，李大兴背插大刀，腰里别了6颗手榴弹，让弟兄们拎几桶汽油，在夜幕下向东局子方向行进。自从郭喜顺回到部队，张自忠便让李大兴下部队当了排长。他已是多年的老兵，又在长城抗战中立过大功，弟兄们对他十分服从。作为老兵，没有什么比打鬼子更有劲了。

东局子飞机场，是日军在华北的主要机场，直接受驻屯军司令部指挥。当初为了修机场，日军把附近居民强迫赶往别处。平时只有十多架飞机，事变后，日军又将锦州、承德、山海关等地的大批飞机，转场至此。

袭击前，部队早已做过侦察。这里有30来架飞机，由一个中队的日军守卫。机场周围，有日军和狼狗巡逻；每到夜晚，飞行员都睡在飞机下面，随时可能起飞。直接守卫机场的日军虽然不多，但附近却驻有大批日军，随时能够增援。所以，我军必须采取突然袭击方可奏效。

弟兄们来到东局子，老远就见到了立在机场上的指挥塔。塔上的灯光闪耀着，不时有探照灯的光柱在扫描。再往前行，就见一片开阔的场地上，停歇着许许多多的飞机，像一只只僵死的蜻蜓标本，错落有致地排列着。

领队的军官一个手势，部队立即趴下，匍匐前进。到机场跟前时，部队呈扇面展开。就在这时，两个巡逻日军牵着条高大的狼狗过来了。李大兴紧伏在地上，躲过探照灯。没待巡逻兵和狗到了跟前，他和5个弟兄一跃而起，用大刀和刺刀，结果了那三条性命。

部队呼啦啦直扑向那些飞机，泼汽油，点火，扔手榴弹。顿时，机场上响起一片枪声和爆炸声，神气的飞机霎时变成了“火机”……

没有来得及挨炸的飞机，飞行员听到动静，慌忙从飞机下面出来，仓促爬进驾驶舱，匆匆起飞。但因天黑，又没有地面指示，飞机只能在机场上空盘旋。有的想到别的机场去降落，却撞到了建筑物上；有的不得不降下来，逃不脱火烧的命运；有的飞行员和飞机同归于尽。

李大兴见手榴弹用光了，汽油也用光了，还有飞机没有点着。他就把衣服脱下来，引燃，投向其他飞机。有的士兵干脆抱着烧毁的飞机碎片，去引火燃烧其他飞机。

陈小宝是李大兴排的大力士。他见一架飞机将要起飞，就舞着大刀狠狠地向飞机砍去。但是，飞机见了大刀并不害怕，继续往上飞；而大刀反而被崩豁了口。陈小宝一时心急，便抓住飞机不放。因为他举得起石锁，搬得动大炮，可却没有想到，他没能拽得住飞机，反而被飞机带着飞起来。不得已，只有撒手，结果脚被摔伤了，一瘸一拐的，心里恼恨得不行！……

枪弹声和喊杀声，在海河两岸响了一夜。乐二哥不知发生了什么变故，黑咕隆咚，没敢出门。天大亮，他拉着胶皮走出门。

“爷，爷，爷……”他见了人打招呼。

“别介，您哪，东车站和北车站那哈都在打仗，去不得！”行人对他说着，往左手拐了。

“老爷子，可说的是真话？”

“嗨，我是怕您去挨枪子儿！”

乐二哥可不是怕挨枪子儿的人。他心里顿时产生一股冲动，直奔东火车站。

果然，他从老铁桥上过去，就见车站上空飘着一面红色的军旗。他十分兴奋，直直地往前跑。车站已被我军占领，车站外围堆着一圈儿土麻袋。麻袋摞得高高的，士兵们在那儿严阵以待，并不断吆喝着，让老百姓离远点，以免伤着。可是热心的人们都不肯离去。

乐二哥站在人群中，听大伙议论着，说是昨日夜晚，我们的部队如同天兵天将，突然冲进了车站。一个小队的鬼子守在这里，没让他们明白怎么回事，就被弟兄们的大刀片给砍了。鬼子正在组织反击，估计一会儿要打大仗。

这会儿，就见起士林的一辆汽车，从万国桥开过来，载着西式点心往车站里进。车从人群夹道中走过，那点心的奶油香味直往人鼻子里钻。

又过一会儿，桂发祥也派人送来了麻花。送麻花的人骑着一辆三轮车，车上装了满满两笸箩。那人一边往里骑，一边说：“天热，麻花不怕坏，弟兄们饿了就啃几口。”

这时，几个大娘、大嫂提着绿豆汤，也给弟兄们送来了。一个大嫂拎着一篮子茶鸡蛋。

乐二哥受了启发，心里说：大热的天，送这送那，都不如送西瓜！得，我去拉车瓜来。因为打仗，车站附近没有见卖西瓜的，来到大王庄那儿，见个老头儿守着一摊西瓜。瓜虽不算很大，但从打开的瓜看，皮薄、瓤红。

“老爷子，这瓜甜吗？”他问。

“甜，不甜不要钱。”瓜主见了买主，晃着把破芭蕉扇，说，“刚摘的瓜，个个鲜！”

乐二哥不客气，抱起那切开的半拉瓜啃一口，又啃一口，咂摸咂摸味儿，说：“您给我装一胶皮，要多少钱，我不还价。要保证个个好，有一个生瓜蛋子，回头我把这车瓜都拽给您。”

老爷子先是一愣，继而乐了。他挑那个儿匀实些的，每拿一个，用手指弹一下。不到半截烟的工夫，装了满满一胶皮车。

按照瓜主说的价，乐二哥一分不少地付了钱。他拉着胶皮，刚走不远，就被个卖牛杂碎的小伙子拦住了。那后生把手举起说：

“胶皮大哥，烦您问句话，您买这些瓜……？”

“送人！”乐二哥没有停下，不耐烦地说。

“嗳，大哥，我是说，您是不是给车站的大军送去的？”小伙子戴个平顶小白帽，很精悍，见胶皮大哥不愿停下，赶着问。

“是又怎么着？”

“那我就求您啦，一块儿把这锅牛杂碎给捎去。”小伙子说，“挺烂乎，要不大哥尝尝。”

乐二哥一听，停下车，下了胶皮，上下打量小伙子，问：“哪儿的？”

“天穆的。”小伙子抄起刀，“咔、咔、咔”，把下水切碎，那动作挺利索。他把杂碎装进一只桶里，递给乐二哥说：“大哥，烦您辛苦一趟。”

乐二哥把桶放在踏板上，正要开步，又被那小伙子叫住了：“大哥，你等等！”小伙子拿着一把尖刀，说，“烦你把这把刀也一起捎去，让大军多杀鬼子，给我们回民出气！”

这把尖刀1尺来长，1寸多宽，木头把，寒光闪闪，甚是锋利。乐二哥不禁赞叹：“好刀！”

“嘿嘿，是宰牛的！”小伙子憨厚地笑了。

乐二哥拉着胶皮，走不多远，就听见后面有人叫他：“胶皮大哥，等等，你的钱……”他回头一看，见那卖西瓜的老头儿跑得气喘吁吁，晃着手里的钱，边跑边叫喊：

“这钱，给你，我，不知道……”

“老爷子，咱爷儿俩回头再说，我先给大军送瓜去；要不，一会儿鬼子该来了！”乐二哥没有停留，拉着胶皮，飞步向车站跑去……

连长张凤岐系紧鞋带，打好绑腿，扎了武装带，再摸摸插在背后的大刀和腰里的手枪。他看看表，便向门外走去。

各排各班跑步来到连部门口。各排是排长站在前面；各班由班长打头，按一、二、三、四排的序列，呈纵队站在他的面前。

“弟兄们！”张凤岐站在连部前面的台阶上，扫视一眼，见大伙迅速、整齐而悄无声响，十分满意。他说，“大家伙儿知道，日本鬼子在卢沟桥终于和我们打起来了！鬼子总是找茬欺负人，弟兄们心里憋足了火。今晚咱们可要结结实实地出口气了！我们连的任务是……”

他讲话的声音不高，但很深沉；每一句话都传入了弟兄们的耳朵里。他交代了任务，讲了注意事项，便带领连队出发了。

每个人左臂上系着白毛巾，作为识别标志，不准吸烟，不准咳嗽，身上的东西不能发出声响。他们的脚步既快又轻，在大街小巷里行进。这次行动由佟光带着保安营，直捣海光寺。配合这一行动的是驻杨柳青的一个团。团队于天黑后，已由西郊开进南开大学，一旦佟光这边打响，这个团便一拥而上，进攻敌营……

人们可还记得发生在金钢桥头的那件事吗？田代坚持要把张凤岐作为凶手惩办。张自忠凭着凛然正气和充足理由，坚持让我方法院判决。结果，法院判处他无期徒刑，并将判决书寄给日方。田代知道这是掩人耳目，可又挑不出毛病，只好哑口无言。

营长佟光是个老实人。当他接到判决书时，却不知对张凤岐如何处理为好，他请示张自忠。可张自忠说：“该干啥就让他干啥去！”佟光琢磨半晌，不明白这句话的意思，又问。张自忠这才明白无误地告诉他：“张凤岐有啥错？是他妈的鬼子找茬！让他归队，还当他的连长去！”……

夜袭部队绕道而行。过金钢桥，走北马路，穿过天津老城，直奔南门外大街。

老百姓在安睡中。不太宽的老城街里，偶尔从哪个窗户里，传来几声婴儿的啼哭，母亲拍着宝宝，“啊，啊，啊”地哼着催眠曲。俄而，一只猫儿从房檐上跳下来，箭一般地射向远方。一阵夜风掠过，吹拂着树叶“沙沙”地响，正好掩护部队行动……

张凤岐搞巷战训练，演练连进攻，就是针对日军的特点，模拟日租界的地形。那天张自忠看了他们的演习后，拍着张凤岐的肩说：“有种！很有点儿像当年西北军的我！”

张自忠对他有救命之恩。听到师长夸奖，他心里十分激动。当弟兄们解散回连后，他蹲在海河边上哭了一泡。他是河南开封乡下的穷孩子，连红薯和野菜都难以果腹。张师长驻节开封时，他和村里的几个小子去当兵，从此，一直在张自忠的麾下，进驻潼关，败退晋南，太行练兵，长城抗战，驻守察津，从士兵提升为排长、连长。眼下，上级命令守土自卫，正是为国效命的时候，不多杀他几个鬼子，难解他心头的屈辱，难舒那口冤气……

从南门外大街走到头，就是海光寺。

在天津近代史上，海光寺颇负盛名。据说，这里原是一片沼泽地。明朝年间，军队在这里屯兵种稻；直至清朝，这里依然被称之为“蓝田”。不久建了寺庙，康熙帝赐名“海光寺”。之后，在这里签订了耻辱的《天津条约》，后来通商大臣崇厚和直隶总督李鸿章，在这里先后开办“天津机器局”，制造出了我国最早的“来复枪”和潜水艇。再往后，遭受了八国联军铁蹄践踏，现在，却变成了日军侵略中国的司令部……

海光寺就在眼前了，日军司令部的牌子在夜色中隐约可见。

部队停止前进，在街两边的房檐下隐蔽。由尖刀排和从南开大学出发的大部队进行联络。原来，西边的部队已沿墙子河、秋山街抵达海光寺。部队按预先的计划，分别接近目标。

张凤岐连队的任务是直捣日军司令部。他和副连长赵东耳语了几句，指示由赵东带领一排进行掩护。当一排利用地形展开后，就见张凤岐把手一招，几个士兵先去把哨兵摸掉了。他带着部队，手持大刀，冲进了日军司令部。没有喊杀声，只有刀在舞，血在溅……

就在他们正要扩大战果时，不知怎么兵营里响起了枪声。由哑打到明打；由大刀、刺刀到机枪、手榴弹。士兵们喊杀声震天价响；日军丧魂失魄，鬼哭狼嚎，匆忙应战……

且说田代司令官躺在床上，神不守舍，正在做噩梦。裕仁天皇对他寄予厚望，来华前他曾在御前聆听圣教。他也曾雄心勃勃，想用日本军刀大展宏图，可没曾想到，他上任不久，就遇到了克星张自忠。丰台事件，金钢桥事件，做英皇的最高嘉宾，以及聘请顾问等等，都被张自忠气得几次晕倒，几次吐血；而每气一次，病情就加重一些。日下他病入膏肓，气息奄奄，而且天皇决定派人来接替他。他虽然不甘心就这样死去，不甘心死在异国他乡，更不甘心这样死在张自忠的眼前。但，他实在是力不从心了，冥冥中感到天数已尽。靖国神社里，仿佛看到有只毛茸茸的大手，在向他招魂。

幽冥之中，他仿佛听到了喊杀声、枪声和爆炸声。他费劲地转过身子，嚅动着嘴，问身边的医官："外面的，什么的，干活？"

"哦，"医官瞒着实情，"没什么事儿，也许是兵营那边在搞演习吧。"

田代合上沉重的眼皮，张着干裂的嘴，在一口一口地捯气。气若游丝，出的多，进的少，总觉得憋得慌，总觉得气不够用。他那本来肥厚的胸脯，一抽一搐，好像一条离了水的胖头鱼，那鳃，那眼，那嘴，总在不停地翕动着。不知是昏迷，还是沉睡，他显得比较安稳。他的一生，把枪声当作音乐。此刻外面有如爆豆的枪声，对于他，也许如同催眠曲。不知是在欣赏这"音乐"，还是想到了什么好事，他的脸上现出了惬意的笑——一生难得几回笑的他，这时却笑了。身边的副官也被他的笑感染着……

"不好啦！张自忠的部队打进来了！"突然，一个班的卫兵惊叫着，拥进田代的房里。

"什，什么的？"田代猛地睁开眼，问。

"中国士兵，已经打进了司令部。"

"去，击退他们！"田代的病似乎突然好了，猛地从床上坐起来。

"不，司令官，我们要把您转移到安全地方去！"卫兵们说着，忙动手抬他的被褥。这是训练有素的卫兵。他们懂得，在没有担架的情况下，把病人连同被褥一起抬走，是最好的应急办法。

就在卫兵们把他抬起的这一瞬，门外又一次喊杀声疾起，一颗手榴弹就在窗跟前爆炸。地皮和房子都震动起来了，弹片、玻璃片四处飞射。

“啊！”这蓦地一声巨响，把田代吓得大声惊叫，“快，张，张……”那手指着门外，喘着粗气，可那后半截话，却怎么也说不出来，十分着急。

这么一惊一急，那根细细的游丝怎么承受得了？就见那眼陡地睁大，浑身陡地痉挛一下，那只扬起的手臂不觉垂下来，身子挺了过去……

田代，死了！但死不瞑目。

原来，刚才在田代窗根下炸响的那颗手榴弹，就是张凤岐投掷的。他带领全连弟兄们，突破敌人的两道防线后，直捣敌司令部。日军方面，将参谋人员和卫队组织起来，仓皇应战。但黑暗中，怎么也招架不住中国军队的凌厉攻势。我军将士们士气高昂，猛打猛冲，连连得手，还缴获了一些地图和机密文件……

激烈的厮杀声，震动了日租界。市民们起来，从窗户里和门缝里往外看。

紧挨着日军司令部有家商店，平日受日军曹、兵士们的不少侮辱和窝囊气，商店差点倒闭。这会儿，老板听到第一声枪响就起来了。他发现我军在前院攻击，而偌大一个后院，却没能打进去。他小心地把门开开，向弟兄们招招手，往后一指说：“从这里翻过去！”……

就在我军乘胜前进的时候，日军兵营那边冲过来了数百人，拦截在张凤岐他们的前头。敌人凭着熟悉的地形和坚固的工事，进行疯狂的抵抗。机枪子弹扫射着，小钢炮发射着。中国士兵中有人负伤。张凤岐见敌人的火力猛烈，便命令散开的士兵收拢，形成拳头……

一家布店老板，见我军挡不住敌人的火力，而前面又无遮无拦，就让伙计把铁大门卸下来，给部队送去。那两扇铁大门很沉，很重，大约500多斤，三个伙计磕磕绊绊，怎么也抬不动。周围的人家见了，纷纷开门出来。无声的命令把他们组织起来了。大伙抬着铁门，迎着流弹，往部队那边送去……

我军攻击受阻，双方形成对峙局面。但由于有老百姓的支援，我军越战越勇。在自己家里打强盗，首先在情理和气势上就占了优势。住在日租界的市民们，怀着对自己军队的热爱，不等天亮，就送来了点心和绿豆汤。有家百货店的老板，送来了一箱子毛巾，让官兵们擦汗。

天大亮了，战斗仍在激烈进行。公共汽车和单位的卡车，几乎全部出动，帮助我军运送部队和弹药。汽车司机冒着危险，开赴各个阵地。为了机动作战，有效地打击敌人，士兵们把高射机枪和小炮安装到卡车上。

当我军的汽车通过时，市民们热烈鼓掌，高呼“打倒日本帝国主义”“支援抗日军队”等口号……

天津市区的战斗打响后，日军在极短的时间里，付出了极大的代价。于是，驻冀东的日军紧急支援，大批敌人向天津拥来；驻山海关机场的飞机，多架次地轰炸津门。

张凤岐身旁的机枪射手，在敌机扫射时身负重伤，机枪一时成了哑巴。就在这时，敌人冲过来了。张凤岐即刻抱起机枪，向敌人阵地拼命扫射。那些冲过来的敌人，一个个割草般地倒了下去。

“连长，你看！”士兵李木叫着。

顺着李木所指的方向看去，只见一个七八岁的男孩，从我军阵地侧后方向跑过来。张凤岐顿时大惊，忙把机枪让给另一个战士。眨眼工夫，就见这男孩的后面，跟过来一小股日军。哦，他马上判断出，可能是日军从居民家里通过时，这孩子被吓得跑了出来。孩子在阵地前沿，随时有中弹的危险，犹如千钧系于一发！

“小兄弟，别跑，快趴下！”张凤岐喊。

小家伙被吓傻了，哪能听得懂这些话！他的脸色煞白，两条小腿紧往前捯。

后面的日军，见这孩子暴露了他们的意图，便举枪向他射击。就在为首的一个军曹扣动扳机的一刹那间，李木手枪里的子弹出去了，就见那家伙的身子一抖，已经射出去的那粒弹丸，不知飞向了何处。

那男孩继续往前跑……

当后面的日军一起向孩子射击的时候，张凤岐一个箭步跃过去，大喊一声：“小兄弟，卧倒！”他扑向孩子，抱住，朝我方阵地连打几个滚……

李木带着两个班的士兵，包抄过来，前堵后截，歼灭了那股敌人……

副连长赵东正指挥两个排，在阵地左翼攻击敌人，听到这边的动静，忙向一排长吴大锁交代了几句，跑到连长这边来。

赵东见我侧后阵地上，张连长身下有个孩子，半天不见动静。战场经验告诉他，连长定是中弹了！他匍匐着爬过去，见连长身上的血，把那孩子的衣襟染红。孩子倒是一点儿没伤着，只是被吓呆了。赵东把张凤岐抱在怀里，就见他的胸前和背后已被子弹穿透，身子下面汪着一摊血。那血殷红，宛如杜鹃花。

李木歼灭那股敌人后，见连长已经牺牲，泪水唰地流下来。他抹一把泪，顾不得多想，奔向阵地，抱起了那挺打得发烫的机枪……

那孩子的爸爸、妈妈闻讯跑来了，两人抱着张连长，放声大哭。那孩子跪在身旁，没有哭一声，给他的救命恩人叩了三个响头。

佟光见状，急忙跑过来，不断呼唤着张凤岐的名字，那紧握的拳头，在地上砸了个坑……

你，张凤岐，出生在黄河边的穷孩子，你曾在长城抗击过日寇，在津门又受异族人的侮辱。今天，为保卫国土，保卫民众，你的一腔碧血洒在了海河岸边。黄河连着海河，流着你的血，淌着你的情……

“为连长报仇！”的口号在阵地响起。弟兄们将仇恨压缩在枪膛里，狠狠地向鬼子射去……

晚霞燃烧起来了，如同红墨滴在宣纸上，顿时洇成了一片。那霞红得耀眼，红得发烫，红得令人心悸。啊，那分明是张凤岐的血！是的，碧血染红了津门的天空，染红了码头和街市，也染红了微波涟涟的海河水。

工人、学生、市民和一连的弟兄们，抬着张凤岐的遗体，默默无声地走着，走着。在他的身后，跟着长长的一队人。这中间，有白发老者，有热血青年，也有稚气的孩子。

有个老奶奶守在路边，从自家花盆里揪一把月季花瓣，撒在张凤岐的身上。那花瓣浸透了老人的泪水。她的嘴唇哆嗦着，哽咽得说不出话来。

然而，更多的人没有眼泪，只有眼里燃烧着仇恨的火焰，胸腔里撞击着愤怒。人们咬着牙，迈着整齐的步伐，将拳头森林般地举起来……

这个时候，不知是谁，不知从什么地方，唱起了激动人心的歌——

大刀，向鬼子们的头上砍去，
29军的弟兄们……

顿时，每一条街道，每一个码头，每一座楼房，每一片校舍，响起了同一个声音——

前面有东北的义勇军，
后面有全国的老百姓，
咱们中国军民勇敢前进，
看准那敌人，把他消灭，
冲啊，大刀向鬼子们的头上砍去！

这声音连成一片，飞越山河，响彻长空，撼动了每一个中国人的心灵……

第十章
一身系千军

北平。武衣库。

29军司令部里，一片紧张、匆忙的景象。

参谋人员一扫往日的闲散，神色严肃，抱着文电出出进进。有的人可着嗓子对着电话机喊着；电话听筒里不时响着枪炮的杂音：“喂，什么？大声点……”有的在搜集战况，有的在草拟指令和报告，有的在图上作业。

院子中央，高高地立着大型电台收发天线，随着电报房里“嘀嘀嗒嗒”的声音，军部的每道指令从机要人员的手指上发出。上峰的每道命令，部队的每个战况，也向他们的耳中传来。

在图上作业的人，将各级指挥部之所在，敌我双方态势，以及敌人的企图，我军的预想，皆一目了然地标在图上。每一张作战图上的蓝线和红线，包容了千军万马，关系着无数将士的性命。每一张图都是一个完整的作战方案，每一张图上都弥漫着战火硝烟。

在司令部里，有间隔音较好的大房子。房间里没有任何设备，只有长长的一溜桌子。桌上铺着军用毛毯，周围摆着一圈椅子。最引人注目的，是正面墙上的那张很大的军用地图。平时用布幔遮罩着，只有在需要时才拉开。

会议室里坐满了人。他们都是率领大军、独当一面的师长、旅长。近日来的鏖战，有的人几天几夜没有合眼皮，此刻有些困倦，看到长官还没到场，便伏在桌上，抓紧时间打个盹。有的松松武装带，有的把绑腿散开，活动活动筋骨。人们一边做自己的事，一边闲聊着——

“他娘的小鬼子欺负人，踩着鼻子上脸。”

“他不拿四两棉花纺一纺(访一访)，咱29军可不是屃包软蛋！”

“鬼子够狡猾的，一边说和谈，一边又调来大部队，这样一来，咱们肯定招架不住。”

“长官部太轻信鬼子的话了，整天是谈、谈，依我看，起事的时候，咱就该来个大出击。那会儿他狗日的人不多，不把他打趴下才怪哩！”

“咱们还是心眼太善，对鬼子没看透。就看下一步咋办吧？闹得好，来个大反击；闹得不好，就是全军溃败，功亏一篑呀！”

“以服从命令为天职吧。只要说声打，总得拼它个鱼死网破，无非是个死吧！”……

将领们正聊着，会议室的门被推开了，宋哲元将军走了进来。

宋哲元五十出头，中等个儿，方脸，嘴角有两撇短短的胡髭。他有神经衰弱和神经性头痛的毛病，一生气就头痛，一紧张就睡不着觉。今年春天，他到南京述职时，蒋介石说：“何不回到你的老家去疗养些时日呢？“因为蒋公也是刚从他的老家溪口疗养回京。宋哲元秉承上峰的旨意，回到山东乐陵疗养，头痛病和失眠症果然有所好转。可是“卢沟桥事变”以来，搞得他焦头烂额，心绪不宁。此刻，他显得十分憔悴，眼皮浮肿，颜面泛着姜黄色。

将领们见他进来，不约而同地起立，向他致意。仅仅几天工夫，宋哲元好像脱了形似的，这，使将领们感到非常惊讶，又非常心疼。

宋哲元站在会议桌的首席位置上，拿眼睃巡一遍，却单单不见一个人。他的眉头不觉皱动一下，双手向下按一按，示意大伙坐下。

他坐在椅子上，一句不吭。既不和弟兄们闲谈，也没看墙上地图，而只是心事重重地坐着,那僵硬的脸上没有任何表情。

29军是清一色的西北军,是冯玉祥将军的老底子,无论军长、师长、旅长,还是团长、营长、连长,一点儿杂色都没有。这支部队虽然不是蒋介石的嫡系,但都经历过长城抗战和"卢沟桥事变"。在中国抗日史上,则是一支先锋队,在老百姓中有极高的威信。正因为经历过磨难,各级指挥员关系融洽,亲如兄弟。这个时候,将领们见军长表情痛苦,心事沉重,也不觉收敛了脸上的笑容和愤怒,你看看我,我瞅瞅你,谁也不敢吱声。

宋哲元木讷讷地坐了会儿,看看表,又站起来走动。过了好半天,到底憋出了一句话:

"荩忱,该快来了吧!"

宋哲元哪里知道,这个时刻的张自忠,已经进了北平城。天津到北平的公路,被炮弹和炸弹炸得坑坑洼洼,汽车跑不起来。然而,一进入北平城,那情景着实令他感动。

在弥漫的硝烟中,北平民众行动起来了。

大街小巷的墙壁上,写满了"打倒日本帝国主义""抗战到底,还我河山""枪口对外,团结抗战"等标语。一队穿白大褂的人,举着红十字旗,匆匆地行进着。他们的白衣上沾着血污和灰土。装着救援物资的卡车穿街而过,车上写着"支援前线,拥护抗战"等字样。

紫禁城前的广场上,几位教授站在金水桥上慷慨激昂地演讲着。而在兵员征集站,几百名青年聚集在这里,争先恐后地报名。能报上名的,高兴得跳起来,没报上名的,垂头丧气。

再往前走不远,张自忠的汽车被一个人拦住了,廖副官忙下车问究竟。那人说,他家住西苑。那天天刚发亮,日本鬼子的飞机就来扔炸弹。他听见天空中"轰隆隆"响,一股脑儿爬起来,跑到院子里看稀罕。刚站定,就见飞机上掉下几个黑乎乎的东西,落在村子里,房屋被炸了,烧了,睡在屋子里的人也死了。他爹,他媳妇,还有两个儿子和一个女儿,全给炸死了。

"长官,一家人都死了,我活着干啥?我想死。"那人对廖副官说:"可我寻思,我既然活着,就要为我的亲人们报仇。乡亲们说,城里正招兵,我就来了。

可他们说我年岁大,不要。唉,我连家仇都报不了,活着有啥劲!”

那人说着,嘤嘤地哭起来。

张自忠走出汽车,见这人40多岁,身穿粗布短衫,肩上挎个包袱,一个地道的庄稼人模样。那人虽然纯朴,却很机灵。见车上下来的人是个高个子军官,他转过身来,说:

“长官,收下我吧,我虽然不会放枪,可我会做饭,能担水。村里有红白喜事我还给帮厨呢!”

“当兵很苦,而且时刻可能牺牲。”张自忠说,“你这么大年岁,就怕熬不住。”

“熬得住。庄稼人,啥苦没吃过!”那人说,“长官帮我对招兵的弟兄们说一说,就把我收下吧。我一个人活着没意思,跟大军去打鬼子,去报仇,死了也值!”

张自忠深深同情这个庄稼汉的遭遇,也被他的抗战热情感动了。他掏出钢笔,写个纸条,递给那人说:“征兵站只征年轻人,你拿这条回西苑,直接找那儿的部队去,他们会收你的。”

那人千恩万谢,不等汽车开动,他就跑了。

张自忠坐进汽车,看看表,对司机说:“快,直接到军部去!”

车子启动之时,一个学生模样的小伙子,向车里塞进来一张报纸。这是一张“号外”。张自忠展开报纸浏览,两行标题映入眼帘——

日寇疯狂进攻,我军英勇抗击

将士伤亡惨重,北平危在旦夕

中央社北平消息:当北平城内的2000余名日本侨民撤走之后,日军即对我军猛烈攻击。先以60余架轻、重轰炸机,分批出动,轮番轰炸南苑、西苑我守军,接着步兵在炮兵和坦克车的掩护下,向南苑我军猛烈进攻,我军以营房、村庄、工事为依托,抵抗得异常顽强。各级指挥员亲临一线,和士兵一起抗击敌寇。

下午，敌以轰炸机群、炮兵、坦克群，对南苑我军又发动连续攻击。我军不支，向北平方向后撤。但在大红门附近，遭到敌人堵击和机群轰炸。我军伤亡较重，副军长佟麟阁将军、师长赵登禹将军，在战斗中壮烈牺牲。

当日寇在南苑进攻之时，我军一部向丰台出击，当即占领了车站，缴获大批军用物资。此时，大红门之敌回援丰台。我军撤退时，将无法运走的物资全部烧毁。

刻下，日寇已攻占了清河镇、沙河镇，一部已到达西苑及八宝山……

其实，张自忠了解的情况，远比这张号外更准确、更详细；而眼下的形势，远比这些情况更为严峻。日本中央统帅部已经制定了《对华作战计划》，裕仁天皇向在华日军下达了“进攻北平、天津并予以占领”的“敕令”。在极短的时间里，除关东军、朝鲜军、台湾军已将大批部队投入平津之役外，日本国内又派出的若干个师团正在途中。日军对北平、天津已采取包围之态势。

这张“号外”，勾起了张自忠的忧虑和焦灼。他对司机吼了一声：“快！”

就在这个时候，急不可耐的宋哲元，在会议室里焦灼盼望，坐立不安，就听见陈副官在外面吆喝一声：“张师长到！”

宋哲元一听，转忧为喜，忙迎出去，说：“荩忱老弟辛苦，大伙都在等你呢！”说着，他陪着张自忠进了会议室。

望眼欲穿的将领们见张自忠来了，不约而同地站起，向他打招呼。

张自忠一看参加会议的人员，一看这气氛，就知道这不是一般的军事会议。这个会议将决定着 29 军的存亡。宋哲元这么焦心地等待他，会把他推到什么位置上去呢？……

这，在张自忠心里是一个谜。

任何谜都是暂时的。当张自忠知道谜底的时候，已经被逼到没有退路的地步了。

宋哲元拉开布幔，那面宽阔的墙壁上，现出一份硕大的平津地域作战图。他拿起一根长鞭，沉吟地看众人一眼，指着地图说：

“诸位将军，敌我基本态势大家都清楚。现在的战略形势是，日方除驻屯军和关东军一部正和我作战外，关外还源源不断向平津派兵；朝鲜军已经登陆，台湾军即将登陆。天津已陷于被包围的境地。还有，驻蒙疆日军和德王的伪军，也正和我驻察部队激战。位于主战场的北平，敌人已占领城郊之沙河镇和清河镇，西苑失守，八宝山正在争夺中。”他的目光从地图上迅速移开，看着大家说："现在请诸位将军研究决策，我军下一步该怎么办？"

宋哲元没有回到自己的位置上坐下，而是拄着鞭，立在地图前。见众将领没有马上开口，他又补充一句："须要提醒大家，不要再争论和与战的问题了。和没有希望，敌人硬逼着我们打。现在的问题是我们怎么个打法，也就是说，是退一步再打？还是在原地打？去留由大伙讨论。"

冯玉祥统率西北军时，搞家长作风，每次主持军事会，谁也不敢多嘴，谁要是意见不一，他就说："小孩子家，懂啥！"宋哲元统领29军，每次开会，气氛比较活跃。他为人厚道，素有"长兄"之称。这时众人听说讨论决策，都想发表一点自己的看法。是啊，憋着的一口气该出一出了。

"我军虽然士气旺盛，但伤亡很大。粗略估计，我军伤亡一万两千余人；佟副军长、赵师长以下，各级将领均有伤亡。这样打下去，即使拼光了，也难以挡住敌人。"

"我们的武器装备太差，光凭大刀片，怎么也挡不住鬼子的飞机、坦克和大口径炮弹。"

"目前来看，日军在平津地区所投兵力的绝对数，已经超过了我们一倍多。"

"应该请求统帅部给我们增兵，还要补充武器弹药，把发给中央军的那些东西给我们来一点！"

"让周围的几支部队向我们靠拢，主动截击敌人。我们的飞机哪里去了？封锁海面，不让他增兵。"……

有人侃侃而谈，有人一句半句。张自忠仔细听大家的意见，始终没有开口。宋哲元拿眼直瞅他。他捻着右下颏上的长须，问一句：

"南京方面的意见呢？"

"让我们相机行事。"宋哲元说着，眼睛仍然盯着他，并向他点点头，意思是让他说下去。

但，张自忠再没有说什么。“相机行事”这个指令，其实很模糊，让部下不好领会。宋哲元见张自忠没有表态，便指着地图说：

“我军各师驻防过于分散。目前战事骤起，有被敌人各个击破的危险。我的意见是，各师跳出圈外，将拳头收回来，做好准备再打出去！”

“军长，您说清楚点！”有将领说。

“就是将全军撤至保定以南。”宋哲元明确地说。

“那么，平津两市，我们就这样放弃了！”

宋哲元说：“平津两市，没有屏障和依托，我军很难坚守得住。而且以城市为战场，糜烂地方，毁坏城市，百姓遭殃。尤其是北平，千年古都，将在炮火中化为废墟。”

“如果我们这样撤退，不就是白白地把这两座城市交给鬼子吗？”

“是的，我们撤退，鬼子当然会占领。”宋哲元说完这句话后，心里很不好受。他沉默片刻，突然抬起头来，大声说，“日本鬼子只能猖狂一时，不可能在中国长久。北平，是中国人的北平，一定会回到我们手里的！”

有将领说：“我们和鬼子打，怕毁坏城市；可我们撤退了，老百姓不也会骂我们吗？”

宋哲元说：“什么事都有个水落石出的时候，老百姓终究会原谅我们的。不过，现在顾不上这么多了。眼下的问题是，我军东起大沽，北至张家口，南于涿州，这么大的范围，这么长的战线，这么十数万部队，怎么能够安全撤退？这不仅仅需要军事上的掩护，更重要的是，要有政治上、外交上的掩护。”

看来，对于这个问题，宋哲元早已深思熟虑。会议室里顿时鸦雀无声，只听他一个人说：

“现在需要我们中间有这么一个人，能留守北平，和敌人周旋，掩护我军撤退。多掩护一天，我军意图晚暴露一天，南撤的安全就多一分。这个人不是以一当十，而是以一当十万！”宋哲元看一眼大伙，“诸位，谁愿担此重任？”

事关全军存亡，谁敢自告奋勇？师长、旅长二十来人，个个耷拉着脑袋，不说话，只抽烟，生怕点将点到自己头上来。

"荩忱，假如你留守北平，如何？"宋哲元问。

"军长，这事非同小可，我断不能从命。"张自忠意外地大吃一惊，脸颊涨得通红。万万没有想到，点将会点到自己的头上来。

"荩忱，我考虑过了，担当此重任，非你莫属！"宋哲元说，"你有一定胆略和威望，留下能稳住局面；同时，你也有这方面的经验和才干，日军方面怕你的人不少，定能和他们虚以周旋。"

"军长，说什么也不能再做这样的事了。上次替你去日本访问，背了一身骂名；假如让我再留守北平，国人还不知道怎样骂我哩，我这个'汉奸'的名声，算是一辈子洗不清了。"张自忠动情地说，"大哥，看在你我兄弟多年的分儿上，这个火坑还是不让我去跳为好。感谢兄长恩德！"

宋哲元愣住了。他曾想到过留守北平的种种困难，却没有想到，张自忠为了自己的名节而坚决拒绝。家贫出孝子，国乱需忠臣。留守北平的人，首先必须是忠心耿耿、忍辱负重的人，同时也必须是富有雄才大略的人。眼下，能打仗的人多，但富有谋略，能耐着性子跟敌人周旋的人少。除了张自忠之外，还有谁能担此重任呢？宋哲元看看张自忠，又瞅瞅众将领。不觉把头扎下去，半晌不言语。

"我不是怕死，如果让我带着队伍掩护全军撤退，保证完成任务。"张自忠见气氛十分僵滞，而军长的表情又十分痛苦，忙着解释。"可我就是受不了国人的误解，受不了别人骂我汉奸。我的孩子在外面读书、做事，有人听说他们的爹是张自忠，竟背地里骂他们是小汉奸。军长，您不为我想，也得为我的子女们想一想啊。"

"荩忱，你的苦衷我理解，谁留守北平谁背黑锅。不仅背黑锅，还是个刀山火海，弄不好连命都得搭进去。"宋哲元缓慢地说着，情真意切，凄婉感人。"可我们想到过没有，和北平城数十万老百姓相比，和全军十数万弟兄的性命相比，我们牺牲一点个人的东西，那又算得了什么！历史终将会得出结论，误会总是会解除的。"

"那……"张自忠仿佛被逼到了墙角，说不出话来。

"荩忱，机不可失，时不我待，你可得下决心啊！你是为了我，为了全军啊！”宋哲元动情地说着，那双肉泡眼里汪满了泪水。

张自忠的脸色十分难看，脑子在疾速地转动着，权衡着。他想：自己平日曾慷慨激昂地说，为了国家和民族利益在所不辞。可到此关键时刻，自己却患得患失，瞻前顾后，白受国家教养，算什么七尺男儿，算什么炎黄子孙！大丈夫生于世间，不为国尽力，岂不愧对……

张自忠的思想正在斗争着，自责着，还没有完全下决心的时候，宋哲元从会议桌前走过来，拉着他的手，就势往地上一跪，说：

“荩忱老弟，只要你维持10天，算我求你了！”

张自忠一阵心热，扶着宋哲元就势跪下去，鼻子一酸，两人抱头痛哭起来。

“大哥，我，我答应你！”张自忠泣不成声，艰难地说出了这句话，却痛苦得昏了过去。

这个时候，其他师长、旅长也跟着哭起来。整个会议室里，响起一片男子汉的哭声。女人的哭声是哀婉的，男人的哭声则是悲壮的。曾几何时，“长城抗战英雄”“卢沟桥抗战英雄”的光环，给这些将领们带来过无上的荣誉。可是，当他们牺牲惨重、势单力薄、需要撤退之时，又觉得灰溜溜的，真有那么点儿“无颜见江东父老”的心情，愧对祖先和国人。西北军的威风，29军的英名，将在撤退中一扫而光。这些，对于每个为这支部队付出过心血和代价的高级将领来说，是极不愿意看到的……

宋哲元出示早已写好的手令和委任状，交给张自忠，并交代了注意事项。接着，他将一瓶茅台酒打开，咕咚咕咚倒进一只蓝花大瓷碗里。他将酒碗高举过头，把酒洒些在地上，说：

“弟兄们，我宋哲元没有能耐，没有保住这支部队的名誉，给弟兄们，给冯先生丢了脸。今天，千斤重担靠荩忱老弟一人承担，让我们每人喝口酒，向荩忱辞行！”说着，眼泪唰唰地流下来。他咕咚喝了一口，把酒碗递给张自忠。

张自忠接过酒碗，顿时泪如雨下，哭着说：“弟兄们都走了，就留下了我一个，我死而无怨，但愿弟兄们撤退顺利，日后能打回来，别忘了给我收尸，别忘了我……”他咕咚喝口酒，哽咽了半晌。

一碗壮别酒，融融战友情。这只酒碗在每个人手里传了一遍，每个人喝了一口。当传到最后一个人时，将它一饮而尽。

部队连夜撤退，战友就要分手。临别时，宋哲元和弟兄们，又抱着张自忠哭起来。谁能说这不是生离死别？谁能说这不是最后一面？当然，哭得最伤心、最痛苦的，还是张自忠……

弟兄们都走了。会议室里留下了他一个人。

29 军司令部除留下极少数人外，其他人全部撤退了。但，那面军旗还在屋顶上飘扬。

漫漫长夜难熬。前程凶多吉少。夜色中充满了恐怖。他盼望天明；但天明之后，他将面临更凶的险恶。那里是一窝狼群。

他推开窗户，静听远处稀疏的炮声，那是部队正在撤退中。他抬头望一眼夜空，繁星闪烁，银河灿烂。他在心里说：弟兄们，你们撤退可还安全？日后可别忘了我呀！

“受任于败军之际，奉命于危难之间。”张自忠可算是应了这句话。

这一夜，张自忠连眼皮都未合。他想了许多许多，想自己，想策略，想前途……激动和悲痛之后，将是异乎寻常的冷静和临危不惧。

众弟兄离去不久，他让廖副官把中央社记者找来，由他口授，记者记录，大意是：我 29 军士气高昂，正在北平外围与日军鏖战，各级将领亲临前线指挥作战；南京中央军委会已向平津派兵。据记者估计，敌我双方近日将在平津地域展开一场鏖战；宋哲元军长正运筹帷幄……

这条新闻，其实是给敌人放的烟幕弹，表示我军正做大战准备，以便把敌人稳住。

天亮之后，吃过早点，他按时到冀察政务委员会，召集有关人员，宣读委任状，并改组了政委会成员。这些成员名单都是宋哲元拟定的，大多数是亲日派。这也是做给日本人看的，以便从政治上缓和形势，争取撤退时间。

于是，北平各家报馆发了这样一则消息：宋哲元因健康原因去职，张自忠接管政委会。

按照他和宋哲元商量好的策略，张自忠此后每天宣布就任一个职务。于是各报每天发一条消息：

张自忠任北平绥靖主任；

张自忠任北平市长；

张自忠任 29 军代军长……

四天宣布了四个职务，各部机器照常运转，同时，他和日本驻北平领事馆、特务机关和驻屯军指挥官频繁接触，虚以周旋，让敌人看不出我军南撤、放弃平津的意图。

不要小看这四天，它为千军万马地撤退确实赢得了时间。我军各部队接到南撤命令后，都能跳出圈外，没有让敌人给拖住。

这，不能不说是张自忠的一大功劳。

这天，是张自忠留守北平的第 6 个日子。上午，他召集政委会有关人员训话；鼓励大家坚守岗位，各司其职，不辜负国家的培养；同时，也让亲日派给日方人士捎话：在中国的土地上，不要把中国人逼急了，否则，绝不会有好结果。

他刚讲完话，廖副官来告诉他：有个自称是张自忠朋友的人，在会客室等他。

“哪一位先生找我？”张自忠边说边走进会客室。在这种非常时期，办事效率要极高，应变能力也要极强。这几天，他日夜不停地工作着，应付着，维持着。布置工作，接待来访，从来是开门见山，不说半句客套话。

来人靠在沙发上浏览报纸。这张对开的报纸，正好整个儿地遮住了他的脸。来人听见张自忠说话，便把报纸合上，嘻嘻一笑，伸出手来：

“张市长，久违，久违！”

来人留着中分头，一身白绸短衫，手持一把黑绢折扇。张自忠看清楚了，咦，这不是邱仰吗？那年在张家口时把他驱逐出境，没承想，今天他居然找上门来了。只不过那是冬天，这是夏天，换了一身行头罢啦！张自忠没有和他握手，装着不认识，沉吟片刻，疑惑地问：

“先生是……？”

“哎呀呀，真是贵人多忘事。敝人姓邱，邱仰龟太郎，在察省的时候，受到过省主席的关照。”邱仰把伸出来的手，抿了下油亮亮的头发。

“哦，瞧我这脑筋！”张自忠不冷不热地说，“邱先生有什么事吗？”

“嗯，张市长，咱们坐下来谈好不好？这叫作‘三两棉花四张弓’，细弹（谈）！”邱仰嘻嘻一笑。

张自忠没让人看茶奉烟。他坐在旁边的沙发上，说：“邱先生，请讲吧！”

“张市长，”邱仰挪了挪身子，“敝人一向敬佩市长的品格。29军撤退，市长只身留守北平，再次表明您忠勇双全，果敢无畏，不过……”

“喂，邱先生，谁说29军撤退？我军正在各地和日军作战。”张自忠打断对方的话。

“这个……”邱仰说，“这话可不是我说的，皇军，不，日本方面说，29军大约在5天前就……”

“好了好了！”张自忠摆摆手，他没有继续争执，不点头也不摇头。隐瞒是有时间性的，既然我军安全撤退，日方知道也没什么关系了。他说，“邱先生有什么话，就请直说吧。”

“正因为29军已经南撤，正因为张市长只身留守北平，日本方面才叫我给您捎个话。”邱仰卖个关子，拿眼看对方一眼，煞住了后半截话。

张自忠早已料到他要说些什么，并不急于打听，等他自个儿说。

果然，邱仰说：“日本方面说，您张市长是个有性格的支那军人，对您十分看重，还说，只要您通电独立，脱离南京政府，日方就可以和您握手言和，而且，您在北平宣布就任的每一个职务，都可以继续保留。张市长，这就是我今天来的意思。”邱仰没有兜圈子，直来直去地说了自己的来意。他有点畏惧张自忠，怕他把自己轰走，怕他不听自己把话说完，于是，他一股脑儿地把话都说了。听，比不听好。回去好向日本人交差。

张自忠点燃一支烟，听着，并不言语。半晌，他问：“就这些吗？”

“就这些。”

“日本方面没说别的什么？”

“他们就跟我说了这些，还有什么别的意思我可不知道。他们没让我说的话，我可不敢胡说。”邱仰平时能言善辩，常给日本人办事，也常出坏点子，颇得日本人信任。但他在张自忠面前像矮了半截似的，在精神上完全被他的气度威风和品格压倒了。所以，这会儿他表现得颇为老实，不敢多言多语。他见张自忠没什么反应，便催促道："张市长，您看这事儿……？"

张自忠弹弹烟灰，微微一笑，瞥邱仰一眼，说："假如你是我，你该怎么办？"

听张自忠这么一说，邱仰觉得这事有门儿，顿时活跃起来。他说：

"假如我是您，我就按日本人的意思，通电独立，脱离南京政府。您是西北军的旧部，怎么也不会得到蒋介石的重用。再说您留守北平，内地一些报纸对您纷纷攻击，假如您回到南京，他们岂能容您？干脆一不做，二不休，何不在北平、在华北开辟一个天地！'人生得意须尽欢'，有日本人撑腰，还怕不能和南京政府抗衡？中国国力衰微，日本人势力大，可不是三天两早晨就能把人家赶出去的。"邱仰扬扬得意，一边说，一边拿眼直瞅张自忠。

张自忠表情很冷漠，既不点头，也不摇头，既不说刺激日本人的话，也不去教训邱仰。因为他时刻没有忘记自己的使命：留守北平，维持局面。多维持一日，多尽一分忠心；北平晚一天沦陷，日后就少一分自责，良心上对得起国家和人民。像邱仰这样的无耻汉奸，什么坏事都干。现在的形势不是几年前的察省时期。大丈夫能屈能伸，而邱仰是一摊狗屎，最好不要去沾它。

待邱仰说完了，张自忠看看怀表，说："邱先生，你说完了吗？一会儿我还有个会。"

"这……"邱仰没有听到答复，很不甘心。

张自忠说："请你转告日本方面，这事非同小可，得容我慢慢考虑。"

"张市长，日本方面可催得紧啊！识时务者为俊杰，您还是答应为好。"邱仰学着日本人的礼节，一个劲儿地鞠躬，然后心满意足地走了。

真能把张自忠争取过来，就是他邱仰龟太郎在日本人那里立了个头功。日本人进城之后，还怕不给他官做！他一边走，一边想着美事，不觉撞着了门口的卫兵。那卫兵没有呵斥他，只是咳嗽一声，邱仰却吓得打个激灵，连忙向卫兵哈腰、鞠躬，连声说："对不起，对不起！"

待邱仰前脚出门，张自忠立即拿起电话，指示城防部队严守城门，提防日军攻城。

不过,张自忠明白,凭着留下的这么一支城防部队,怎么也挡不住鬼子的侵略铁蹄。北平四郊已被敌人占领,此时的北平只是一只孤舟,在波峰浪谷和风雨飘摇中,迟早会沉没。而自己的责任是,想方设法保护这条船,尽力让它沉没得慢一些……

不仅仅北平城危在旦夕,而且他自己也已经陷入了绝境。今天早晨,机要秘书告诉他,无线电台和南撤的29军司令部失去了联络,和南京方面也没法沟通。得不到上级的指示,今后完全靠自己孤身作战了。他恨自己没有回天之术,恨自己心力交瘁,再也没有能力撑这条船了。想到这里,他的心里十分难过……

北平东城,礼士胡同。

一个普通的四合院里,住着美国学者福开森。他早年学习油画,后来接触了东方文化,攻读汉学,获得博士学位后,他到日本学习东方画。到日本后才知道,东方绘画艺术的中心在中国。于是,他回美国筹措了一笔经费,带着妻子来到中国,一住就是七年。

他先在南京,后在北平,学习和研究中国画。一支笔,一盘墨,一张纸,就能画出各种人物、山水、花鸟,千姿百态,变化无穷。尤其是那虚、静、淡、远的意境,那似与不似之间的形象,常常令他拍案叫绝。不过,研究毕竟是研究,可就是掌握不了。自打他参观了敦煌壁画后,他从此便专攻中国壁画艺术。

这天,他兴致很好。喝过一杯牛奶,吃了两片面包,就坐在了他的书房。他要写一部书,一部研究中国古代壁画的专著。为了要出版这部书,纽约的一家出版商早就给他付了定金。

“密斯丹,”他对那位胖胖的中国女仆说,“谁找我,都要说我不在。听明白了吗?”

“明白了。先生。”女仆应着。

他启开打字机,垫上纸,顿时,那26个英文字母键,在他的指头下快活地跳动起来。

中国古代壁画，是中国画派生的一个艺术门类，既有中国画的共性，又有自己独特的绘画方法和风格。由于位居场所和用途不同，而构图的方法和表现的内容也不一样。因此，就有石窟壁画、寺观壁画和墓内壁画等区别……

这时，院外的门环被扣响了。丹小姐颠颠地跑去开门。问："找谁呀？"

"这是福开森博士家吗？"来人问。

丹小姐点头。

"他在家吗？我要见博士。"

"他……博士不在家。"

"那……"来人犹豫片刻，说，"请您转告博士，就说张先生找他帮忙，请他今晚务必在家等着。"

"等等！"来人说完就走。可这时，一个厚重的声音将他的脚步定住了。来人寻声望去，见一个学者风度的洋人站在影壁那边，一双灰蓝的眼睛盯着他，仿佛在审视，在猜测，在判断。

原来，这个院子不大，门口两个人的对话，他都听得清楚。听说"张先生找他帮忙"，他即刻想起了自己的朋友张自忠。自打他留守北平，这些日子没有了消息，而日本人却在到处缉拿、搜捕。难道真是张自忠派人来找他？他说：

"我是福开森博士。小伙子，谁叫你来的？"

"先生，在这里说话不方便吧。"

福开森那深陷的眼眶里，闪动着明亮的光。他很欣赏小伙子的机灵。他耸耸肩，朝北屋做个手势，歉意地一笑说："那就请吧！"

绕过影壁，走进北屋就是会客厅。小小的客厅基本上没什么布置，那摆着的几件旧家具，大约是买这座房子时卖主留下的。只是墙上挂着几幅中国字画，其中有个小幅长轴，那是齐白石画的虾。靠墙有一个很老的木架子，上面摆着几件中国古董；围着墙壁摆着木椅和藤椅。

"请问，博士认识一位很有知名度的姓张的先生吗？"来客坐在木椅子上，试探性地问。

"你是说张自忠吗？"福开森看着这位中国小伙子，焦急地问，"他在哪儿？"

客人眨了眨眼睛，却没有往下说。

福开森立即会意，进去书房拿出自己的名片，递给客人说：“我是福开森博士，有什么话请放心地说吧，这儿很方便。”

客人看看名片，欣慰地笑了。尽管他没穿军装，还是站起来敬了个礼，“福开森博士，我可找到您啦！我姓廖，是张市长的副官。”

“我的朋友现在哪里？需要我帮什么忙？”福开森的热情和关心溢于言表，迫不及待地问。

“他以痢疾病人身份，住在东交民巷的德国医院。但那儿人来人往，常有熟面孔，就怕一旦被人认出来，他就会落到日本人手里。我来，是要请博士帮忙，能否给找个隐蔽些的住处。”

“那就上我这儿来嘛！”福开森说，“我这儿很僻静，而且房子多，我正需要有朋友说话呢！”

没想到能顺利地找到福开森，而且得到了帮助，廖副官十分高兴。看来，这位博士爽快、率直，很重友情。他和主人进一步商量了一些细节，定在今天晚上就来。为了防止被人识破，让张自忠化装成中国学者模样。一切商量妥当，廖副官要走。福开森拿出一沓票子，说：

“廖，你们的钱可能会不多了，而且还要买化装的衣帽，拿去吧！”

“谢谢，不过钱还有一些，暂时不需要。”

“拿去，跟朋友不用客气。”福开森把票子放到廖副官手里，笑了。

廖副官定后，福开森向妻子说了下情况，并吩咐丹小姐，今晚多做些饭菜招待客人。他再没有闲情和灵感去写书了，将打字机合上，点燃一支雪茄，在书房里走动着。那年结识张自忠的情景，映现在脑海里……

那一年春天，他要去大同一带考察壁画。山西古代壁画在中国名列前茅。他曾到晋南考察了永乐宫等壁画，此行则要考察华严寺壁画。但那儿没有认识的人，还听说张家口至大同一线不安全。正在这时，美国驻华使馆武官基米到北平办事，并来拜访福开森夫妇。基米曾是福开森妻子的旧友，当他表明了自己的苦恼后，基米便向他介绍了张自忠。

张自忠当时任张家口警备司令。当福开森到张家口，出示了那位武官先生的信，并说明来意之后，张自忠热情地接待了他，还派两名亲随护兵，保护福开森到大同一带考察。正因为有张自忠的关照，他那次考察的收获极大。

这以后，他们就成了朋友。张自忠到北平来，只要抽得出时间，都要来看望福开森，或者邀请他们夫妇到张家口、天津等地参观访问。张自忠看重福开森热心研究中国文化；而福开森则敬重张自忠的品格，以及他身为武将，却有着扎实的文化功底，和某些独到的艺术见地。他俩在一起，往往有许多共同语言……

今天的晚饭比平日要晚些。丹小姐闲坐在厨房里，看着那些早已备好料的菜盘。女主人吉拉在厨房里瞧了又瞧，将餐厅里的桌椅摆弄了又摆弄。福开森衔着雪茄，不时看着墙上的挂表，不时向门外张望，不时在影壁那儿徘徊。

黄昏过去了，夜幕降临，院子里一片模糊。这时，就听见院外门环扣响。福开森三步两步走出屋，亲自去开小院的大门。

大门外果然站着两个人。一个学者模样：穿长衫，戴眼镜，一手拄着文明棍，一手拿着礼帽。另一个人就是上午见到的那个小伙子，短裤，坎肩，手里拎着个包，一身跟班打扮。

一向热情外向的福开森，不声不响地让客人进屋。把门闩死，领着客人走进客厅。在明亮的灯光下，他这才和客人拥抱：

“我的朋友，你可来了！”

张自忠凄然一笑，“来了，谢谢你的帮助！”

他们吃过晚饭，福开森和张自忠在书房里聊着，谈着。此时的夏夜，闷热已经过去，气候已渐凉爽，两个朋友敞开了心扉……

“那时日军还没进城，你怎么没想办法赶快出去呢？”福开森给客人一支雪茄。

“想过办法，也试着做了，但没有成功。”张自忠用手挡一挡雪茄，掏出了烟卷。雪茄的劲太大，他一抽就咳嗽。他点燃烟卷，抽一口，说：“我们的无线电和上级失去了联系。日军逼近城郊，进城是早晚的事。如果日军进城，我肯定是他们俘获的第一个目标。那天夜里，我指示城防部队突围，我也带着手枪连来到德胜门。可是，日军有埋伏，城外到处是敌人。部队被打散了，我又带着手枪队退回城里。”

“那么，日本军队进城之后呢？”福开森问。

“日军进城后，我的处境变得更加险恶了。他们到处追捕我，缉拿我，扬言谁把张自忠交出来，谁就可以到日本人那儿领赏。我东躲西藏，一日数迁，都是住在朋友家里和民主人士家里。我时刻有被他们抓获的可能，我不愿影响朋友。”张自忠抽口烟，说，“你知道，我这人不怕死。敌人把我抓获后，一枪崩了，倒也干脆。就怕他们利用我的名义，搞独立叛国的勾当。本来国人对我不谅解，如果被日本人利用了，我有何面目见妻儿老小和父老乡亲？死后又有何面目见列祖列宗？”

“那么，后来呢？”福开森的神经绷得紧紧的，一脸担心的表情。

“一天，我装个乞丐，在广安门那儿转悠，看有没有机会混出去。上午，就见来了一队送葬的人。前面的人举着骨尸棒子，后面的人抬着棺材，再后面是死者的亲人在哭。我灵机一动，走过去，跟一个举着骨尸棒子的人说：我来送送老人家，混口饭吃。那人分给我几根骨尸棒子，让我举着。可是到了城门口，把门的日军不让出去。送葬的人好说歹说，日军只让四个抬棺材的人出去。其余的人一律被拦住了。你瞧我，一次又一次冒险，一次又一次失败，唉！”

“不可思议，你太大胆了！那么再后来呢？”

“进入夏天以来，我一直患有痢疾；事变后，没有顾得上治疗。我用个假名，以痢疾病住进了那家德国医院。日军对外国人的住所是有顾忌的，在医院里相对安全些。”

“其实医院并不安全，那儿人太多。”

“是的。医治了一些日子，痢疾好了，所以我来找你帮助。”张自忠的脸上这时掠过一丝笑意。

“我这儿很安全，你可以安心住下去。日本人在中国是不会长久的。”福开森安慰着。他冲一些咖啡，倒进两只杯子里，说，“等你们中国的抗战胜利后，我一定写本‘张自忠北平历险记’。”

两个朋友，一个黄皮肤，一个白皮肤，在夏天的夜晚促膝畅谈着。共同的友谊，共同的敌人；一个人的遭遇，牵动着另一个人的心。

一只蝉，在院子里的那棵椿树上鸣叫着……

丑末寅初，北平城笼罩在黎明前的黑暗中。天色朦胧一片，街上行人极少，不时传来一二声鸡鸣。这个时候的大街小巷充满了恐怖，也许会从什么地方冒出几个日本兵，把黑洞洞的枪口对准行人。偶尔，远处传来一声枪响。

东城礼士胡同，脚步匆匆地走出一个人来。他满脸胡子拉碴，穿身油渍渍的工人服，头戴工人帽，手上戴着已经脏了的白线手套，脚上穿双橡胶底鞋。他走到胡同口，把帽子往下压一压，继续往前走。来到大烟筒胡同至朝阳门内的那条马路交口处，站定，冲朝阳门方向望一眼。

这个人，就是日军正在追捕、缉拿的张自忠。

住在福开森家里虽然安全，但他的内心却十分焦急，真有度日如年之感。日寇占领平津后，继续把魔爪伸向中原腹地。我国的抗日运动如火如荼，政府宣布了抗日战争的总动员令。我军进行了南口、张家口反击战，眼下正在进行淞沪保卫战。而此时自己却深陷敌丛，如囚虏一般，不，简直像头被关在笼子里的虎，不仅无用武之地，而且连大声咆哮都不可能。当务之急是要早日脱离魔窟，到抗日前线去。

他原先想潜出广安门，绕长辛店，再至保定。但保定以北正在激战，万难通过。去天津的火车虽已通行，但各站检查很严，冒险程度很大，最后决定让廖副官到天津找赵子青商量。

此刻，他就是按照赵子青的安排而行动的。潜逃能否成功，关键在此一举。朝阳门那边有日军走动，刺刀在星光下冒着寒气。张自忠表面上平静，但内心里忐忑不安，生怕出什么差错。

不多一会儿，朝阳门那边，驶过来一辆黑色福特牌小轿车；车头插着美国星条旗。车在十字路口拐个弯，停在张自忠面前。

你道开车的是谁？公茂洋行总经理甘米尔！

甘米尔打开车门，冲张自忠打个招呼：“哈啰！”

“哈啰！”张自忠打声招呼，钻进汽车，坐在司机副手的位置上。

他们表现得那样默契、随便，谁也没有多说一句话。甘米尔目视前方，聚精会神地开车，张自忠目视前方，时刻警惕前面的障碍。这样，在外人眼里，他们是司机和副手的关系。司机是洋老板，副手是华人雇员。他们要趁天色未明之时，赶紧驶出北平城。

车到朝阳门，就被拦住了。城门内有四个日军，城门外也有四个日军。车到城门跟前，四把刺刀同时架起，四个声音同时吼叫：

"什么的干活？"

张自忠的心，一下子提到了嗓子眼，不知如何是好。好在是早已商量过，遇到情况一切由甘米尔应付。他，只是个副手，一切听凭雇主。

果然，甘米尔傲慢地瞟日军一眼，从车窗里出示一本自己的护照，一本司机副手的身份证，在日军面前晃了晃。带队军曹看一眼星条旗，看一眼司机的白皮肤和大鼻子，再看一眼美国人旁边的华人副手，把手一挥：

"开路！"

在日军侵华的最初一段时间里，侵略者投鼠忌器，怕引起第三国的干涉，便对在华的所有外国人都没有侵犯。甘米尔的汽车虽然受到阻拦，但日军没有上车检查和为难他。

汽车驶出朝阳门，甘米尔着意看张自忠一眼，两个人会心地笑了……

赵子青为了营救张自忠，第一个想到的就是甘米尔。这位甘总经理——中国人都这么叫他——不仅和张自忠熟悉，而且他常驾驶汽车来往于平津之间。因此，请他营救，困难就小些。

可是起初，甘米尔虽说乐于帮忙，但并没有马上决定下来。后来才知道，事关三个国家的关系，他必须请示美国领事馆。没想到，总领事先生十分痛快地表示：营救张自忠将军政治避难，是第三国应尽的责任。于是，甘米尔和赵子青反复研究营救办法，再由廖副官暗中传递消息。正因为这样，才有今天这么一幕……

汽车驶出北平城，沿着开往通县的大道急驰。通县是平津之间公路交通的咽喉要道，各城门都有日军把守，盘查甚严。不到半个小时，通县西门出现在眼前。老远，就看见日军在那儿检查过往行人。城里城外的日军和伪军很多。

甘米尔没有犹豫，胸有成竹地把方向盘往右一打，开进路南的一个大门里。他向门卫老大爷招招手，汽车开进去，左弯右转，穿院而行；又进了一个院子，又是一阵左弯右拐，才从另一个大门出来，重新登上了公路。

张自忠回头从车后窗向外望去，咦，通县已经过去了。他惊疑地看开车人一眼。甘米尔微微一笑，没有搭话。当汽车将通县甩出很远很远之后，甘米尔才对张自忠说：

“这里，我很熟。汽车进去的那个门是潞河中学；出来的那个门是教堂。教堂和中学挨着，而且院子相通。这么走，避免了很多麻烦！”说着，耸耸肩，现出既无可奈何而又得意扬扬的样子。

张自忠十分感谢这位美国人。他不仅如此仗义，还如此机智。没想到，为了那桩出口税案，他们之间竟成了朋友。这里面，除了国家利益之外，谁说没有个人的感情因素？

汽车沿着平津公路行驶着。除了在河西务和杨村受到拦阻外，一直还算顺利。

汽车驶过引河桥，甘米尔说：“我的朋友，您总算回到天津了。不过，天津认识您的人更多，日本人也在通缉您，可得当心。”

本来，越往前走，他的心情越轻松。深陷敌丛月余，成天提心吊胆，抑郁沉闷，好不容易才逃出了虎口。可经甘米尔这么一提醒，他的神经顿时又紧张起来。是的，在天津时，不仅和我方人士及民众接触多，而且和日方各种人员打交道不少，万一被他们认出来……

甘米尔从驾驶室前面拿出两副墨镜，一副自己戴上，另一副递给张自忠：“请戴上这个，小心阳光！”

两个人都戴上了墨镜，张自忠这才放心了许多。汽车驶进了市区。此时，日照正午，阳光灿烂，车外的一切景象是那么熟悉，只是，遭到鬼子轰炸和践踏后的街市，显得十分破烂和凋敝。汽车经过市政府门前，就见这里人去物非，那熟悉的牌坊、楼房、花园，一切不翼而飞了，呈现在眼前的，却是一片瓦砾和废墟。

甘米尔告诉他，日军攻入天津城时，狂轰滥炸，全市的神经中枢市政府，民众抗日运动中心南开大学等处，被炸得最惨，两千多和平居民死于战火下，数百名中国妇女遭强暴。

张自忠听了，胸中的怒气冲得他头发立起。他在心里说，日本强盗啊，你们欠中国人的血债太多了，他日若重返战场，定要雪耻报仇!

汽车沿着海河东岸行驶，进入意租界。按原定计划，甘米尔要在这里下车了。他说：

“朋友，我就要下车了，祝您运气好！”

果然，赵子青立在路口，冲汽车打招呼哩！

赵子青和甘米尔年岁不相上下，都不到40岁。他虽然是商人，但年轻干练，颇讲义气。平时为了生意，和各国洋行多有来往。张自忠曾通过他，多次为29军买进相当数量的军火。他们互相谅解，逐渐成了朋友。当时派廖副官去找他时，张自忠是很有把握的。他相信，赵子青不是那种见利忘义、甘为日人驱使的人。

这时，赵子青穿身笔挺的薄呢西服，系着领带，一副风流倜傥的派头。

下车人和上车人，谁也没和张自忠打招呼。这个时候的他，依然是“司机副手”。

汽车驶过万国桥，经过法租界，再往前行，便到了英租界赵子青的家。

进入赵家后，赵子青才握着他的手，十分兴奋地说：“张市长，您受惊了，总算回到天津，回到家了！”

“子青老弟……”张自忠抑制着内心的激动，紧紧握着赵子青的手。多少感激话，尽在不言中……

第十一章
激将赠迎春

按说，处暑已过，昼短夜长。然而今天的太阳，像被根魔棍支在天上似的，久久不肯落下。此刻，夕阳还挂在西天，可着劲地燃烧着。

敏慧不时望望窗外，希望太阳快点隐没到地球那边去。前几天，赵子青告诉她说，自忠就要回来了，让她给准备几件换洗衣服。今儿上午，赵子青又来告诉她，说自忠今晚回家来看看。自忠到天津后，一直住在赵子青家里，夫妻俩没能见上一面。听说自忠今晚回来，这一天，她的心没有片刻安宁，扑通扑通地直跳。多久没见到自忠了，他在鬼子的魔窟里是怎样挣扎着活过来的呀？他的痢疾好了没有……女人的那颗至爱的心生出了翅膀，希望快点飞到丈夫身旁。这些天，她对一切都没有心思。而今天，她把地板擦净了，书桌擦亮了，衣服也洗干净和熨平展了，就等着丈夫回来。

熬到晚上 8 点多钟，门铃突然响了。尽管她支着耳朵聆听外面动静，尽管她想到自忠回来时她要亲手去开门。然而此刻，她仿佛在梦中，一时没有反应过来。到底是女儿小云心灵腿快，像只燕子飞过去，给她爹开门。

“爸爸！”小云叫着。

“爸爸！”儿子、儿媳叫着。

“自忠！”当那个活生生的人，立在自己面前的时候，敏慧这才从梦中醒过来，一把抓住丈夫的臂膀，那蓄了很久的泪，忽地启开了闸门……

那年结婚，他俩都只有十七岁。她鼓励他读书，支持他从军；而自己在老家侍奉婆婆，抚养孩子。风雨岁月30载，他们分离多，相聚少；而且漂泊动荡，提心吊胆。如今已届壮年，没承想，自忠又经历了这么一场劫难……

这是身材魁梧的自忠吗？这是英俊潇洒的丈夫吗？他，面黄肌瘦，形容憔悴，那高大的身躯似乎无以支撑。尽管他特意刮过胡子，却仍然不见往日的风采。他疲倦不堪地倒在沙发上，精神忧郁，凝目沉思，许久没说一句话。以往他很喜爱孩子们，每次回家，总要说说笑笑。可这时，家人的团聚，仍驱散不了那满脸的忧伤。

这么静坐了很久，他才到写字台前，给福开森草草写了封感谢信。

他回过头来，对围着他的子女们说：“我就要走了，什么时候能回来，很难说。你们要好好做人，也要教育好你们的孩子。生活要勤俭些，有事多和你们的妈妈商量。不过有一条要记住，以后再听到有人说起你们的爸爸时，你们要理直气壮地说：我爸爸不是汉奸！”

他冲孩子们凄然一笑，走进了敏慧的房间。敏慧抱着他的臂膀，把头埋在他的胸前哭泣。他看看表，天色不早了，赵子青还在楼下等着哩！他把妻子的头轻轻地抬起来，深情地说：

“明天，我就要离开天津了。国难当头，我作为军人，生死难以预料。这些年来，我对不起你；往后，家里的一切重担，还得靠你一人承担。敏慧，你身体不好，家事又重，你可不要思念我，自己得多保重啊！”

在她的记忆中，丈夫从来没有这么情意绵绵过。听到这里，敏慧忍不住恸哭起来。

张自忠轻轻地在妻子的背上拍拍，又掏出手帕，轻轻地擦去她脸上的泪水。待敏慧止住哭，他走出房间，向这个家留恋不舍地环顾一眼，冲孩子们点点头，就径直走出了大门。

为了避开耳目,谁也没有出门送他。

敏慧看到丈夫走后,她那双颤抖的手,将大门哐的一声关住的时候,她再也承受不了精神的重负,身子顺着大门滑下来,瘫坐在地上……

这一夜,她不知是怎么过来的。当她从昏迷中醒来的时候,她让小云扶着她,踉跄地走向阳台,冲夜雾弥漫的海河那边张望——

自忠,火轮启程没有?你在哪儿?

夜风在耳边絮语,却不能给她满意的回答;海河那边船帆隐约,却不知哪一条船上有她的丈夫。她踮着脚跟,望穿双眼……

敏慧,贤淑的敏慧啊,你哪里知道,你的丈夫在英工部局巴恩士局长的帮助下,登上了小火轮,闯过塘沽码头,驶向大沽口外。当他换乘英国商船"海口号"南下的时候,他,立在船头,面对浩茫的大海,正回头向你告别呢!

也许,你和他的目光正遥遥相对;也许,你的心和他的脉搏在同时跳动;也许,你那虔诚的祝福和祈祷,他的心灵已经感应……

这些日子,张自忠的心绪很不安宁。前线战事正酣,多少中华儿女用自己的血肉之躯,抵挡着侵略者的炮火啊!而自己却像个没事人似的,在首都优哉赋闲。最让他难受的是,他走到哪里,都被人们戳着后脊梁,指指点点地骂他"汉奸"。宁可去死,他也受不了这番屈辱。北平的噩梦和南京的骂声,使他心灵的创伤迸开、流血,终生难以愈合……

从天津乘英轮到烟台,再乘车到济南。那里有许多西北军的老人,他们给了他许多安慰。大大咧咧地韩复榘对他说:"荩忱,你是个聪明人,干吗去为宋哲元背黑锅!"唉,一言难尽!我不背黑锅,就有其他人来背黑锅。那种危险、困苦的局面,没有人出面周旋和掩护,十万大军是难以撤离平津的;若以北平为战场,千年古都将在战火中毁灭。不过,张自忠并没有解释这些,只是苦笑,唉!韩复榘说:"你别到南京去,弄不好,被他们害了!"张自忠说:"国人不了解我,中枢总该会明鉴的。万一中枢也不谅解,置我于刑法,那我也认了,明人不做暗事。"

没想到,蒋介石对他关怀备至,慰勉有加。蒋介石正在指挥淞沪抗战,但还是抽时间两次接见了他。他汇报了留守北平及脱险经过后，站起来，激动地说：“委员长，有人说我是汉奸，我是否是汉奸，请统帅明鉴。如果我有对不起国家的地方，就请以军法从事。”蒋介石摆摆手，说：“荩忱，坐下，坐下说。别人怎么说，那是别人的事。但我和冯先生了解你，信任你。你在平津做了许多工作，受了一些委屈和误解，其他的话就不要再说了。目前正是用人之际，你先在军政部以中将部附的名义工作，也恢复一下身体，以后有什么想法，我们再商量。”蒋介石的话给了他几分安慰；就这样，他留在了南京。

然而眼下，上海难以守住，南京朝不保夕。他得随政府和总部机关西迁武汉。

这天早起，他和廖副官、郭喜顺收拾了行李，等第一集团军的车来接他们。那会儿，他到南京不久，廖副官就踩着他的脚印来了。他和他相见时，不觉泪雨潸然，悲喜交加。他十分感激这位忠心耿耿的小兄弟。没有他奔走于平津之间，他张自忠就是长出翅膀，也难以逃出魔窟。再过不久，他又让人从部队把喜顺子带来了。这些年他送喜顺子读书、下部队锻炼，喜顺子再不是往昔的大脑袋、细脖子、衣衫褴褛的山里孩子了。而站在你面前的，则是个有一定文化和军事知识、高大英俊的小伙子。

将近7点钟，第一集团军的汽车来了。廖副官和郭喜顺把行李搬上车。行李太简单不过了：一个背包，几件衣服，一箱子书，这就是跟随张自忠的全部家当。在所有西迁的党政军要员中，恐怕只有他的家当是最少的。

他们渡过长江，来到浦口，即将登上火车的时候，张自忠不觉回过头来，掠过烟雾浩渺的江面，最后看一眼虎踞龙盘的南京城。

尽管是冬天，南京依然美丽。这座自吴王夫差冶铁铸剑、历经汉魏六朝，以迄明代就设郡建都的历史名城，层峦叠嶂，水道纵横，风景秀伟。不仅有历代君王的宫殿，也留下了文人墨客和爱国志士的足迹。离开南京前，他去拜谒了中山陵，也去凭吊了雨花台，曾几何时，南宋抗金英雄杨邦义，在这雨花台，被金兵剖心殉难。太平天国革命军曾在这里和清兵多次血战；辛亥革命起义军也在这里战斗过，至今还有两座当年阵亡将士的人马冢。他并不是在发什么思古之幽情，而是感到自己空有一腔热血。在国难当头之际，自己却不能尽忠报国。这，就是他最苦恼、最悲哀的心事……

从浦口到徐州，再转陇海线至郑州。火车顶风冒雪，在冰封的原野上昼夜不停地奔驰。部队从平津南撤不久，原29军扩编为第一集团军，他的38师扩编为59军，现正驻新乡一带。按说，从南京到汉口，坐轮船最方便，而他搭乘第一集团军驻京办事处的搬迁专车，就是想到老部队去看看。只要回部队看一眼，心里就踏实，就舒坦，就能安慰他无尽的思念。就像个出嫁的闺女，不管嫁到多远，都千方百计想回娘家看看。克侠怎么样？还是那么沉默寡言？黄纲、刘山把部队带领得怎么样？还有佟光、赵东以及李大兴，还有冉德明、李木……老虎离不开山林，蛟龙离不开深潭，而将领自然离不开他的士兵。那些老战友、老部下，仿佛一个个站在他的面前，伴着他聊天说话……

车在一个小站停下加煤加水。廖副官去买些豆腐丝和馒头，还有一只烧鸡，郭喜顺拎着军用水壶，到车站值班室的火炉上灌了些热水，三个人好赖吃了顿午饭。火车继续前行。

张自忠靠在椅子上打盹。不知过了多久，火车悄没声儿地停下了。廖副官扒头冲窗外一看，就见火车进了一个大站，细瞅，郑州到了！

廖副官帮长官穿上大衣，郭喜顺拎着那只旧皮箱。车门打开了。张自忠走在头里。

他刚把头探出车门外，一阵风雪直往脖子里灌，他不禁打了个激灵。车门的踏板上，上下车时留下的残雪被冻住了，溜溜滑。张自忠一脚踩上去，从那冰溜子上趔趄滑下来，整个身子轱辘辘往车下滚。廖副官大惊失色，急忙伸手去抓他的大衣，却没有抓住。身子下滑的那一瞬间，张自忠不觉大叫一声，“哎呀！”心想，糟啦，人还没到部队，腿就摔瘸了！

然而，张自忠坠下来的瞬间，没有滚到车下，倒落到了一个人的怀里。你道是谁？克侠！

张自忠好生纳闷，在惊魂未定中睁眼一看，不觉大叫一声：“哎呀，老弟！”

顿时，两个生死之交的战友，紧紧地拥抱在一起。两个将军，两个钢铁汉子，像孩子似的“哇哇”地哭起来，像鸣奏的两支唢呐，感叹人生的辛酸、旅途的艰难和重逢时的喜悦与激动。

寒风“呼呼”地嘶鸣，雪粒子“扑扑”地抽打，泪水从那两块酸苦的心田里热辣辣地涌出来……

那天，张自忠奉命赶赴北平时，克侠就预感不测，两人紧紧握手，互相嘱咐。部队撤出天津后，克侠派人到北平见张自忠，问他什么时候回部队，他要亲自带四百名便衣到北平城郊接他。张自忠用暗语写一便信，道：“我自接了聘书，怎么能不去上课呢？期满，我就要辞职回家，你不用来。”张自忠羁留南京，克侠经常找宋哲元，建议让他快点归队。如今，他们终于相见了，那一番“相见时难”的情怀，只有生死相交的战友才能体味。

他们哭了一阵，两个人你看看我，我瞅瞅你，又大笑起来。平时面孔较黑的克侠，经过日夜奔波和战斗，现在脸色变得更加黧黑，两只眼睛都眍进去了，只有那玳瑁眼镜的后面，依然闪着睿智的光。战友相见，似乎有千言万语，但张自忠开口，却说了句不疼不痒的话：

“怎么样，这些日子没闹病吧？”

“没有，挺结实，就是部队太辛苦。”克侠说，“听说你来郑州，宋长官特意让我来接你。”

说着，他们坐进了一辆美式吉普车。冰雪封路，吉普车跑不起来。坐在汽车上的人，摇摇晃晃，热烈地交谈着——问对方，谈自己。

“还是回部队来吧，弟兄们都等你呢。”

“我这么个样子，还能带兵吗？”

“你怎么啦？你不是好好的吗？”

“我是说，我的名声……”

“你的名声怎么啦？外人不了解，弟兄们谁不清清楚楚！你呀，别那么顾虑重重了。部队扩编后，战斗频繁，人员复杂，问题颇多。这支部队，非你不能带好！”平日寡言少语的克侠，这会儿情怀激烈，言语滔滔。

郑州至新乡，只100多里，不多一会儿就到了。宋哲元在司令部门口迎接他。和老长官、老战友相见，自有一番交谈。宋哲元素有兄长的风度。眼看快吃晚饭了，他看看表，说：

“荩忱，快吃晚饭了，我不留你吃饭，先回老部队去，弟兄们都在等你。”宋哲元说，“回来了，就不要走了，我还是把部队交给你。”

“不知中枢的意见如何？”犹豫半晌，张自忠问。

“我已经报请委员长，让你回部队当军长。”

“那么，文天副军长呢？”

“他还是当他的副军长嘛。59 军军长由我兼任，这个位置实际上是给你留着的。”

张自忠想了想，说：“我回来可以，不过我有个请求：继续让克侠当我的参谋长，行不？”

“这没问题，”宋哲元笑着对克侠说，“那你就还是给荩忱当参谋长吧，原鞍原套都舒坦。荩忱，我不留你吃饭了。59 军的弟兄们都盼着你早点回去，趁天色明亮，现在就让克侠陪你去，别辜负了全军弟兄们的一片情意。”

张自忠和宋哲元握手告别，同克侠登上吉普车，朝着东面的方向奔去。道路不平，加上冰雪覆盖，汽车怎么也跑不起来。当他们来到军部李源屯的时候，天色已经黑了下来。

老兵们听说老长官回来了，高兴得不得了。张自忠对兵要求严格，但在生活上又十分关心，老兵们对他有很深的感情。新兵们常听老兵讲这位长官的传奇故事，说他在长城打仗如何了得，在天津如何智斗日军司令官，在北平如何逃离魔窟。他们听说这位长官回来了，也都想来见一见。至于各级军官自不待说，他们大多数是他的学生，是他亲手提拔起来的。他们各自带着部队往李源屯走来，迎接自己的老长官。

张自忠一看这阵势，急忙下车。黄纲、刘山等跑过来，他们拥抱、握手，自有一番兄弟情。38 师扩编为军，黄、刘二人提拔为师长，何丰到其他军当师长，文天提拔为副军长。一会儿，文天也来了。战友团聚，皆大欢喜。人们只是乐着，顾不上谈别后情。

张自忠由克侠、黄纲、刘山、文天陪着，一边往村里走，一边向弟兄们招手致意。他看见了佟光和冉德明，看见了赵东、李大兴和李木，还有许多叫得上名字和叫不上名字的弟兄们。

他来到军部，可弟兄们还是不愿离去。

黄纲说:“弟兄们想听你讲几句话。”

“我刚回来,能讲什么!”张自忠说。

“弟兄们好容易盼着你回来了,你怎么也得说几句话,暖暖大伙的心。”克侠说。

黄纲去集合部队。在村头的那个打麦场上,张自忠登上了临时砌的土台子,面对日思夜想的弟兄们,一股热流在他的心头涌起。

“弟兄们,你们辛苦了!我为有你们这些英勇善战的弟兄们而感到骄傲!”张自忠越讲越激动,“我今天回部队来,只有一个目的,就是要带着弟兄们去打,去闯,去找一条和鬼子拼命的死路,出膛的子弹不回头!假如有一天,我张自忠牺牲了,你们不要难过,想起我今天的讲话,你们要高兴。因为,军人的使命,就是要为国家而死,为民众而死,为保卫我们的国土而死,这才死得其所!”

傍晚的风雪,带着这慷慨、悲壮的誓言,在天空中和原野上回荡,“咚咚”敲打着每个人的心鼓。全军一片唏嘘之声。他们为有这样的老长官而骄傲,而自豪,而信心百倍。在他的带领下打鬼子,死也心甘,他们咬紧牙,攥紧拳,胸中燃烧着复仇的火。烈火熊熊,火乘风威……

突然,雪夜中掠过一道白光,直奔至张自忠面前。啊,原来是他的白龙驹。

马儿抖动鬃毛,一声长啸,前蹄扬起,接着,它又温情地围着张自忠转悠,在他的身上嗅着,在他的手上舔着,喷出一股热气。这马并不是全身如雪,而是有几点杂毛,脑门上有一道黑,十分威武。那久违的激情在他心里涌动,他一把揽过马缰,跨上马背,向部队挥一挥手。待弟兄们离去后,他夹紧马肚,紧提缰绳,纵马奔跑起来。

中原的雪野一马平川。马蹄生出一股烟尘,仿佛是金戈铁马的沙场,仿佛是大漠冰河的边陲,仿佛是敌军重重的战阵……啊,自卑、沉沦和压抑的心情一扫而光。此刻,豪情满怀,信心倍增,藐视敌人的英武之气回荡在胸中……

张自忠回到部队,心里踏实了。他除了抽烟,没有什么别的嗜好,就将自己的全副精力和心思放在军队建设上。他和克侠狠抓训练,扩大兵员,努力改善武器装备。部队一片热气腾腾。

这些日子,电台、报纸以及来队采访的记者,不断传来南京大屠杀的消息。这是明治维新以来,日本军队第二次攻占中国首都①。

在长达六个星期的疯狂肆虐中,日军杀害、活埋我父老同胞,强奸、轮奸我姐妹,残害我少年儿童,焚烧民房及古建筑,大肆掠夺财物、文物,把我国首都变成了中世纪式的屠宰场,其惨绝人寰的残忍手段闻所未闻,毛骨悚然,天人共愤。它使全世界人民清楚地知道,日本皇军究竟是一支什么样的队伍!"东亚盟主"究竟是一个什么样的国家!其所作所为,给全世界子孙后代留下了一道永久思考的题目。

这年的元旦是寒冷的。但张自忠尽量让士兵们过得热闹些。除了改善伙食,还要求各连表演节目,要求士兵给父母写封平安家信。

元旦过后,张部奉命调往豫东商丘待命。不久划归第5战区,由司令长官李宗仁指挥。

占据南京的日军,为了打通津浦路,企图南北夹攻徐州。南线之敌,开始向淮南据点明光、池河镇、定远等地进攻,遭到我守备部队顽强阻击。敌人用正面佯攻、两翼包抄的战术,使得我守军战线越拉越长,一个军竟守卫一百余里,兵力不敷分配。敌人攻势猛烈,淮南据点相继失守;我军撤守淮河北岸。日寇又增援一个师团,于2月上旬,乘我军立足未稳,强渡淮河,小蚌埠、曹老集相继失陷,日军直指固镇、宿县、徐州,情况万分紧急。

李宗仁坐镇徐州,正在组织台儿庄会战,南线之敌凶猛北进,这是他始料不及的。他考虑再三,决定用张自忠的59军去阻截敌人,争取恢复淮河一线阵地,赢得在台儿庄布阵的时间。

张自忠接到命令,立即对部队进行动员。他揭露了日寇在南京大屠杀的罪行,列举了许多士兵的家乡沦陷后的惨状,激起了将士们守土卫国的热情,部队的各项准备做得比较充分。

---

① 第二次为1900年,由山口素臣中将率领的日军第5师团,以八国联军的名义,先于其他国家的军队,于8月14日攻占了清王朝首都北京。

他对克侠说:“这是我回军后的第一仗，是我军划归5战区的第一仗,这一仗无论如何要打好！”

部队从商丘乘火车直达固镇。我军在淮河以北、铁路线两侧构筑阵地,展开后,即向北进之敌猛烈攻击。敌人突然遭到打击,一时晕头转向,节节溃退。我军乘胜追击,先后克复曹老集、小蚌埠,与敌形成隔河对峙状态。

此次战役,是在我守军彻底溃败的节骨眼上取得的,扭转了战区局面,影响颇大;连日寇也没有想到,在张自忠声名狼藉、精神状态欠佳的情况下,此战却打得这样勇猛,虎威胜似当年。

部队一面在淮河北岸加固阵地,一面休整和清点战利品。张自忠和参谋长张克侠,骑着马,沿淮河北岸视察一线部队。他们来到黄纲师,见村后的那个禾场上,堆着许多战利品——步枪、手枪、军刀、歪把子机枪、迫击炮,还有许多子弹;在师部门口,还有4辆马车。这马车是胶皮轮子,铁车架,显然是挂炮用的。细瞅,这似乎不同于日军的马拉炮车。日军的马车轮子大,车身长。张自忠问黄纲:

“这几辆马车也是缴获的?”

“是前任守军撤退时遗弃的。”黄纲说,“弟兄们问我,这车要不要?我说,要！他们不要咱要。我已经通知炮兵营,让他们拿去用。”

“前任守军撤退时,还遗弃了些什么?”

“还有2辆汽车。我让弟兄们洗刷出来一看,可是崭新的家伙!”黄纲得意地说,“军长,要不给军部1辆,我们只留1辆。”

“你们还捡了些什么?”

“别的没什么了。”

“那好,明天你们派人,要将这2辆汽车,和那4辆马车,送还给前任守军去。”张自忠强调,“车要刷洗干净,坏了要修好。”

黄纲只顾高兴,却完全没有听懂张自忠的意思。后来听说让他们把车送回去,这才醒过闷来,忙说:“军长,这可是他丢弃的呀！人丢我捡,凭什么还给他们?如果让鬼子捡到了,还会还给他们吗?”

“话可不能这么说。如果我们缴获的是鬼子的战利品,有多少要多少;可我们捡的是兄弟部队的东西，理当归还。在战场上，几支部队并肩作战，最忌以邻为壑！”张自忠循循善诱。

黄纲说：“我们刚成立军，没什么家当，武器装备缺得很，不像前任守军，嫡系，少几辆汽车、马车算不了什么，九牛一毛，而且……”

张克侠见黄纲还要说下去，忙用胳膊肘捅捅他，说：“还是照军长的指示办吧！正因为我们军是新扩编的，更应该给兄弟部队留下个好印象。黄师长，明天，你们就派人送去吧。”

三人正说着，就见村外的土路上扬起一阵烟尘，骑者快马加鞭，直朝他们驰来。马到跟前，紧刹四蹄，骑者从马背上跳下来，原来是军部的传令兵小丁。他向长官们敬过礼，从挎在胸前的牛皮包里取出一纸电文，递给张自忠。

这是5战区司令长官李宗仁的电令，命令张自忠部将淮北阵地交给前任守军，立即赶赴滕县，阻止沿津浦线南下之敌寇。

张自忠在电令上签了字，并立即命令部队，把阵地完好地交给友军；归还老百姓的东西；收拢部队，在固镇登车北上。部队行动要保密。

在黄纲的师部吃过晚饭，临分手时，张自忠说：“黄师长，你们就不要专门派人去送那些车了，等他们接防时一并交给他们。”

在淮北的一条乡间土路上，他和张克侠并马走着。春节过后不久，淮河两岸就见春风。晚风吹在脸上，远不像数九寒风那么刺骨。残雪消融，土地变得松软。路两旁的地里，农民刚给麦苗压过肥，等着在春风中返青。

“克侠，为那几辆车的事，我对黄纲是不是说得太重了点儿？”张自忠问。

“话说得重点不要紧。话虽重，理却正。在战场上，友军之间，互相帮助和支援是最要紧的。”克侠说话，总是善于高屋建瓴。

“上级军官对下级军官的影响很大。如果不尊重友邻，不尊重老乡，纪律松弛，部队就没法带了。对高级军官要求严，实际上是对整个部队要求严。”张自忠深有体会地说。

“军长说得对。”克侠说，“不过，黄纲的想法可以理解。我们是杂牌军，武器装备本来就差。不像人家嫡系部队，扔点枪支、车辆算不了什么。咱们部队，要不是通过赵子青进口一批枪炮，战斗力就不会有这么强。”

“眼下一致对外,就不要再说什么杂牌和嫡系了。不过,国家搞到这步田地,实在是军人的罪过。自从国父建国20多年来,没有一天停止过内战。自己消耗自己,国力衰弱,民不聊生。要不然,区区倭寇,怎敢欺负我堂堂中华!”

张自忠说着,不禁叹了口气。见前面有个沟坎,他在马屁股上抽一鞭子,紧挟鞍蹬,上提马缰。白龙驹四蹄扬起,跨了过去。克侠也跨过沟坎,紧追几步,赶上张自忠,说:

“李长官调我们到滕县,不知是和哪支友军肩并肩、膀挨膀地作战呢?”

张自忠说:“和谁在一个战场,我都能拼死一战,就是不愿和庞汤同在一个战场。”

张克侠听了,心里不觉打个“咯噔”,许多往事不觉涌上心头。他见张自忠前行很远了,不觉扬起鞭子,向坐骑抽去,顿时,风在耳边呼呼吹着……

1938年3月初,59军在滕县以西集结待命。紧跟着,长官部就来了命令:分两路向济宁、兖州间孙氏店之敌进攻,以策应铁路正面之作战;同时向微山湖方面警戒。

这天凌晨,部队正待行动,又接到了长官部急电:“临沂城庞汤部被围至急,危在旦夕,令59军放弃前任,急赴临沂城郊,协同庞军作战。部队先行,张军长赶赴徐州面议。”

参谋长克侠收到命令,没有片刻耽搁,急忙送给张自忠:“军长,李长官急电。”

张自忠将电令读了三遍,看一眼克侠,无可奈何地一笑,便在电报上签了字,说:“命令由不得自己,不愿意同在一个战场打仗也得去打。”

“不过,驰援庞汤,许多军官会不愿意的。庞汤这个人,武德太差,为人所不齿。”克侠说。

“还是服从命令吧。”张自忠在地图前审视良久,捻着右下颏上的长须琢磨着,说:“命令部队乘火车南下峄县,然后昼夜兼程,急赴临沂城郊。”

参谋们闻风而动,即刻处理文电和机密材料,拟草新的行动方案,收拾地图和有关物品。廖副官和郭喜顺收拾了书籍和行李,交给护兵班的弟兄,他二人便随同张自忠南下徐州。

临上火车时，张自忠对克侠交代："我到徐州，看李长官有什么指令；你在火车上考虑下临沂作战方案，等我回来后再做商量。"

在火车上，张自忠不觉想起这20年来和庞汤的交情，那其中有多么惊险的一幕啊……

庞、张都是冯玉祥的健将，彼此亲如兄弟。早在1924年，冯玉祥推翻当时曹锟、吴佩孚的北洋统治政权。为迎击曹、吴的反扑，让庞汤坚守京汉线上的固城。但曹军装备较强，庞汤所部不支，急电求援。冯玉祥就命令张自忠率学兵团前往增援。张自忠神速地迂回到敌后，迫使曹军全部投降，为庞汤解了危机。过后，庞汤山盟海誓，说了许多感激的话。

然而在中原大战时，庞汤暗中接受蒋介石的收买，倒戈反冯，他的第一个举动就是袭击张自忠的师部。那天夜里，要不是警卫营反应迅速，师部就会被连锅端掉。张自忠在指挥部队撤退时左肩受伤。每次，摸摸左肩的伤疤，就自然想起了不仁不义的庞汤。

最令人所不齿的是，他竟奉蒋公之命，率部直指张家口，威胁冯玉祥的抗日同盟军。为这事，冯老爷子指着庞汤的鼻子骂："庞汤啊庞汤，我算看透你了，猫和狗还知恩图报，你呀……"

没想到这一次，李宗仁却命令他去增援庞汤。这一仗的吉凶先且不说，单说这心里就不痛快。而且，在庞汤那次偷袭中吃过亏的军官，肯定是不会满意的。庞汤啊，庞汤！唉……

正想着，火车已经到达徐州。不等火车停稳，李宗仁派的副官和卫兵早已迎了上来。他们上了汽车，直驰李宗仁官邸。

第5战区司令部，设在徐州西郊卧牛山，借住在民房和祠堂里。

张自忠走进司令部，就见李宗仁面对地图，在沉思默想；手里拿着支红蓝铅笔，在另一只手上敲打着。他本不想打搅，但军情紧急，又是李长官命他来的。他双脚一并，举手敬礼：

"报告司令长官，59军军长张自忠报到！"

李宗仁回过头来，没有还礼，却双手扶着张自忠的肩膀，高兴地说："荩忱,你来得真快！”

李宗仁是桂系首领,北伐名将。“卢沟桥事变”后,他首先提出了“焦土抗战”的口号。他这高高的个子,在广西人中实在少见。他的颧骨略高,下嘴唇稍厚,面色微黑,鬓角的白发和庄重的神情,不仅显示出他是位成熟的统帅,而且有一派长者风度,给人的感觉是严肃而亲切。曾几何时,他和冯玉祥联手,南呼北应,与蒋介石抗衡。在三军之中,他有很高的威望。

张自忠汇报了接到驰援临沂的命令之后，他的安排和部队的行动部署。李宗仁听了不断点头,表示满意。他开门见山地说:

“荩忱,你知道,今年1月,蒋委员长飞到开封,召集1战区和5战区部分指挥官训话时指出,当前保持津浦铁路中段及河南省黄河北岸,对于屏障武汉的重要意义。同时将作战不力的韩复榘处以极刑,以严肃军纪。”他拿起那支红蓝铅笔,把张自忠领到地图前,说:

“你来看,日本大本营下达了攻占鲁南大运河一线的命令。韩复榘不战而退,济南、泰安、大汶口、济宁相继失守。敌矶谷师团企图沿津浦线长驱直入,一举攻下徐州,企图对我中原形成大包围的格局。为了策应矶谷,板垣师团占领胶济线后,经高密、诸城、莒县,进逼临沂,将台儿庄作为会师目标,以便形成合力,直取徐州。”

李宗仁望着张自忠一笑,说:“眼下,我正在运筹一篇大文章。”他用铅笔在台儿庄周围画个圈,“这篇文章能不能做成,关键看临沂。如果能守住临沂,不让板垣过来一人一马,我就能将冒进台儿庄的矶谷师团一举聚歼。”他看一眼张自忠,又严肃地从反面强调,“如果临沂不保,莫说我这篇文章做不成,台儿庄及周围的数十万大军,恐怕都难以撤出去。”

张自忠一听,愣了。他的确没有想到,临沂的战略地位如此重要。台儿庄战役的成败竟取决于临沂！没等他表示意见,李宗仁又叮嘱一句:

“所以,我给你的命令只有两个字:死守！”

张自忠的心里又是“咯噔”一下。

李宗仁继续说:“听说你和庞汤有些宿怨,不过,那是内战时候的事。时下,望你以大局为重,服从命令,配合庞部守住临沂！”

“请长官放心，坚决服从命令，誓死守住临沂！”张自忠把胸脯一挺，说。

“好，好，这就好。”李宗仁厚道地笑一笑，拍着他的肩，连声说。

张自忠看看表，说：“长官要是没有别的吩咐，我就走了，先头部队估计快到峄县了。”

“不要急，吃了饭再走。”李宗仁打个手势，说，“荩忱，走，夫人在餐室等着呢。”

张自忠受宠若惊。大战在即，李长官却和夫人陪他共进午餐，这是他没有料到的。李宗仁夫人郭德洁，出身名门，有相当高的文化素养，她不仅是位贤内助，还协助李宗仁调节了一些重要的人事关系。桂系能在蒋介石的领导下抗日，据说郭女士起了不小的作用。

郭德洁身穿烟色丝绒旗袍，衔一支美国女士烟，在小餐室门口候着。她见李宗仁和张自忠走来，忙掐灭烟，迎上去，说：

“张军长辛苦了！”

“夫人好！”张自忠恭敬地说。

郭德洁挽着张自忠的手臂，和李宗仁一起走进餐室。她在温水盆里拧了两块毛巾，一块给张自忠，一块给李宗仁。

张自忠擦着手，向那餐桌瞟一眼。就见小方桌上只放了三副碗筷，心里不免有些激动：这是高规格的家庭式午餐。这不仅表明长官对自己器重，而且说明自己所负使命之重要。

不错，李宗仁所以对张自忠如此厚待，这两方面的原因都有。当年，他和冯玉祥联手反蒋时，就知道冯部有个年轻有为的张自忠。中原大战失败，得亏他收容残部；长城抗战，使他一举成名，他协助宋哲元维持华北局面，后来留守北平，九死一生……蒋介石用人很挑剔，没有大忠大勇大智，他是不会重用的。把59军划归5战区，是他李宗仁要过来的，而且这支部队能打能守，反应快速，李宗仁把它作为机动力量使用。好钢要用在刀刃上。临沂告急，他特地让张自忠去死守。

在饭桌上，他们每人只喝了三杯酒，郭德洁就把酒杯扣下了。她殷勤地给张自忠布菜：“张军长，吃点这个。”“张军长，尝点那个。”闹得张自忠很不自在。他说：

“夫人，就叫我自忠吧。”

郭德洁看一眼李宗仁。李宗仁说：

“就叫荩忱吧。荩忱是位好兄弟。自己人，以后就熟悉了，用不着客气。”

“那你也不要叫我夫人，就叫——”郭德洁说，“就叫我大姐吧。”

“不敢！”张自忠说。李宗仁不仅职位高，而且年岁也大，是一位长者。虽说郭德洁年轻一些，但辈分在那儿，怎敢以“大姐”相称？

“你看！”郭德洁瞅一眼李宗仁。

“瞧你们姐儿俩！”李宗仁笑着对张自忠说，“就叫大姐吧，还是叫大姐亲切。”

张自忠吃饱了，放下筷子，说：“多谢大姐招待，我该赶部队去了。”

郭德洁送出餐室，说了许多友好的话。李宗仁拈根牙签，说：

“你就坐我的汽车去。出徐州，往东北方向跑。在峄县和苍山之间，定能赶得上你的部队。”

张自忠说：“我怎么敢坐长官的车？”

“嗳，这是一辆指挥车，是专用来指挥作战的。你身负重任，用这辆车当之无愧。”李宗仁说，“荩忱，别推辞了，重要的是把临沂守住。”

果然，司令长官部门前，停着一辆美国吉普车。引擎已经发动，廖副官和郭喜顺等候车旁。不过，李宗仁没让张自忠上车，而是和他边说边走，不觉来到村头。汽车在他们后面跟着。

暮春时节，黄淮平原上的残雪早已消融，但寒气依然料峭。地里的庄稼和路边的野草，以及村树岸柳，都还没有从寒冷中苏醒过来。只有村边地头，有几丛开着小黄花的灌木。

在那翠绿欲滴的枝条上，一朵朵黄花像小喇叭，吹着迎春曲，唤醒百花千朵快快开放。有的黄花外圈有红晕，艳丽多姿，柔和雅韵。

李宗仁走过去，掐一根枝条，解嘲地一笑，说：“荩忱，我没有银圆送你，也没有枪炮送你。我这个老头子，也来附庸风雅一回，就把这枝迎春花送给你吧。愿你的枪声，拉开大会战的序幕，迎来战区的春天。”说着，他朗朗唱读起宋代赵师侠的清平乐来。他有腔有调，于浓重的广西口音中夹杂着北方调门——

“纤秾娇小，也解争春早，占得中央颜色好，装点枝枝新巧。”

张自忠接过迎春花，接着唱读这首词的下阕——“在皇初到江城，殷勤先生迎春，乞与黄金腰带，压持红紫纷纷。”

唱读毕，两个人都哈哈大笑起来。这个时候，李宗仁对张自忠更了解，更信任了，而张自忠呢，浑身流荡着春天的激情，对坚守临沂更加充满了信心。援救庞汤、固守临沂的作战方案，霎时间在心中形成。

李宗仁拍拍他的肩，和他紧紧握手。

张自忠坐进汽车，举着那枝迎春花说：

“长官放心，出膛子弹不回头，我一定用行动给您报春！”

李宗仁举手向他致意。待汽车远去了，被一座小山隐没了。这时，李宗仁才缓缓地吁了一口气——仿佛对弈，对方横扫自己的半壁棋子，可自己的大“车”却怎么也出不来。现在，这只大“车”终于出来了，半壁战线将会出现新的格局。台儿庄大会战的时机已经成熟了！

这时，几只春燕从他的眼前飞过，在他的耳畔响起一串银铃声……

第十二章
板垣羞杀娇

春日里，夕阳浓缩着士兵的血，顺着被炮弹轰豁的城墙缺口，隐没到护城河里去了。临沂城内外被炸得稀巴烂，房屋炸飞了，残断的房梁余烟未熄；街上留下了大大小小的炮弹坑，街旁摆放着士兵和老百姓的尸体。

枪炮声渐渐稀落下来。鬼子怕巷战，每到黄昏后，就自然停止进攻。

庞汤拖着一条瘸腿，骑上马，到城里的四门四角去视察，一方面了解情况，一方面督促弟兄们轮换着休息，保持战斗力。弟兄们日夜奋战，死伤过半，加上吃不好饭，睡不了觉。死了的人甭去说，光说活着的人，都被搞得精疲力竭，苦不堪言。临沂城朝夕难保，危在旦夕。唉，他叹口气：我庞汤打了一辈子仗，最后落得个全军覆没，被人当作笑柄。英雄落了个狗熊下场……

他本来是防守海州的。当板垣师团沿青沂公路大举南侵之时，李宗仁调他防守临沂。他在临沂至莒县间层层设防。但刚扎下营盘，板垣就猛攻莒县，激战一天半，莒县失守。不久，临沂东北的汤头镇，经过反复争夺，终于陷落。汤头一失，临沂失去了屏障。他命部队全部退入城里死守。眼下日军压境，轮番攻击，势头凶猛。庞汤知道，板垣师团在日军中号称“铁军”，是一支武器精良、编制满员、配属兵种齐全的部队。而且板垣确实有两下子。他是日本陆军大学毕业，在英国当过武官，后来长期在关东军当参谋长。在日军中是个很有实力的人物。不过，到时候他庞汤绝不当俘虏。他摸摸腰间的手枪，到最后怎么也得给自己留一颗子弹。

士兵们的抗战热情虽高，怎奈兵力不济，装备落后，而又极度疲劳，怎么也挡不住敌寇的凌厉攻势。看看这座千疮百孔的城池，看看人们的惨状，他的心凉了半截，而那半截就看李长官的了。答应给他增援，但不知派谁来……

夜色中，他的坐骑踩着躲不开的尸体，回到了设在师范学校的司令部。勤务兵接过马，庞汤一边解腰带，一边往里走。刚踏进门槛，一个年轻参谋走来，递给他一个文件夹：

“报告军团长，李长官来电！”

“说什么？”庞汤识字不多，凡有文电，一概不看，靠参谋和副官给他复述，然后他拿起铅笔，在文电上写上自己的姓：即一个大大的庞字——一点一横一撇，然后曲里拐弯画几个圈，表示是个“龙”字。

可是，这个参谋刚从中央陆军学校毕业，对上司缺乏了解。他把电报送到庞汤面前。

庞汤扬手将文电夹一挡，骂一句：“奶奶的，老子不看！说了些啥？”

那年轻参谋还算机灵，忙说：“李长官说，给我们派来了增援部队。”

“哦！”他那布满血丝的眼睛霍地一亮，大有喜从天降，天不灭我之意。忙问：“来的是谁？”

“张自忠。”

不轻不重的这么三个字，如同一声霹雳，把个庞汤给轰傻了，跌坐在椅子上。参谋把文电夹伸过去，把铅笔递给他。他的手颤颤地抖，胡乱画了一点一横一撇，还有几个圈儿。

李长官啊李长官，你派谁不行，偏偏派来个张自忠！这些年来，张自忠和西北军的弟兄们恨我、骂我，李长官该有耳闻，啊，可是……救兵如救火。甭说他不真想救我，就是动作迟缓一些，我就被板垣给害了。到那时候，即使张自忠打退了板垣，也只能见到我的尸体，管个屁用！

他在心里这么想着，骂着，勤务兵给他端来了饭菜，他不想吃一口，又给他端来烫脚水，他也不愿松开绑腿。他，只是一根接一根地抽烟，然后在屋里走动着，心里像长了草。

军官和士兵们，见军团长如此神情，不知发生了什么事，谁都不敢喘大气。只有那些老副官、老参谋，才知道其中的原委……

夜晚，被敌人包围中的临沂城，完全失去了往日的宁静。城外，不时有一两声枪响；城里，老百姓的哀号声充盈街巷。位于鲁南重镇的临沂城，北枕沂蒙山，东临沂河，铁路、公路、水路四通八达。如果被敌人占领，向东威胁连云港，向西威胁台儿庄和徐州。正因为战略地位重要，蒋介石电令他："须诱敌致适当地点，聚而歼之，临沂城绝对不能丢失。"可委员长哪里知道，他庞汤既无能诱敌，更无力聚歼，甚至连招架之功都没有了。他恨不得士兵们人人能长出三头六臂，个个是铜头铁身。

长夜难熬，但他更怕天明。黎明之后，敌人的飞机、大炮又该轰炸了，歪把子机枪又该扫射了。昨天，眼看城池被攻破的时候，他组织了两支敢死队，分别迂回到敌人左右侧，才使敌人攻城的势头有所减弱。但是，守得了昨日，守不住今天，今天临沂必破无疑。他不觉又一次摸了摸腰间的手枪。那里面的子弹，既是给敌人准备的，也是给自己准备的。

他来到作战室，将仅有的兵力调整了一下，对参谋处长说："通令各部，放弃阵地者，格杀勿论！"他又亲自签署了几份人事命令。这个时候，对能打仗，不怕死的人提升、提衔，在一定程度上能起一些作用，好像一个将死的人，给他打一支强心针，人就能缓过来。

部署完毕，他拖着瘸腿，坐在椅子上喘气。他将那牛皮文件包抱在胸前，把里面的文件、电报，一份份抽出来，过目，然后撕碎……不知过了多久，地上的碎纸片像座白色的坟丘，他掏出火柴，先点燃一支烟，然后用那半截火柴的余火，投向那纸丘。顿时，那堆碎纸燃烧起来。火光中，他脸上的肌肉一阵阵痛苦的痉挛。

他的行动无声地告诉大家，最后的时刻到了。于是，参谋、副官纷纷清理文件、电报，一份份地撕碎，然后点火焚烧。那裂帛般地声响，在深夜里撕裂了人们的心。每个人的脸上罩着一层忧愁，死神已向人们逼近……

果然，黎明一到，日寇已开始攻城了。敌人的大炮响了，炮弹呼啸着飞进城来，在城墙周围，在中国士兵中间爆炸。一会儿，东北方向响起了“轰隆隆”的声音，那是敌人的飞机来了。

这时，司令部的灯火熄灭了。参谋们摸着黑，就着黎明的曙光，给前线打电话，下指示。

炮弹在头顶上呼叫，飞机在头顶上轰鸣，炸弹在响，炮弹在炸。庞汤脚下的那几寸土地，在炮弹和炸弹声中震动着。临沂城四周似乎都响起了枪炮声。这，只是今天的序幕，但没想到，这个序幕竟拉开得这么猛烈。

看来，今天难以熬过去，自己难以活下去！

随着每一声巨响，庞汤的脸上都会有一阵抽搐。不过，他没有吼叫，没有骂娘，也没有走动。仍然坐在那把椅子上，无神地瞅着墙上的地图，瞅着忙碌的参谋们。毕竟是中国军人，毕竟是军团长，就是末日来临之际，也不能让这些小年轻们看笑话。他，就这么静静地坐着……

奇怪，那阵枪炮声、爆炸声大作之后，怎么突然没有了响声？就像夏天忽地劈头盖脸来阵暴风雨，而又忽地停住一样，气候反而显得沉闷，人们心里反而不平静。庞汤侧耳细听，不错，城外的枪炮声停止了，而只有北边的枪炮声异常激烈。他担心，鬼子是不是要从北门攻城？他对参谋处长说：

“给北门打个电话，问问到底怎么回事？”

一会儿，参谋处长向他报告，北门的部队说，从大岭方向突然杀出一支部队，在敌人侧背后打得很猛，具体怎么回事还不清楚。

“奶奶的，邪门！谁能从大岭杀过来？”他溜下椅子，踱几步，像突然醒过来似的，说：“让北门派人侦察，要是自己的部队，赶快去联络！”

庞汤的胸中有一把火在焚烧，越是情况不明越着急。他点支烟，抽着，扶着椅子转磨磨。

工夫不大，参谋处长向他报告：北门来了电话，说是张自忠带着59军打过来了。他们打得很激烈，猛攻白塔、沙岭子和亭子头一线，鬼子招架不住，直往沂河东岸撤退。

庞汤听得愣了神儿。他不相信张自忠来得这么快。峄县到临沂城北大岭一带，少说有 180 多里，他们一天一夜能赶得到？同时，他也不相信张自忠肯下这么大的本。部队一赶到，就向敌人展开全线攻击。然而，他了解张自忠，相信他会这样做的。张自忠是条血性汉子，大忠大勇，疾恶如仇。你不仁不义，他可以当面骂你；但你遇到了危难，他又会伸手拉你。过了半天，庞汤才回过神来，反问：

"真是张自忠打过来了？"

"我想不会有错。"瘦高个儿的参谋处长，电线杆子似的戳在那儿，语气很肯定。

"奶奶的，要是搞错了，我把你们的脑袋拧下来当夜壶！"别瞧他这么骂骂咧咧，但精神头比先前大了许多。此刻，他既相信，又不敢相信。死神刚才还在向他招手，却一下子被张自忠给撵跑了。战场瞬息万变，人的命运就是这么奇妙。参谋处长刚转身，就被他叫住了：

"人家来增援，咱们也不能等着被救啊，也得有个姿态，你说呢？"

"军团长的意思是……？"参谋处长猜出了一半。

"你马上组织一个营的兵力，由一个团副带着，从东门出去，过沂河，从桃园向北做左回旋进攻，与 59 军相呼应，围歼敌人！"庞汤命令。

参谋处长想了想，说："就怕这么一个营的兵力都难以拼凑起来。蹲在堑壕里的弟兄，十之八九挂了彩，一点没伤的，没几个。"

"从我的护卫营抽一个连，你再凑它两个连。"庞汤说，"每人赏光洋 5 块！"

参谋处长去拼凑突击营去了。庞汤像是突然想起了什么，让勤务兵把军需官找来，说：

"你赶快去搞点东西，让厨房准备一桌酒菜，等着招待张军长。"

军需官 30 多岁，很老成。他为难地说："这几天，弟兄们一点儿菜都没有吃上，人人上火。有钱也买不着东西。"

庞汤不高兴了，骂道："奶奶的，别跟我废话，抠也得给我抠出一桌菜来。"

军需官走了之后，北门部队又一次来电话报告，说59军已占领沙岭子、亭子头等地。张军长已进北门，到司令部会见军团长。

听说张自忠亲自来看他，庞汤坐不住了，即刻带着副官、护兵朝北门那边迎去。走不多远，就见张自忠一行骑着马，“嘚嘚”地走来。

张自忠骑在马上，老远就看见了一瘸一拐的庞汤，知道是北门给了消息。他比庞汤年轻，素以“老弟”相称。他催马紧走几步，来到庞汤面前，滚鞍下马，趋步向前，说：

“庞军团长，我看望你来了！”

“张军长，荩忱老弟！”庞汤见张自忠这般诚恳、谦虚。本是援救，说是看望——他心里十二分激动。他比张自忠个头低点儿，加上腿瘸，他上前一把抓住张自忠的胳膊，就势向前倚去，双腿不觉跪下来。

张自忠见状，忙将他扶起，可庞汤却怎么也不肯起来。他泪流满面地说：

“以前是我没心肝，不仁不义，对不起你和冯先生。你老弟不计前嫌，今天拼命来救我，你要是来晚一步，我就没，没……”庞汤说着，竟呜呜地哭起来，“荩忱老弟，你就是我的再生父母，你的大恩大德，我一辈子也不会忘记……”

“庞军团长，快别这么说。大敌当前，你我须同心抗敌才是。”张自忠将他拉一把，庞汤这才站起来。见他本来发胖的身子确实瘦了许多，满脸胡子拉碴，挂满灰土和泪痕，眼泡浮肿得厉害，往日的威风和凌人的盛气再也看不到了。张自忠不免生出几分恻隐，往日的怨恨冰释了。

张自忠穿身灰色棉布军装，束着武装带，腰间别支“勃朗宁”，威武、沉稳而又潇洒。他不再骑马，和庞汤并肩步行，踩着石板路，朝庞汤的司令部走去。庞部的参谋、副官和卫兵们，拥向大街，前来迎接援救他们的人……

且说59军长途行军180余里，没有片刻歇息，当晚即以迅雷不及掩耳之势，强渡沂河，一举插入敌板垣师团之右侧背，在佛坊头、沙岭子、大小太平、陈家和许家太平突破了敌人防线。

板垣始料不及，一夜之间被歼2000余人。于是，板垣下令放弃攻城，将枪口转向59军。双方经过四天四夜近百次拼杀，日军伤亡不下6000余人，而我军伤亡则在9000人左右，营长伤亡不少，连排干部几乎全部换了一茬。

李宗仁在电话上和张自忠商量：鉴于你部伤亡过重，向郯城方向后撤如何？可张自忠说：

“感谢长官的关怀。虽然伤亡大些，但士气颇旺，请求允许我再打一天一夜。如果还不能把敌寇打退，我甘愿撤离战场。”

李宗仁欣赏的，就是像张自忠这样的硬汉子。他说：“我同意你的请求。不过，荩忱，实在不行，还是给西北军、给冯先生留点种子吧。”

“长官，我明白！”

张自忠召开了一个简短会议，下令营团长到第一线去，师长到团指挥所，军长亲临两师前线。并令所有大炮都推进到第一线，在黄昏以前，以密集炮火向敌轰击。出膛的子弹不回头！

这时，团长佟光正要离开，张自忠叫住他，问：

“你们团的任务是主攻茶叶山，那么，打算派谁担任主攻？”

“派二营，冉德明。”佟光说。

“嗯，冉德明，行！”张自忠想了想，嘱咐道，“告诉冉营长，攻下不容易，但守住更不容易。攻下之后，一定要想法守住！”

“是！我一定转告冉营长。”佟光说着，回到团队去了。冉德明曾和张凤岐都是佟光手下的连长，以后部队扩编，佟光升任团长，冉德明当了营长。他能攻能守的作风，很受张自忠的赏识。张自忠很惋惜地说：“要是张凤岐活着就好了，保证也是能攻能守的铁拳头！”

为部署当晚的总攻，位于朱潘的军指挥部，此刻忙作一团。待一切部署基本就绪之后，张自忠和参谋长张克侠便到黄纲的师指挥部去。

一到黄昏，各种大炮都吼叫起来了。一发发炮弹在空中啸叫着，落在敌人的阵地上。石块、尘土、树木和敌人的尸体，在弹片的爆炸中飞起来。敌人的工事被摧毁了，许多枪支被炸断了，鬼子们乱成一团。

炮击过后，59军所有指战员都投入了战斗。霎时间杀声震天，手榴弹代替了炮弹。士兵们冲进敌人阵地，用刺刀、用大刀和鬼子展开面对面的厮杀。板垣的部队不愧训练有素，他们躲过炮击，端起刺刀，迎击中国军队。阵地上，他杀过来，我冲过去，杀得难解难分，只有士兵们不断倒下，血溅刀枪，鬼神哭泣……

正当前线异常激烈的时候，蒋介石来了电话。他是从武汉飞至徐州督战的。

听说是委员长来电话，张自忠跑步来到电话机前："委座，我是张自忠。"

"荩忱，你辛苦，弟兄们辛苦！"蒋介石说，"听李司令长官说，你们打得很好，很顽强，表现了高度的爱国精神，我代表军委会嘉奖你们！"

"感谢委员长的关怀和鼓励，我一定把委座的嘉奖令传达全军。"张自忠很激动。

"情况你就不要说了。"蒋介石说，"临沂是台儿庄的大门，你们把大门把住，不让板垣到台儿庄和矶谷会师，这边就没有后顾之忧，就能集中兵力一鼓作气歼灭矶谷师团。所以，台儿庄会战能否成功，关键看临沂。"

"我明白。委员长放心，有我张自忠在，临沂就能守住，绝不辜负国家和委座的培养。"张自忠激情满怀，脚跟一并，信誓旦旦。

"那就好，那就好！"电话线的那一端，蒋介石连连点头称道，"荩忱，明天上午，我坐装甲车到临沂城，到时候我们再谈。"

"别，委员长，您不要来！"张自忠急忙阻止。有人说蒋介石爱做姿态，但他认为，蒋介石打仗有个特点，爱到前线督战。那次中原大战，他在柳河车站督战，不意被西北军的骑兵师袭击，差点丧命。抗战以来，他到洛阳、济南、开封督战；淞沪会战，他一直在上海；撤退时，听说他走得很晚。这次到徐州督战，如不强力阻止，他真可能跑到临沂来。这里如此激烈，他来，只会增加自己的责任和负担。

"怕什么？你都不怕，那么多弟兄都不怕，我有什么可怕的？要去的，一定要去的。"

"不是这个意思，委员长，您在徐州坐镇指挥就可以了，我一定用好战绩向您报告。"

"这个……"那边沉吟片刻，说，"那好，我等着你的好消息，向弟兄们转达我的问候。"

张自忠放下电话，不觉擦了把额头上的汗。

夜，被硝烟搅得愈加浓烈和诡谲，仿佛有只巨大的魔手操纵着黑色的战场，谁死谁活，对每个人来说，都是个天大的谜团，难以猜中和破译。只有在手榴弹爆炸火光的那一瞬，你才看到一张张扭曲的脸，以及身上的血污和灰土。脸上凝聚着仇恨，手上发泄着愤怒。

沂水西岸，茶叶山一带的村庄，日我两方形成了拉锯式的战斗。你攻过来，我打过去；一个村子一个村子地争夺，一间房屋一间房屋地攻占。血肉横飞，惊天动地，惨烈异常。

位于茶叶山西南坡的刘家湖，打得十分艰苦和悲壮。这天，我军在村外与敌寇争夺了一整天，但到黄昏，敌人却在大炮的掩护下突进了村内。我军失去了“半壁江山”；事态严重，二营营长冉德明急红了眼，命令全营加强攻击，一定要把日寇驱赶出去。

村子中央有个大水坑，双方军队在水坑两边对战着，争夺着，坚持不下。敌人不断投入兵力，我也不断投入兵力。水坑边上，双方死尸累累；坑里的水变红了，坑水涨了一寸多……

茶叶山一带所有村庄，几乎都在激烈战斗。我军将士十分英勇，虽然整排，整连，整营的牺牲，但前仆后继，英勇顽强。冉德明的二营唰唰地倒了一大半，他指挥弟兄们左冲右杀，浴血奋战，总算稳住了茶叶山各处的阵地。

这时，张自忠打电话到茶叶山高地询问：

“是冉德明吗？情况如何？”

“我们已经拿下了高地，现在敌人正在反扑。”

“很好，高地是我军在茶叶山的支撑点，一定要守住，要坚持到最后一分钟。我们困难，敌人更困难，就看谁能咬牙坚持得住。记住，谁坚持到最后，胜利就属于谁。”

“军长放心，有我冉德明在，就有阵地在！”

冉德明的这句话，使张自忠动了感情。这，不就是自己向蒋介石表示的那句话吗？他对自己的部下十分了解。冉德明是河北保定人，幼时家境贫困，16岁就参加了冯玉祥的国民军，随军北伐。后来，一直在张自忠手下当排长、连长、营长。无论是长城抗战，还是天津出击，他都是一位很好的带兵人……对冉德明攻守茶叶山高地，他的确很放心。他信任他，看到冉德明的作风，仿佛看到了当年的自己……

冉德明放下电话，一边让士兵们加紧构筑阵地，挖深战壕，一边观察敌情，调整部署。何家宅子高地，是茶叶山的制高点，在大炮的轰击掩护下，他带着全营弟兄，一鼓作气冲上去，将敌人赶下了高地。正如军长所说，攻占不容易，要守住更难。敌人拼命反扑，用猛烈的炮火向高地轰击着。茶叶山已成为一片焦土。

冉德明眼下的情形是严酷的。他的对手，却是板垣师团的主力——长野联队。长野大佐能打仗，不怕死，他亲自带着一个半大队，发誓要把茶叶山夺过来。当野炮和山炮轰击之后，他拔出指挥刀，向部队挥舞着，吼叫着。

日本士兵们头上缠着白布条，用墨笔、用柴火棍、用咬破手指的血，在那上面写着“圣战”“王道”“帝国万岁”和“东方太阳”之类的词语，还在胳膊上扎着“千人缝”——这是从本土出征前，他们的母亲、妻子和姐妹拿着布条，让亲友们、让行人，每人缝一针。据说，这是战场上的护身符。他们端着刺刀，像一群疯狂的猛兽，不顾一切地向茶叶山高地攻击。他们嗷嗷地号叫着，前面的人倒下了，后面的人没有片刻犹豫，继续往前冲击，去填那没有底的深渊。

然而，等日军冲到战壕前，冲到有效射程内，冉德明喊声“打！”手榴弹一起飞向敌群，数百条枪一起吐出火舌……

败下阵来后，长野大佐再一次组织冲锋，先用飞机轰炸，再用野炮、山炮一遍又一遍地轰击，然后再驱赶着士兵们往高地，冲去……

“一连长和三连长都牺牲了！”传令兵从阵地前沿跑来，向冉德明报告。

“让一连和三连的副连长接替。”

一会儿，传令兵又向他报告：“二连的连长和副连长都牺牲了。”

“让一排长接替。”

“一排长负了重伤，抬下去了。”

“那就让二排长接替！”……

士兵在减少，干部在减少。老百姓组织的担架队，不住地把伤号、阵亡士兵抬下来,送往后方。

长野见冉德明支撑不住了,不觉狂笑起来。他走出那幢隐蔽的房子,得意地站在一堵残墙后面,举着望远镜向高地观察着,欣赏着……

他是从东北方向朝西南方向观察的。这时,下午的太阳正在西南天空照耀。班长李木注视着远方,突然见一个什么发光体在眼前一亮。他仔细一看,却见一个日军军官正举着望远镜向这边看着。李木立即瞄准,屏住呼吸,"叭"地一枪。可怜得很,气势汹汹、不可一世的长野大佐,无意间死在了一个中国士兵的枪下。

冉德明看得清楚,忙带领弟兄们,向群龙无首的敌阵冲过去。敌人乱成一团,拔腿直往后窜。他奔向血流满地的长野,摘下了他的那把指挥刀。这把锋利无比的刀,三尺来长,二寸来宽,锋面呈弓形,插在牛皮刀鞘里。细看,刀槽和刀把处有黑色的血痂。不知它在长野手里,杀过多少中国老百姓,劈过多少中国士兵!

长野联队长虽然死了,但冉德明的阵地丝毫没有减轻压力。板垣师团长亲自派遣增援部队,调动炮火,发誓要把茶叶山高地夺过去。

几个回合之后,冉德明的阵地上只剩下了十几个人。他怕丢掉阵地,忙让送伤员的人向团长佟光报告,让派兵增援。同时他让大伙把所有的手榴弹和枪弹清点一下,将手榴弹后盖打开,把每支枪都压满子弹,一个人当一个班用。

夕阳西沉的时候,日寇再一次发起了攻击。茶叶山高地的十几个弟兄们,将所有的手榴弹向敌群掷去,将所有的子弹向敌人射去。一个机枪射手倒下去了,冉德明立即跑过来,抱住机枪,向敌人狠命地扫射。他的机枪把敌人吸引过来了。敌人从各个方向向他射击。

突然,他的左肩被一颗子弹击中了。就在这一瞬间,他向西边战壕瞟一眼,发现这十几个弟兄也牺牲了,身边只有李木还在射击,只有他的传令兵铁蛋还在扔手榴弹。一营人全打光了!他万分愤怒,端起歪把子机枪,跳出战壕,骂道:"小鬼子,操你祖宗!"他咬着牙,向敌人扫射。敌人像被刈割的麦子,一片片地在他面前倒下。这时,又一颗子弹打中了他的前胸。他,把身子靠在战壕上，继续向敌人扫射着。

眼看敌人嗷嗷地扑上来的时候，佟光带着部队过来了。这会儿，冉德明实在无力支撑了，脑袋一歪，倒在战壕里……

佟光把他抱上担架，让李木和铁蛋把他送到后方去。而此刻的冉德明，却没有忘记带上自己缴获长野大佐的那把指挥刀。他们顺着雨裂沟往后面走，枪声渐渐地离远了。经过一片庄稼地时，冉德明示意李木和铁蛋停下来。

李木是个老兵，打仗多，见的伤号也多。他见营长脸色灰白，眼睛无神，忙停下来，问："营长，您有什么事？"

"我，怕不行了。"冉德明声音微弱。

"不会的，我们一定把您送到后方去医治。"

"营长，您可要挺住啊！"

冉德明的嘴角牵动了一下，像是笑，又像是痛苦的痉挛。他闭眼休息片刻。他想起了自己的妻子和儿子。那年在天津，他把娘儿俩接到杨柳青，现在他们娘儿俩怎么样了？他喘口气，说："别告诉我的家属，抗战胜利后，你们把她母子俩，送到我的家乡去。弟兄一场，一切托付你们了。我在那边，也会感谢你们的。"

李木和铁蛋哭起来，"营长，别这么说，你不会死的。""嫂子和侄子，我们会照顾的。"

一阵疼痛袭来，冉德明用手捂住伤口。他的脸色越发灰白了。他说："把这指挥刀，送给军长，作个纪念，让他，"说到这里，他的眼里注满了泪水，"最后，看一眼，我的……"

他的声音越来越微弱了，大口大口地喘着气，艰难地说："告诉……军长，就说……我，冉德明……没、有……给、他……"

话没说完，他的头向旁边一歪，永远停止了呼吸。一个生龙活虎的小伙子，29 岁的抗日英雄，就这样战死在疆场！

"营长，营长！"

李木和铁蛋扑在冉德明身上，哭喊着。营长，仗还没打完，鬼子还没有赶跑，你的生命还年轻，你，不能死啊！

然而，不管战友怎样地呼喊，他，却永远听不见了。他的热血，洒在自己的国土上，他的面前，横陈着一大片侵略者。他没有遗憾，紧紧地闭上了那双年轻的眼睛……

在临沂东北方向，相距近60里的地方，有个远近闻名的汤头镇。它紧靠沂河东岸，据守青沂公路，人户众多，手工作坊发达，是个美丽富庶的山区小镇。日军师团长板垣，就在这里坐镇指挥临沂作战。

那会儿，他的师团在胶济线集结，从潍县、青岛等地一路杀向临沂的时候，斩关夺隘，八面威风。板垣踌躇满志，他想，等到拿下临沂，就可以先于矶谷到达台儿庄。我板垣在台儿庄坐定，你矶谷来拜访我吧！那时候，天皇陛下和大本营该怎样的表彰我啊！然而，就在临沂城眼看到手的时候，半路上却杀出了个“程咬金”！

那天凌晨，他的电话“铃铃”直响，前线指挥官报告，说从大岭方向突然杀出一支中国军队，凶猛异常，攻势凌厉，真像下出的猛虎。一夜之间，失去十来个村子，伤亡惨重。板垣大惊，忙问来者是谁？前线指挥官报告：张自忠！

一听说是张自忠，他气得把电话机都摔了。他虽然没曾直接和张自忠打过交道，但对张自忠的作风和性格早有耳闻。在关东军任副参谋长时，他和东条英机共同组织了长城战役，但他的好友服部旅团长在喜峰口被打得狼狈大败。服部到关东后，当着他的面哇哇直哭，真让人不忍心给他处分。那年，他到张北和蒙疆进行特务活动，张自忠居然派人跟踪。还有，张自忠在天津时，活活地将他的同窗好友田代气死。今天在战场上不期而遇，算他板垣自认倒霉。

不过，板垣是坚强的。在军界，他所以被称为实力派，他的师团所以被誉为“铁军”，这与他果敢、刚毅的性格不无关系。他从来不服人，从来不认输。于是，板垣亲自调兵遣将，把所有的野炮、山炮和坦克车都调到前线去，将附近几个机场的飞机也调动起来，让飞机多带些炸弹。而且，他命令驻潍县、青岛的部队，乘车紧急增援临沂。

但是，中国军队顽强得很。炸弹炸，炮弹轰，子弹呜呜叫，成批的士兵死去，可他们却不肯后退半步。板垣是个中国通。中国老百姓说：愣的怕不要命的。看来，勇敢、不怕死，敢于战至尸山血海，此种精神并非皇军所独有。原先，他没把中国军队放到眼里，没想到眼下却吃了大亏。不过，他发誓要把败局扳过来。

这天吃晚饭，他喝了两杯樱花酒，感到身子微微发热。他解开两颗衣扣，点燃一支香烟，守在电话机旁，专等前线的捷报。他是当高参出身的指挥官，参谋业务和指挥能力很强，喜欢亲自动手，不喜欢让参谋们围着自己转。

夜已经很深了，他还是守在电话机旁，不时询问前线战况，瞅着那早已烂熟于心的地图出神。这时，一个女人走到他身边，说：

“将军，怎么还不睡呀？”

他并没有回过头来，那甜甜的声音告诉他，那是他的贴身秘书中谷洋子。

不错，中谷洋子脱去了戎装，穿件琵琶湖生产的丝绸睡袍，披散着秀发，那娇滴滴的姿态楚楚动人。她温言细语地说：

“你，该睡了，我把你的床铺已经整好了。”

板垣只是从鼻孔里“哼”了一声，仍然没有去看她。一会儿，他说：“给我一杯柠檬红茶。”

“哈伊！”洋子嗔怪地说，“你怎么不早开口呢，让我手里的茶白白放凉了。我去给温一温。”

“不用了。”板垣这才转过身来，接过茶杯，说，“洋子，你自己睡去吧。”

“那你呢？”洋子问。

“沂河那边……”话刚说了半截，板垣发火了，吼着，“叫你睡，你就睡去，别来缠我！”

“哈伊！”洋子被吓住了。她是个温驯的女人。她弯下腰，深表歉意，说，“对不起！”

看着洋子走进卧室，板垣感到自己太粗鲁了。嗨，对洋子，实在不该这样……

北海道北部，有个与国后岛遥遥相望的半岛，叫作“知床岬”。中谷洋子，就在那儿的一个医院当护士。前几年，日本组织大批的“开拓团”到中国满洲，洋子也随团来到这里。那年，板垣视察部队，见有位日本少女正在给一个中国的伐木工包扎胳膊。这少女长得娇小玲珑，面色粉红如樱花，眼睛妩媚动人。他差人去打听，说她是开拓团的护士。板垣到满洲这些年，参与策划“皇姑屯事件”和“9·18”事变，创造了不少伟绩，但同时也感到身体疲劳，心灵空虚，身边很需要一个女人，一个护士。于是，他就把洋子弄到了自己身边。他又觉得，身边搁个“保健护士”，有失自己的威严，于是，他就将洋子改为“秘书”。说是秘书，并不让她接触公务和军务，而只让她为自己一个人服务……

“叮零零……”电话铃声响了，板垣抓起电话：

“前线吗？板垣旅团长吗？有什么急事报告？……什么？张自忠的攻击很猛？你们招架不住？……喂，顶住！不准士兵往后跑！……你的指挥刀呢？你的左轮手枪呢？……什么，那你就把那个没用的中队长给劈了！……对，劈了！告诉你，如果你被张自忠打败了，你就死了死了的，我的阴魂也将回靖国神社去啦！你的明白？”

当他的师团在沂河两岸苦战苦撑的时候，他的心绪就不安宁。第六感觉告诉他，他的师团怕是抗不住了。仅仅在临沂，他的士兵伤亡不计其数，而联队长以下就有200多军官伤亡，这是皇军的精锐呀！他任师团长不久，在平型关，被八路军林彪师打了个伏击，损兵折将，闹得朝野人士沸沸扬扬。而这一次，又在张自忠手下栽了跟斗！要不然，以他的资历和威望，以及裕仁天皇对他的宠幸，他完全可以竞争内阁陆军大臣的，然而……

板垣不愿住民房，他怕遭中国老百姓暗算。他的师团打到哪里，他都喜欢把指挥部设在庙宇和祠堂里，实在没合适的地儿，他就找间独立房，再让士兵们在周围拉起帐篷。这一次，他就是住在汤头镇的关帝庙里。

此刻，他走出关帝庙，来到一棵大枣树下。沂蒙地区红枣有名。这里处处有枣树，一到春天，枣花飘香，蜜蜂飞舞。可当大多数枣树还没开花的时候，这棵大枣树就最先感知了春的信息，将花儿过早地开放。板垣嗅嗅鼻子，确有一股幽香沁人心脾。

一轮下弦月细如蛾眉，远远地挂在夜空。空气中飘荡着薄雾，朦朦胧胧。板垣拍两下巴掌，一个军曹过来，他交代一句什么，那军曹“哈伊”之后，哼哧哼哧地搬来了一张古筝。

大枣树下，地上铺块军用毛毯，板垣跪在地上，抚弄起古筝来。

在军界，板垣不仅有很高的学历，而且爱好颇广。他喜好音乐，善弹古筝，极爱书法和围棋。这时，古筝响起来了。你别瞧他身体矮胖，十个指头短粗粗的，但抚弄起古筝来，那些个短粗的指头却显得颇为灵活。他先弹了一曲雄壮的军歌，这歌名叫《跨过大海》。内容是跨过大海，跨过高山，为了圣战，奔赴沙场。此刻弹奏此曲，表明他决心为天皇效忠。

接着，他又弹起一曲日本民歌《知床旅情》。这首民歌流行在知床岬一带。此刻弹奏此曲，完全是为了那位美丽多情的姑娘。毕竟这几年，在异国他邦，在紧张残酷的军旅，这位姑娘陪他度过了许多难忘的时光。

…………

离别的时刻终已来到，

和你分手就在今宵，

劳燕分飞，时过境迁，

切不要把我忘掉，

别让我泪雨潇潇……

"报告！"

板垣正沉醉在古筝的音色中，一位参谋突然来到他面前。他不抬头，不歇手，继续抚弦。参谋们知道他的脾气，这个时候，你就直接报告好了。参谋没有犹豫，继续报告：

"沂河两岸各阵地相继丢失，我师团各部队正相互掩护撤退，我皇军还有一千余具尸体来不及抢回。现张自忠部主力已涉过沂河，在我撤退部队的尾后跟踪追击！"

这个结局他早就预料到了。他不觉意外，没有惊慌，甚至连眼皮都没有眨一下。参谋走后，他在古筝上重重地弹了几下，一根弦嘣的一声断了！

板垣感到前途暗淡，万念俱灰，不仅没有脸面去竞争什么内阁陆军大臣，甚至连当师团长的勇气都没有了。他的人生，他的前景，就像这根弦一样断了。那浮肿的眼皮里注满了泪，更感到天昏地暗，惨淡无光。

别了，天皇陛下！别了，亲爱的洋子！他轻轻地拔出腰间的指挥刀，用洋子给他漂洗过的那块白手绢擦拭一遍，解开上衣，露出肚皮，运足一口气，将那锋利的刀尖向自己的肚皮刺去……

“将军住手！”

就在刀尖刺向肚皮的一刹那，中谷洋子的一声厉喝，将他镇住了。原来，他的琴声早把中谷洋子唤醒。她靠在庙门前的那堵墙上，静静地听着。她感到板垣的神情十分怪异，当一曲《跨过大海》终了，又弹奏那支她喜爱的民歌时，就感到大事不妙。她一直倚在冰冷的墙上，任凭露水浸衣，雾气袭人，她终于看见板垣拔出了刀，那刀尖直刺他的身体……

板垣刚愎自用，自尊心极强。他本来要悄悄地死去，却被洋子看见了，而且遏制了他的自杀行为。他那双神情散乱的眼睛里，突然射出一束凶狠狠的光，一直射向中谷洋子。

“将军，”洋子跪坐在他面前，伸手去夺那把刀。那刀既长且沉，冰凉！洋子的纤纤小手刚触摸刀把，就被板垣一掌推倒在地上。

板垣攥着刀把，继续刺向自己的腹部。

“将军，你不能，不能这样啊！”洋子哭喊着扑过来，伸手又去夺刀。

“八嘎亚路！”板垣恼羞成怒，那腔怒火猛地喷到头顶，使他失去了理智。他凶光灼灼，杀气腾腾。当洋子再一次去夺他的刀时，他不觉将刀尖倒转，用那锋利的刀尖直向洋子刺去，手臂猛地一伸……

“啊呀！”随着一声凄厉的尖叫，美丽多情的中谷洋子，倒在了血泊中。

“轰隆隆……”一阵霹雳惊雷，和炮弹声一起，同时在空中炸响。板垣咣当丢下血淋淋的战刀，颓然地扑向他的洋子……

第十三章
烽火中遇旧

1938 年 4 月初，李宗仁下达了围歼台儿庄内外之敌的命令。

我军各支部队统一号令，齐心协力，顺利地展开战役合围，全歼矶谷师团。板垣在临沂也遭到同样的命运。当我军追兵已至，板垣仓皇逃跑时，他竟来不及带走大衣和手杖。

然而，台儿庄的硝烟还没有散去，战场还没有打扫，徐州城就被敌人包围了。日寇以 9 个师团及航空、野炮、装甲、海军陆战队等配属部队，实行大本营“攻占徐州，打通津浦”的命令。情况突然，战场形势险恶。

李宗仁和战区高级指挥官们，以其多年身历险恶之战的胆识，冷静分析了形势，决定我军在西面打开一条通道，让我数十万大军向中原腹地进行战略转移。可这么多部队绝不是三天两早晨就能撤退完的，那么谁来断后?

这个时候，李宗仁又一次想到了张自忠。

5 月中旬，李宗仁在运河车站召开军长以上紧急会议，宣布：台儿庄大会战，取得了伟大胜利！鉴于敌寇自各个方向对徐州进行大包围，企图歼灭我有生力量。统帅部决定,我军分三路由徐州突围。张自忠将军率部担任掩护任务!

由于临沂之战功勋卓著,张自忠已被升任为27军团军团长,仍兼59军军长。

在大军压境,层层包围之中,掩护全战区数十万部队撤退,也许会被敌人截击,也许会被包围,总之,这是个多么艰巨而危险的任务啊!

但,这个时候的张自忠,没有丝毫的胆怯和犹豫,立即率部开赴徐州西南之卧牛山至萧县一线,占领阵地,构筑工事,宣布战场纪律。

在这里,他率部和敌寇血战两天两夜,使战区30余万大军安全脱离战场。紧接着,在萧县东南濉溪口附近,与前来截击之敌发生激战,他亲临一线指挥,苦战终日,敌寇被我打退。敌人无论追击还是截击,均遭到了强有力的阻击。

西行不久,一天黄昏,日寇的一支追击部队,竟占领了大路北侧的一个村庄,企图拦阻我军。我好几支部队到此,都不敢前进,都在观望,谁都不愿主动去驱赶敌人。好在该股敌人因追赶太急,精疲力竭,而且没有后继,未敢发起大的攻击,只是不时向我军打几枪。

过了半天,张自忠率领掩护部队赶到时,见此情况,断然地说:“各部队长官请注意,我以一个旅监视该股日军,你们即刻组织好自己的部队,迅速通过,切莫迟误拖延!”

张自忠站在路边,看着一支又一支的部队在自己面前通过——人喊马嘶,尘土飞扬。天黑了,待所有兄弟部队都撤退了,他才率领掩护部队向西急驰。多少年来,他的部队有一套纪律:冲锋时,军官在前面;撤退时,军官在后面。所以,担任如此重大的掩护任务,他的部队不惊不乱不怨,把方便让给别人,困难留给自己。

他带领部队走了半宿,在一个村子里歇息,让弟兄们吃些干粮,喝足水。为了在天亮之前多赶些路,不多一会儿,他们又匆匆出发了。

这时天上掉下了雨点。雨虽然不大,但一会儿就打湿了帽子和衣服。部队冒雨行进。

运输连的士兵，忙着用雨布把骡马背上的物资盖好，炮兵们用雨布把大炮裹起来。士兵没有雨衣，人人都在雨中挨淋。郭喜顺展开雨衣，披在军团长身上。张自忠见一个伤员在雨中行走困难，就把雨衣给那伤员穿上。

他骑着马，站在路边，不断向各级指挥官强调纪律。昏暗中，忽见一个士兵头上戴着顶草帽，特别扎眼。他喝住这个士兵，问：

“是拿的老乡的草帽？”

这个士兵一见是军团长，吓得浑身哆嗦，忙说：“长官，我错了，不该拿老乡的草帽！”

“去，把草帽还回去！还要向老乡道歉。”张自忠回转头，正见团长佟光走来，便指着那个送草帽的士兵，批评道，“你带了木头眼镜吗？”

说完，他怒气冲冲地走了。他一边走，一边想：千军万马，没有严肃的纪律不能胜利冲锋；同样，没有严肃的纪律也不能安全撤退。部队虽然没有不顾他人、争相后撤的现象，但纪律似有明显松弛。日寇的封锁线还没有完全通过，掩护任务还没有最后完成，也许前面还有恶战，还有意想不到的情况发生。于是，他让传令兵通知各师、旅、团长向他靠拢，在行进中开会，明令纪律，约束部队。

咳，也算活该有事！就在这个时候，一个士兵骑着头小黑毛驴，手里扬着根柳条鞭，颠颠地冲这边跑过来，而毛驴后面，跟着个50多岁的老汉。老汉敞着怀，一溜小跑，气喘吁吁。

“站住！”张自忠怒火中烧，大喝一声。

这个士兵见是军团长，吓得不知如何是好。

张自忠命令部队停止前进，他打马奔向路旁的一个高坡，对部队讲话：“弟兄们，我知道大家很辛苦。但我们是抗日军人，任凭饿死，不能吃老百姓的东西，任凭冻死，不能穿老百姓的衣服。可是这个兵，怕苦怕累，败坏军纪，骚扰百姓。他，不是我们的同志，而是部队的败类，是制造兵民隔阂的蟊贼。我们绝不能饶恕他，军法处要将他立即严惩！”

全军将士看得清楚，这个士兵，在临沂战役中也许立过功。但此刻，因在撤退中犯了纪律，就要被军法处无情地处决了。

当军法处长把这个士兵从驴背上拉下来，推向路边的时候，张自忠不觉背过脸去。

部队开始前进了。各位师长、旅长、团长归队了，部队秩序井然地在他面前通过。然而，他仍然勒马立在高坡上。当军法处长来向他报告处决情况时，见他的眼角依稀闪着泪光。

“掩埋好了吗？”张自忠问。

“掩埋好了。”

“立即给他的父母寄去阵亡通知和烈士荣誉证书，让地方政府从优抚恤！”

“是！”军法处长走了。

张自忠仍然站在高坡上，向徐州，向台儿庄，向临沂方向最后看了一眼。仅在临沂战役中，敌人将城北、城西及沂河两岸上百个村庄烧毁，树木果园被锯光，家畜家禽及财物被抢光，许多人无辜被杀害。然而，临沂人民忍受着巨大的惨痛，仍然全力支援抗战，表现了多么崇高的民族气节和爱国精神啊！三保临沂城，自己手下竟有两万余名弟兄伤亡，许多弟兄的尸骨，埋在了这块血染的土地上。还有，他撤了两名旅长，处分了一些团营长，刚才，还枪毙了这个士兵……

想到这里，他不觉抬起右臂，手指并在帽檐下，向这片温馨的土地，向伟大的父老乡亲，向那些血洒热土的英雄——敬礼！

“军团长，有个穿便衣的青年，点着名要见您，他说是从天津找来的。”传令兵向他报告。

“天津？是谁？”

张自忠打马前行，就见路边站着个小伙子，蓬头垢面，衣衫不整。他问：“你是……”

那人见一位将军骑在马上，威武雄壮，不敢相认，忙说：“我从天津来，要见张自忠市长。”

“你就是……乐二哥吧？”张自忠下马。

“张市长，我可找到您了！”乐二哥膝盖一软，一屁股坐到地上，呜呜地哭起来。不等别人问他，便将这多半年来的遭遇和寻找张自忠的情况，如同汩汩的泉水，和眼泪一起流泻出来……

鬼子占领天津后，到处抓人、杀人，焚烧房屋，强奸妇女。这年农历七月十五，他到黄家坟场去给张连长烧纸钱。回来的路上，被鬼子抓住，毒打了一顿。他气不过，回家拿了把菜刀，别在腰上，夜晚，把个巡逻的鬼子给砍了。日本特务秋山带着人，把他娘活活打死，并到处搜捕乐二哥。他自知在天津不能待下去了，于是混出城，到处流浪，寻找张自忠。听说部队在山东临沂打仗，他就找到了这里……

张自忠安慰了他几句，又问了些天津的情况，就让他随军行动。从此，乐二哥在张自忠麾下，成了一名抗日战士……

经过无数次激战，部队完成了掩护任务，在许昌西南一带驻扎，一边训练，一边整顿部队，补充兵员和粮秣弹药，总结经验教训。

张自忠最恨违犯纪律的人，尤其恨损害老百姓利益的人。他说：纪律就是战斗力，纪律就是内部团结和兵民团结。他在营以上军官会上说："冯先生治军，最看重两件事：士兵利益和老百姓利益。我们是为国家、为老百姓抗日的部队。如果也去骚扰百姓，损害老乡利益，那和鬼子有什么两样！那样，老百姓恨鬼子，也恨我们。"

于是，他宣布了维护兵民关系的十条纪律：不准擅自外出，不准私闯民宅，不准调戏妇女，不准损害庄稼，借东西要归还，损坏东西要赔偿，买东西不准还价，不准逛妓院、烟馆、赌场，要帮助老乡做好事，要维护地方治安。

自徐州撤退时，那个倒霉的骑驴士兵被惩处后，全军上下纪律肃然，谁也不愿往枪口上撞。都说，死在战场光荣，而这样死不值得。

一天，张自忠到部队检查训练情况，训练处长和廖副官、郭喜顺、传令兵小丁子等人跟随。走在荒野里的一条小路上，就听见后面有人吆喝着牛。张自忠有个习惯，但凡听到赶牲口、推车或挑担人的动静，自觉站在路旁，让别人过去。这会儿，他往路边一靠，就见几个士兵赶着头黄牛从身边走过。他们有的拽着牛绳，有的打着牛屁股，一边吆喝，一边把牛往前赶。那牛认生，走得不那么痛快。张自忠诧异地问：

"你们几个弟兄，赶着牛干什么去呀？"

从徐州、安阳等战场撤下来的部队很多，这一带到处是兵。兵一多，谁也不搭谁。那几个兵眼皮都没抬，赶着牛匆匆应道：

"有用呗！"

"牵老百姓的牛，是纪律所不允许的，马上给人家送回去吧！"张自忠好言相劝。

那几个兵瞟了张自忠一眼，见他一身灰布单军装，腰上扎根武装带，这模样和自己没什么两样。其中领头的士兵蛮横地说：

"你这个人管得太宽。一头没主儿的牛，弟兄们拉到连里宰了吃顿肉，与你有啥子关系嘛！"

张自忠并没有生气，只是说："好好的一头牛，怎能没主儿呢？恐怕是你们抢来的吧？"

"你这人说话注意点儿，谁抢来的？"

"这头牛在荒野里，我们吆喝了半天没人理。"又有个士兵应和着。

眼看这几个士兵赶着牛，从他身边过去了，张自忠喝道："站住！你们把牛给老乡送回去！"

那个领头的士兵瞪了一眼，说："又不关你屁事，吼啥子么？谁丢了牛，谁来找，大不了赔他几个钱，啥子纪律不纪律，吓死个人！"

"对着呢，弟兄们打鬼子辛苦得很，吃顿牛肉还不应该！"一个兵帮着腔。

这几句话，可真把张自忠给激火了。抗战以来，有的军官和士兵以功臣自居，厚着脸皮向地方政府和老百姓要照顾，要享受，乃至违犯纪律，无法无天。他们开口就是"老子在前面打鬼子……"这样下去，民众和部队关系紧张，怎么会有抗战热情？于是，他对训练处长说：

"把这个领头的押起来，送交军法处。"又对那三个士兵说，"把牛赶回去，亲自送到老乡家里，要向老乡道歉！你们家里也喂过牛吗？你们知道，农民没有了牛，一家人难得活呀！"

那几个士兵见这个大个子兵不仅口气大，而且话说得在理。其中有个机灵的，问郭喜顺：

“这位长官是……？”

小丁子抢着说：“这是我们军团长。”

“我是张自忠，你们照我的话办去吧！”

一点儿不含糊，那个领头的士兵被军法处长押走了。而那几个兵牵转牛头，在牛屁股上打一巴掌。走在回头路上，急匆匆朝前面的村子走去。走不多远，一个士兵冲这边长长地伸个舌头……

张自忠素来看重兵民关系。古今中外名将所统率的部队，都是一支维护民众纪律、深受民众爱戴的部队。20多年来，他带领部队到哪里，都要反复强调纪律；对违反纪律的人，轻则骂一顿，重则打军棍，关禁闭，更严重的则予处决。当营长、团长那会儿，年轻气盛，动不动就骂人。他有句口头禅：“今天不剥你的皮，你不知道厉害！”因此，士兵偷偷地叫他“张剥皮”。如果有人干了不轨的事，就说：“小心点儿，别让长官剥了你的皮。”他当了师长以后，处理具体事情少了，那句“剥皮”的口头禅也就没了。但对于纪律和兵民关系，他却更重视、更严格了。

星期天部队休息，只吃两顿饭。下午5点来钟，张自忠吃过晚饭，见太阳仍然火旺曝晒，就朝灞陵桥那边散散步，看看乡景风情。

灞陵桥，位于许昌西郊石梁河上。相传三国时期，关羽为保全皇嫂，暂投曹操，封为汉寿亭侯。但他不忘旧主，思兄心切，欲往古城寻找刘备。曹操听说关羽离去，急忙追至灞陵桥，念其忠勇仁义，并不为难他，反而赠其锦袍。关羽恐有诈，立在马上用大刀挑过锦袍，告别曹操而去。

正因为灞陵桥留下了英雄的传说，历朝历代十分珍视。历尽战乱，此桥依旧。那青石栏杆上，蟠龙相交，并镶有两方碑碣，一方是挑袍图，线刻图案，栩栩如生，据说为唐朝画圣吴道子所作；一方是辞书，系明代书法家滕之湖的楷书。桥旁立一碑刻，大书：“汉寿亭侯挑袍处”，出自明将左良玉手笔。

张自忠立于桥上，环顾四野，就见田畴阡陌，树木葳蕤，村上炊烟袅袅。石梁河水平静而清亮。河岸上有片绿洲，几头黄牛在悠闲地吃草；几个牧童光着屁股，顽皮地在河水里打逗、游泳。好一派其乐融融的农村景象。这不禁唤起了他对家乡、对家人的怀念之情。

抗日烽火点燃后，他顾不了家，再也没有见到家里人。当他羁留南京时，没来得及把妻儿接出来，不久就回部队打仗了。现在，敏慧和孩子们在哪儿呢？在沦陷区，生活没有依靠，生命没有保障，现在是死是活？还有，往日的熟人、好友也都离散了。此刻，除了敏慧和孩子们外，他的眼前还闪过马冲、赵子青和欧阳父女，他们可还安好？

几个士兵，说说笑笑地从桥上走过——

"瞧见我这肩上的伤没有？三个多月，总是流脓流水。可不知咋的，我只贴了一次膏药，这伤就收口了。嘿，这女先生真灵！"

"该你有福气，碰到了观音菩萨。"

说者无心，听者有意。张自忠猛回头，就见那个说话的士兵上衣敞开着，脖子和肩膀之间，贴着一张黄纸膏药。

"这位弟兄，"张自忠叫住那士兵，问，"哪儿有医治的先生？我们有个弟兄伤得很重哩。"

那士兵往西一指，说："就是那边关帝庙。"

张自忠走下灞陵桥，向士兵指的方向走去。

桥西不远，就是关帝庙。这里树木苍郁，古柏参天，建筑雄伟。中华民族崇尚英雄，在老百姓心中，关羽是位大英雄。全国各地建关帝庙不少，而似乎这座才能称得上正宗。据说，关羽曾在这里居住过。他把一宅分为两院，皇嫂住内院，自己住外院，每晚秉烛夜读《春秋》。

张自忠还没走进庙门，就见三三两两的士兵在这里出出进进。他站在门外朝里一看，就见院子里，不少士兵排着队，挤挤擦擦地往殿堂那边走。他走进院子，看见殿堂那边，给士兵贴膏药的，果然是个女郎中。

这女郎中是谁？难道真的是她？殿堂里光线较暗，离得又远，看不真切。他灵机一动，敞开上衣，在士兵中间挤来挤去。

他挤到前面，一眼就看清楚了，果然是她，是曾给他医治伤疤，留下美好印象的欧阳茜兰！

茜兰坐在一只高凳上，面前有张破旧的小桌，桌上放着许多膏药；桌前还有一只病人坐的凳子。她身穿绣花杭纺短衫，一条乌黑的辫子盘在头上，白皙的脸庞比先前黑些，一双明亮的眸子比先前深沉了许多。她给每个求医的士兵认真地看着伤病，有的给贴上膏药，有的只做一些解释，有的还给扎根银针。不管做何种治疗，士兵们都能满意地离去。大伙见她一文不收，都不知如何感谢才好，只会说“谢谢先生”“让先生费心”之类的话——那个时候，人们把医生统称为“先生”，不管是男是女。

欧阳茜兰只顾专心看病，并没有发现张自忠。而张自忠站了片刻，觉得没法搭话，计上心来，仍然来个“故伎重演”。不过，这回他没有敞开上衣，而是把左臂的袖子高高挽起，露出那块早已平复的伤疤处，走过去，说：

“先生，请您看看我这伤。”

欧阳茜兰瞅瞅他所指的那个地方，这儿原先确实是块伤疤，但如今平复了，而且汗毛也已经长出来了。这块伤疤她似乎在哪儿见过。她不觉顺着胳膊看上去，就见那人缓缓地抬起头来，四目相对，蓦地被惊住了：

“你，先生……”心里一时慌乱，不知说什么好。耳热心跳，呼吸急促，脑子里出现了一片真空，眼睛蒙着一层湿漉漉的雾。但是，当她立即意识到自己失态之后，不觉咳嗽一声，调整一下心绪，用手指指里间，说，“先生，请到那边等一等，我一会儿再给您看。”

张自忠顺着她指的方向，不觉往里面踱去。这里果然又是一重天地：古松粗壮，古柏虬曲，山石多姿，花草茂盛，小潭清绿，泉水叮咚作响。一阵微风吹来，小院飘起幽幽清香，好一处“清静无为”的仙境。他立在院子中央，环眼顾盼之际，忽然从后山深处走来一位老态龙钟的瘸腿老道，像清风，像幽灵，飘到他的面前。

这道士约莫90余岁，白眉分垂两颊，银白色的头发在头顶绾个髻，白须飘在胸前，手持一根弯曲的藤杖。他的背略呈弓形，脸上皱纹纵横，那件皂色道袍上磨破了几个窟窿，脚上的道鞋也已绽开。好一个仙风道骨的形象！

张自忠不管在哪里驻军，都要拜谒左近的寺庙道观。但这道士如此模样，而又来得如此突兀，仿佛真是太上老君或是铁拐李飘忽而至。他不觉头皮发乍，浑身起层鸡皮疙瘩。

“小老道这厢有礼！”老道双手抱拳，一揖到底。

“老师父安好！”张自忠慌忙抱拳还礼，“在下只是随便走走，没想到冲撞了师父。”

“施主乃大贵之人，光临寒庙，小道三生有幸。”老道士撩起眼皮，只在张自忠脸上瞟了一眼，捋捋银髯，便念了两句偈语：“火星铃星专作祸，劫空伤使祸重重。”

张自忠听了不觉一惊，忙说：“望师父指教。”

“拼杀格斗，战事险绝，望施主好自为之。”老道士说完，瘸着腿又朝后山那边走去。

“老师父！”张自忠还想问点什么，就见那老道士头也不回，径直往山那边走去。太阳西斜，霞光灿烂，给这庙宇和松柏镀了一层金色。值此仙境，聆听那老道士的偈语，他不觉产生几分玄妙之机，心头“突突”一阵跳动……

“张将军！”就在这时，欧阳茜兰来了，远远地叫了一声。她见张自忠愣愣地望着后山出神，忙问：“刚才，你见到过什么人吗？”

“啊，没有。”张自忠见了茜兰，但心境仍在那老道的偈语上，没头没脑地说：“等把日本鬼子赶出了国土，我就解甲归田，回到我的唐园村去，种几亩地，过一过乐以忘忧、清静无为的日子。”

“将军，你……”茜兰见他如此神情，不觉嗔怪地瞅他一眼，盈盈地笑起来。

这个时候，张自忠才回过神来，歉意地一笑，说：“总算在这儿见到你了！”

正是夕阳衔山的时刻，金光紫气充满院落。他俩坐在藤萝架下的两块山石上，谈打仗，谈治病，谈别后离情，自然谈到了欧阳老人……

那年，欧阳父女离津去济南，不久，日寇挑起了战事。一天下午，曾在吴佩孚军中共过事的邱仰，来到他们旅居的客栈，说是要请欧阳樽去给他的一个朋友看病。欧阳樽虽然对邱仰没什么好感，但听说是给人治病，老人还是欣然应允，跟着去了。

可是到了病家才知道，所谓病人，原来是个受了重伤的日本将官。欧阳樽看了看创伤，直摇头，说自己没有本事治这枪伤。邱仰急得直说好话，日本人也拿出了大量钞票和金条。但他仍然摇头，执意说自己医治不了。

就在他走出病家，经过一个胡同时，几个日本军曹拦住了他的去路。他们挺着战刀和枪刺，直向他杀来。他凭着一身拳脚功夫，和敌人对打一阵，冲出了重围。然而，就在他甩脱敌人数丈远时，敌人从枪管里无声地射出了一颗子弹，击中了他的背部。他咬着牙，逃回客栈，草草地包扎了伤口，和女儿离开济南到石家庄。

由于没有及时医治，由于弹丸随着肌肉、血液直往里钻，伤情日益恶化。当父女俩从石家庄来到许昌时，老人已经气息奄奄。不久，他乡的黄土，掩埋了这位老人……

讲到这里，欧阳茜兰十分悲恸，不禁放声哭起来。那失去相依为命的老父亲的痛楚，使她心头的疤痕又一次迸裂。她泪流满面地看着远处的紫霞，仿佛看到了父亲的英风。

张自忠把脸转向别处，抹抹眼角，说："领我去看看老人家吧！"

在关帝庙旁，有座新土垒起的坟丘，春天的小草才在坟头上刚刚发芽。张自忠紧随欧阳茜兰，缓缓地向坟丘走去……

就在台儿庄血战之时，我国以武汉为大本营，开展了声势浩大的抗日运动。

6月初，委员长蒋介石在汉口召开高级军事会议，决定保卫武汉，进行持久抗战。

稍后十天，日军大本营在裕仁天皇主持的御前会议上，决定进攻武汉。

就这样，一场进攻武汉和保卫武汉的战幕拉开了！这是一场气势宏伟而悲壮的战争。

张自忠奉命，率27军团防守罗山、信阳及武胜关。可正当部队展开，构筑工事的时候，统帅部又命令把这一带交给精锐的胡宗南等主力部队，而张自忠率部赴大别山北麓之潢川，阻击敌人，掩护主力部队在武胜关设防。

淮河南岸，大别山北麓，一片丘陵地带。而西犯之敌必然要经过这里。我军必须控制山区各个通道，使敌寇无法横越大别山而直达武汉。

张自忠命部队固守潢川城，并向周围地带实施警戒。部队刚刚占领阵地，工事来不及构筑，日寇的先头部队就来了。敌以两个师团的兵力，一路直趋潢川，一路向北迂回。

正面之敌集中炮火，配合飞机轰炸、扫射，支援步兵向潢川东十五里铺猛攻。我军与敌寇激战一天一夜，终于将正面之敌阻于阵前。

敌人正面受阻之后，即以一部兵力向我左翼迂回。张自忠闻报，即刻派一支强有力的突击部队，也向敌人左翼迂回。不等敌人迂回到我左翼，我突击部队领先向敌人左翼给予打击。敌人知道上当，慌忙应战。同时，我正面部队也向敌人发起反击。这样，激战4小时，终于将敌人击退。我军立即抢修工事，迎战敌人。

这天早晨，敌人又在飞机、大炮的掩护下，向我全线猛攻。我军全力应战，又把敌人打了下去。这样往返多次，我军伤亡很大，而且许多武器也被敌炮炸毁，阵地被多次炸平。

正面阻击敌人的团长佟光，始终在前沿阵地。他不是握着手枪督战，而常常是抱起歪把子机枪向敌人扫射。他不时观察敌情，指挥他的三个营防空袭，防炮击。他总是等敌人到了跟前才让部队抗击。先是机枪扫射，再向集团之敌扔手榴弹；步枪瞄准了敌人才扣扳机，一枪一个，不准打空枪。这时，在敌人的猛烈攻击下，他感到支持不住了，怕丢失阵地。他跑到小山背后，猛摇电话机，对师长黄纲说：

"我这里支持不住了，弟兄们打得太苦。师长，请你派支部队来支援我，唉，真够呛！"

黄纲在那边说："军团长下有手令，命我们与阵地共存亡。佟光，你要把这一手令传知各连，我们必须苦撑到最后一分钟！"

"是，我一定传达军团长的手令！"佟光放下电话，一回头，见张自忠站在自己身后。他又是惊讶，又是激动，不觉叫一声："军团长！"

张自忠见他要抬起右手敬礼，忙按住他的手臂说："佟团长，你的团打得很艰苦，我要在全军团通令嘉奖你们。现在你们快撑不住了，敌人也快撑不住了，就看谁能咬牙坚持到最后，就看谁挺不住先垮下来。战争是兵力的较量，也是意志的较量。眼下预备队都用上了，我没有一兵一卒来支援你，完全靠你们苦撑了。佟光，你跟我这么多年，我了解你，相信你撑得住！”

佟光脚跟一并，说：“军团长放心，我一定坚持到底，请你到后面去！”……

这天中午，侦察部队报告：有股敌人向城南我军后方迂回，企图袭击我军团部。

一时间，军团部人员紧张起来。

副军长文天对张自忠说：“军团长，咱们军团部太靠前了，该往后移动一下为好。”

张自忠升任为军团长后，59 军军部改为军团部，副军长文天自然也在军团部工作，仍然做张自忠的助手。但是，文天不满足当副军长，所以在指挥作战时，总有一股消极情绪。

张自忠瞟一眼地图，说：“没有这个必要，眼下最要紧的是，派一支有力部队去阻击敌人。”

“万一挡不住怎么办？”文天担心地问。

“部队还没有上去，怎么知道挡不住？关键看指挥员有没有信心。”张自忠对克侠说，“就派李大兴去吧！你要通电话，我亲自给他交代任务。”

一会儿，张克侠要通了电话，张自忠拿起话筒说：“大兴，敌人派了支部队从东往南迂回，企图威胁军团部。你把你的营带上去，在城南至白店之间占领阵地，坚决把敌人堵住！”

张自忠虽然没有命令的口气，但李大兴却听出了事态的严重性。要不然，军团长是不会亲自下达命令的。他立即带着他的营跑步前进，在行进中下达了战斗任务。果然，部队刚一上去，就和敌人遭遇上了，双方打得难分难解。

敌人经过一番拼杀，大约感到很难前进，于是，将大炮向我军团部方面延伸，企图从心理上动摇我指挥机关，瓦解将士的战斗意志。

村中央有棵大杨树，上面栖息着一群鸟。炮弹把鸟吓傻了，不知往哪儿飞，傻愣愣地在树上张望着。它们不时被流弹击中，摔落在树下。村子里，不时有死鸟从空中掉下来。

“军团长，这儿太危险了，”文天再一次对张自忠说，“司令部还是动一动吧！”

“往哪儿动？”

“自然是往后移。”

张自忠点燃一支烟，又把烟和火柴推给文天，说：“潢川四面都在战斗，而且都没有进展，弟兄们凭着爱国意志在苦撑。如果我们司令部首先后撤，势必影响士气。一点动摇，造成全线崩溃，那才是最危险的事。”

这时，张克侠向他报告四面的战斗情况之后，张自忠向司令部全体人员下了一道死令：坚守岗位，鼓舞部队，凡动摇者，就地惩处！

张自忠不仅坐镇司令部，而且还到离司令部最近的李大兴阵地去视察和指挥，极大地鼓舞了士气。终于，妄图袭击我军团部的那股敌人退却了，从而稳定了战局。

这天晚上，战事稍有缓和。张自忠打开收音机，想听听我中央电台及日军电台的广播，以便了解全局战况。刚一拧旋钮，就听出是日本电台的华语广播。一个女播音员说：

“皇军西进顺利，却在潢川一带遭到坚强抵抗。张自忠的部队以死相搏，大有临沂战役之军风。日下，皇军正在英勇激战……”

胡宗南在信阳、武胜关一带的布防已经就绪。蒋介石命令张自忠军团转入大别山内长期抗战，牵制敌人。然而，谁也没想到，胡宗南部不堪一击，这支装备精良的军团，仅和敌人交战两个回合，就从罗山、信阳稀里哗啦败下阵来。

信阳失守，武汉受到严重威胁。蒋介石气急败坏地把胡宗南臭骂了一通。他决定放弃武汉之前，根据张自忠的坚强抗日决心和赫赫战功，晋升他为 33 集团军总司令，并命令他率部从大别山西撤至汉水一带，仍归第 5 战区指挥。

大别山，是一片绵亘千里的山脉。它傲然屹立在中原地带，北连豫南山地，南临长江中下游平原，东北面的淮河滚滚东去，西边的汉水奔流而下，而滔滔的长江则从它的身旁浩浩东流。这里，为历代兵家必争之地，不仅能屯兵，坚持长期抗战，还能休养生息。当张自忠奉命进入大别山区时，他就喜爱上了这片土地。

然而今天，他又接到了西撤的命令。他对部队进行撤退部署后，没有忘记一个人。

他走出农舍，坐在坪前的那只碌碡上，对廖副官和郭喜顺说：

“派你们去干件大事。”

“嘻嘻，”郭喜顺笑着说，“您就吩咐吧，我和廖副官保证完成任务，跟廖副官干，啥都不怕！”

“先别吹，把事办成了才算真格的。”张自忠对他身边的人，说话一向很随便。

“总司令，您就说吧。”廖副官站在他身旁，说，“只要您说，这件事很重要，非完成不可，我们就是闯刀山，也一定能把它完成好。”

“让你们到许昌去走一趟。”

“去接欧阳先生？”郭喜顺忙不迭地问。

张自忠点点头，说：“我们集团军需要这样的医生。一个优秀医生，能鼓舞士气，能出战斗力。不过，完成这个任务十分危险。”

“不就是到敌后去嘛！”廖副官对郭喜顺说，“我们哥儿俩能完成，你说呢？”

“没问题，绕开敌人不就行了嘛！”

“你们从大别山出去后，一直往北走，不要离铁路线太近。”张自忠捻着右下颏上的长须，想了想，说，“找到后，往襄樊、老河口那儿去。我估计，大部队在那一带集结后，不可能再往后退了。你们到那儿准能打听到部队。

“什么时候走？”廖副官问。

“明天凌晨出发。”

廖副官和郭喜顺各自做准备去了。张自忠坐在碌碡上，望着北面，目光越过重山叠岭，仿佛看见了那个熟悉的身影——那天，部队接到南下信阳、武胜关的命令后，他急忙找到她，问：“你能跟我一起走吗？”她说：“不能，将军，老父亲故去后，孝期还没有满，我得守着他。”他说：“鬼子来了，你在这里不安全。”她说：“我一个行医之人，他们能把我怎样？大不了我住到农家去。”他说：

“我们部队需要你,请跟我们一起走吧!”她说:“待将军真正需要我的时候,我一定会去的。”几个月过去了,如今她可否安全?……

第二天,鸡刚叫头遍,廖副官和郭喜顺就起床了。他俩收拾好行李,怀里揣了两块玉米红薯饼子,没有惊动任何人,就上路了。

走出村子,径直往北去。刚过一座山冈,就见张自忠和传令兵小丁子站在路口。他们相对笑笑,没有说什么,待走近了,张自忠细细打量廖副官和郭喜顺,也不觉笑起来。

就见他们各人都穿着粗布对襟褂,那颜色灰不灰,蓝不蓝,一看就知道是土作坊里用土靛染的。那条半长不短的缅裆裤子,肥肥大大,脚穿草鞋,头发蓬乱。每人背个小包袱,那里裹着铁锤、凿子、尺子之类的家什,还有一双新草鞋。好一对小石匠!一去平日潇洒、讲究的派头,显得那么纯朴和憨实。

张自忠拍拍他们的肩,说:“嗯,很好,去吧!我相信你们一定能完成任务。”

两个“小石匠”从他的身边走了过去。他目送着,直到看着他们走了老远,拐过一个山冈,再穿过一片树林,消失在山岚雾霭之中。

秋霜,把满山满岭的乌桕树叶变红了。裂开了壳儿的木梓,露出一颗颗洁白如玉的籽实,像樱桃小嘴的少女微笑时露出的一口糯米牙。木梓把树枝压弯了,在晨风中摇晃。两只山雀,从他头顶上忽地飞过,留下一串银铃声。

啊,这银铃声,不禁使他的耳畔响起了那一串银铃,那是多么柔和,多么温婉的声音啊!他望着北方,小声叫着她的名字:茜兰……

第十四章
武当山说玄

张自忠率领第 33 集团军,从大别山出来,在花园一带迅速通过平汉线。

这天,他派人去把参谋李木找来。李木在临沂战役后期被提升为连长,在许昌整训时,他被调到参谋处当参谋。张自忠认为他办事认真,丁是丁,卯是卯,就像射击瞄准似的,一点儿不含糊,而且还有点文化。参谋和副官是直接为长官出主意、办事的人。因此,机关的参谋、副官等人,许多是张自忠亲自挑选来的。

不多一会儿,李木来了。张自忠说:

“交给你个重要任务,去把花园一带存放的武器弹药和粮食弄出来,随部队西进。粮食能带走的带走,不能带走的分给老百姓,实在运不了的,全部销毁,不能给敌人留下半点东西。”

李木是个只能干不善言的人。他眨了眨眼睛,似乎把办这件事的全过程在脑子里转悠了一遍,说:“行,我这会儿就去办吧!”

李木带着一个参谋、两个副官,还有警卫一连的连排长。他向大伙交代任务后，大伙分头行动。首先必须弄清哪儿有粮食，哪儿有武器弹药。当其他人去侦察的时候，他立即组织了一支骡马队和部队的一些汽车，还有不少民夫。

一到晚上，李木带着这支骡马队、汽车及警卫连和民夫，分别奔向指定的仓库。

许许多多的部队，许许多多的车炮马匹，还有许许多多逃难的老百姓，向平汉路西边蜂拥而去。大撤退中的士兵们，像一群没有笼头的马匹，纪律散漫，吊儿郎当，有强吃强喝的，有敲诈钱财的。上管不了下，官管不了兵，像被冲决了大堤的黄河水，像草原上被暴风裹挟的羊群、马群，铺天盖地向西边涌去，仿佛那里有藏身洞……

张自忠对部队组织得比较严密，而且重申了撤退纪律，特别强调，长官必须走在部队的后面，凡丢下部队先撤者格杀勿论。

他让参谋长张克侠带着司令部随部队先行，而他惦着这批粮食和武器弹药，便在花园和安陆之间停下来，等着李木他们的消息。

后半夜，就听见远处车辚辚、马啸啸，走过来一支运粮食、运枪弹的队伍。张自忠派人去联络，果然是李木。张自忠听了李木的汇报后，赞扬了李木的才干和成绩，他说：

“你带一名参谋和一个警卫班，在花园迎接后续零星部队，直到后面确实没有我集团军的部队了，你就带着他们安全西撤。”

李木领受了任务，带着一名参谋和警卫班，又回头向花园方向走去……

部队到达京山时，太阳已经西沉。可是，京山县城已被敌机夷为平地。到处是残垣断壁，瓦砾成堆，树木被烧得焦黑。老百姓惨遭横祸。废墟堆里，大街上，躺着被炸死的人。

一个 20 多岁的妇女，怀里抱着个穿开裆裤的孩子，哭号着，叫喊着。然而，可爱的儿子身上淌着血，再也听不到妈妈的呼喊了……

京山县城一片哭声，一片凄惨。士兵们看了无不挥泪如雨，他们把脚步放得十分缓慢，生怕惊扰这些惨鬼冤魂，凭吊这些不该死去的人。

张自忠非常激动，也非常愤怒。他抹把眼角的泪，走向一个废墟堆，向士兵们说：

“弟兄们，日军已疯狂到毫无人性的地步，残杀无辜，令人发指！我们作为军人，不能保卫他们，是军人的奇耻大辱。此仇不报，死不瞑目。弟兄们，为死难的父老百姓报仇啊！”

他的话，鼓动着人们。士兵们一个个攥紧拳头，心里只有一个念头：报仇！

离开京山县城，天就黑了。走不多远，部队借民房暂住一宿。在大撤退中，张自忠始终掌握着部队，几天几宿没有合眼皮。在平汉路东，常和敌人发生战斗，过了平汉线，敌情缓和了，但敌机常来轰炸，而且纪律问题也很严重。他为部队的安全操心，为纪律操心，为下一步部队如何展开操心。他躺在地铺上，却怎么也睡不着。褥子下铺的稻草软软的，江汉平原的秋天很温和，几天几宿没睡觉的人，难得有这么个温暖的夜晚。然而，张自忠的心里却装着部队，装着许许多多令他说不清的牵挂……

又一天过去了。张自忠坐在一家农舍的厢房里，感到十分疲惫。和小伙子们一起赶了一天路，双腿发沉，像灌满了铅。勤务兵小侯给他打来热水烫脚。他松开绑腿，把脚泡在水盆里。温热的水，泡着疲乏的脚，十分舒服；他倚在门上，不觉有些倦意。行军时，他把坐骑交给马夫，让伤号、病号轮换着骑。李宗仁送给他的那辆吉普车，临沂战役后，他根本没有坐过。这次，他干脆把车交给了集团军医院，让专拉伤员用。

“总司令，开饭了。”小侯打来饭菜，说。

“你吃吧，我想睡会儿。”张自忠没有睁眼。

小侯不敢再叫他，把饭菜盒扣好，别让太凉了。他又在水盆里续了些热水，便在厢房门口守着，让总司令就这么睡一会儿吧！

传令兵小丁子跑来，问：“猴子，总司令呢？”

小侯把个指头放在嘴边，“嘘”一下，摇摇头。

小丁子伸伸舌头，不敢吭声。

“小丁子，有事吗？”张自忠在房间里问。

“没，没事。”小丁子说。

“有啥事就早点告诉我，说吧！”

小丁子知道不好瞒过去,说:“那边有个逃难的妇女,还带着个娃儿,说要见您。”

“是什么事,打听清楚了吗?”

“听口气,好像是以前哪位长官的家属。”小丁子站在门口,向里屋报告着。

“呵,”张自忠坐起来,说,“赶快领我去看看。”

听总司令说要见这逃难的母子俩,机灵的小丁子赶紧把他们领来。

张自忠穿好鞋,整理一下衣服,正待出门,就听见小丁子说:

“总司令,他们来了!”

张自忠迎出门,就见这对逃难的母子衣服褴褛,头发蓬乱,女人约莫30来岁,一双小脚,可背上背着个不小的包袱,胳膊上挽着只要饭的篮子,篮子里有两只破碗。那孩子大约6岁,满脸污垢,只有一对大眼睛在扑闪。他望着张自忠,怯生生的,直往娘的背后躲。

那女人点名要见张自忠,但此刻却又不敢认了。她望一眼站在面前的“总司令”,又把头低了下去。倒是张自忠先认出了她。确切地说,是从她儿子的那双大眼睛里认出来的。那扑闪的灵活的眼睛,分明使他想起了冉德明。

“你是冉嫂,是冉德明营长的家属?”他问。

“俺是,俺是!”女人连连点头,“长官是……?”

“我是张自忠。”

“啊,张长官,可,可把你们找到了!”女人又惊又喜,泪水夺眶而出。她抹把泪,把儿子拽到前面,说:“这是德明的儿子,叫小继。来,叫伯伯,叫张伯伯。”

“张伯伯!”小继望着张自忠,怯生生地叫一声。

“好乖儿子!”张自忠把孩子抱起来,抱在眼前看看。这儿子,多像冉德明啊!

“张长官,德明呢?他在哪儿?”女人连忙问。

张自忠没有回答,他放下孩子,对小侯和小丁说:“带冉嫂他们去吃饭。找间房子,让他们好好休息。告诉老孙头,多加一个菜。”

望着小侯、小丁领着那破衣烂衫、孤苦伶仃的母子俩走后，他的心里涌起一股悲凉……

部队继续行军。张自忠把冉德明的传令兵铁蛋调来，专门照顾冉嫂母子。部队到了钟祥，上级命令33集团军在汉水两岸布防。张自忠将部队部署停当之后，这天，他手里拿个报纸包，特意去看望冉嫂母子。

山区的房子很紧张。冉嫂的住户是几间茅草房。虽然是草房，但占的“风水”好。瞧，房后是座青青的小山，山上除了杂树之外，山坡上栽有梨树、桃树和沙果树；房子前面是块平地，再往前是口堰塘。塘里有鱼，草青水绿。一个少年，牵着头水牛在塘边饮水。

张自忠走进屋，就见冉嫂正在补军装。她的面前，还有一堆破了的军衣、军裤。儿子小继和房东家的女孩子，在热热闹闹地说话。

“冉嫂，不要太辛苦了。”张自忠走进屋，打声招呼。他知道，自打住下，冉嫂的手头没闲过。

“张长官，您请坐。”冉嫂放下手里的活计，忙着搬条板凳，又用手擦一擦。

“伯伯！”小继扑过来，偎在张自忠怀里。小继跟随部队几天就和大伙熟了，大家都很喜欢他。也只有在军营长大的孩子，对军人才有这般亲热。

“你瞧，伯伯给你带来了什么？”他逗一句，但不等孩子猜出，就把那个报纸包现出来。

“沙果子，还有梨子！”小继高兴了，抱着那兜水果，给娘看看，又给那女孩看看。

“冉嫂，我今天来看你，是想跟你谈一件事。”小继到那边吃沙果去了，张自忠坐在板凳上，说。

“张长官，您说吧，说什么我都能挺得住。”冉嫂拿件破衣服，放在怀里，但并不去补它。

“你在部队这些日子，可能也听到了些消息。”

“没有听到啥。平日，弟兄们都能和我说说笑笑，可当我问到德明时，他们就不吭声了，就走开了，谁也不告诉我德明到底怎么了？”

沉默一会儿，张自忠说，“我来，就是要告诉你这件事，冉营长在临沂战役中阵亡了。他是为打日本鬼子,为保卫国家牺牲的。”

冉嫂听到这里,泪,唰地流出来。这些日子,尽管她有心理准备,尽管想到丈夫可能死了,但此刻听到这个确切的噩耗后,依然感到意外,依然有难以克制的悲伤。她抑制不住悲痛哭出声来。但哭了几声又停住了,只是抽泣着。她要听张长官把话说完,她要知道丈夫死的细节。

多么硬的汉子,都怕见这样的场面。张自忠背过脸去抹抹泪,又点燃一支烟,说:“在抗日战场上牺牲,死得光荣,死得是有价值的。今天我张自忠在,说不定哪天我也会牺牲在战场上。为国家牺牲,是军人应尽的责任。”张自忠抽口烟,缓和了一下情绪,说,“那天,我看过他的遗体之后,嘱咐运到郑州埋葬。那里有我们西北军的义地。我给他写了墓碑。抗战胜利后,你可以领着孩子去看看德明。”

听到这里,冉嫂又哭了起来。在屋外和那女孩玩耍的小继,听到娘的哭声,赶紧跑过来,扎到娘的怀里,说:“娘,你咋啦?别哭,别哭。”说着,孩子哇的一声,也跟着娘一起哭起来。冉嫂一把抱过小继,母子俩抱头痛哭起来。这种伤心,是只有当一个女人失去了最亲的亲人后才有的。那是心如刀绞的悲伤,那是天塌地陷的悲伤,那是一个人一生中最大的伤痛……

谈话不能再继续下去了。让她母子俩哭吧,哭了,心里会好受一些。

房东下地去了。那小女孩见小继和他娘哭得伤心,她也跟着掉起眼泪来。

张自忠走出屋,在那口堰塘边站住。鱼儿在水里自由自在地游着,或浮或沉,或快或慢,无拘无束。塘里还有两只鸭子,比肩游水,你呼我叫,那么悠然。茅草屋子那边,冉嫂和儿子小继还在悲恸地哭着。此情此景,张自忠如刀剜心般疼痛。他紧走几步,离开了这里。

抗战爆发以来,有多少像冉德明、张凤岐这样的优秀儿子死在了抗日战场!他们为了祖国,不惜牺牲生命,不惜抛妻撇子……敏慧呀,你和孩子们今天又在哪儿呢?……他真恨不得大声呼唤他的战友,他的亲人。他从未感到像今天这么难受,从未有今天这么感到孤愤。此刻,是种怎样的、难以言状的心境啊……

但出于对孤儿寡母的怜惜,他决定将这母子俩送到大后方去,托付给冯玉祥夫人，让李大姐给安排母子俩的生活，这样，才能对得起死去的烈士啊！

这时，他突然想起来，下次去重庆述职时，一定把冉德明缴获的那把战刀送给冯先生。那把刀，是日本军国主义屠杀中国人民的见证，也是他们失败的见证！

汽车在丘陵地带行驶着，坡坡坎坎，起伏高低，遇到猛上猛下的陡坡，汽车猛地一颠，人的五脏六腑也跟着颠一下，打个战。

从襄阳到江陵的这条古驿道，大约有两千余年的历史了。虽然历朝历代都有修缮，但毕竟只能适合人走马行，现代化的汽车在这里就很难奔驰起来。好的是这辆美国车，底盘高，钢板好，越野性能极佳。从荆门出发，一直过了襄阳，路上颇为顺利。但自打樊城出来，到老河口这段路可就难走了。沟坎越来越多，坡越来越陡。五战区长官司令部驻老河口后，这段路虽然经过抢修，但汽车走起来仍很费劲。

司机老黄是个 40 来岁的老兵，开车技术娴熟，善于处理障碍。李宗仁把这辆汽车送给张自忠，他也跟了过来。由于长期给长官开车，自然气粗一些，平时总爱骂骂咧咧。他有句口头语："老子怕哪一个？怕鬼！"但他对车十分爱护，不出车的时候，他总是擦呀，修呀，把汽车当媳妇看待。不过，只要一上车，他就全神贯注，两眼瞪得铜铃大，气也消了，人也变得和气了，好像换了个人。这会儿，汽车从一个高坡上下来，遇到一块大石头，没能躲过去，狠狠地颠了一下，汽车噗噗两声，熄火了。

"出了鬼！"老黄操着广西话骂道。他脚踩电动机，咔咔地转了几下，发动机没能转起来。他用摇把到车前摇车。摇了几圈，发动机噗噗地喘气，可就是打不着火。老黄急出了一头汗。

"还能走吗？"护兵小猴子悄悄问他。

"得修。"他拿出钳子、扳子，打开车盖鼓捣。

小猴子对车里人说："总司令，下来休息会儿，我去给弄点水来喝。"

张自忠走下汽车，点燃两支烟，一支自己抽，一支放到司机嘴里，说："老黄，是不是听说要去见老长官，心就痒了，急了？"

“没得事，嘿嘿。”老黄憨厚地一笑。

“别急，什么时候修好，咱们什么时候走。”张自忠坐在路边的一块石头上，一边抽烟，一边看着老黄修车，不急不躁，神态悠然。

一支烟没抽完，小猴子拎着一壶水跑来，递给张自忠。他喝了几口，又把水壶递给老黄。老黄顾不上喝，把壶挡回来，他递给小猴子。

“有什么情况吗？”张自忠问。

这是句非常职业性的语言。军人在任何时候，随口就问这句话。长官只是随便问问，可小猴子却回答得十分认真。他拧紧水壶盖，说：

“有。在村里碰见了三个人，他们问这车上坐的谁？我说，坐的谁，与你们有啥关系！”

“那三个人呢？”张自忠问。

“我把他们轰跑了。”小侯人长得精瘦，又姓侯，大伙都叫他“小猴子”。长官喜欢他那股机灵劲。

日寇不断派特务、汉奸到我驻地搜集情报，这三个人是不是敌人的侦探？这次到老河口就是去参加重要军事会议，传达委员长的训令，进一步研究布防。难道鬼子知道了消息？

“那三个人走了多远？”张自忠问。

“刚出村。”

“去，把他们追回来！”

小猴子飞也似的跑了。他原来在战斗连队，枪法不错，郭喜顺走后，张自忠让他当护兵。他对警卫这一套很用心，从没出过什么差错。不多一会儿，他挥着“20响”手枪，押着那三个人从村里出来。离张自忠还有30多步远时，他就让他们背过身去倒着走。这一段路，是劈了半拉土山开成的，红土和碎石构成的山壁耸立在路边。小猴子让他们面向山，把手撑在山壁上。

已经进入冬天，虽然还没有下雪，但鄂西北的天气十分寒冷。这三个人的衣服很单薄。他们都穿着单裤和草鞋，背上背个小包裹。有两个人上身套件短促促的棉坎肩，头上系块毛巾；其中一个瘦点的，则穿着件肥大的破棉袄，头上戴顶山里老汉们常戴的黑色“狗钻洞”帽子。

“干什么的？”张自忠问。

“我们是石匠。”站在中间的、个子略高些的小伙子说。他很想回过头来，但小猴子制止他。

“一个一个说！”小猴子吼着。

站在右边的那个小伙子说：“我们是石匠。”

“你呢？”小猴子问左边那个穿大棉袄的人说。然而，那人没吭声。他又吼着：“问你呢！”

“他是哑巴。”中间那个人说。

“你们从哪里来？”张自忠问，“来干什么？”

“我们是逃难的，专给人干石匠活。”右边的小伙子嘴快，忙着回答。

“做石匠活，还问汽车里坐着什么人？嗯？”

张自忠正待发作，就听见中间那个小伙子叫了声“长官”，又要回过头来，却被身后的小猴子踢了一脚，吼着：“别动！”那小伙子却说：

“长官，我们是从许昌灞陵桥关帝庙来的。”

张自忠的心里“咯噔”一下，忙走过去，揭开那人头上的毛巾，扳过身来一看，他愣住了：

“啊，廖副官！”

“总，总司令！”廖副官一阵激动，眼泪都出来了。他听长官审问的声音十分耳熟，想回头看看，可护兵就是不让他看，而他又不敢贸然相认，于是灵机一动，说出了“灞陵桥关帝庙”的话。

站在右边的小伙子立即扯下毛巾，跳起来，说：“总司令，我们可算回来了！”这是郭喜顺，像撒娇似的窜到张自忠面前，虎牙龇露着。

“哦，原来是你们啊！”张自忠抚摸着郭喜顺的脸，“瞧，瘦了，黑了。”他突然想起了什么，问廖副官，“我让你们接的人呢？”

“谁？”郭喜顺明知故问。

“欧阳先生？”

“将军！”左边那个穿肥大棉袄的少年回过身来，冲张自忠恭敬地施个礼。

“这位是……？”张自忠迷惘地看着廖副官。

廖副官和郭喜顺只是笑，却不搭话。

那人取下头上的“狗钻洞”帽子，一头青丝即刻瀑布般地倾泻下来，直到腰际。

“你是……？”戏剧般地变化，使张自忠惊愕了。

“欧阳茜兰。”她冲着张自忠盈盈地笑着，那小巧的嘴，那糯米般的白牙，显出了女性风采。

“欧阳小姐，可把你找来了！”

“我是欧阳先生，将军。”

“哦。”张自忠这时才真正回过神来，问候了一路辛苦和找来的情况。

司机老黄认识廖副官和郭喜顺，忙过来和他们打招呼。这位从许昌灞陵桥关帝庙来的女先生，他虽然没见过面，但在许昌时听弟兄们谈到过，说她会贴膏药，会医伤治病。

可眼前这一幕，却把个小猴子弄傻了，这究竟怎么回事？他愣愣地立在那儿。这时，老黄悄悄告诉他，一个一个给他介绍，他这才恍然大悟。他走到他们三个人面前，敬个礼说：

“弟兄们，女先生，冒犯了！”

“哪里，哪里，”廖副官说，“要不是你，我们还不能见到总司令呢。”

“对呀！”郭喜顺说，“你姓侯吧？我们从大别山走的时候，就听说要调你来。”

说了会儿闲话，老黄的车也修好了，他们一行六个人，挤在一辆吉普车上。到了老河口，张自忠把廖副官、郭喜顺和欧阳茜兰安排在客栈住下后，他才和小猴子、老黄到战区司令部去报到……

鄂西北重镇老河口，地处汉水故道之口，又被称为“新镇”，如今已成为这一带抗日活动中心。张自忠顾不得浏览市容，也没有去参观著名的六股温泉，安排好廖副官等三人后，便匆匆直抵战区司令长官部。

李宗仁听说张自忠来了，忙到司令部门口迎接。当张自忠下车时，李宗仁顺势往车里瞧一眼，就见今年春天他送给的那枝迎春花，编着一个花环，挂在后座的一个钩上。临沂之战早已过去，如今花儿已经凋谢，枝条已经干枯，但那翠绿的色彩依旧。他看了十分惬意，却问：

“荩忱，这迎春花早已干了，你怎么还留着？”

“这枝条没有花，没有叶，就是一条鞭。我一坐上车，就犹如受到了鞭策。”张自忠说。

“哦，你的意思是……？”

张自忠说：“看到长官送的这枝迎春花——这条鞭，我就深感责任重大。在民族危亡的时刻，应该去找一条尽忠报国的死路。这样才能对得起国家和民众，才能求得良心平安！”

李宗仁不觉一震。没想到，平日不爱言语的张自忠，内心却深藏着如此的宏愿壮志。要是全国军人都像这样，全军多有这么几个总司令，日寇何愁不能打败！不过，张自忠的心情似乎太沉重了些，太压抑了些。他说：

“荩忱，你已经尽心尽力了，你是中国军人的佼佼者，是抗日名将，委员长和全国民众都很信任你。”他的话，既有夸奖，又有安慰。

“长官，在您的麾下，我的精神很轻松，很愉快。不过我常感力不从心，总怕有闪失，有辱使命，没法向民众交代。”张自忠说。

“不要紧，你尽管大胆指挥。”李宗仁拥着这员爱将向司令部走去时，说，“不过，你身为总司令，打起仗来，不一定要到前沿去，掌握全盘是至关重要的，而且还有更重要的工作让你去做。”

张自忠愣了一下，想琢磨一下长官的这席话，但李宗仁拥着他已经进了司令部大门。他正了正军帽，说：“感谢长官的关怀！”

各军、各集团军指挥官按期来到了。

这是一次重要的高级军事会议。会上首先传达了委员长蒋介石的训令和军事委员会关于固守襄河、确保荆沙的决定。

武汉失守之后，形势更加恶化。日本帝国主义以武汉为基地，正在集结力量，窥视武汉以西的长江和襄河一带，企图水陆并进，直捣重庆。荆沙地区是陪都重庆的门户，战略地位极其重要。而5战区的主要任务就是确保这一地区的安全，阻止敌人从长江以及大巴山、鄂西山地进入四川。

为了指挥便利，5战区划分为左翼兵团、中线兵团和右翼兵团。蒋介石和李宗仁决定任命张自忠为右翼兵团总司令，节制三个集团军和江防部队。自宜昌、江陵起，到沙洋、旧口，北至荆门、钟祥、宜城。防线遍布长江以北，襄河两岸及大洪山一带。这里离武汉近，日寇进攻鄂西北，右翼兵团必然首当其冲。张自忠既感激上峰的信任，又深感自己责任重大……

会议在李宗仁的主持下，根据统帅部的决定，讨论了战区的设防部署，他强调了固守汉水和大洪山、桐柏山的重要战略意义，要求正规军和游击队密切配合，前线和敌后密切配合，务必精诚团结，全力以赴，切不可为了狭隘私利而保存实力，敷衍抗战。否则，贻误战机，抗战不力，军法无情。众将领表示，服从命令，主动出击，坚守各自的防线。

从长官部出来，庞汤瘸着一条腿，向张自忠伸过一只手来，说："祝贺老弟晋升！"

"哪里哪里！今后在战场上，你我兄弟还要多多配合。"张自忠握着他的手说。

"你是兵团总司令，我只不过管个把集团军。"庞汤讪讪地说，"在战场上我听你的。"

"老兄太客气了！"

庞汤悻悻地走后，张自忠让小猴子去把廖副官他们三人找来，晚上看战区文工团的节目。

军事会议开过，许多将领想游览一下武当山。张自忠一向对名山大川兴趣浓厚，可这一次却兴味索然。因为他惦着回去调整部署，进一步摸清当面之敌的情况。李宗仁劝他道：

"武当值得一游，去了，你会觉得不虚此行的。"

于是，张自忠偕欧阳茜兰、廖副官、郭喜顺，还有老黄和小猴子，起个大早，带上干粮，直趋武当山……

武当是中国道教名山。据说这里原有八宫、二观、三十六庵堂、七十二岩庙等庞大的古建筑群，绵亘在60余里的山间小路上。现在保存的建筑，大部分是明朝永乐年间所建。武当方圆800里，到处是奇峰险谷，苍松翠柏，喷泉清潭，珍禽异兽。历代著名道家曾在此修炼，留下了许多神奇的传说。

要进武当山，必进玄岳门。进入此门即为朝山神道。玄岳门是座高大的石牌楼，正中坊额上刻着“治世玄岳”四字。其额坊、栏柱上分别以浮雕和圆雕等手法，刻有仙鹤游云、八仙人物等；坊下有鳌鱼相对，卷尾支撑，坊檐下缀以各种花卉图案，题材丰富，镌镂精巧，造型优美生动，堪称石雕艺术精品。

从玄岳门前行二里路，就是遇真宫，据说名道张三丰在此结庵修炼，名曰会仙馆，被民间传为“真仙”。朱元璋、朱棣曾先后下诏召见和派人求访，他都避而不见。后来朝廷在此建宫。

张自忠一行由琉璃八字山门进去，但见这里院落宽敞，幽雅静穆。真仙殿高大宏伟，面阔进深，单檐飞展，彩栋朱墙，巍立于崇台之上。他们怀着景仰的心情走进殿堂。大殿上供奉着道祖张三丰的坐像。神像身着布衲草履，形象生动，风姿飘逸，活生生一尊富有仙风道骨的道祖神像。宫殿左有望仙台，右有黑虎洞，山环水绕，如同天然城郭。

在这高山之上，竟能建筑如此宏伟的宫殿庵堂，给后人留下了历史遗迹和艺术享受。张自忠对此感叹不已。他一面观赏，一面以自己所知，不时给欧阳茜兰和廖副官他们讲解。

欧阳茜兰跟随父亲游历甚广，但武当山却从没涉足。今日登临武当，她感到心潮澎湃。登高望远，心境开阔，人的感情得到了升华。她同时感到一阵凄凉。要是老父若在，和他老人家一起登临此山，那该多好啊……

往前行不远，在武当山主峰西北，有座玄天玉虚宫，又名老营宫。传说当年营建武当山区的宫苑时，以此处为基地，才逐步把其他各处扩建起来；又说，明末农民起义领袖李自成曾在此扎营，操练军队，扩充队伍。

老营宫原为五进三路院落，有大大小小的殿堂祠坛无数，规制严谨，院落重重，楼台毗连，玉带河蜿蜒回环，横贯其间。

看到老营宫残存的宏伟建筑，张自忠很有感触，说：“从我国历史上看，朝代的兴替，皆因政治腐败，内部倾轧，民不聊生，外敌入侵，终至亡国。这就是人们常说的‘国必自伐，而后人伐之’。日寇敢于侵略我国，不也是看到了我们国家这方面的弱点吗？”

廖副官说：“不过，现在好了，全国军民团结起来了，定能把鬼子赶出去。”

“民众心向团结，心向抗战，可有人就是要搞投降，要成立和日本‘亲善’的政府。”张自忠说。

“就是嘛！汉奸邱仰一伙就是要搞这一套，他们把日本人认作爹，什么都听鬼子的。这帮家伙真该杀！”欧阳茜兰这时想起了爹的惨死，脸蛋气得通红，抿着嘴，牙齿咬得紧紧的。

一直没吭声的郭喜顺说：“鬼子总该尝到中国人民的铁拳了！可它还不死心，还与中国为敌。”

张自忠若有所思地继续说：“从我们的抗战，联想到明朝的戚继光。他善于练兵，又善于用兵，纪律极严，曾在沿海一带把倭寇打得狼狈大败。他是位了不起的民族英雄。”

茜兰说：“听我爹说，戚继光在蓟辽一带修过长城，还在山东海边修水城呢。他修水城，就是专门为了防倭寇、打倭寇的。”

“是有这么回事。”张自忠说，“所以，我们要发扬戚继光精神，忠心耿耿地卫国保民，一天不把鬼子赶出国门，我们心里一天不得踏实。”

他们一边看，一边说，都觉得口干舌燥。小猴子带的军用壶已经空了，这么好几个人，每人喝一口，一壶水哪够用？茜兰渴得嗓子冒烟，话也不想说，她刚要捧一口玉带河的水喝，张自忠制止了她，说这里有游人经过，怕有污染，等会找个山泉，喝个够。他们跨过玉带河，不一会儿来到了后山。

就见后山丛林中，一块突兀的大白石上，坐着个年轻道士。他身穿皂色棉道袍，脚穿白布袜，黑棉鞋，一顶道冠戴在头上，映衬着一张端庄白皙的脸庞。小道士不足 18 岁，上唇已长出绒绒细毛。他身边放着只瓦罐，罐内清水盈盈。见张自忠一行人过来，他站起来，问：

“先生可是张将军？”

张自忠突然一愣，忙答道：“我就是张自忠，小师父有何指教？”

“清虚道长让我在这里等将军，特赐一罐清泉。”年轻道士指着那只瓦罐说。

“清虚道长？”

“那是我们师祖，是武当山功德和道行最高的人。”年轻道士说，“他本来是要亲自在此等候将军的，但今天全武当的道士在金殿举行道场，奏请玉皇大帝和诸位天神，保佑我大军剿灭倭寇，光复河山，保我中华，赐福苍生。”

张自忠的目光向远处眺望，就见武当山顶峰处，金殿在灿烂的阳光中熠熠闪亮。他说：“我是第一次朝拜仙山，并不认识这位道长。”

“将军是身在仙山不识仙呢！”小道士说：“听清虚道长说，你们在许昌关帝庙曾经谋面。”

“我在关帝庙，是见过一位年事很高的道长，难道就是清虚道长？”张自忠看了欧阳茜兰一眼。

“正是。那时他受师兄弟之邀，曾到崂山、泰山游历讲道。后来倭寇入侵，大战爆发，他就到关帝庙住了些时日。”小道士说。

他的眼前，出现了那位老态龙钟、一瘸一拐的老道士形象。他不放心，想进一步证实一下，又问：“清虚道长的腿脚有毛病没有？”

“道长的右腿有点瘸，那是被日本武士害的。”

在关帝庙，欧阳茜兰曾经几次见过这位道长。每次见面，都是爹向他问候，道长讷言，只是点头，就隐没到后山去了。后来爹死后，再也没见到这位道士，没想到他回到了武当山。

廖副官和郭喜顺听了半天，不知所云，突然听说老道士的腿是被日本武士打伤的，不觉好奇，很想听个究竟，便请小道士讲一讲。

张自忠坐在小道士对面，众人皆找块石头，或倚或坐，都想听听那位道长的神奇故事。

小道士看了众人一眼，便讲起来——

那是甲午年7月，北洋水师与入侵我领海的日舰在黄海激战，我英雄水兵勇往拼杀，宁死不屈，决心与战舰共存亡。但朝廷战和不定，指挥无能，致使无数官兵葬身大海。日贼乘人之危，签订了条件苛刻的《马关条约》，让我开放港口和商埠。日本武士也跟着耀武扬威起来。

一天，一个叫横尾大熊的武士，在驻汉口日本领事馆的支持下，竟在沙市设立擂台。台柱上写着副对联：打尽天下无敌手，东亚病夫皆低头；横批是：太阳永不落。据说这个大熊好生了得，在日本本土确实没有敌手。他是甲午战争的第一批侨民，来时受到过亲王召见，让他到中国弘扬日本武威，传播武士道精神。他先在大连设擂，关东好汉们曾和他较量过，皆被他摔下擂台。于是他不知天高地厚，又在长江重要通商口岸沙市设擂，满以为真可以天下无敌，横行霸道了。

擂台设在荆江大堤之上，万寿宝塔之侧，南来北往的行人和船只，皆能见到此擂台。日本人控制的报纸对他大吹大捧说，他一顿饭能吃一只公鹿，他睡觉的鼾声能把房上的屋瓦震动，他走路时衣角的拂动能把行人击倒。说有一次在京都比武，他举起了两千多斤重的一只铜鼎。观看比武的亲王让人在鼎里装满水，要求他举起时，不让水洒出来。就见他运足气，轻轻地把鼎抱起，又平稳地举过头顶。从此，人们干脆叫他"铜鼎大熊"。被誉为日本国宝，天皇赐给了封号。

大熊设擂以 20 天为限。这些日子，峨眉的高僧、三峡的隐士，湘西的绿林好汉，先后和大熊交手，但有的被他打死，有的被打伤，仅有一个人打成平手。汉口、沙市、宜昌、重庆一带的爱国志士急得跳脚，恨不能出个武林高手一拳把那个大熊赶下台。可是到了第 20 天，还没见到这么个对阵的人。人们哀叹：我泱泱中华，难道就没有一个人能敌得过倭贼？

这天下午，大熊得意忘形，打洋鼓，吹洋号，正要宣布胜利收场的时候，从台下跳上来一个道士。这道士 40 岁年纪，长得精瘦，看着很不起眼。他一不摘冠脱袍，二不拉架势，只是将宽大的袍袖在腕上绕了绕，扎住，双手抱拳，表示打招呼。大熊瞥一眼道人，不禁大笑一声，然后运足气，"叭、叭、叭"，拳脚相加，向道士猛攻。道士灵活得像只山猴，首先躲过了头三招，然后以守为攻，再避过三个回合。道士避其锋芒，以逸待劳，当大熊再次向他发起攻击时，道士猛地蹲下，一个扫堂腿。大熊上身正往前趋，不防脚下被击。大熊不愧是沙场老将，急忙顺势往前飞起，折身落到台上。就在他还没站稳之际，道士飞起脚，右脚结结实实地击在大熊的右肩上。大熊"哎哟"一声，转身向道士扑来。道士跳到他后面，将身子腾空而起，右脚猛击大熊的后心窝。大熊勉强支撑着身子,向前踉跄几步,又转身向道士攻击。

但这个时候的大熊,气力不支,攻击减弱。道士再一次灵活地跳到他背后,看准目标,拼将全身力气,凌空飞起右脚,向大熊的后心窝猛地一蹬。大熊那沉重的身子,从擂台左侧飞也似的出去了,像块笨重的大石头,在惯性的作用下,轱辘辘滚下了荆江大堤……

小道士讲完,看众人一眼,说:“那位打擂的道士,就是我的师祖清虚道长。”

郭喜顺听得十分认真,忙问:“老道长的右脚那么厉害,后来怎么变瘸了呢?”

小道士说:“那次打擂,日本人丢了脸。他们派人跟踪道长,在道长回武当的必经之路上设下埋伏,用网冷不防将道长罩住,把他毒打一顿,着意打断了他的右腿。”

郭喜顺听了骂起来:“日本人真他妈不要脸,明打不过人家,就暗着下毒手!”

廖副官把后槽牙咬得咯嘣响。

欧阳茜兰望着远山,陷入了沉思。

张自忠望着那残存的宫殿,默默无语。

小猴子和老黄也都骂起来。

小道士见众人这番表情,忙说:“过去的事,不要再讲了。我本不该把师祖的事说出来的。平日师祖不让提这些,他一想起断腿的事就生气。”他捧着那只水罐,给张自忠,说,“好了,师祖让我给将军送水,就请用吧!他知道你们走到这里会很渴的。这水不仅能解渴,还能提神。”

“多谢老道长,多谢小师父。”张自忠接过水罐,问,“道长咋知道我今天会到仙山来的呢?”

“我们师祖能掐会算,会观星象。论他的武功和道行,高手们无不推崇他。”小道士骄傲地说。

张自忠抱起水罐,咕咚咚喝几口,哈,多好的水呀!清冽甘甜,沁人心脾。他又喝几口,才把水罐依次递给众人,说:“真是仙山圣水呀!”

“这是从玉虚岩下打的泉水。”小道士补充道。

看这仙山，观这殿宇，喝这清泉，张自忠真感觉到大地母亲的神奇与伟大。待众人喝足水，张自忠把水罐还给小道士，双手抱拳，说：

“请小师父转告清虚道长，等打败了日本鬼子，我一定再到仙山朝拜老道长！”

小道士双手抱拳，诚恳地说：“将军保重！全武当的仙人、道家祷告上苍，祈求将军平安，多打胜仗，驱逐倭贼，光复中华。”

待张自忠一行人已经走远了，那小道士还手抱瓦罐，目送着他们。

西斜的阳光，把武当山勾勒得轮廓分明，那金殿在顶峰上愈加显得雄伟和神圣，那儿仿佛传来阵阵仙乐，好一派“清静无为”的仙境。

这时，天宇间突地起一道彩虹。赤、橙、黄、绿、青、蓝、紫，色彩分明，跨度很大，整个武当都被罩住了。细看，这虹，仿佛是从张将军所去的那个方向升起的。冬天现彩虹，自古少有，不知是凶是吉。小道士抱着瓦罐，急忙向金殿方向跑，去请教他的师祖清虚道长……

第十五章
又续兄弟情

张自忠回到集团军总司令部，亲自将欧阳茜兰安置停当，再领她到医官处见各位医官。之后，他调动部队，调整部署，做长期固守襄河和大洪山的准备。利用部队调整变动之机，他让郭喜顺到佟光的团里去当连长。

郭喜顺不愿离开张自忠，说："我不愿当官，就愿在总司令身边侍候您，护卫您一辈子。"

"别说傻话了。"张自忠拉他坐下，说，"哪有小鸟总跟着大鸟的道理？翅膀硬了就得往外飞，而且越飞越强壮，飞得越高越远。"

郭喜顺想起当初在喜峰口见到总司令时，自己才十三四岁，流着鼻涕，四六不懂。是总司令送他读书，让他见世面，受锻炼；也是总司令让爷爷、奶奶给他收养了个小弟弟，取名郭喜东；为了小喜东，总司令常派人给家里送钱送粮……在郭喜顺心里，张自忠是长官，也是父亲。在戎马倥偬中，他要照顾好总司令的生活，护卫他的安全。现在猛不丁让他离开，心里难过得很。这样想着，眼里不觉注满了泪水。

说实话，张自忠也舍不得他离开自己，心里也酸酸的不好受。不过，他笑了笑，把手帕递给郭喜顺，说："哪有勇士掉这咸水水的。下去后，要把弟兄们带起来，一个勇士带出一连勇士，一百多号勇士就是一群下山猛虎。我希望你就是那群虎中的带头虎。出膛的子弹不回头！"

夜深了，他们说了会儿闲话。张自忠告诉他：他已经给驻河北省的游击部队捎信，让他们派人去喜峰口看看郭大顺老汉一家，看喜东那个小家伙长得多高多壮了。郭喜顺听了十分感激。

第二天早起，郭喜顺又找小猴子谈话，千叮咛，万嘱咐，让他精心照顾好长官。他介绍长官的生活习惯和爱好，又讲自己的体会。

小猴子说："郭连长，你就放心吧，我干了这么几个月，已经摸出些门道了。你以后常来看望长官，咱哥儿俩见面的机会多。"

他们互相鼓励一番，吃过早饭，郭喜顺背着背包，向总司令部的各位长官和弟兄们告别。不过，张自忠没有来送行。他半夜接到重庆统率部的电令，正在做打一场大仗的准备……

1939 年 5 月上旬，侵华日军集中了三个师团，一个骑兵旅团及飞行部队和大批炮兵、战车、工兵等配属部队，在襄河两岸和大洪山一带进行扫荡，企图歼灭中国军队。

日军的作战准备是在秘密状态下进行的，然而，中国方面获悉了敌人的情报。蒋介石委员长亲自部署这次反扫荡，并先后三次指示李宗仁：一定要挫败敌人，确保荆沙安全。不过，他作为最高统帅，还做了另一手准备。一旦反扫荡失利，五战区的大部分部队将退至鄂西北山地打游击。敌人来势凶猛，既然他没有稳操胜券的把握，就要有失利的准备，以免那时惊慌失措。

根据日军的扫荡企图和蒋委员长的电令，战区司令长官下达了作战命令。日军主力由钟祥向北推进，右翼兵团首当其冲。他指示张自忠要竭力增强襄河东岸的力量，拒敌北进，并防止敌寇从钟祥、宜城一带渡过襄河。

大战在即。张自忠对部队做过部署后，立即将总部迁出荆门，向前移至宜城赤土坡。

这天凌晨，荆门城西的象山笼罩着一层白雾，缥缥缈缈，袅袅婷婷，宛如仙女的长袖在舞动。在白雾缭绕中，有座文静幽雅的龙泉书院。

书院北侧有古迹老莱山庄遗址，东有来龙石桥，西望象山半腰，有宋代理学家陆九渊的讲经台和仰止亭，山下有四眼清泉明珠般罗列在书院周围。南隔文明湖便是陆夫子祠和唐安古寺遗址。书院内外景色优美。

张自忠到鄂西北后，就将总部设在这里。半年来，他操练军师，运筹帷幄，潜心读书。龙泉书院和他结下了深厚的感情。

参谋长张克侠安排总部人员先行，命令部队脚步要轻，不要发出声响，不要惊扰民众。待总部人员全部上路后，他才来见张自忠。

此刻，张自忠正站在书院中央的那棵高大的皂荚树下，望着枝叶繁茂的大树，抚摸着，念叨着。来的时候虽已深秋，但许多皂荚仍旧挂在树上。他让人把皂荚打下来，分给大伙洗衣服用。早晨，他在树下打拳、舞刀，饭后，他在树下散步；平时，和部下们在这里聊天。这一冬一夏，都是皂荚树伴他度过的。

“都上路了吗？”他见克侠走来，忙问。

“上路了，咱们现在就走。”

“没有惊动当地父老乡亲吧？”

“没有。”张克侠说。

然而，当他们走出龙泉书院，踏上城里的街道时，就见满街都是欢送的人群。虽然在夜色中看不清他们的面孔，但凭着感觉，这些都是似曾相识的父老乡亲。他们举着大幅标语：“反对投降，精诚团结，抗战到底”“全力支援抗战”“拥护抗日军队”“驱除日寇，恢复中华”。

“参谋长，这是怎么回事？”张自忠问。

张克侠说：“总部迁移的消息封锁得很严，只是昨天晚上给王县长打了个招呼，难道是……”

他们边说边走，来到城中心的十字街口，就见数条街上黑压压挤满了人。这时有人说：“请张总司令讲话。”“对，总司令给我们讲几句吧！”“我们要见张总司令！”“总司令，我们欢迎你！”

抗日之师，理所当然受到民众拥戴。张部纪律严明，和当地政府、民众关系融洽，还肃清了潜伏在周围丘陵地带的土匪。就连流氓、地痞和散兵游勇也规矩了许多。本不想惊动民众,没想到大家却这么热情送行。张自忠不敢推辞,只好走上前,站在街心那张早已准备好的方桌上,对欢送的人们说:

"父老乡亲们,兄弟我只讲三句话:一句是,部队在这里多有打搅,不周之处望包涵;二句是,中国大地是炎黄子孙的摇篮,搞投降卖国的人绝没有好下场;第三句话是,只要我张自忠在,我和我的弟兄们就一定抗战到底,用血和生命来报效国家和民众!最后,感谢父老们的盛情。"

他讲完话,民众呼口号:"打倒大汉奸汪精卫!""打倒日本帝国主义!""团结抗战到底!"

张自忠没有坐车,没有骑马,而是和张克侠徒步前行。来到北门,就见两山之间,一条大道通南北。荆门是军事要地,素有荆楚之门的称谓,是襄阳至荆沙的重要关隘。当他以军事家的眼光观看周围地形时,就见此门外,晨雾中,立着送行的王县长和众绅士。他连忙拱手说:

"自忠无德无能,怎么敢劳各位大驾!"

王县长说:"将军驻节荆门,实乃百姓之福。"

众绅士一阵赞扬、附和。

王县长又说:"我们没有别的意思,只要求张将军给我们留下一张相片。"

张自忠一愣,问:"干啥?"

"将军战功卓著,部队纪律甚严,堪称仁义之师。"王县长笑笑,说,"我们想把将军的像放大,刻在石碑上,聊表荆门百姓对将军的怀念之情。"

"不敢当,实在是不敢当!"张自忠说。

绅士中有位长者说:"张将军不必过谦,还是留下贵相片为好。"另一位绅士说:"这叫作褒扬功臣,激励百姓,训示后人。"

张自忠严肃地说:"不是兄弟我谦虚,实在是不敢这么做。我的军纪虽严,但手下官兵众多,难免会有损害百姓的事。老乡受了损害吃了亏,也就发发牢骚算了。假如把我的像刻画在石碑上,老乡一旦见了就会指着像骂我。这样,我岂不要遗臭万年了!"

"将军言重了,荆门百姓都很感激张将军和您的部队。"王县长觉得有点难堪。

他向县长和众士绅敬个军礼，跃上白龙驹，说："感谢诸公的美意，来日再会！"他勒紧马缰绳，白龙驹放蹄奔跑起来。蹄声嘚嘚，震荡四野。

翻过一座小山，张克侠从后面追上来，二马并行，片刻，克侠埋怨张自忠说：

"人家是好意，可是你的话说得太重了，闹得人家下不了台，让人觉得是你瞧不起似的。"

张自忠笑了，说："如果我不这么说，他们还会让我留下照片的。"往前走几步，他的神情严肃起来，又说，"我们是抗日军队，是爱国将领，还是不要那个虚名为好。为国为民，我们做得不够，没有半点值得炫耀，更不该让民众颂扬。正所谓盛名之下，其实难副，反而贻笑大方。"

张克侠平时不爱笑，但此刻也被张自忠的神情感染了，逗笑了。他推了推眼镜，说："你这个人啦，还是这么个钻牛角尖的脾气！"

总部移到赤土坡后，张自忠立即召开团以上军官会议，下达对日作战计划。他命令一个军从荆门贺家集渡河，侧击日军左后方；命令驻大洪山部队向日军右侧背进击，并派一支部队在京钟公路上阻止日军增援部队；命令刘山师扼守长寿店，而他自己将亲自率领黄纲师、何丰师及一支骑兵部队，从流水沟渡河截击敌人，将北犯之敌消灭在田家集、黄龙垱地区。

他把拳头狠狠地砸在桌子上，说："出膛的子弹不回头。只要日寇敢来碰一下，我们就倾全力把它消灭在襄河地区！"

这天凌晨，日军主力在飞机、坦克掩护下，集中炮火，向刘山部队发起攻击。经过一天的激战，日军突破我前沿一个团的阵地，向长寿店方向进攻。刘山立即指挥另外两团左右夹击敌人。

第二天凌晨，日军又在10多辆坦克掩护下，集中所有野炮，全力向刘山的阵地猛攻。由于敌我兵力悬殊，我长寿店阵地被敌人突破。

刘山记住了张自忠诱敌深入的指示，立即命令部队向丰乐河、转斗湾地区撤退……

且说张自忠亲自率领三个师的兵力，从流水沟渡到襄河东岸后，迅速抢占阵地。他要努力做到既要拒敌北进，又要防止敌人在某一点抢占渡口，强渡襄河，攻击我战略后方。

当晚，敌人主力继续北犯时，却遭到黄纲部的猛烈抗击。激战一昼夜，敌人伤亡很大，遂向后撤退。黄纲挥师追歼敌人。当追至田家集西北地区时，与敌展开血战。张自忠令刘山率部向田家集靠拢，协同黄师夹击敌人。

刘山部在田家集西南厮杀，黄纲部在田家集西北鏖战。还有，33集团军的所有部队，都和敌人打得热火朝天，难分难解。

黄纲的指挥部设在一个半山腰里，那儿有几间茅草房。他倚在屋外的一块石头上，从望远镜里观察着佟光团队的情况。一道道山梁，一条条雨裂沟，都埋伏着抗日勇士。敌人的飞机来了，他们藏起来，等炸弹爆炸后，他们又回到自己的阵地上。当敌人的步兵接近我阵地40米时，轻重武器一起开火，一张张火网，向敌人铺天盖地罩过去，一颗颗手榴弹在敌群中开花。

敌人一次又一次地反扑，一次又一次地退下来。敌人死得不少，我军伤亡更大。敌人眼看着田家集久攻不下，急了，就把10多辆坦克调来孤注一掷。三辆坦克一组，呈三角队形在行进中攻击，坦克的后面藏着步兵。

见到此种情形，黄纲不觉惊出了一身冷汗，忙进屋，给佟光打电话："你们一定要顶住！"

"真够呛！"佟光在电话里说。

"一定得顶住！我马上给总司令报告，让派援兵来！"黄纲放下电话，又让接线兵要通前线总司令部。张自忠临时指挥部就在田家集，很快，电话接通了，他报告完战况，说："总司令，佟光怕是顶不住了。请派个团来增援，把敌人的这个浪头打下去。"

张自忠在电话里通报了战况：北进之敌已被我军团团围住；大洪山我军已截断敌人后路；刘山正在田家集西南猛攻。日军伤亡很大，眼看就要被我击溃。他说："黄师长，你要告诉各级指挥官，只准前进，不准后退。我们困难，敌人更加困难，我们要争取最后5分钟。你要到第一线去，有力地组织部队抗击。我已派出一个骑兵营，迂回到敌人右侧背实施攻击。只要骑兵营一打响，佟光那边压力就会减轻。你们要最后加把劲，把敌人击溃！"

听说总司令已派出部队去袭击敌侧后，黄纲不觉心里轻松了许多。他十分佩服张自忠使用预备队是那么掌握火候，那么及时有力。可见，他对战场各方面的情况了如指掌。

黄纲带着两名参谋，匆忙向佟光团阵地走去。跃过一道山梁，刚进入一片灌木林，耳边就听着枪声有点儿不对劲。他举起望远镜，就见一辆坦克被炸毁在阵前，而大批敌人在慌忙后跑。估计是骑兵营在敌侧背打响，敌人阵脚已乱。他急忙命令佟光带着团队追击敌人。

张自忠带出来的军官，都是一个类型：只会打仗，不会说大话，吹牛皮。抗战将近两年，大小打了近百仗，张自忠总是把佟光当钢刀使，哪儿最艰苦、最要害、最险恶，就把他的团队摆在哪儿。打电话问他怎么样，他总是回答："够呛！"从不说"没问题"、"一定完成任务"之类的话。

这会儿接到师长的命令，他急忙召集营连军官在阵地开会；他让几名负轻伤的军官留下，组织老百姓后送伤员，打扫战场；自己带着团队，向溃退的敌人追击。从早到晚打了一天的恶仗，士兵们没喝口水，没吃口饭。老百姓送的锅盔和饭团子，放在阵地后面的山上，被敌人的炮火封锁着，送不上来。这时，他让各连派人把饭领回来，每人一块锅盔、两个饭团子，边追击敌人边吃饭。

敌人跑得很快。敌人是乘坦克和汽车溜跑的。部队追了一宿，竟没和敌人接上火。直到第二天凌晨，还不见敌人的后影。佟光很懊丧："奶奶个熊，鬼子钻到地洞里去了！"

追过蒿子岗，还不见一个鬼子。佟光几乎失去了信心，很想让部队坐下来休息。然而就在这时，走在最前面的搜索队派人来报告说，发现日军一个辎重部队，在一个大坪上集合。

佟光顿时来了精神。他让部队就地休息，擦擦枪，做好战斗准备。他带着几个营长和参谋，和搜索兵一起到前面去察看。

他们到那儿一看，佟光乐了。敌人正在集合排行军序列，而且周围未布防。那么多汽车，那么多马车，那么多物资。他判断，这是敌人的一个辎重联队。这儿的地形是，南面有连绵的群山，北面是丘陵，中间是块平坦的开阔地。

敌人把辎重部队放得这么靠前，绝没有想到，它的主力竟在北进的路上全被33集团军击溃。大部队被击溃，辎重部队只好仓促撤退。

绝不放过这个机会！他让三位营长带着自己的部队，迅速抢占制高点，把团里所有迫击炮、重机枪调来统一配置，并派人向师长报告。

待一切攻击准备就绪，佟光一声令下，所有轻、重机枪和迫击炮一齐向敌人射击。尽数敌人全摆在大坪上，只等一声令下就开拔。这突如其来的猛烈炮火，打得敌人躲没处躲，藏没处藏。辎重联队长正在队前训话，还没等他反应过来就上了西天。敌营大乱，像一群没头苍蝇。

辎重联队有相当一部分伪军。他们有的是在战场上被俘的，有的是在东北、华北被鬼子强迫抓来的。一见鬼子乱了阵，他们就大声呼喊：

“弟兄们，我们是中国人。我们把马匹牵过来，把物资驮过来，请不要打我们！”他们一面喊，一面牵着驮马往我军阵地跑。

佟光命令部队闪开一条路，让投诚的伪军向我军阵地转移，并命炮火集中向日军射击。让开半壁，火力相对集中了。有这么多伪军投诚，部队很受鼓舞，士兵们忘却了疲劳，在迫击炮和机枪掩护下，他们跃过沟坎，接近敌人，用步枪射击，用手榴弹投掷……

这时，黄纲来了，张自忠也赶来了。他带着一个骑兵营来增援佟光，顿时士气更高了。

“怎么样？”张自忠问佟光。

“嗯，过瘾！”

“哦，不‘够呛’？”张自忠故意问。

“总司令，您就瞧好吧！”佟光红着脸，说。他抱着重机枪，向敌人“突突”地扫射起来。

这一仗，把日军的一个辎重联队全数歼灭，打毁了坦克和战车，俘获战马、驮马数百匹，炸毁了橡皮艇和钢板运输艇，缴获弹药无数，军用地图数十箱，还有大批药品和给养。据一名被俘的日军下士说：这个辎重联队的物资，是供渡河进攻襄樊用的。那些橡皮艇和钢板运输艇，一次能渡运一个大队。

张自忠和黄纲去看望投诚的士兵。见一个小兵腿有点跛，张自忠问他是

怎么受的伤。那小兵拍拍腿,不在意地说:

“我赶着两匹驮马,想快点跑过来,急了点,腿磕在石头上了。不碍事,不碍事。”

张自忠也笑了,摸着他的头,见他约莫十五六岁的样子,长得又瘦小,肉泡眼,一对虎牙龇着,挺招人喜欢,问:“你家是哪儿的?”

“河北遵化。”小兵说。

“哦,我们部队在那儿打过鬼子。”佟光说。

“是哩,听我爷爷说,张自忠的部队在那儿打过日本,那大刀片悠悠地舞,像切西瓜,杀得鬼子嗷嗷叫。”小家伙说起来手舞足蹈。

佟光说:“你瞧,这就是张总司令。”

“张……”那小兵不信,摇着头说,“你骗我。”

张自忠点点头说:“我就是张自忠。”

“真的?”小家伙迟疑一下,凑到张自忠面前瞧着,瞧着,瞧了个够,嘻嘻一笑,“是真的,真的!下巴上果然有颗痣,痣上有几根须。”笑着笑着,突然哭起来了,扑向张自忠说:“总司令,我,我可算找着您了,找到自己的部队了!”

“你叫什么名字?”张自忠问。

小家伙止住哭,说:“咋?您不认识我了?我是郭喜东,是郭喜顺的弟弟呀!”

“小喜东?”张自忠把他搂到怀里,瞧着。这眼睛,这嘴,确有小时候的模样。他不禁想起了那次大顺老汉把他领到部队时的模样,一晃 7 年的光阴过去了,那情景恍如昨日。一个日本孤儿在中国扎了根,成了个地道的中国小伙子。为了慎重,他问:“你可有和你哥相认的东西吗?”

郭喜东想了想,说:“有。”他从怀里掏出个什么东西,在张自忠面前一晃,“我有这个!听我爷爷奶奶说,我哥第一次见我时,我手里就拿着这个。要不是我哥,我就在山上喂了狼。”

啊,小木人!张自忠拿在手里细瞧,桃木雕刻的眉眼,套着花布衣裳。这小木人张自忠是见过的,十分眼熟。他果然是小喜东!

“我哥呢?我哥在哪里?”

“一会儿你就见到你哥了。”张自忠把他搂在怀里看了又看，把他的伪军帽子扔掉，又把自己的帽子摘下来，戴在郭喜东头上。他问：“你爷爷、奶奶呢？你自个儿是怎么出来的？”

这么一问，郭喜东又哭了起来，说：去年冬天冷得很，奶奶得了喘病，死了。快过年的时候，爷爷和他赶着两只羊到集上去卖，却被日本鬼子抢去了。爷爷气不过，就找他们要钱，反遭一顿毒打。他把爷爷背回家，当天夜里，爷爷就死了。临死前，爷爷让他一直往南走，让他去找张自忠的部队，去找他哥郭喜顺。可没想到，在半路上又被鬼子抓去当了伪军……

张自忠心里十分难过，他十分感谢那两位通情达理的老人，没有他们，这孩子就不可能长大成人。艰难困苦一辈子的老人，却死在了日本鬼子的手下……他给郭喜东抹去脸上的泪，对佟光说：

“叫郭喜顺快点来，让他哥儿俩早点见面！”

襄河，又名汉水，是悠远而神奇的沧浪之水，宛如古人遗落的一张弓，微微弯曲地躺在鄂西北大地上。弓的一端是雄浑的黄土高原，另一端是美如明珠的江汉平原。不尽的源泉从弓上流过，以不同的方式注入长江：或逶迤婀娜，或汹涌咆哮，孕育着中华民族的文明。

张自忠立在襄河东岸的那个高地上，向大河，向四周眺望。江水浩渺，滚滚东去，忽隐忽现的旋涡在翻腾。大江两岸，一边是连绵起伏的大洪山，一边是诡谲静寂的鄂西高地。襄河宛如一大幅绿色的轻绡，铺在这高地中间，在春风中鼓荡着，曼舞着。

作为高级将领，坚强的心理素质十分重要。对这次反扫荡，他充满了自信，相信自己，也相信自己的部下。结果不仅把敌人主力在自己的防区击溃，而且抄敌后路，一举歼其辎重联队，毙其将领，毁其渡河器材，切断敌补给线，迫使日军迅速撤退，确保了襄河防线的安全。因此，他和他的部队，受到统帅部极高的评价与奖赏。

襄河防线十分重要。你瞧，襄河西岸，有个浣纱嘴，它旁边有个土包包叫铁汁坟。据说，楚平王昏庸无道，残害大将伍子胥全家，伍子胥闻讯逃跑，楚平王派兵紧紧追赶。伍子胥逃到襄河边，见一女子在浣纱。他上前施一礼道：“有请大姐，不管谁问，都不要说我从这里过河。”女子说：“将军放心。”伍子胥上了船，还不放心，又转身对女子说：“大姐，官兵在捉拿我。如果大姐告诉追兵，我的性命就难保了。”女子说：“将军是楚国功臣，我岂能害你？放心走吧！”船到河心，伍子胥仍不放心，再次叮嘱女子。女子说：“将军既不放心，我只有以死表明心意了。”她说着，抱起一块石头跳到了襄河里。

伍子胥深感有愧，双膝跪在船上。后来伍子胥到了吴国，领兵灭了楚王。为了纪念这位义女，他就在女子跳江的地方，用铁汁浇铸了一座大坟，就叫“义女铁汁坟”……

眺望这座铁汁坟，张自忠不觉升起一阵感叹：伍子胥啊伍子胥，你疑心太重，逼人太甚。好好一个女子，却无辜被葬身鱼腹。其实，忠与奸，好与坏，普通老百姓是清楚的。抗战以来，他所遇南北各地老乡，都通情达理，支援部队，而许多敌情，还是通过老百姓得到的呢！

他走下高地，上了渡船。渡船从江边逆流而上，及至江心时，船却无力抗争，顺流而下，艄公拼力前划，船斜刺刺地驶向对岸码头。

张自忠下了渡船，小猴子牵着白龙驹早在岸边等候。他跨上坐骑，快马加鞭，直奔赤土坡。

赤土坡位于宜城南面20里，紧靠楚皇城遗址。别看这一带穷，春秋战国时期，楚王在此建都，楚文化在此发祥，一代辞赋家屈原、宋玉曾在这里施展诗才。唯楚有才，风情浓郁。群雄霸主角逐疆场，骚人墨客留下绚丽诗章。

这是一个山区村落，零零散散数十户人家。除了十多家是砖墙瓦屋外，其他都是茅草房。副官处给总司令张自忠找了两间宽敞些的房子，外间当会议室和会客室，里间是卧室和办公室。打仗时，指挥部从河西迁到河东；仗打完了，指挥部又回到了河西。赤土坡就在襄河西边。今早匆匆赶回，大伙都在收拾房子搞卫生。

张自忠跳下马，走进屋子，就见副官处朱主任正带着十多个士兵在搞卫生。他问：

“这是安排给谁住的房子？”

“是总司令住的。您稍等一会儿，等我们打扫完卫生，架好床铺，您再进来。”朱主任挽着袖子，和士兵们一起动手扫呀，擦呀，还不断催促士兵说：“加紧干，别耽搁了总司令的时间。”

“朱主任，既是我住的房子，就该我来打扫。”张自忠边说边挽起了袖子。

“您是总司令，哪能让您打扫。”

“嗳，这话说得就不对了。兵是国家的兵，不是我个人的奴仆，没有给我个人打扫卫生的义务。”张自忠口气很平和，已经拿起了笤帚。

小猴子拴好马，过来对朱主任说：“这两间房，我和总司令一会儿就打扫完了。”

“弟兄们，你们打仗很辛苦，又走了这么远的路，不能让你们累上加累。”张自忠说，“这么一点卫生，我一个就能干，你们回去休息去吧。”

朱主任很尴尬，对士兵们说：“那就服从命令，你们都走吧！”

一个士兵放下笤帚，不觉转身揉揉眼睛。这个动作被张自忠看见了，他着意在这士兵脸上瞧一眼，就见眼睛发红，不断流泪，因畏光而眯缝着眼。他不觉大吃一惊，问：

“这个弟兄，你的眼睛怎么啦？”

“我的眼睛病了许多日子，不要紧的。”

“找医官看过吗？”

“看过，他们说没有好办法。”

“你们连里还有闹眼病的弟兄吗？”

“还有几个。有个弟兄的眼睛都快瞎了。”

“哦？”张自忠想了想，说：“你们先回去，我让医官去给你们看病。你们年轻，要保护好眼睛，眼力不好，枪炮瞄不准，怎么打鬼子！”

“是！”士兵们敬个礼，走了。

张自忠扔下笤帚，很生气，对朱主任说：“去把医官处长叫来。”

朱主任说：“医官处长还在河东。”

“请你告诉他，尽快到部队搞好防疫工作。健康是战斗力。士兵们害眼病，闹得这么重，医官处是有责任的。那个说害病没好办法的混账医官，一定要受到处分。”张自忠一手叉腰，气呼呼的，样子很凶。大伙知道，他轻易不发脾气，可一旦发起脾气来，就很怕人。

他和小猴子打扫完卫生，把床铺架上，铺好被褥，对闹眼病的那些士兵放心不下，便带着欧阳茜兰和一名医官，来到特务连。他教导连长、排长要爱护士兵，说：全连一百多号人，你们是军官，也是长兄。爱护士兵是军官的责任，也是兄长的义务。他还让士兵们充分休息，养成良好的卫生习惯，让医官处多给士兵们讲一些卫生知识，保证士兵身体健康。

医官检查了士兵的眼睛，给了些眼药膏，让害眼病的人勤点眼。欧阳茜兰从山上采些大黄、竹叶、野菊花，熬成汤，一半让士兵们口服，一半让他们洗眼。不几天，特务连闹眼病的人一个个都好了。

张自忠见郭喜东比较瘦弱，怕他在战斗连队受不了苦，就把他调到自己身边，和小猴子一起当护兵。这天，他带着郭喜东到总部附近的部队去视察。部队打了胜仗，会不会有骄傲情绪？会不会有纪律松弛现象？他的部队以纪律严明而闻名。打仗讲战场纪律，平时讲群众纪律。部队住到哪里，哪里的面貌就焕然一新。房前屋内，村里院外，到处干干净净；坑坑洼洼的道路平整了，墙上写着抗日宣传标语……

看到这一切，张自忠很是满意。他不觉顺着小道，向野外走去，想去看看那儿的部队。

田野里，麦花、豆花飘香。一穗穗麦子正在灌浆，一粒粒豌豆正鼓胀起来。今年天旱，加上鬼子骚扰，庄稼长势艰难。但农民努力把汗水洒在地里，换取好的收成。麦子虽然不高，豌豆虽然不壮，但在暖暖春风中它们一天天成熟。

村与村之间，由一条乡间小路牵连着。窄窄的小路，被两边的麦苗、豌豆苗覆盖了，人走在路上总不踏实，生怕践踏了庄稼。

走着走着，突然见麦地里有匹枣红马。马长得体长而高大，屁股上还有烙印。显然，这是自己部队跑出来的马。张自忠急忙走过去，走几步，又放缓脚步，他怕惊动马，怕马在田野里狂奔乱跑。他轻手轻脚，一把拽住马缰。枣红马扬起鬃毛，“咴咴”一声长啸。他把马牵到路上，向周围几个村子张望，判断这匹马是从哪个部队跑出来的。

郭喜东接过缰绳，说：“准是骑兵连的，瞧，麦子让它吃了一大片。”

“那是我们的马，是我们的马！”路的那头，边喊边跑着两个军人。待走近一看，你道是谁？郭喜顺和他连里的一个士兵。

“哥？怎么是你们的马？”郭喜东问。

“你们连里怎么会有马呢？”张自忠更感惊讶。

郭喜顺听见这么两声问，不禁打个激灵。他是逆着太阳光往这里看的，没看清牵马的人是谁。但从这声音中他知道了，忙回答：

“报告总司令，这是我们连俘获鬼子的马。”

“俘获的马，怎么不及时上送？”

“军马处说，部队俘获的马匹很多，一时难以照料，让各部队喂养，到河西后再上送。”

“那你们怎么没看管好呢？”张自忠指着那块被马啃光的麦地，“你瞧！”

“是！”郭喜顺接过马缰绳，说：“我们回去一定教训教训这匹马！”

“浑蛋！该教训的是你，而不是马！”张自忠问，“这匹马交给谁在喂养？”

“报告总司令，是我。”那士兵立正回答。

“好，你们把马牵回去，当着全连弟兄们的面，每人各打20军棍。听明白了吗？”

“听明白了！”郭喜顺回答。

“哥，到时候你就绷紧屁股，把军棍弹回来。”郭喜东拍拍他哥的屁股，取笑着。

“去！”郭喜顺推开弟弟的手。

张自忠说：“马是无言弟兄，马出了问题，责任在人。回去不准打马；还要赔偿老乡的麦苗钱。通过这件事，警戒全连，要严肃纪律。”

“是！”郭喜顺和那士兵牵着马走了。走几步，张自忠又把他叫住了，说：

“连长不好当，可你当不好连长，说明你什么事都干不了，是个彻底的废物蛋子！”

“报告总司令，我一定能当好连长，请总司令监督我的行动。”郭喜顺的脸憋得通红。他最怕别人说他是总司令的人，是个废物蛋子。

“嗯，去吧！”张自忠紧锁的眉头松开了。

“哥，别忘了20军棍！”郭喜东冲远去的人喊着。

“放心吧，忘不了！”

第十六章
鄂西有奇缘

小满一过，农民们忙起来了。他们磨着镰刀，也眼瞅着地里的麦子。麦子一天天见黄，该瞅准时机收割。割早了，麦粒欠饱满，一亩地少收 30 斤；割晚了，麦粒在阳光下爆落，或在风雨中倒伏。割早割晚，同样减产。地里的麦子一旦成熟，一家人就得全力以赴，一下子把它割倒，一下子把它运到自家门前的晒场上，精心地整打、晒场、装仓。忙，忙得合不拢嘴。

如果光是收麦，就没什么紧张的了。汉水之滨，长江两岸，这个季节，还要赶着整田插秧。这里把插秧叫“栽秧”。小满到芒种之间，务必把稻秧栽下去。人误地一时，地误人一年。秧栽得晚，秋后只能收一把草、两把糠。这个时候，是农民最较劲的时候。“油菜开花黄又黄，栽秧割麦两头忙，鸭婆半月不归家，娃娃十日不见娘。”这支民歌就是唱的这个时节的江汉风情。

张自忠晓谕部队：一方面搞好整训，一方面要帮助老乡栽秧割麦，解决困难。

这天吃过早饭，他带着郭喜东，骑马朝住得较远的佟光团走去。翻过一道山梁，就是一条不大的路。说是路，其实是条人走、车轧、马踩出来的山沟沟，到处高低不平，坑坑洼洼。山里的路，原本就是这个样。

张自忠骑在马上，走着走着，就见前面有许多农民在修路，大多数是男子，也有少数妇女。他们使着铁锹、镐头，从路边取土，将坑洼填平。但只要细看就会发现，他们脸上没有表情，嘀嘀咕咕，发着牢骚。有的妇女还噘着嘴，满脸委屈和怨气。张自忠跳下马，问：

"乡亲们辛苦！你们不下地收麦子、栽稻秧，却到这里修路干什么？"

"麦子和稻秧是顾不上了，让我们先来修路。"

"修路？这么着急修路干吗？"张自忠问。

"给总司令修汽车路哩。"一个汉子说。

"听说总司令要来巡视，怕路不够宽，汽车轱辘过不来。"一个老汉说。

"哪个总司令？"张自忠很纳闷，问道。

那些人停下活，瞟一眼这两个骑马的人，死死地盯着，仿佛他们是天外来客。兵见多了就不害怕。那个汉子揶揄地说：

"你们好像是武当山下来的神，对凡间事啥子都不晓得。我们这里只有一个总司令，就是张将军，张自忠总司令。明白了吧？"

"听说他打仗蛮行，可这会儿让我们来修汽车路，就不领他的情了。"一个年轻后生说完，被那老汉呵斥一声，觉得他的话刻薄了些。

后生倒没回嘴，一个拖着长辫子的姑娘却开了腔："本来嘛，我家麦子割了一半，就让我来给总司令修路。我家瞎眼爹，在田边急得直哭。有啥法子？这叫一切为了抗战嘛！"……

这七嘴八舌的几句话，如同一记闷棍打在天灵盖上，张自忠的脑袋"嗡嗡"发响，不知该说什么。

佟光正在指挥修路，见两骑人马朝这边奔来，以为是总司令部派来督察修路的人，他急忙跑过来。佟光是张自忠的学生、老部下，追随十多年，彼此有很深的感情。这次张自忠在襄河东岸指挥反扫荡，一直在最前线，几天几宿没合眼。听说总司令近日要来视察，得好好让他住几天，尝尝这山里的杏子和李子。

然而，他跑到那两骑人马近前一看，傻了眼，站在他面前的，就是他要迎接的人。他忙着上前敬个礼，说："总司令，您……"

"佟光，谁叫你修路的？"不等他说完，张自忠声色俱厉地问。脸上乌云滚滚、电闪雷鸣，把个佟光吓了一大跳。他结结巴巴地说：

"我，我……"

"浑蛋！"他把马鞭冲佟光高高举起，骂着。但马鞭在空中停留片刻，却狠狠地抽在那条正在修筑的山路上，"佟光啊佟光，亏你能想出好主意！"

"那……"佟光十分窘迫，可一时又不明白自己究竟做错了什么事，愣愣地立在那儿。

张自忠把马鞭扔给郭喜东，站在路边的山坡上说："乡亲们，你们辛苦了，我就是张自忠。"

"哦，张总司令？"老乡们小声嘀咕着，不敢相信这是真的。在他们眼里，总司令应该是坐汽车，威威风风，前呼后拥的人。

那老汉横一眼后生，那后生惶惶地低下头去。那中年汉子嘴张得大大的，眼睁得大大的，僵硬地立在那儿。那长辫子姑娘捻着衣角，脸涨得通红，又怕又愧，两只黑葡萄眼睛扑闪着。

"我是要来巡视部队，但我没让大伙来修汽车路，因为我平时是不坐汽车的。由于我对部下管教不严，给乡亲们添了麻烦，耽搁大伙收麦栽秧，我向你们道歉！"张自忠举起右手，向修路的农民敬个军礼。"你们快回去收麦栽秧吧，人手不够，就去找部队。"

大伙不敢相信，迟疑片刻，才拿着工具纷纷朝村子里走。人们边走边议论，边嘀咕——

"官越大，越没有架子，你瞧人家，嘿！"

"哎，张总司令是不是关老爷转世？"

"敢情！你没听说：张自忠守襄河，尽忠报国。总司令的这份忠心啊，怕是比关老爷当年还忠几分。鬼子不敢过河，张总司令头一功。"

只有那个长辫子姑娘还没有走。她低着头，捻着衣角，铁锹放在脚边。待人们都走了，她提着锹，来到张自忠面前，向他弯腰鞠个躬。

"你这是……？"不等张自忠说完，那姑娘扭头就走，一句话没说。

"姑娘，"张自忠叫住她，"你叫什么名字？"

"我叫翠花，姓焦。"她转过身，怯怯地回答。

张自忠把一本书递给她："这是你的书。"

姑娘接过书，脸羞得通红。这是部队"民众工作团"给她发的识字课本。部队住下后，写标语，演讲，开识字班，给每人发本油印的书，教大家识字、唱歌。她常把识字课本揣在怀里，大约是刚才鞠躬时，课本从怀里掉了出来。

"刚才听你说，你爹在田边哭，眼睛看不见，家里还有什么人？你娘呢？"张自忠问。

"我娘……"姑娘迟疑地说，"我五岁那会儿，娘嫌俺爹穷，跟着一支杆子跑了。有的说到了神农架，有的说入了川，反正再没有回来。爹又急又气，眼睛上火，不多日子就瞎了。"

"就你们爷儿俩？那地里的活儿谁来干？"

"还能靠谁？人穷亲戚少，马瘦骨头多。我从小就是爹指点着干，如今啥子活都难不住我。"

"你们家有几亩田？"

"旱田三亩，水田二亩。麦熟谷黄的时候，我爹就摸到田里吆喝麻雀；栽秧、割麦、打谷的日子，爹就在家里摸摸锅台。"

翠花的这些话，说得张自忠心里发沉。一个十七八岁的姑娘，在体力上和心理上，却要承受如此重的担子。穷人的孩子，早当家。从小经受贫穷和坎坷的人，终生拥有一笔别人没有的财富。但愿翠花姑娘以后的命运好一些。

佟光在张自忠身边，一直没机会说话。这会儿他说："你回去找部队，让他们帮忙。"

"她那村子住着谁？"张自忠问。

"民众战时工作团的四中队。队长宋德兴，司务长乐二哥。"佟光答道。

"宋德兴？这名字好熟。"

"听说他在日本留过学，您到日本访问时还接见过他。他当时是留学生领袖。"

“哦！想起来了，黑黑的四方脸，瘦高个儿，跟我一样，满口山东话。”张自忠笑起来，转脸对翠花说，“你就去找宋队长和乐司务长吧！”

翠花向张自忠鞠个躬，拎着铁锹，朝自己的村子走去。走不多远，回头看一眼。眼里充满了感激，脸上绽开了笑。那笑，像开放在鄂西北大地上的一朵最不惹眼的小花。

一天，张自忠到部队巡视，发现南漳至宜城有条废弃的水渠。这条水渠规模不小，有的地方用大石开槽，腾空架起，一些开关枢纽之处，用石头垒砌而成。水渠颇宽，可以想象当年工程之巨，作用之大。

他顺道向一些老人打听，才知道这条渠就是历史上著名的“白起渠”。它西起南漳武镇，东到宜城赤湖而注入襄河，是秦王朝时代的一条重要水利工程，曾滋润了鄂西北大片良田。

他想，日寇侵占了东北、华北和沿海那么多肥沃的土地，而我军据守的大都为山地。山区粮食产量本来就低，加上水旱灾害和战乱，眼下军民的粮食不足。为了持久抗战，除前方将士喋血外，最重要的就是依赖后方大量生产抗战物资，而粮食则是首要基础。驻节一个地盘，应该造福一方百姓，应该协助政府把这条渠修好，也算是为这一带百姓做了件好事。

想到这里，他叹息一声。唉，眼下谁有这个才识和经验，能担当此重任呢？要是马冲在部队该多好啊！“卢沟桥事变”后，马冲随部队南撤，但因战事频繁，肺病复发，经常吐血。他辗转到南京看望张自忠后，便回陕西老家去了。他转念一想，陕西并没被日寇占领，何不拍个电报让他回部队呢？对，修渠之事非他莫属！

不久，马冲接到地方政府转来的电报，立即动身，从黄土高原来到鄂西北。他不辱使命，顾不上休息，带着一班人马对水渠进行勘探和考察，对修浚工程做了预算，工、时、料一应清楚。

这天，张自忠在水渠工地听了马冲和地方人士的汇报，便亲自给湖北省政府主席拟了一份电文，陈述此事原委，望省府予以支持。此刻，他心情轻松，脚下轻快，一边走一边欣赏田野的秋色。

蛮河河汊上有座独木桥。张自忠和郭喜东刚走到桥头，发现有个老乡挑着一担粪桶，走上了对岸的桥头。郭喜东忙吆喝：

“喂，老乡，等……”话没说完就被制止了。

“不用，我们等一下，让人家过来。”张自忠说。

老乡王大成猛地抬头，发现张总司令在那边等自己，连忙退一步，说：“总司令，您重任在身，先过来吧，我往地送粪，早点晚点不碍事。”

张自忠摇摇手说：“老乡，轻的让重的，空手让挑担的，还是你先过来吧！”

王大成拗不过去，只好挑着粪桶先过桥，连声说：“总司令，耽搁您了！”

“没事，庄稼还等着你呢！”

张自忠背着手，信步往前走着。走到村头，前面又出现了一个挑担子的人。

不过，这是个理发挑子。一条不长的扁担，一头挑着脸盆和盆架，架上搭块毛巾，外带一只高腿凳；另一头是个小火炉，炉上坐着热水锅。理发匠 30 多岁，长得很单薄。他一手扶着扁担，一手敲打着响板。这是 3 块梯形铜板用皮条串起来的，拿在手里一晃荡，铜板发出极清脆的声音。这时，理发匠一边走，一边晃荡着铜板，吆喝着：

“剃——头噢，剃头噢——！”来到村子中间，他放下挑子，紧晃几下铜板，这才摆放好高腿凳，用把破芭蕉扇在炉口扇几下，再吆喝一阵。

这个理发匠姓秦，常来赤土坡做手艺。他家孩子多，田亩少，只靠他养活一家人，苦得很。

张自忠走过来，打着招呼：“秦师傅，生意好！”

“总司令好，您出来走走？”

“来，我给你开个张，给我刮个脸好吗？”张自忠笑容满面地说。

“好，好！”秦师傅连声说，“只要您不嫌弃。”

张自忠坐在高腿凳上，用手捻着右下颏上的那几根长须，风趣地说：“不要紧的，只要不把这几根长须剃掉就行，剃掉了，扣一斗红高粱。”

“您放心，不会的。”秦师傅围着布单，做些准备，就动手刮起脸来。

这一带，无论剪发还是剃光头，都叫“剃头”，把理发师傅叫剃头匠，或叫剃头师傅。以往，只有遁入空门的人才剃掉头发。自打清帝爷被赶下龙庭，人们都得剪辫了，剃光头。剃头匠一时走俏。平心而论，秦师傅的剃头技术比理发技术好，因为他从学徒那天起，师父给他一把豁口剃刀，一块带毛的皮，让他去练感觉，练手腕。师父说：剃头，力不在臂而在腕。

这会儿，秦师傅用热毛巾在总司令脸上擦了又擦，焐了又焐，在上唇和下巴上打些肥皂，很用心地刮脸、剃胡须，特别小心那几根长须。刮完脸，又给捏肩，捶背，还给拿腰。理发匠是半个按摩师。据说有个理发匠在门框上写了这么副对联：又捶又捏，打尽天下英雄不敢回手；再剪再刮，剃去满头毛发甘愿给钱。横批是：寸刀无敌。这个时候，待秦师傅做完这一切才发现，张总司令一直闭着眼，很舒服，很轻松，很惬意，仿佛练气功的人进入了妙境。他十分得意，又在脸上、额上按摩几下，最后用两个巴掌拍出两声脆响，表示这一切都完成了。

张自忠睁开眼，满意地说："很好！"说着，掏出一张5元的钞票递过去。

剃头1毛，刮脸才5分钱。秦师傅为难地说："总司令，这么多钱，我可找不开呀。"

张自忠挥下手，说："不用找了，以后还要来麻烦你的。就算是我预付的剃头费吧！"

"那……"秦师傅讷讷地，"太不好意思了！"

"没什么。"张自忠说着，走了。

郭喜东一直在左右，对这一切看了个满眼。他很纳闷，按规定，营以下军官和士兵一律剃光头，团以上军官可以留寸头。这是打仗的需要，负了伤便于包扎。可张总司令却总是剃光头，穿士兵服。往兵里头一站，谁也认不出他是总司令。他平日头发长了，都是让参谋给剃，也从不见他单独刮脸，然而今天……他说：

"总司令，人家只是给您刮个脸，您就给那么多钱，这得刮100个脸啦！"

"这些人苦得很，多给点钱也是应该的。"

"您身为总司令，跟我们吃一样的饭，生活也很苦，可您的饷钱，全都给别人了。"

“吃的穿的，都是国家给，我还要钱干啥？把钱用在老百姓身上，用在士兵身上，值！”

“可有的人爱钱如命，挖空心思琢磨着喝兵血，坑害国家，走私贩卖，发国难财。”

“那是这些人想不开。钱这个东西，生带不来，死带不走。钱，其实最不值钱！”……

这番关于钱的谈话，深深地刻在郭喜东的心里，尽管，他对其中的含义还不完全明白。自打投身到自己的部队里来，跟着张自忠后，一桩桩事情，在他年少的脑海里留下了永不磨灭的印象——一次到老河口开会回来，见个老爷子在路边摆个茶水摊。总司令和他攀谈，才知道他儿子当兵打鬼子去了，他没有了依靠。总司令当即掏出30块钱，让他弄点香烟、火柴来卖。

牛是家当牛是宝，庄户人家少不了。整田栽秧的时候，赤土坡有家老乡死了牛，全家人如同塌了天，哭得呜呜的。总司令知道后，当即掏出80元钱，让廖副官买头牛给老乡送去。

有个士兵的母亲得了重病，花了许多钱，欠了一屁股债。那兵愁得直掉泪，连训练都没有心思。这事让总司令知道了，马上给了60元钱，让廖副官给那士兵的家里寄去。

可他对一切以权谋财、贪污公款、中饱私囊的人恨得要命。有个营长吃空头，还克扣兵饷。让总司令知道了，就把这个营长打了80军棍，关了半月禁闭，撤去军官职务，让他到连里当士兵。他说：人为财死，死了不光彩。

郭喜东想着，走着，仿佛自己一下子长大了，心里亮堂了许多。不觉到了总司令部，他抢前几步，走进屋，去收拾总司令的办公室。

山里的秋天很美丽，山里的秋天也寒凉。

张自忠在他的卧室兼办公室里，不经意地抽着烟，眼睛却死死地盯着墙上的地图。战区内的地形、地貌早已烂熟于心，而襄河两岸一些主要高地和特殊地带，他都察看得清清楚楚。察看地形是指挥员的基本功。作为一个军事家，重要的是根据敌情、我情，充分利用地形特点，来摆布敌人，控制战局，从而一举吃掉敌人。

抗战两年多,我军从战略性防御,转向局部地区的战役性反击。春天,我军曾反攻南昌之敌。最近统帅部又决定,5 战区将对敌发起冬季攻势,而 33 集团军则是冬季攻势的主力部队。

他一边看地图,一边琢磨该把刀尖先戳向哪儿。这时,他感到腿有点儿冷,便把绑腿布从挂包里找出来,打上,又在屋子里踱踱步,觉得暖和了许多。他又点支烟,在地图前琢磨着,捻着长须,不时用铅笔在图上画个箭头。

突然,一阵吵吵嚷嚷的声音,打断了他的思路。侧耳细听,好像是说"救人"什么的。高度的警觉性令他弄灭烟,抄起手枪往外跑。

在村后的一个堰塘边,围着许多人。几个人正在堰塘的大水里,把个老太太救上来。老太太滚得浑身泥水,哭着,说不想活,只想死。

张自忠过去一看,心里说:这不是村里的王家老太太吗?他问老乡才知道,王老太今年 80 岁,每年冬天就犯气喘,又咳嗽,又吐痰,家里穷得无钱医治,惹得儿媳妇不高兴。有时发生口角,儿媳妇就骂她"老不死""白吃饭"。秋风乍起,老太太犯了喘,十分难受。今天早起儿媳妇到山上去收木籽儿,见老人没起床,嘟囔了几句。老太太受不了这份嫌弃,也忍受不了病的折磨,一时想不开,就到堰里投水自尽……

死人的事见得不少,但张自忠顶见不得这样的邪行事儿。一听这原委,他恨恨地骂道:

"浑蛋!她儿子呢?"他对几个年轻人说,"去把她儿子、儿媳妇,都找来!"

正说着,人群外挤进来一个长辫子姑娘,一把抱住老太太,大哭起来:"家婆,家婆,您不能死呀,不能死。娘走了,您再有个好歹,谁疼我,谁亲我呀!家婆……"

张自忠定睛细瞅,原来是焦翠花。姑娘穿件水红棉布上衣,蓝布裤子,一双赤脚。旁边一个大嫂告诉他:翠花是老太太的外孙女。翠花娘跟着杆子走后,老太太对翠花特别疼爱。早年老太太当家,对翠花父女十分接济,做点什么好吃的,或者请木匠、瓦匠和裁缝师傅,都把翠花叫来,吃完了,再给她的瞎眼爹捎去。姑娘越长越像她娘,一双乌溜溜的眼睛,翘翘的鼻梁,桃花般的小嘴,鹅蛋形的脸。

这时,欧阳茜兰来了。见老太太浑身水淋淋的,怕在秋风中受凉,她向小喜东招招手,让他架着老太太,她和翠花扶着,送到老太太家里。她又烧盆温水,和翠花一起给老太太擦身子、换衣服,盖上被子。啊,这哪儿是被子?分明是床破棉絮。欧阳茜兰心里过不去,忙把自己的被子抱来,给老太太盖上。

一切停当,老太太的儿子和儿媳妇回来了。背上的竹篓里装着满满的木籽儿,跑得汗流满面,气喘吁吁。一见门前围着许多人,老娘在屋里直哼哼,慌了。儿子放下背篓,进屋问:

"娘,您……啷格去寻死呀?"儿子叫王木梓,40多岁,老实得真像一棵木梓树。

"唉,这份罪,不愿受,死了安逸。"老娘说。

翠花啜泣起来,直说:"家婆,不能死呀……"

张自忠在外面听得难受,吼一声:"王木梓,你是怎么对你老娘的?"

"我,我……"王木梓嗫嚅着,瞅一眼媳妇,噘了噘嘴,没说出一句整话。

那媳妇的脸红一阵,白一阵,没吭一声。

张自忠狠狠地一拍桌子,吼着:"郭喜东,把王木梓抓起来,关三天禁闭!"

王木梓一听,急了,结结巴巴地说:"总,总司令,我,我不是人,该,该打……"

木梓媳妇见总司令青头黑脸,杀气腾腾,吓得浑身直哆嗦,忙跪下求饶:"总司令,您开恩,是我不好,我不该骂婆婆。"见总司令的脸色不改,又抽自己的嘴巴子,"我不好,我不好!"

"起来!"张自忠让茜兰把木梓媳妇拉起来,忍了忍,对他俩说:"人人都有父母,人人都有老的时候。羊有跪乳之恩,乌有反哺之义,你们虐待老母,情理难容啊!"

王木梓和他媳妇一阵痛哭流涕。媳妇说:"总司令放心,我们一定好好待婆婆,再有半点不是,天打五雷轰!"王木梓说:"我是我娘的儿子,也是我儿子的爹。我要当个好儿子,也巴望我儿子日后也是个好儿子,养老人,不让乡亲们笑话。"

张自忠对王木梓夫妇说:“生活有困难来找我,再虐待老人可不行!”

“是的,一定听总司令的话。”王木梓说着,把总司令送出门,一再表示好好奉养老母。

回到总司令部,张自忠对廖副官说:“交给你个任务,把村里55岁以上的老人统计一下,逐个登记;70岁以上老人的生日要登记清楚。”

廖副官不知怎么回事,只是点头,接受任务后就去村里挨家挨户统计去了……

第三天,副官处的副官们全部出动,套一辆马车,车上装着礼物,挨家挨户送给老人们。每位老人两盒糕点,两块布料,一包盐巴;家境穷的另外送20块钱。每给一份礼物,他们都对老人说:“总司令派我们送点薄礼,祝您老人家健康长寿,亲眼看到打败日本鬼子!”

“这一天,老人们像过节似的,全村的人都沉浸在节日的气氛中。老人们说:“要都像总司令这么尊敬老人,我们就有活头了。”有个老爷子说:“我就想看到打败小鬼子那一天,过了那天,我去死,高兴!”一个老太太说:“是哩,不看到鬼子完蛋,死了怕是眼睛都不肯闭上的。”一个年轻媳妇打趣地说:“奶奶,鬼子完了蛋您也不能死,好日子还在后头哩!”

村民们说笑着,老人们说笑着。有老人的家里显得格外光荣,老人们受到了应有的尊敬。

时隔不久,王木梓的老母亲80大寿到了。这天,木梓媳妇早起煮了一碗阴米,卧了四个鸡蛋,端到婆婆床前。转身从鸡埘里抓了只老母鸡,宰了,收拾干净,用砂罐煨上。木梓从堰塘里捞了几条鱼,递给媳妇收拾,说:

“莫忘了请总司令。”

“我晓得,”媳妇说,“还有欧阳先生。”

“对着哩。我去放牛,顺道去叫翠花。”木梓说着,赶着牛,到山上去了。

这些日子,老太太的寒喘病,奇迹般地好了。奇就奇在欧阳先生的膏药上。那天把老太太救回家后,茜兰就开始给老人治病。她先用手掌揉搓老太太的后心窝,待发热了,再把膏药用火化开,贴在肺俞穴上。一张膏药贴7天,连续贴了3张。自打贴上膏药,老太太觉得后心窝热乎乎,咳嗽痰喘一天比一天轻松。21 天之后，数十年的寒喘病神奇般地痊愈了。真是药到病祛，妙手回春！人没有了病，精神和体力自然焕发了许多，老人家笑得合不拢嘴。

人活七十古来稀。八十算高寿，儿孙们理当为老人家庆贺一番。

这天上午，秋阳和煦，暖融融地照在堂屋里。王老太收拾得干干净净、利利索索，在堂前和孙儿孙女说话。她不时冲外面张望着。

“奶奶，您看谁？”小孙子问。

“我看你翠花表姐哩。”老太太说着，又往屋外看一眼。翠花是个孝顺懂事的孩子。以往她常来看望家婆，帮助做鞋子和收洗、晾晒。尤其到生日这天，总要从家里拿点什么，早早地来给家婆拜寿。“家婆！”那声清清脆脆地叫，直让老太太心发热、发颤。然而今天，太阳一树多高了，还不见她的人影。老太太倚在门框上，手搭凉棚，再一次向远处张望着，望穿双眼……

可是，没把外孙女盼来，却来了 3 个当兵的。他们抬着一块大匾，见了老太太，说：

“老奶奶，总司令让我们给您送寿匾来了。”说着，动手把匾悬挂在堂屋的正面墙上。

王老太不识字，就见那匾四尺多长，一尺多宽，黑亮亮的底色，刻着金亮亮的大字。

王木梓此刻牵着牛从山上回来，见三位副官正给自己家挂匾，忙把牛拴在枫树上，迭声地向副官们道谢。他读过两年私塾，多少认识几个字。就见那匾的上款是“祝贺王老太太八十寿辰”，下款是“晚辈、三十三集团军张自忠顿首”。中央的四个大字是“松鹤延年”。在乡下，每家堂屋的正面是神龛，上面贴着“天地君亲师”和祖先牌位，而这块寿匾挂上去顿时蓬荜增辉。

吃午饭的时候，除翠花之外，亲戚们都来了，还请了张自忠和欧阳茜兰。这样的寿酒，无论如何是要喝几杯的。当张自忠总司令走进王家时，所有的人都起立向他致意。

王老太乐呵呵地说：“总司令，您是大官，还为我这乡下老婆子送寿匾，我算是遇到福星了。”

“难得您老人家 80 高龄。我是晚辈，应该祝贺，愿您健康长寿，福星高照，寿比南山！”张自忠举杯向老人祝酒，然后一饮而尽。但这时他发现，席间并没有欧阳茜兰。他纳闷，茜兰被啥事绊住了？她和王老太是有母女情缘的。

一杯酒刚落肚，就见廖副官神色慌张地跑来，在他耳边嘀咕几句。张自忠脸色顿时沉下来，没有半刻耽搁，急忙向众人抱拳：

“各位失陪了，军中有点急事！”他飞快地走出了王家，急慌慌奔着总司令部而来……

总司令部，张自忠住处的外间，椅子上坐着两个女人。一个是欧阳茜兰，另一个却是焦翠花。姑娘泪流满面，那条大辫子披散着，身上沾满了泥土和草屑。她见总司令回来，又痛哭起来了，泣不成声地说：

“总，总司令，您给我做主呀……”

张自忠心里一咯噔，说：“翠花姑娘，怎么回事？有啥话你就说，我一定给你做主。”

翠花不搭话，只是伤心地哭。

欧阳茜兰说：“翠花姑娘刚才找到我时，说上午她来给家婆拜寿，经过那片树林子时，我们的一个弟兄拉住她，把她糟蹋了。”

“畜生！”张自忠骂一句，忙问，“那人是谁？”

翠花仍不言语，仍然只是伤心地哭。

“你告诉总司令，总司令一定给你出气，翠花，你说呀！”欧阳茜兰劝说着。

“是啊，你不说，怎么知道是谁呢？”廖副官也在旁边劝道，“你说那人长得啥样也行。”

翠花这才说：“我把他的大腿根抓伤了。”

“查！”张自忠气得呼呼的，当机立断。

一阵集合号响，附近几个村子的部队都到南山沟集合。平平的山沟站不下，又站到山坡上。张自忠放眼一看，约有数千之众。他站在山坡的那块石头上，铁青着脸，指着那片树林说：

“弟兄们，今天上午，就在那片树林子里，我们部队有个人把一个姑娘强奸了。我们是为老百姓打仗的部队,而有人却要欺负、残害老百姓,我们绝不容忍!”他向部队扫视一眼,目光仿佛在每一张脸上掠过,“大丈夫敢做敢当,有种的站出来,让大伙看一看!”

部队一阵骚动,你看看我,我瞅瞅你,却没有一个人走出队列。

“怎么,是屎包?是软蛋?刚才那股英雄劲儿跑到哪里去了?你不承认我也得查,一定查个水落石出!都把裤子给脱了,从我查起!”他解开裤腰带,脱掉长裤了,只穿一条短裤衩。

就在这时,队伍里响起了一个不大的声音:

“报告!”随着走出一个人。

张自忠寻着声音看去,哦,乐二哥!就见他耷拉着脑袋,不敢看人,身子仿佛站不直了。

“是你吗?”张自忠威严地问。

“是。”乐二哥低头回答。

“哼,还算有种,检查!”

军法处和医官处的人,把乐二哥的长裤脱下,就见那大腿根上,果然有几道手抓的伤痕;其中两道很深,结了暗红色的血痂。

“乐二哥,你真能耐,会干这种事了!”

就在张自忠说话的时候,军法处长早已把乐二哥五花大绑起来。张自忠对部队说:

“弟兄们,你们都看清楚了,乐二哥目无法纪,摧残百姓,破坏兵民关系,你们说该如何处置?”部队一阵缄默,他又说,“一粒老鼠屎臭一锅汤。对这种破坏团体名声的人,绝不姑息迁就。军法无情,只有一条:杀!”

乐二哥跪在张自忠面前,痛哭流涕,说:“总司令,我有罪,我该死。只是,追随总司令这几年,我没有亲手杀死一个鬼子,心里有愧。弟兄们,你们不要像我,要爱护百姓,要多杀鬼子啊!总司令,您多保重,您不要每次打仗都到前面去……”直到军法处行刑的人把他拖了很远,还听到他哭喊着:“总司令,多保重啊……”

深秋的山坡上,传来一声枪响。张自忠的心颤抖一下,眼泪“哗”地涌出来。

部队带回去了。山坡上只留下了乐二哥的尸体。张自忠对军法处长说："示众三天，以示警戒！"他走出不远，回头朝山坡看一眼，嘱咐道："一定派人看护好遗体，要昼夜看护。"

这一夜，张自忠没有合眼，先是一支接一支抽烟，回想起这些年，乐二哥和他张自忠结下的感情。当初由一个胡闹的孩子，成为一个地道的工人，再后来千里迢迢找部队，成为一名抗日军人，没想到今天干了这件糊涂事。军法无情，不杀不足以警示千军万马……他想着，困了，不觉倚在床头上打起盹来……

天刚蒙蒙亮，就见军法处长惶惶恐恐地闯进来，说话的调门都变了："总，总司令，不好了；乐二哥活、活过来了，把个卫兵吓昏了！"

张自忠霍地起来，忙问："人呢？"

"在，在外面。"军法处长脸色煞白。

说话间，就见乐二哥满身血污，满脸泥土，跌跌撞撞走进来。见了张自忠，他那麻木的脸上抽搐一下，双膝一跪，全身瘫软地趴在地上。

或许，是行刑的人有意无意没有击中要害；或许是他命大，阎王爷让他还了阳；或许因为某些说不清的原因。总之，他活过来了！

听说乐二哥没有死，许多人出于情分，都来看望他。民众战时工作团四中队队长宋德兴也赶来了。他拎着只烧鸡、揣着烧酒，说：

"乐二兄弟，把它吃了、喝了！"他把烧鸡和酒摆在乐二哥面前。

乐二哥真像个饿鬼转世。他咕咚咕咚喝几口酒，扳着鸡大腿就啃，吃得那么香，那么津津有味。吃吧，吃了做个饱死鬼，值！

"慢点吃，喝口水。"郭喜东送上一碗水。

眨眼间，乐二哥把那只鸡吃完了，那瓶酒也喝光了。他打个饱嗝，似乎有了底气，说：

"总司令，再赏给我一颗子弹吧！"

在场的百十双眼睛，一起投向张自忠。他提口气，脸一黑，猛拍一下桌子，喝道：

“把乐二哥拉出去,枪……”“毙”字正要说出口,就听见屋外一声尖叫:

“等一等!” 从人群外闯进来一个女子, 双膝跪在张自忠面前,“总司令……”

张自忠低头一看,原来是翠花姑娘。他在心里说,这姑娘大概还要揭发什么罪状。他要把姑娘扶起来,还没伸手,就听见姑娘说:

“总司令,我们乡下说,人生一回,人死一次。乐司务长已经死过一次了,可不能再定死罪,请总司令开恩。下一次死,该由阎王爷来收他。”

听翠花姑娘这么一说,在场的人都跪下来求情:“请总司令开恩!”

宋德兴说:“乐二哥犯了军法,理当严惩。他已经被枪毙了,今天能活过来,算他福大命大,请总司令不要再枪毙第二次。”

“宋德兴,你身为队长,对部属管束不严,本该问罪,这会儿却反而为乐二哥求情,你们对军法看得太轻了吧!”张自忠数落着。

宋德兴说:“我有罪,怎么罚都认,我只是请求不要再枪毙乐二哥,让他戴罪立功,给他一次改过自新,重新做人的机会。”

就在这时,参谋长张克侠来了。他在人群中看了许久,听了许久。这会儿见张自忠决心没下,便说:“总司令,这事还是听听翠花姑娘的意见。”

翠花说:“我说过,不要再枪毙乐二哥了,如果让他死第二次,我反倒有罪孽了。”

“既然这样,总司令您看是不是……”克侠和张自忠咬了咬耳朵。

张自忠说:“人家姑娘日后怎么嫁人?”

“都别说了。总司令,还是再给我一颗子弹吧!”乐二哥仍然跪在地上,脸上仍然没有表情。

“总司令,”翠花的脸一阵绯红,沉吟片刻说,“如果总司令开恩,我愿嫁给乐二哥。”

这突如其来的转机,使凝滞的气氛一下子变得舒缓了。但这情势来得太快,太突兀,众人一阵面面相觑,连张自忠一下子也难以接受。

张克侠扶了扶眼镜,问乐二哥,“老乐,你听见翠花姑娘说的话了吗?你愿意吗?”

“只要翠花姑娘不嫌弃，我乐二哥巴不得，望总司令开恩。”乐二哥连连磕头。

祸去福来，情势急转直下，而且已成定局。军法无情人有情。张自忠找个台阶，说：

“这事就让参谋长处理吧！”他起身往屋外走去。屋外空气清新，他舒了口气，点燃了一支烟。

这边屋子里，张克侠对乐二哥说：“老乐，傻愣着干啥？还不快给翠花姑娘磕头！”

“谢谢翠花姑娘，感谢救命恩人……”乐二哥的额头，在地上叩得“嘣嘣”直响。

众人一下子大笑起来。翠花姑娘觉得羞不过，飞快地跑出屋。欧阳茜兰紧撵几步，把她拉到自己的屋子里去，让那小鹿般地心得到安适。

宋德兴把乐二哥拽起来，让他去洗个澡，换身衣服，等伤养好后就给他办喜事。

大家听说这件事后，都惊喜得了不得，说乐二哥福大命大造化大，祖宗坟头上的草长得好，不信，日后到天津看看去！

冰消雪融，风和日暖。天空中有支神奇的画笔，将山山岭岭涂了层淡淡的绿色，仿佛国画大师在山水画上罩了几笔花青。黄中透青，极富韵味。战火中迎来了 1940 年。

二月二，龙抬头。这天是黄道吉日，也是乐二哥和翠花姑娘花烛之喜的良辰。

因为有伤，乐二哥没能参加冬季攻势。他和翠花二人，组织妇女做军鞋，救护伤员，慰问部队。张自忠见他很有地方工作才能，就干脆给他十几支枪，让他组织一支游击队。鄂西北地域广阔，山岭沟壑众多，回旋余地大，极适合游击队的生存和发展。乐二哥不到 30 岁，又是从大城市来的，见过世面，能说会道，很讨山民们喜欢。这个冬天，他走东串西，联络了不少人，从中挑选了 40 来个。打算结婚之后，就把这支人马组织起来，拉到山上去搞训练。

翠花姑娘比乐二哥小 10 岁。要是没那件一差二错的事,恐怕他俩不会成为一对鸳鸯。但如今生米做成熟饭,聪明的姑娘当即应允,才使这件事有了个美满的结局。

他们的新房就在翠花家里。两间茅草房,八面透风,“堂屋当晒场,床上看月亮。”乐二哥和翠花动手,好赖修整了一番,才使屋里屋外变了个样:将秫秸荆条墙抹了层泥,又在泥上刷了白灰。又把堂屋隔成两间,后面那间让翠花爹住。还是两间屋,一下子变成了三间。嘿,真是屋要人住,地要牛耕!

瞧,房檐下,一边挂着红红的大尖辣椒,一边挂着黄黄的马牙棒子。门楣上高悬着一面小镜,一张桃木弓,一束柏树枝。山里人说,这能照妖驱邪。屋里屋外,贴着大红对联。

黄硝、黑硝都去做枪药了,乡下没有鞭炮卖。乡亲们就用两支唢呐,两面铜锣,吹一吹,打一打,热闹一番,昭示天地祖宗,这就叫作“明媒正娶”。山里人很看重这个。不然,就是偷偷摸摸,见不得天日,就是生了娃子,人们也会撇嘴:“哼,谁晓得这娃子是咋来的!”

翠花爹在家里好像明眼人一样,放心地走着,准确地拿东西。一会儿,他给前来贺喜的人拿来几笸箩花生、红枣、松子,一把一把分给人们吃。翠花的家婆王老太早早地来了,坐在靠墙的那张竹椅子上,乐得嘴都合不拢了。人人跟她打招呼,向她道喜。翠花的舅舅、舅母也来了。木梓夫妇忙得脚跟碰打后脑勺。木梓给人们捧烟、送火,他媳妇忙着斟茶倒水,一家人忙得不亦乐乎!

今天要说最闲散的,当数乐二哥了。他穿身半新的蓝灰色军装,留着一个寸头,胡须刮得干净,站在堂屋里招呼着战友们。因祸得福,喜从天降。万没有想到,在国破家亡之时,他乐二哥能娶这么个年轻貌美、勤劳朴实的媳妇。这是多少人想做而又难圆的梦啊!

“新娘呢?怎么没见新娘子?”大家起哄吆喝。

一会儿,翠花由茜兰陪伴,从新房里走出来,向人们微笑着道谢。人们转过脸来,目光齐齐地瞧着花儿一样的新娘子。她那健康的脸蛋红扑扑的,匀称的身上罩件小花棉袄,一条绿棉布夹裤,一双红绣花鞋。那根长辫绾成髻,盘在后脑勺上,髻上插朵蚕茧花。但那耳边鬓发毛茸茸的,表明她是个含苞待放的女孩子。好一个村姑的天然美，在这些走南闯北的大兵眼里，被视为天仙嫦娥。

作为主婚人的宋德兴，他站在堂屋中间，为这对新人主持婚礼。他留学时见过东洋美女，但那多数是飘落风尘的花儿，是搔首弄姿的美，无病呻吟的美，娇弱无力的美。而站在面前的翠花姑娘，真可谓是美从天然出，巧匠难雕饰。在这鄂西北的山村里，她就是美神。

这时，宋德兴一声宣布："新郎新娘拜天地——"唢呐吹起来了，铜锣敲起来了。人们鼓着掌，吆喝着。姑娘们，年轻媳妇们，把梅花瓣、青竹叶、柏树叶撒在新人的头上、身上，为他们祝福。翠花爹举起一杯酒，奠在神龛前的地上，告慰天地祖先，求得幸福平安。

张自忠带着郭喜东来到翠花家，向二位新人祝贺。但当他站在门口时，正见大伙向新人撒花呀叶呀什么的，沉浸在兴奋的欢乐中。他要是一步迈进槛门，这种场面就不会持续。还是不去扫大伙的兴为好，他悄悄地转过身去。

他默默地向新人祝福。生活中有苦涩，也有甜蜜。愿这场战争早日结束，永远不再有战争，更不要有侵略。那个时候乐二哥有了白白胖胖的小宝宝，一家人过着田园牧歌式的日子，愉悦，自然，宁静……

屋外春意盎然，阳光明媚。那片青青的小竹林，叶片在料峭春风中沙沙细语。那边山坡上，一株老梅铁枝虬曲，那每根枝条上的花儿开得正旺，花瓣雪白，冰清玉洁，暗香幽幽。在这梅花面前，无论多么粗糙的人都会生起怜香爱玉之情。张自忠站在梅树下，目光凝视着如云的花朵，心里顿生几分惆怅。战场上打胜仗的人，生活中也有不如意的时候。生活，就是酸甜苦辣咸的五味综合体……

他觉得有人站在身后，回头看，啊，克侠！

第十七章
结交在相知

站在张自忠身后的，确实是张克侠。

他那瘦高的个子，黧黑的面孔，黑框眼镜加沉默寡言，活像才出熔炉的一根钢锭。

“参谋长，你……？”

“我是来向总司令辞行的。”

克侠的这句话，说得张自忠的心忽地往下沉。他刚才忧虑和惆怅的，不就是这件事吗？前些日子，中央军委会为表彰他抗战的功绩，蒋介石亲自授予他一枚宝鼎勋章。对一个军人来说，这是至高无上的荣誉，但佩戴上勋章的张自忠，当时心里不是滋味，怎么也乐不起来。

受勋的头天，蒋介石在重庆黄山别墅召见他，先是抚慰和勉励一番，然后说：“你那个参谋长有问题，应该予以重处！”张自忠一惊，忙说：“我不知道我的参谋长有什么问题，请委座明示。”蒋介石说：“一是和异党来往，鼓动流亡学生激进，二是公然对政府不满，涣散抗日斗志。”

张自忠这才想起来：所谓第一个问题，是那年办干部训练团时，令让克侠到各城市招收学生，并请了些政治教官。后来有人密报中央，说这些教官中有异党分子，公开宣传赤化。所谓第二个问题，就是克侠接待中央慰问团，汇报部队当前的问题时，说中央对这支部队使用多，整训少；伤亡大，补充少。虽然士气高昂，但战斗力日渐削弱。这话本是从抗战着想，而且也是实情，但有人却说成是对政府不满。

张自忠想了想，便向蒋介石解释：张克侠正直忠诚，认真负责，深谋远虑，卓有见识，是个不可多得的谋略人才，对59军及33集团军有重大贡献。但因他太重理智，不重情感，言行方面不同流合污，有人就生出流言蜚语。可是蒋介石不松口，定要重处。张自忠拗不过，只得说：可不可以调动一下位置，以观后效呢？蒋公这才说：让他到干训团负责教育去，调文天为参谋长。张自忠只得点头应允……

接到命令之后，张克侠向文天交了公务，收拾行李，只带了一个护兵，骑马向干训团去。出了总部，他特意到这儿来和张自忠告别。

张克侠从保定军校毕业后，一直在冯玉祥的麾下。冯公见他是个人才，就把他送到苏联去学军事。学成回来，就一直和张自忠搭档。

多年来，两人配合默契，情同手足。张自忠当师长、军长、总司令，张克侠始终是他的参谋长。一个长于指挥，一个重于谋略，两人珠联璧合，扬长避短，相得益彰。在5战区，乃至整个国民党部队，无不羡慕他俩的合作。

这时，张自忠走过来，拍拍克侠的坐骑，强装笑脸，说："不要急嘛，过几天再走不迟，咱哥儿俩可以坐下来好好聊聊。"

"走吧，我多待一天，反而影响参谋们的情绪，影响总司令的正常工作。"

张克侠的参谋业务是第一流的，他对参谋们要求严，手把手地教，年轻人很佩服他。听说他要离开总部，都纷纷议论，而又十分舍不得。

"古人说：人生得一知己，足矣。你这一走，我个人少了个知己，工作少了个得力助手。唉！"张自忠脸上布满忧愁，长叹一声。

两个长官在前面走着，边走边聊；两个护兵每人牵两匹马，远远地在后面跟着……

“没什么，我个人是微不足道的。”克侠望望远处的群山，“既然上峰对我有成见，我还是早些离开，不要连累总司令和弟兄们为好。”

“没想到，在举国一致抗战的时候，我们内部的斗争还是这么紧张。不过，”张自忠看克侠一眼，无可奈何地一笑，“不过，你以后还是随和些，不要授人以柄，以致遭到猜忌。”

张克侠没有说什么，沉默一会儿，说：“我到干训团一心一意抓教育倒也好，能为我们集团军培训一批军政素质双优的干部，也算尽了份力。”

眼看天色不早了，张自忠从上衣口袋里掏出一支派克钢笔，说：“这是去年秋天到重庆时，冯先生送我的。给你吧，你的用场更大些。”

张克侠接过笔，插在上衣口袋上，迟疑片刻，说：“荩忱兄，临别时，我要向你进一言。”

张自忠一笑，“你我兄弟，何必客气。”

“你当团长、师长时，打起仗来总喜欢到最前面去，现在你是总司令，指挥十多万人马，可是一到关键时刻，还是往火线上跑。”克侠说，“以往，你到哪里，我跟到哪里，我心里有数。以后我不能跟随你了，希望你多保重些。”

“你的话我记住了。”张自忠心里热乎乎的，十分感谢老友的嘱咐，说，“孙子告诫我们：兵者，国之大事，死生之地，存亡之道，不可不察也。我曾被人指责过，现在国家又给我这么大兵权。我别无他求，只想全身心地带好兵，多打胜仗，用血肉之躯赢得民族的胜利。”

过了一条小溪，绕过一道山梁，送了很远，克侠说：“老兄，保重，我走了！”他牵过马，跃上鞍镫，向张自忠扬一扬手：“再会！”

马蹄“嘚嘚”，初春的山路上轻扬一股烟尘。马背上的人，不时回头，不时挥手，口里不时呼唤着什么。虽然听不清，但张自忠能感觉到，那是兄弟的嘱咐，是战友的呼唤。他站在山坡上，看着，看不清了，再往高处走几步，再看。许久许久，两滴清泪从他的眼里滑落出，那泪水酸酸的，让人难受，有如俞伯牙摔琴断弦那一瞬间的心情。那份失落感，是别人无法体会的。

前不久，宋哲元在成都病逝。消息传来，他心里极其悲恸。一个关心他、器重他的兄长故去了；一个理解他、帮助他的弟兄，今天又离他而去。此刻，一股孤独感凄苦地袭上心头。

在山坡上,他仍然冲着克侠远去的方向伫立着,像块直立的山石,像棵没有枝丫的老树。陡地,一阵阴风吹来,就觉一股冷气从脚心沿后脊梁直蹿头顶。他不禁打个寒战。但,就在这寒战中,后脑勺上仿佛有一只眼睛突然张开了,就像照相机上的快门瞬间启开那样:一匹高头大马上,有个矮矬矬的骑手,直朝他张自忠奔来。他,不觉浑身一震,对郭喜东说:

"回总司令部!"

张自忠的感觉不错,从武汉到随县的公路上,确实行走着一个特殊人物。不过,他不是骑着高头大马,而是乘坐一辆崭新的指挥车。这辆车不仅底盘高,越野性能好,而且设计合理,可坐可卧,舒适宜人,是专门设计和制造的。

公路两边,三步一岗,五步一哨,士兵们荷枪实弹,禁止一切车辆行人通过。而当这辆指挥车通过时,士兵们自觉向他敬礼。

如此重要人物,你道是谁?他,就是日本内阁陆军大臣板垣征四郎大将军。

他是日本的谋略家和实力派人物。任关东军高级参谋时,参与策划"9·18"事变,侵占东北后,他任伪满洲国军政部最高顾问;1936年任关东军参谋长时,积极策划"卢沟桥事变";全面侵华后,他带领精锐之师南侵北占,不可一世,后来他被天皇提拔和拥护者推举,登上了陆相宝座……

出发的时候是躺着的,可一过安陆,他就坐了起来,那两只一大一小的眼睛咕噜噜转动着,贪婪地看着窗外。离前线越近越令他兴奋……任陆相后,他最大的功绩是积极主张扩大侵华战争,要让中国天空飘扬日本国旗,还策划制造了张鼓峰事件和诺蒙坎事件。他一生最大的狂热就是搞侵略。当陆相虽然至高无上,但却不如在战场上指挥千军万马真刀真枪地拼杀过瘾。于是去年9月,经天皇恩准,他又到中国任派遣军总参谋长。这是个多么重要的角色啊!想到这里,他那高涨的情绪一下子低落下来,因为他要去的那个方向,驻守的正是老对手张自忠。

提起张自忠,羞愧和恼怒一并涌上心头。在临沂之战,他被当时名不见经传的张自忠打得溃不成军，损兵折将万余人，整个师团彻底失去了战斗力，羞愧得他要剖腹自杀，没承想，他的姘妇中谷洋子成了刀下鬼……去年冬天，中国军队向皇军发动冬季攻势，李宗仁让张自忠担任前线指挥。中国军队虽然武器装备差，但战术灵活，善于打近战、夜战。张自忠在丰乐、张集前线，指挥部队向洋梓、东桥一线出击，攻克了皇军重要据点冠山头、罗家陡坡。最可气的是，张自忠的一个营，竟在王家台子偷袭了皇军独立旅团，旅团长当即毙命。在飞机大炮的轰击下，数千皇军向这个营攻击，激战三天三夜，皇军不仅没攻上去，反而丢下了3000多具尸体。看来，皇军的战斗力越来越差了……

在随县城边，汽车在一家高门大户前停下。车子还没停稳，前线指挥官村上启作赶忙迎上来，敬个礼，把车门打开，手挡门顶请人下车。

板垣将他那短粗肥胖的身躯从车里挪出来，瞟一眼比他高半个脑袋的村上，点点头，戴着白手套的右手在空中划一下，算是打招呼。立即，前线大小将佐向他敬礼。他只是哼了几声，那至高的威严和凌人的气势，使前线指挥部顿时气氛紧张起来。一个个像老鼠见了猫。

板垣在休息室喝一杯中国绿茶，便来到会议室，向参加会议的将佐们训话：

“经天皇陛下批准，大本营命令，为迅速结束支那战争，使中国政府屈服，决定5月1日开始，皇军以机动神速之攻势，向敌第5战区发起扫荡，歼灭其主力，然后渡过汉水，攻占宜昌。这次扫荡的战术是：中间突破，两翼迂回包围。各部的任务是……”他拿一根比他还长的木鞭，在大比例的军用地图上指着，最后强调：

“这次作战对皇军大大有利，汪精卫于3月宣布成立南京政府；前几天，我们的盟友希特勒元帅指挥部队攻占了挪威，丹麦政府宣布投降。皇军彻底灭亡中国的时机已经到了！望各位忠于天皇陛下，一举征服中国军队。不过，要特别注意张自忠的33集团军。嗯，明白吗？”

在他那大小不一的两只眼睛扫视下，将佐们的皮靴叭地碰个响，齐声道：“明白！”

在这所有的声音中，数前线指挥官村上启作的最响亮，因为他深知板垣强调注意张自忠的内涵。在张家口,他指挥皇军多次骚扰,却没能占半点便宜,去年春季和冬季,他指挥的皇军,皆成了张自忠士兵的手下败兵。“总参谋长提醒得极对,要注意张自忠!”他对张自忠十分恐惧,对板垣佩服得五体投地。

当将佐们回到各自的部队之后,村上陪板垣吃过晚饭,便安排他洗澡。板垣的到来,给村上撑了腰,打了气,在冬季攻势中吃了败仗后,将佐们对他极度不满,说他指挥无能,应变能力差。他,只好乞求于板垣。为了接待板垣,创造一个满意的居住条件,他特意把这幢中国民房,改成了日本式的榻榻米,还着意修建了日本人喜好的蒸汽浴室。

“啪,啪,啪!”村上击掌三声,就见从外面进来三个女人,带来了三股脂粉浓郁的香风。

板垣慢悠悠地抬起头来,看一眼面前的姑娘们。一个是穿绿花旗袍的满洲姑娘,一个是穿白色长裙的韩国姑娘,最后一个是穿粉红和服的日本姑娘。三个姑娘,“一”字形摆开等待挑选。

村上冲姑娘们做个鬼脸,哈哈一笑,说:“总参谋长,您看,留下哪个好?”

“村上君,还是不要她们为好。”板垣说。

“鄂西北的春天之夜是寒冷的,我怕总参谋长阁下长夜难挨。”村上说,“就留下一个吧。”

板垣没有搭话,表情依然威严。

村上对满洲姑娘和韩国姑娘说:“你们退下!”又对那个日本姑娘说,“你的,好好侍候!”

“哈咿!”那姑娘一个九十度鞠躬。

村上向板垣鞠个躬,退着走出榻榻米,然后把门拉严实,又对外面卫兵说了句什么。

日本姑娘上前给板垣脱衣服。她熟稔地旋着军衣上的铜纽扣,先把上衣脱下来。这件崭新的黄呢军衣和那两片金光闪闪坚硬的领章,支撑着这个男子的威风和权势。这身黄皮一脱下,这个男人和别的男人就没有什么两样了。姑娘扑腾的心安静下来。然而,那沉重的高筒皮靴,她却怎么也脱不下来。她把板垣那粗壮如象腿的大胯搁在凳子上，搁在自己的身上，扳着皮靴脱呀，拉呀，手软了，没劲了，还是脱不下来。

“啪！”板垣冲门外拍一下巴掌，进来一个军曹，这是他的随身护兵。这军曹单腿跪下，三下五除二，就将那沉重的皮靴脱下来了。随之，一股气味难闻的脚臭味儿，充斥整个榻榻米。

外衣和靴子被脱去后，板垣怎么也不让姑娘帮他脱内衣。他拿块浴巾，走进蒸汽浴室，然后把门关严，不让姑娘进去，他要的是威严。

拿破仑有句名言：男人的事业在马背上和女人的胸脯上。他可以在大战前半小时，和女人在行军床上颠倒一番。板垣虽然是拿破仑的崇拜者，也曾在大战前半小时和中谷洋子鬼混过。但，自从洋子死后，他感到十分愧疚，对女人的心冷却了，再没有半点兴趣。在国内当陆相的那些日子，他甚至没有和他的妻子同房。在军中，那些艳若樱花的军妓，整天围着她转，巴不得得到他的青睐。然而，他却看都不看一眼。女人的胸脯，对他失去了诱惑力。

将近一个小时，他才从浴室里出来。他身上裹块浴巾，走进榻榻米，又走进里面的那个套间。他穿件玄色缎面和服，走出来时，优哉地叼着支雪茄。他觉得轻松愉快，精神爽怡。

那个姑娘依然跪坐在那里，见他出来，忙不迭迎上去，帮他系和服腰带。可是，板垣并不理睬她，自个儿打开黑色牛皮公文包，拿出一摞文件阅读起来。而那姑娘还是刻意逢迎，给他沏茶，捶背，又点燃一只铜手炉，放到他怀里。

夜深了，板垣的精神头仍然很足。可那姑娘熬不住了，打起盹来。板垣头都没抬，说：

“你睡觉去吧！”

“哈咿！”姑娘像听到了特赦令，急忙站起来，离开板垣，离开了这个房间。

不知过了多久，当板垣来到里屋睡觉时，却发现那姑娘一丝不挂地躺在他的铺上。

“你的，起来！”板垣摇摇她。

可那姑娘瘫软得像面条，怎么也不醒。板垣又推几下，姑娘才睁开惺忪的眼，见是板垣，便伸出玉臂，勾着他的脖子；那两条雪白的大腿，夹着他那粗壮的身躯，那张红嘟嘟的小嘴，在他脸上亲着。陪板垣睡觉，是村上指挥官交给的任务，不然，她会挨罚挨揍的。

板垣极有道行，任凭怎么挑逗，他既不动心，也不气恼，只是由着她。姑娘见板垣没有半点那个意思，便坐起来，裹上军毯，低着头，像个做错了事的孩子，像双被抛弃的袜子。

“你的，名字叫什么？”板垣问。

“节代，武川节代。”姑娘低声回答。

“嚯，这名字很好听。”板垣端详那尖尖的下巴颏时发现，这姑娘不知哪一点像洋子。他又问：“你的，是怎么的到中国来的？”

节代看一眼板垣，便细细地道来——

皇军占领武汉后，日本各地纷纷举行庆祝会，到处张灯结彩；民间还组织“提灯会”游行，高呼“天皇万岁”“皇军万岁”“皇国万岁”。狂喜的队伍，终日在皇宫外的樱田门前，及紧挨樱田门的陆军省、参谋本部周围彻夜狂呼海叫。节代和一帮女孩子，也在这大喜狂欢的人流中。

不久，一个少佐医官，说要招募一批女兵到中国去服务。节代当即报了名。一是父亲留下的钱早已花光，眼下生活极端困难；二是到中国有可能找到父母、弟弟，还有她的恋人专田一郎。于是，她经过了严格的体检，乘船到了上海。这时才知道，原来是要她们用身体为皇军官兵服务。她不愿意，却遭到了一顿毒打，然后把她推入“阵地”，让如狼似虎的士兵们在她身上“操作”。从上海到南京，经安庆、九江、武汉，一路走，一路为皇军官兵服务。白天躺在临时搭起的床铺上，为百十名下级军官和士兵服务，晚上则陪高级军官睡觉，充当泄欲的工具。

她，一个二十出头的姑娘，将自己的一切献给了帝国皇军，献给了这场圣战……

听着悲惨的叙说，看着眼前这位娇小玲珑、如花似玉的女孩子，板垣不觉顿生恻隐之心。她，怎经得住成百上千的士兵作践啊！当初占领中国首都南京之后，军官和士兵们如脱缰野马，似洪水猛兽，对妇女残暴奸淫杀害。这样，一是国际影响极坏，二是涣散了战斗力。有一名医官出主意，为解决士兵们的性欲发泄问题，可招募一批年轻女人在军营中服务。就这样，他板垣陆相批准了这项提案，日本、韩国、中国东北地区伪满洲的一大批姑娘，充当了“卫生性公共厕所”。唉，没想到眼下这么好的姑娘……他突然想起来，问：

“你父亲是干什么的？叫什么？”

“他原是关东军的一名炮兵大队长，昭和八年后，就再没有音信了。”节代在异国的夜晚，思念自己的父母、弟弟，也思念家乡和奶奶。她掉泪了，说：“我父亲叫武川勇夫。”

“武川勇夫？”板垣重复着这个熟悉的名字，再瞅节代一眼，没想到武川有这么个漂亮的女儿。不过他死得早了些，是死在张自忠士兵的大刀片下的，不然，他会在圣战中再立汗马功劳的。

“您认识我父亲？”节代问。

“哦，不，不认识。”板垣摇着头，欣赏着那张红樱桃般的嘴。他点燃一支雪茄，深深地吸一口，又缓缓地吐出来……

第二天，当板垣吃着和式早餐味噌汁、大米饭的时候，仿佛感到下身有点儿骚动。哦，他想起来了，夜晚，他心爱的“洋子”陪他度过了一个春宵，那是好久好久没有感受到的、多么令人销魂的时光啊……

自从那天和老搭档克侠分手后，张自忠的情绪就很低落，加上在荒凉的山坡上受了阴风，回来后就躺下了。头痛，心慌，烦躁，眩晕，四肢乏力，胸口堵得直想吐。郭喜东慌了手脚，急着去找欧阳茜兰。

茜兰正在做膏药，听小东子这么一说，赶忙来看望张自忠。她先摸摸脑袋，并不发烫；再把一把脉，就觉右手脉象平和迟缓，而左手的寸脉发空，关脉带弦，尺脉沉弱。对比两只手上的脉象，茜兰心里有了底。不要紧的，他是劳累过度，体力下降，再加上心气不舒，肝气郁结，中焦不畅所致。天地之道，一阴一阳。百病生于气，悲哀忧愁则心动，心动则五脏六腑皆摇。治病之法，贵在调整阴阳，疏通三焦。于是，她先用银针扎合谷、内关，再用膏药贴在涌泉穴上。

不多一会儿，张自忠觉得心口舒畅多了，只是感到头发沉，浑身瘫软无力，好像一座大山压了下来。茜兰示意小东子、小猴子和副官们都离开。她给盖上军毯，也轻手轻脚走出房间。让他静静地睡吧，累过了头的人，亟须要休息。茜兰嘱咐小东子，千万不要说总司令病了，大战在即，以免影响军心，同时，任何人来找总司令都不让见，在病体恢复前不准人打扰。

郭喜东搬条板凳，横坐在大门口，一边擦枪，一边护卫着屋子的安全……

却说郭喜顺带着部队在襄河东岸修筑工事，回来时，见一渔翁在河里打鱼。他凑过去一看，见渔篓里有两条鳜鱼，每条都有尺来长。正是“桃花流水鳜鱼肥”的时节，他买下这两条鱼，愉愉快快来到总司令部门口，见到弟弟，忙叫着：

“小东子，总……”

“嘘——”郭喜东用手指压在唇上，说：“哥，小声点儿，总司令睡了。”

“啊？”郭喜顺知道，总司令没有白天睡觉的习惯，忙问：“该不是病了吧？”

“我不知道。”郭喜东说，“欧阳先生说不要紧的，还说不让告诉总司令病了。”

“那好吧，我正好买了两条鱼，让老孙头给总司令炖汤喝。”郭喜顺拎着鱼，走几步又回来，从兜里掏出红枣递给弟弟，说：“是在乐二哥家‘扫荡’的，吃吧，我这儿还有。”

“听说乐二哥的游击队人马不少。”郭喜东神秘地说，“听说翠花嫂子怀上了。”

“是吗？你咋知道？小人精！”郭喜顺刮拉一下弟弟的鼻子，嘱咐他要好好照顾总司令，夜晚不要让他太熬夜了，还嘱咐小东子夜晚不要踢被子，小心着凉；有尿别憋着，小心别把茶缸当了尿壶，第二天再用尿漱口。

小东子说：“哥，放心吧，总司令夜晚常起来给我盖被子哩。我就是把尿尿在茶缸里了，也不会挨总司令的20军棍，哥，你就小心自己吧！”

哥儿俩取笑了一会儿，说了阵闲话，郭喜顺拎着那两条鱼到厨房去，交给老孙头。

谁是老孙头？就是事变那会儿，在征兵站前拦截张自忠汽车的那个人。他拿着张自忠的字，回到西苑，被部队收留来。这些年南北闯荡，吃了不少苦，但张自忠对他十分关照，一直让他在司令部做饭。这会儿见了郭喜顺，他说：

“郭营长，当了官，也不请客！”他知道，前些日子，郭喜顺从连长升为了营长。

“要请客就给你请个堂客，干不干？像乐二哥那样。”郭喜顺在总司令部时，他俩就爱开玩笑。

“那缺德事咱干不来，咱还是熬光棍吧！”

“别丧气，等抗战胜利了，总司令定会给你娶房好媳妇。蒲扇耳朵噘噘嘴，走路哼哼屁股扭。”郭喜顺嘎嘎地笑起来。因为老孙头累了、困了的时候，总爱伸个懒腰，说：“咳，想媳妇了！”人们也爱拿这个话题和他开玩笑。

“你个小兔崽子！”老孙头拿着锅铲撵他。

郭喜顺吓得丢下两条鱼，蹿出门外，回头说：“别忘了给总司令炖鱼汤！”

“总司令怎么啦？”老孙头忙问。

“怎么也不怎么，你就把鱼煮得鲜嫩些。”

趁张自忠熟睡的时候，欧阳茜兰回到住处，脱下长裙，换上短衫，穿上牛鼻子鞋，背上小竹篓，一手拿着铁抓钩，一手握着铁铲，脚步匆匆向村外的山上奔去。这一带草药丰富，种类较全，她制膏药的主要原料都是她亲自到山上采集的。她今天上山，是想能挖一些山参、黄芪、灵芝、何首乌之类的药。不过村子周围的几座山，都印满了她的足迹，她想到对面那座又陡又高的山上去。不上高山，难得真宝。为了张自忠能早日恢复体力，无论如何要找点补药回来。

这座山，耸立在群峰之巅，人在山下难以望断山顶。因那尖顶上终年白云缭绕，难识其真面目。茜兰从小跟父亲采药，爬山颇有经验。她先在山下看好路径，铆足劲儿，一气爬到半山腰，但再往上爬可就难了，每前进一步都要冒很大危险。铁抓钩抓着树丛，或抠着石缝，牵引着身子，一步一步向上攀缘……

牧童回家鸟归巢的时候，她背着小竹篓，疲惫不堪地回到村里。虽然没采到灵芝、何首乌，但到底还是采了三棵山参，几棵黄芪，而且得到了一兜肉苁蓉。她忙着把药物洗净，放进砂锅，点上文火，自己这才扒拉着玉米粥。

待到满屋药香的时候，她换上长裙，端着砂锅，来到张自忠的住处。

张自忠仍在昏睡。听郭喜东说，老孙头送来了鱼汤，他只喝了两口，可那鲜嫩的鱼肉，竟连一筷子头也没尝。茜兰看看汤盆里的鱼说：

“小东子，这两条鱼他是怎么也吃不了的，你小馋猫倒不如吃一条，给他留一条明天吃。”

小东子一点儿不客气，拿只碗，从汤盆里搛出一条鱼，呼噜呼噜地吃起来。

“真是只长不大的猫！”见小家伙吃得又馋又香的样子，茜兰点点他的脸蛋，说。她怕药汤凉了，用毛毯把砂锅焐着。等小东子吃完，让他去睡，她自个儿守护在张自忠的床前……

白天爬山采药，到了后半夜，的确难以抵挡困倦。郭小东在外屋睡得呼呼的。她披着他的军上衣，倚着墙，不觉打起盹来。不知过了多久，就听见有人叫她的名字：“茜兰，茜兰！”

她睁开眼，定定神，却见张自忠撩开了被子，两只手舞动着，嘴里喃喃地呼唤着她的名字。她俯下身，摇晃着张自忠的肩膀，叫着：

“醒醒，将军醒醒！”她对张自忠从来不叫名字，也不呼官职，只是叫他“将军”。

张自忠醒了，问：“我，说什么了吗？”

“你在叫我的名字，怎么回事？”

“我梦见一群老虎在追赶你，我急了，连发数枪，可是没打中；一只虎向你扑过来，我上去和老虎搏斗，着急地叫你快跑。”张自忠自嘲地一笑，“十梦九不真，倒是五迷三道吓死人！”

茜兰没有说什么，一笑就过去了。她拿出砂锅，让张自忠把药汤喝下。昏睡了一天两夜，此刻却觉得精神好了许多。他坐起来，喝了药，偎在被窝里，看一眼茜兰，说：

“你到军中的时间不短了，官兵们都很信服你。我总想找个时间和你谈谈，可总没有机会。”

茜兰扑闪着那双会说话的眼睛，望着他，仿佛说：将军，你就说吧！

“欧阳老先生被害后，你一个人孤苦无助，生活上有诸多不便。我想，你就正式留在军中吧。你知道，弟兄们离不开你。”张自忠说。

“古人说：结交在相知，何必骨肉亲！将军，你的好意我领了。我这个人，从小跟父亲闯荡江湖，性情刚烈，潇洒无拘。在军中时间长了总会得罪些人，那时对你、对我都不好。我想……”

不等茜兰拒绝，张自忠截着她的话说：“茜兰，那次在天津娘娘宫第一眼看到你的时候，你知道我是什么样的感觉吗？”

“不知道，我从来没有想过。”

“天神。在我的眼里，你就是一尊天神。”

一片红云悄然飘在茜兰的脸上，在木梓油灯下灿烂明丽。她，将江南女人的细腻，和江湖女子的粗犷集于一身，兰心蕙质，气度不凡。她撩一下鬓角的头发，羞赧地一笑，说：

“不过我知道，像你这样的男子汉，能说出这样的话，就很难得了，难得你这么赞美我。”

“我……”张自忠不知如何表达自己的感受，又转向正题，说，“为了全军弟兄们，也为了我，你就不要再离开部队了，行吗？”

“我天马行空、独往独来惯了，怕一时难以拴住心猿意马。将军既然这样衷恳挽留，得容我冷静想一想。”茜兰见明月西沉，估计天快亮了。她嘱咐张自忠再睡一会儿，便站起身来，拿着药锅，掩上房门，又将军上衣盖在郭喜东身上，脚步轻轻地走了出去。

回到住处，躺在床板上，刚才那股困倦烟消云散了，耳边总是响着张自忠的话语。临到天亮迷糊了一会儿，就被房东家的鸡给叫醒了。

天刚麻麻亮，关了一夜的鸡群，从鸡笼里挤出来时，拍拍翅膀，伸伸脖子，互相亲亲嘴，追赶着，玩耍着。那只大红公鸡一阵兴奋，蹿到黄毛母鸡身上踩蛋，然后下来，跳到篱笆上，骄傲地扬起脖子长鸣一声：“唔喔唔——”

待茜兰洗漱完毕，部队的早操号才刚刚响起。除了看病，她不参加军营中的任何活动。她把药锅里的药汤在炉上炖开，就热端到张自忠的房里。但主人没在，连小东子也没看见。她顺手整理一下床铺，回过身，就见桌上有一幅字。

张自忠好习字，爱读书。就是打仗的时候，他也忙中偷闲，或翻几页书，或写几笔字。有时实在找不到纸，他就在砖头上练笔。这幅字，是在当地生产的仿宣纸上写的，字体是有棱有角，遒劲有力的魏碑体——

南北驱驰报主情
江花边草笑平生
一年三百六十日
都是横戈马上行

这是明朝驱倭名将戚继光的《马上作》，此时张自忠抄录这首诗，除了表达他效法前人，誓死驱逐日寇、报效国家和民族外，似乎还有一种疲惫感。自打张克侠离开司令部后，新任参谋长文天在谋略筹划上不得力，在其他方面配合得也不那么密切，他的心情郁悒、烦躁，有时候爱发脾气，爱训人。

这时，在女人的柔肠和情怀中，似乎多了几分同情和理解。铁骨铮铮的男子汉，享誉中外的抗日英雄，他也会有烦恼，也需要上级的支持和人们的关心，也少不了女人的爱抚和温情。想到这里，她后悔昨天不该拒绝他。

就在这时，屋外响起大脚板的“叭叭”声，是张自忠回来了。茜兰平静一下情绪，转过身来，就见张自忠左手持大刀，满脸汗津津，原来是早起到外面舞刀去了。她把药锅递给他，说：

“趁热喝了吧！”

张自忠端起药锅，把药汤咕咚咕咚喝下去。

“将军，你说的话我考虑过了。我想，”茜兰说，“等这次反扫荡胜利后，我正式从军，追随你，在你的麾下当一名好医官，保证！”

“真的？”张自忠放下药锅，伸出双手，像是要一下子抱住茜兰。但伸出去的手又缩了回来，在空中画个圈儿，发誓地说：“出膛子弹不回头！一定要打赢这一仗！”

右翼兵团总司令部，张自忠主持召开作战会议。他宣读了几份战情通报，分析了目前的战场形势，指出：日寇此次大兵团扫荡，由敌酋板垣征四郎亲自指挥，从江南战场抽调大批部队，加强我战区当面之敌。敌人总兵力约7个师团，还配属了大量飞机和坦克。从5月1日凌晨起，敌分三路向我襄河东岸各部进攻，其中一路由钟祥北进，在大量飞机和坦克的攻击下，突破了我右翼兵团防线，于3日晚攻占了我据点长寿店，之后，继续北窜，又占领张家集。本兵团的任务及部署是：一、以一部追歼敌人，恢复长寿店及附近各阵地；二、主力分左右两个纵队，迅速截击北窜之敌，在方家集、新街和板桥之间将敌歼灭或击溃；三、河防部队除固守阵地外，还将各派一团兵力袭扰附近之敌，减轻我主力部队之压力。

张自忠对各部下达命令之后，放下长鞭，扫视众人一眼，说："各位将军，弟兄们，面对日寇大扫荡，我们共有两条路可走：一条路是敷衍。敌人未来时我们敷衍布置，敌人既来时，我们敷衍抵抗。这种做法看起来聪明，其实最笨。因为今天不打，明天还是要打；在前面不打，退到任何地方也是要打的。完是一样的完，牺牲是一样的牺牲。国家不仅败坏于我们之手，自己反而成为历史的罪人！这是一条沉沦灭亡之路，万万走不得！

"无疑，我们只有走另一条路，这就是拼。我们既然奉命固守襄河，就决心在这条线上拼到底，拼到最后，不奉命令，绝不后退！只有死拼才能挡住敌人，只有死拼才能保卫国土和民众。万一不幸而拼完了，我和弟兄们也算对得起国家和四万万同胞父老。我们没有辜负他们的教养，也不愧做一世之军人，所以，这是光明磊落的路，是我等唯一应该走的路。"

此刻，张自忠壮怀激烈，感触良多，越讲越动情："我与弟兄等参加抗战以来，受了千辛万苦，现在到了最后关头。为山九仞，何忍功亏一篑？因此我希望弟兄们打起精神，咬紧牙关，激励部下，拼这一仗。是龙是虫，是人是鬼，将在这一仗中见分晓！……"

开完军事会议，各将领即刻奔赴前线去了。张自忠让新任参谋长文天组织总部人员，今晚随他到襄河东岸去指挥部队。文天请示说，从后方医院回来了一批伤员，问他见不见。按照惯例，凡有伤员归队，张自忠都要亲自接见和慰问，然后陪大伙吃顿饭。可今晚他要率总部到前线去，文天怕他顾不上，只是跟他打个招呼。没想到张自忠说："见！"

伤员们听说总司令要接见他们，十分高兴。他们在村头那块平地等待着，三三两两地聊着。他们是在冬季攻势中负伤的，而且伤得较重，治疗时间较长。听说反扫荡，他们就偷着跑回来了。

春天里，无拘无束的士兵们像一群小鸟，欢天喜地、叽叽喳喳地讲述着自己的故事，讲述着他们所见到的总司令的故事。

一个矮胖胖的士兵是名迫击炮手，他说："去年春天打仗，突然下起雨来，非常大的猛雨，战壕里灌满了水。这时总司令来了。他叫我们攻击敌人。班长稍微有点迟慢，他生气了。总司令不打不骂，却亲自抱着迫击炮筒冲上去，说：看我怎么打！大家全忘了命，跟他冲上去啦！"

说起打炮的事，另一名大个子炮手说："我还经历过一次呢！去年冬季攻势，我们炮阵地被鬼子发现了，敌人的炮弹打过来，炸了，可凶啦！敌人边打边进攻，离我们很近了，连他们搬炮弹都看得清楚。弟兄们都慌了，越慌越打不准。这时总司令来了，对我们笑一笑，说：别慌，瞄准了再射击。他干脆把棉袄脱下来，背对着我们捉虱子。人家真不愧是总司令，面对敌人的炮弹，心里平静得很。弟兄们的心也平静下来了，瞄得准准的，果然把敌人打退了！"

"你们说得不过瘾，我给讲个过瘾的。"一个河南口音的士兵哈哈一笑，说，"在襄河东岸，我们营的阵地丢了。弟兄们又饿又累，鬼子的坦克车正朝我们冲来。大伙糊里糊涂，都像没魂啦。这时，三个骑马的人进村来了。大伙一瞅，原来是总司令和两个护兵。呀，这么危险，总司令怎么来了呢？可他硬是来了！我们马上振作起来了。营长、连长组织部队，炸了一辆坦克车，我们又把鬼子撵下去了。"……

大家正兴致勃勃，手舞足蹈地讲着，就见张自忠从村里走来了。没有口令，伤员们唰地站成两列横队，向他们尊敬的总司令敬礼。

他拿起花名册，先点名，然后逐个问他们伤在何处。如果是子弹从前面打进的，就叫他们往前站一步。他抚摸着士兵的伤痕，问当时是怎么负伤的。士兵们挺胸收腹，大声报告——

"报告总司令,我伤在右肩,是敌人的机枪子弹从前面打的。现在子弹已经取出,伤口基本好了。听说有车回部队,我就回来了。鬼子又向我们扫荡了,谁还肯待在医院里装蒜!"

"报告总司令,我伤在前胸,是冲锋时被鬼子的刺刀戳的。大夫说差点伤了肺。现在好了。我要到前线去和小鬼子算账!"……

每个人都有一段英勇作战的故事,只有极少数人是伤在后面。他们报告时垂下了头。

张自忠听完大家的报告,说:"很好,欢迎弟兄们归队。你们是咱们部队的英雄。我想问一问你们:你们走路是用几只脚?"

大伙不知是什么意思,笑了,说:"那还用问,当然是两只脚呗!"

"牛马走路用几只脚?"

"当然是四只脚呗!"

"你们知道吗?当亡国奴就如同做牛马一样,用四只脚走路,咱们能答应吗?"

"当然不答应!"

"咱们绝不答应!"

"咱们不答应,应该怎么办?"张自忠问。

"和他们拼,把鬼子赶出中国去!"

"对啦!要团结全国老百姓,军民一起打鬼子。"张自忠鼓励大家说,"希望你们回部队后,保持荣誉,立即投入战斗,为民族再立新功!"

他讲完话,看看表,手一挥说:"我陪弟兄们吃顿晚饭。"他带着大伙,来到炊事班门口,先唱《吃饭歌》:"这些饭食是人民供给,我们必须为民努力;帝国主义是中华之敌,为国为民吾辈天职……"

每人一碗菜,一碗汤,饭随便吃。张自忠和大伙一样,端着饭菜,蹲在地上。不一会儿,饭光,菜光,汤光,他把碗一撂,对大伙说:"弟兄们吃好!咱们可得来个'三光政策',不许浪费。"

入夜,张自忠想抓紧时间睡一会儿。自打病了后,经茜兰亲手调理,身体有所恢复。怎奈日日征战,体力不支,常感疲劳。刚睡一会儿,作战参谋来报告：敌人攻势凌厉，中路和南路之敌即将会合，我集团军已将南路之敌截断。敌人困兽犹斗，狗急跳墙，正向我部施放毒气。

张自忠一听，急了，即刻做了相应的部署。他再也睡不着了，点支烟，在屋子里踱几步，征战心切，心潮澎湃。于是他铺开纸，润一润笔，草拟一封临阵遗书。他每次到前线去，都抱着必死的决心，所以每次都要留遗书。待凯旋归营，再把遗书烧掉。此刻，他捻几下长须，沉思片刻，提笔疾书道：

克侠、黄纲、刘山、何丰及诸位弟兄如晤：敌人这次扫荡来势凶猛，不同以往。我决定于今晚往襄河东岸进发，和弟兄们共赴国难，以死相拼，截击北进之敌。

我五千年历史之民族，岂能亡于区区三岛倭贼之手！从现在起，或暂别，或永离，不得而知。无论如何，我将对得起国家和民族，以求良心之安慰。专此布达

小兄张自忠手启

四〇、五、六

张自忠写完，心情异常激动。他不觉想起了陷于敌占区的敏慧和孩子们。当初，他要是在军中，说什么也要把娘儿几个带出来的。然而那时陷于魔窟，身不由己。现在他们住在哪里？人在何方？……这样想着，一股酸楚不觉涌上心头。啊，放不下的思念割不断的情哟！

这时他看看表，零点已过，外面人马正在集合。他打好绑腿，扎紧腰带；腰带上一边插着短剑，一边佩着勃朗宁手枪。

郭喜东和小猴子把行李和文件箱搬出去，放在马驮子上。郭喜东扎好腰带，打好绑腿，又摸了摸腰上的二十响。张自忠拽他一把，说：

“小东子，你留下！”

郭喜东瞅瞅小猴子，又看看张自忠，怕是听错了，问：“为什么让我留下？”

“哪来那么多为什么，服从命令！”张自忠脸色像铁，话也硬得像铁。

“那……”郭喜东急得哭起来。

张自忠没理他,带着小猴子跟着队伍出发了。

欧阳茜兰和郭喜东跑来,给张自忠和司令部的人送行。他们一句话都没说,只是跟着张自忠他们往前走,往前走。走了好半天,郭喜东从怀里掏出一个东西,塞到张自忠怀里:

“给!”

张自忠见是他心爱的小木人,想了想,摸着他的脑袋说:“你这个小家伙呀!”又走了一会儿,他对茜兰和郭喜东说:“你们都回去吧!”

茜兰和郭喜东停下来,站在路边,向远去的张自忠,向前进中的总部人马招手……

风萧萧,水湍湍;马啸啸,星灿灿。夜色中,张自忠率领总司令部从宜城渡过襄河,跨上白龙驹,驰骋在铁与血撞击、心与力较量的疆场上……

第十八章
星陨大洪山

麦子青中带黄，菜花金灿飘香。

蜿蜒险峻的山路上，一瘸腿老道手拄藤杖，从武当山上下来。他虽一瘸一拐，却疾步如飞，渴了，喝口山泉水；饿了，吃点自带的干粮；困了，倚在路旁的树干或土坡上打个盹。

他来到宜城，见城关被炸得残破不堪，不觉叹口气，说："唉，造孽啊！"他向一位年迈的老婆婆讨口水喝，打听张将军的总司令部在哪里。老婆婆耳背，听不清；他又问路边卖洋火、麦芽糖的老翁打听。老翁手往前一指，说：

"喏，往南行20多里就是。"

瘸腿老道不敢停留，谢过老翁，继续前行。过了赤土坡，来到快活铺，在一间大门楼前站定，高叫一声："喂，张将军在吗？"

一个参谋模样的人出来，看一眼这个古怪道士，大声喝道："你在这儿吆喝啥？"

"我找张将军。"

“哪个张将军？”那参谋问。因为“张”姓的人多，而且这儿姓张的将军倒有几个。

“就是张……就是这里的张总司令。”老道说。

“你找他干啥？他不在！”

“我是张将军的故交，一定要见见他，说几句话，烦老总传个消息。”

“他不在这儿，到前面指挥部队去了。”

“什么？他到前线去了？张将军果真到前线去了吗？”老道大惊失色，一句接一句地催问。

那参谋对老道的神色感到诧异，又颇有几分反感，说：“你这是怎么啦？我们总司令常到前线去指挥部队，有什么大惊小怪的！”

“不，你一定把他找回来，立马把他找回来！”

“蹊跷得很，你怎么管起我们总司令来了！走吧走吧，有啥话以后再说。参谋不耐烦了。

“老总，你一定把他找回来，一定让他快点回来呀！晚了可就……”老道急得声音颤抖着。

茜兰正在配药方，听见外面一片吵闹声，不觉探头看一眼：啊，这不是武当山的清虚道长吗？在灞陵桥时他们见过面。她跑出来，打个稽首，恭敬地说：“见过老道长。”

清虚道长一看，说：“这不是欧阳女先生吗？哎呀，你来得正好，快快去把张将军找回来！”

“有什么要紧事吗？”茜兰问。

道长看那参谋一眼，对茜兰说：“实话告诉你：近日我夜观星象，发现东南方向有一道白光，正照着武曲星。武曲星由暗淡无光，变得被黑云遮蔽，摇摇欲坠，根基不稳。随之，那道白光却变得越发白炽，完全压倒了武曲星。自从在灞陵桥见到张将军第一眼，就断知他为天上之武曲。在堂堂相貌之中，隐伏着多灾多难，没想到今日会遇到克星……”

“请道长明示，张将军究竟遇到了什么？”茜兰着急地问，随手拿条板凳让道长坐下，又从屋里端来一碗茶水，送到道长手里。

“星之分野，各有所属。诸星吉，逢凶也吉；诸星凶，逢吉也凶。那白光压着武曲星，而且黑云遮蔽，预示武曲有难。诸凶汇合，主破军、七杀，轻则破军陷地，重则杀身命限。”

“这么说，张将军有血光之灾？”茜兰问。

“正是。”道长说，“我走了三天三宿，就是要见一见张将军，让他避一避此难，没想到他……”

“那怎么办？”茜兰问那参谋，“要不，想办法让总司令回来，就说……”

“欧阳先生，谁能有什么办法？眼下总司令带着5师之众，正和敌人鏖战。军中无戏言，谁敢把他诳回来！”

“想什么办法我不管，但无论如何，你们要让他回来，一定让他回来！”茜兰一改往日的文静，疯了似的叫嚷着，急得眼泪都流出来了。

道长不时观看天空，透过强烈的阳光，仿佛看到了满天的星斗。“不好！白光越来越强，周围还有血光，武曲星险些坠落……不好不好！”他那苍老多皱的脸，变得异常冷峻，异常惊骇，说，“快，时辰紧迫，怕是过不了午时！”

不管这位道长的话是真是假，不管大家真信还是假信，但总部留守人员，谁也没有权力和理由把正在指挥作战的总司令召回。

茜兰急得哭起来，“哇”的一声，跑进自己的房里去。她相信道长的话，感到无可奈何，一向干练果断、有巾帼英雄气概的她，已经六神无主了。她哭泣着，呼唤着：“将军！回来吧——”

清虚道长瞅一眼大伙，将藤杖在地上戳三下，拂袖而去，说：“我去找张将军，我去找！”

老道长不可能找到张自忠。因为这个时候，他正指挥近5个师的人马和敌人拼死相搏哩！

张自忠曾多次过河督战，但此次的局势比以往任何时候都危急：右翼兵团的几支主力部队，有的师长请假探家，有的军长远在四川，有的集团军总司令在重庆述职。我河东部队三军无主，若没有一员大将亲临前线统一指挥，势必难以扭转战局。这就是他毅然渡河指挥的原因。

过河之后，接到5战区通报：敌南北两路在唐白河会师；中路之敌以枣阳为中心四处扫荡我河东部队。接着，李宗仁来电指示：庞汤集团军已开始外线反击，令张自忠部向枣阳方向断敌后路。

10日凌晨，张自忠率部前行时，恰巧敌前线指挥部从琚湾以南的几个村庄经过。张自忠即令部队拦腰斩断敌人。可是，正当我攻击部队冲上去时，梅家高庙的重机枪疯狂扫射过来。

梅家高庙是这一带的制高点，山顶上有一圈土城墙，墙内有20多间庙房。敌人抢占这里后，即刻压制我军火力，敌先头部队和后继部队都集合在高庙岗岭上，向我凶猛反扑。

张自忠沉着应战，指挥若定，一面令正面部队佯攻，一面另派一支部队顺麦田沟垄匍匐前进，突然出现在岗岭左侧，出其不意地攻进了梅家高庙，打得敌人溃不成军，落荒而逃。跑在最前面的有匹高头大马，那马上的骑手就是日军前线总指挥村上启作将军。

村上逃到枣阳，立即给板垣通电话，气喘吁吁地报告：当我率队扫荡至梅家高庙时，突遭张自忠部伏击，村上并谎称张部已切断枣应公路。

在前线督战的板垣极为恐慌，立即召集高参商议，下达了新的作战命令：1.张自忠右翼兵团主力逐次在大洪山北麓集结，有开始北进之模样；2.张自忠亲率5个师出击汉水东岸，威胁皇军后路，令中路和南路兵团迅速反转南下，对张兵团捕捉、攻击；3.轰炸机群和坦克独立旅团快速向张部冲击。

且说梅家高庙一仗获胜之后，张自忠仍把兵力隐蔽集结在枣阳以南，只等一声令下，便能一鼓作气攻下枣阳，切断襄花公路。然而，张部虽已在敌后奋战三天，但我正面战场上的庞汤集团军却迟迟没有进展。这天，张自忠先后接到蒋介石和李宗仁的电令，内容大致相同：说敌人开始撤退，令张部迅速向南追击。

张自忠是最执行命令的。他和黄纲分左右两个纵队，快速地向南驰骋。

14日凌晨，张自忠到达方家集，我突击团与敌遭遇，敌死守方家集，我多次冲杀均未奏效。张自忠登上集镇东北高地指挥，工兵连很快爆破了敌人火力点，我突击团旋即占领方家集；各部与敌反复争夺外围高地。敌机不断扫射轰炸,敌炮不停地轰击。方家集变成了废墟一片。

危急之时,手枪营营长郭喜顺前来请总司令转移。张自忠正在一间民房里吃炒蚕豆。房子前面就是弹坑,而他却泰然自若。他对喜顺说:

“吃点炒蚕豆吧,吃了东西才有劲打仗。”

两天没吃饭,肚子饿得咕咕叫。郭喜顺抓把蚕豆,把要说的话和蚕豆一起咽进肚里。临走,喜东又抓些蚕豆塞在哥的口袋里,喜顺说:

“叫你不来,你非要偷偷跑来,瞧,给别人找麻烦了不是!”他在喜东面前总好摆哥哥架子。

“我有胳膊有腿,还有枪,给谁找麻烦?”喜东把嘴噘得老高。是的,总司令不让他来,是他偷着跑来的,来了不是多一个人,多一条枪吗?他说,“哥,你别总是小瞧人!”

“好啦好啦,留点精神打鬼子吧!”张自忠把喜东拉到自己身边坐下,又对郭喜顺嘱咐了几句。

入夜,接到战区长官部急电:敌南窜,有企图过河模样,速向襄河沿岸进击。张自忠身为右翼兵团总司令,其任务就是固守襄河,屏障荆沙,拱卫中枢门户宜昌。因此,他接到电令,立即行动,甩掉当面之敌,突围南进。

这天深夜,人衔枚,马衔环,从敌人缝隙处穿过。第二天凌晨进入罐子口。

罐子口没人家。张自忠在一棵木梓树下召开司令部作战会议。他坐在背包上,说:“情况大家都清楚了,眼下形势十分严峻,我们要研究确定下一步的行动方案。”

文天当副军长时,不操心,不吃苦,现在当了总司令部参谋长,官是升了,同时责任也重了许多。跟张自忠过河七天来,吃不好,睡不好,连续作战,疲惫不堪。他瞅张自忠一眼,沮丧地说:“眼下主力都在外线作战,河防空虚得很。我看,倒不如把部队带回河西去死守,这样又保险,又不会这么苦。”

老练的参谋处长说:“我说把 5 个师都拉到河西去也不妥当,倒不如用 3 个师在外线作战,用两个师沿河把守,这样能进能退。”

年轻的作战参谋说:“我觉得消极防守不是办法。如果用两个师的兵力沿河把守,肯定不敷分配。我看倒不如都在河东作战,积极防御。”

这次过河，苏军顾问也来了，他说："我倾向外线作战，牵制敌人。"

几种意见不统一，最后让张自忠拍板。他在地图上指着用箭头标志的敌人动向，说："眼下河东战事紧急，我军主力尚在殊死搏斗，如果把部队抽调到河东去，敌人肯定跟进，我们反而被动；如果调两个师去守，战线长，兵力薄，力量分散。既减弱了河东我军力量，又对襄河防守无补。我看还是积极防御为好。敌人一天不把我河东部队扫荡干净，便一天不敢贸然过河。"他特别看一眼文天，"我决定，总部与所属部队均留在河东，与敌周旋到底。你看怎么样？"

"你是总司令，你说了算。"文天很不高兴。

接着，张自忠决定总部离开大路，向南面之南瓜店转进——立即行动。

15 日下午，总部来到南瓜店。

这是个通向东西南北的交叉路口。周围山丘起伏，荒草丛生。据传民国初年，当地何氏兄弟在路口开店。因当地贫瘠，无酒食可卖，便专煮南瓜卖。因此得名"南瓜店"。离路不远有几户人家，张自忠把总部就设在这里。他见村民贫苦，当即叫副官处长发给每户十块银圆。

大洪山北麓的十里长山，南北走向，像一条巨蟒，静卧在硝烟弥漫的夜色中。战场上没有灯火，没有声响，寂静得让人心慌，只有大型电台在昼夜不停地工作着。总部要了解情况，不断调整部署，下达命令。直到深夜，张自忠才在铺板上打个盹……而这时，群山的脊梁在夜色中高耸着，护卫着她的儿子。

当太阳带着浓浓倦意，朦胧地投向十里长山山头的那一瞬间，激烈的枪声打破了黎明的宁静。张自忠被惊醒了。他抄起望远镜，带着作战参谋和郭喜东、小猴子，快步登上村子后面的小山上去观察。

战斗是从西边的鸡鸣山打响的。那儿离总部有一千多米，中间只隔两个山包。他立即命令一支预备队去增援，夺回山头，巩固阵地。一会儿，东边之敌也发起了凌厉的攻势。炮弹不断在我前沿爆炸，我军将士伤亡严重。

张自忠一直立在山上，凭借山石、树木的掩护，冷静地观察着战场态势。前沿阵地的一枪一弹都牵动着他的心。他执行上峰命令，向南截击敌人，原以为庞汤会很快从正面压过来，这样，两支部队会合，可把敌人围而聚歼；然而，庞汤却迟迟没有动静。每次催问，长官部都说“庞汤部就到”。看来，庞汤的部队指望不上了，只有自己孤军奋战了。现在的问题是，粮秣弹药没法补给，他所有的部队都在和敌人拼搏，而敌人中、南两路大兵团，都集中向他张自忠攻来。狡猾的敌人知道，不消灭张部休想过襄河。

日出时，第一道防线被突破，敌人攻占了肋巴骨山。十里长山是大洪山的一条余脉，这里许许多多的山头，人们都给取了名字：肋巴骨山、杏仁山、乳头山、鸡鸣山……

肋巴骨山不算高，但敌人攻占后却把大炮推了上去，居高发炮，不仅对我军造成威胁，而且总部也直接暴露在敌人火网之下。我军武器装备差，第一线团队没有配置山炮，对敌人炮阵地不能实施摧毁性打击。这时，总部向东南方向撤退，指挥所设在杏仁山下的一个村子里。总部与各部队的联络很快沟通了。张自忠镇定地指挥各路人马，决心拼死打好这一仗。

可是到了 9 点，情况骤变。敌人仿佛摸清这是张自忠的总部似的，对十里长山这个军事上并不起眼的位置，竟派出 12 架飞机轮番扫射、轰炸，又从方家集增派大量兵力和大炮，与进入罐子口之敌东西呼应，对我形成两面夹击之势。张自忠心里十分着急。他的主力部队在前线与敌人胶着一起，一时难以赶到，而跟着总部行进的，只有一个突击团、一个手枪营和一个战斗力很差的新兵师。

敌人在飞机、大炮掩护下，分别向我南北两阵地再次发起攻击，战斗异常凶猛。我南北主阵地相继告急，请求补充弹药，增援部队。

军队没有弹药就意味着灭亡。然而部队远离后方，既没法补充弹药，又没法派兵增援。张自忠果断地接过电话，对前线军官说：“子弹打完了用刺刀拼，刺刀断了用拳头砸，用牙咬！”接着，他又派副官往前沿佟光团送去一道手谕：此次作战，关系到国家民族之存亡，望你们好好地打，狠狠地打！打好了，是你们的功劳；失败了，责任由我承担。

一时间，前沿阵地的将士们，互相传诵着这道手谕，利用敌人进攻的间歇，加紧修构工事；许多伤员不愿后撤，包扎后，纷纷爬向阵地，受伤的身躯倚在冰凉的地上，把枪口和刺刀对向敌人。被打散的分队马上聚拢，奔向最要紧、最危险的方向，像钉子一样钉在阵地上……

前线部队虽然士气高昂，纪律严谨，但无奈敌众我寡，情势险恶。张自忠冷静地口述一封电报，发给重庆蒋介石委员长，言明眼下战况，但只字没提自己的险境。之后，将电台砸毁。这，是他向上级发出的最后一封电报。

他对文天说："你我吃国家俸禄，责任重大，为祖国牺牲理所当然，但不能让朋友在此流血。"

"你的意思是……"文天问。

"派人送苏联顾问撤离战场。"

"派谁好呢？"

"派一名非战斗人员。"

文天不觉一震。他满以为会让他陪着送走。憋了半天，他才安排一名话务员和苏联顾问走了。

张自忠见文天行动迟缓，又亲自命令总部非战斗人员也撤离战场。

这些跟随他多年的话务员、报务员、机要人员和卫生人员，都纷纷劝他带着大伙一起走。

张自忠说："你们别说傻话了，这个时候，只要我一动位置，队伍就会溃败。有我在，军心就在；多坚持一分钟，就能多杀伤一些敌人，就有希望等到增援部队赶来把敌人消灭。你们快走吧！"他回头对郭喜东说：

"你也走，跟他们一起走！"

"不，我要跟着你！"

"这是命令！"

"不，总司令，我要跟着你！"郭喜东哭起来。

待其他人员走下山冈时，他发现郭喜东没动弹，便吼着："滚！"见他还不动窝，急了，又吼一声："滚！"一脚把小东子踢出老远，咕噜噜滚到山下，滚到了撤离的人群中。

"总司令，总司令——"郭喜东哭喊着往上爬，却被撤离的人们拽走了。他泪流满面，一步一回头，呼喊着："总司令——"

"小傻瓜！"张自忠瞧一眼走远的小东子，不觉摸一摸怀里的小木人，反而笑了。可当他回过头来时，却不见了参谋长文天。“参谋长，参谋长！”他叫了两声，却不见人应声。

原来，远处的荒草中，文天正猫腰往前窜哩！随行参谋和小猴子急了，敏捷地拔出了手枪。

“大胆！”张自忠制止他们，瞅一眼远处猫行的文天，哈哈一笑说，“让他去吧！”

他带着参谋、护兵数人，到南山冈上督战，又打退了敌人第五次进攻。当他返回指挥所时，小猴子见他左肩上的血把衣服染透了，惊呼：

“总司令，您的……”

他按了按伤口，说：“没什么，不要大惊小怪！”

这时，手枪营营长郭喜顺急慌慌地跑来，叫着：“总司令，不好了，我们阵地被鬼子突破了！”

“浑蛋！”张自忠“啪”地给个耳光，骂道：“你来干什么？赶快去给我顶住！”

这一耳光把人打清醒了，郭喜顺顾不上发疼发烧的脸，举着手枪，一边往前沿跑，一边吼叫着：“弟兄们，总司令在此，谁也不许后退！”

敌人三面围攻，网开一面，企图把我军压迫至一片开阔地带聚而围歼。密集的炮弹和枪弹，集中倾泻在我军不到一平方公里的阵地上。战场上土石飞溅，烟尘蔽日，血洒原野。一些团长、营长先后牺牲，一线部队伤亡殆尽。

郭喜顺和弟兄们挥舞着大刀，左突右闯，厮杀格斗，血肉拼搏，才把敌人再次赶下山冈。哪里最危急，他就到哪里去抵挡，身上不知伤了几处，衣服和血肉黏在一起，模糊一片。

敌人在火力支援下继续推进，包围圈越来越小。少顷，敌我短兵相接，敌人的飞机大炮失去了作用；我手枪营的二十响驳壳枪发挥了威力。敌我混战，双方死伤累累。

这时，一个敌人端着刺刀，从郭喜顺左侧上来，猛地一刺，郭喜顺“哎呀”一声，趁敌人还没抽出刺刀时，他手起一枪，结果了敌人的性命……

张自忠看得清楚，大叫一声：“喜顺！”他掏出勃朗宁手枪，一边向敌人射击，一面指挥仅有的人员，“左边有敌人，快！弟兄们，敌人从右边上来了，杀呀！……”说话间，他身上连中数弹。他不理会，继续指挥着、射击着。

这时，一颗罪恶的子弹击中了张自忠的胸部，他往后一步趔趄，挺了挺倒在春天的大地上。

“总司令，总司令！”小猴子叫喊着。

郭喜顺听见叫喊声，挣扎着过来，一条腿跪下，说：“总司令，我背着您走！”

张自忠抓着郭喜顺的手，平静地说：“不用了，我对国家，对民族，对长官良心平安，大家要杀敌报仇啊！”说着，他无力地闭上了眼睛。

郭喜顺和小猴子悲恸欲绝，把张自忠抬到一块石头后面，将那件军大衣盖在他身上。他们眼睛里燃烧着复仇的火焰，一手扬着大刀，一手举着二十响，高喊着，向敌人冲过去：“小鬼子，和你们拼了！”……

日军前线总指挥部，板垣征四郎在榻榻米喝茶，节代围着他边歌边舞。这时，前线指挥官村上启作来电话报告：张自忠的右翼兵团兼33集团军总司令部，在罐子口、南瓜店一带被围。

“情况属实吗？”板垣反复追问。村上不改口：“属实，若有虚假，我愿剖腹自杀！”板垣放下电话，长长地吁口气：“嗦嘎！”他带上节代，乘坐吉普车，风驰电掣般向前线驰去。

在车上，板垣并没瞧一眼节代，而是在想着前线的战事。严格说，张自忠被围，并不是张本人的失误，倒是中国统帅部和战区长官部的失误。当中路和南路两支日军向张部扑去时，重庆根据日军散布的假情报，误认为日军已完成扫荡任务，正向南撤，命张部迅速向南截击。这正中了他板垣的圈套。若庞汤部及时从正面展开攻势，日军也不可能全力对张。可是一切都晚了……

来到前线临时指挥所，村上报告说：张自忠的总部已被围歼，他已派认识张自忠的专田少佐组成搜索队，到南瓜店寻找张自忠下落。板垣十分兴奋，称赞村上做得对。

却说专田少佐带领搜索队，用战车被送往南瓜店。十里长山，到处是人和马的尸体，日中两国的士兵们，都为这场战争，付出了生命。他在尸体堆里穿行。他要找到张自忠，一定要找到！顿时，张将军那魁梧的身躯，浓浓的剑眉和炯炯的眼神，还有右颏下那颗带须毛的痣，一起出现在他的眼前……

在杏仁山下那几间被炮弹炸毁的民房里，他看到了被毁的电台和被烧的文件。他顺着一个个倒下的尸体，来到后山上，就见一块山石后面，有个盖着黄呢军大衣的人。他把大衣掀开，辨认一番，不觉惊叫起来："张将军！"

张自忠身穿灰布军装，和普通士兵没什么两样。但他的右手紧握勃朗宁手枪，腰间插着短剑。他浑身是血，但眉宇间气宇轩昂，表情分外安宁，仿佛极度疲劳后在安睡。

专田跪下，用手指在他鼻子前试一试，还有呼吸，就忙把他扶起来，呼唤着："张将军，张将军！"张自忠吃力地睁开眼睛，见面前站着许多日本士兵，不觉一惊。

"张将军，是我，我是专田一郎。"

"专田君！"张自忠这才看清，果然是他认识的人。他的脸上掠过一丝不易察觉的笑容。

"伤在哪里？我给您包扎。"专田少佐说。

"不用啦！"张自忠示意解开他的上衣纽扣。他从怀里掏出一个小木人，递给专田少佐说："这个，给你，这是郭喜东，小东子的。"

"郭喜东？小东子？"这个小木人是那样熟悉和亲切，但情急之中，却一时难以唤起遥远的记忆。

"武、川、太、郎。"张自忠的话越来越微弱。

"什么？武川太郎？他在哪儿？"

"他，他在……"话没说完，张自忠的头无力地垂下来，小木人落在专田的怀里。

"张将军！张将军！"专田呼唤着，呼唤他的朋友，呼唤他内心敬重的人。张自忠，一个真正的军人，一个值得敬佩的中国人！

搜索队的士兵们清楚地看到，专田的眼里，涌出了两颗清亮亮的泪滴。

此刻，天空中响起一声惊雷，这是一代将星陨落的讣告，战尘霎时间化作细雨，淅淅沥沥，这是天公悲哀的泪水。中国人民的优秀儿子，世界反法西斯名将——张自忠，把一腔碧血，壮烈地洒在温热的母亲胸膛上……

一九四〇年五月十六日，是中国人民反法西斯战争史上，最悲恸的日子。

专田摸一把脸上的雨水和泪水，冲士兵们吼叫着："愣着干什么？抬！"

于是，日本士兵把张自忠的遗体放在担架上，抬着。他们冒着小雨，走了20里路，来到陈家集。专田把张自忠的血衣脱下，将遗体用酒精擦洗后，裹上白布，放进一口棺材里，葬在陈家祠堂后面。专田亲自在一块木板上写着："支那军总司令张自忠之灵"，插在墓前。临走时，他和士兵们列队向墓地敬礼……

专田回到指挥所。村上正在等他，问：

"张自忠呢？"

"他，战死了。"专田回答得很平静。

"尸体呢？"

"埋葬了。"

"唵？"村上暴跳起来，"啪啪"在专田脸上甩了两个耳光，"我是怎么嘱咐你的？"

专田没有辩解，一任上司训斥、打骂。

"专田少佐，"板垣说，"这是圣战的伟大胜利，我们要把张自忠运到他的山东老家去安葬，这正是宣扬皇军武德、武威的极好时候，懂吗？"

村上像头发情的公牛，暴跳着，吼叫着。房东的一头老母猪被他吓得嗷嗷叫。他拔出战刀，挥刀把老母猪劈死。气犹未消，将这把血淋淋的刀扔在地上，对身边一位课长咕哝一句什么。就见课长拿着这把刀，来到专田身边，说：

"专田少佐，为天皇效忠吧！"说着，把刀放在他面前，并叫两个军曹前来侍候。

专田看一眼血汪汪的屠刀，并不感到意外。他一向敬佩张将军的品格，而且没想到他竟救了他的表弟武川太郎，虽然不知下落，但肯定他很平安。他诅咒这场战争，这场中国人民和日本人民都遭受灾难的战争，但他无力摆脱。死，就是他最好的解脱。他解开上衣，松开腰带，闭上眼睛，将刀猛地插进腹中……

“哈咿！”专田咬着牙，没有吭一声。倒是那两个侍候的军曹吓得惨叫起来。

这一声叫不打紧，却惊动了旁边屋里的节代。她好奇而惊恐地跑出来，一眼就认出了这个剖腹的人，原来就是她日夜思念和寻找的情人。

“表哥！”节代凄厉地叫一声，晕了过去……

天色的阴霾，在人们心头笼罩一片悲哀；清冷的细雨，在空中泪滴般地无尽地飘洒。

雨中，清虚道长站在墓前，不觉举头在渺渺天宇中寻找着，寻找那颗陨落的星。他向墓丘撒把泥土，打个稽首，两行老泪纵横……

黄纲带着队伍连夜打过来，寻找张自忠的下落。他把遗体运回襄河西岸，重新盛殓。他望着他敬重的兄长，号啕痛哭，“大哥，你不能丢下小弟，不能丢下弟兄们哪……”

在河东坚持战斗的将领们，来向他们的总司令告别。他们，从士兵到军官，从学员到将军，一直在张自忠的关怀下成长。想起往日的友情，这些平日不流泪的铁汉子，个个洒下了泪水。复仇的火焰在前沿阵地“呼呼”燃烧，士兵们高喊着：“为总司令报仇！”像红眼老虎冲向敌阵……

好像那次病了一样，茜兰抱着张自忠的遗体，抚摸着他的脸，抚摸着他的手。他是那么安详，那么平静，啊，他太累了，让他睡吧。茜兰看着，抚摸着，念叨着，突然“哇”地哭出声来，悲恸地说，“将军，我答应过你，我答应我要留下的，可你却走了！……”

撤退时，郭喜东的胳膊负了伤，大家让他到后方医院治疗。他说：“不见总司令回来，我绝不离开。”此刻，总司令回来了。他跪爬到遗体前，哭喊着，磕着头，悲恸欲绝，一口气上不来，昏了过去……当人们把他救醒过来时，他心酸地喊着：“爹，您是我的再生父亲，爹——”

听到噩耗，张克侠急忙赶到总部，主持处理后事。他摘下眼镜，擦了一遍又一遍，可两只镜片总是雾化成湿湿的水滴。有人说总司令品格高尚，应在棺木里放本《孟子》；有人说总司令不愧为军中豪杰，应放《孙子兵法》。克侠什么也没说，只在死者手里放了一本《三民主义》……

在宜昌，灵柩停于东山草堂。

凌晨，送殡队伍越来越壮大、浩浩荡荡，万头攒动。从云集路、通惠路、二马路经过时，一路上布满祭奠的香案。香烟缭绕，花果纷呈，鞭炮震撼着大地。有的人挥动着白色毛巾，有的人频频拜谒，有的人号啕大哭。还有许多从宜城、钟祥、荆门昼夜兼程、一路跟来的农民，向他们熟悉而亲近的人见最后一面。

运送灵柩的民风轮，沉重地拉响了汽笛，所有停泊的或行进的轮船，都同时拉响了汽笛。沉闷的笛声掠过长江，飞越高山，冲向天空，举国哀悼伟大的民族英雄。

板垣命令一组机群到宜昌轰炸和扫射。但当空袭警报长鸣时，送殡人群从容不迫，没有半点慌乱，没有一个人躲避。从草堂到码头，足有十万人啊！飞行员目睹这肃穆、悲壮的场面，竟被中国人民惊天地、泣鬼神的浩然正气撼动了。机群在空中划了个弧，便一架接一架地衔尾而去……

这天，船到重庆朝天门码头，蒋介石委员长披着玄色大氅，带领军政官员，冒雨前往祭悼。他抚摸着灵柩，心里十分悲伤。张自忠虽然不是他的嫡系，但自从认识以来，印象良好。他看一眼棺木上的自己亲笔写的“浩气长存”的横额，心里说：荩忱，在喜峰口，你率先打响了抗日第一枪；在平津，你忍辱负重，为国家抗日赢得了时间；抗战以来，一淝水，再临沂，三徐州，四随枣，无役不身先士卒。在这次战役中，你独当一面，断敌归路，将最后一滴血献给了抗战。在国家最需要你的时候，你却走了……

见到灵柩，冯玉祥将军忍不住掩面痛哭起来。他悲愤疾书四个大字：“荩忱不死”。放下笔，又抚棺痛哭。这时，蒋介石递给他一块洁白的手帕，难过地说：

“这是国家的不幸啊！”眼里迸出了两滴泪花。

同时，延安举行追悼大会，毛泽东主席的挽词是，“尽忠报国”；朱德、彭德怀将军的挽词是“伟哉，将军精神不死”；周恩来副主席发表纪念文章，称他为“中国抗日军人之魂”。

张自忠将军的遗体安葬在北碚梅花山。

从此，重庆黄山别墅，蒋介石委员长的办公桌上，摆放了一帧帧自忠将军的照片。每当抗日前线战事危急的时候，蒋介石看一眼照片，心里说：要是荩忱不死就好啦！

一九九三年春一稿，冬再稿

一九九四年底修改于铧墨山庄

后　　记

1992 年初春，我向当时百花文艺出版社社长郑法清和编辑室主任刘国玺汇报，将着手写一部张自忠将军的长篇小说。

郑社长听了情况说，一定要把这部书写好、出好，并让刘国玺直接负责这部书的编辑出版工作。

有了出版社的鼓励，作者信心倍增。我在天津、北京查阅了大量资料，走访了山东、长城一线、湖北、重庆等地，察看张将军战斗过、生活过的地方，采访了当地老人和相关传说，参观了纪念馆，拜谒了张将军墓以及蒋公的黄山别墅等。

然后历时 3 年，于 1995 年春写出初稿后，送给张自忠的女儿张廉云（时任北京市政协副主席、北京市民革主委）审阅；得到首肯后，才送刘国玺编审。

在纪念抗战胜利 50 周年的 1995 年，本书按时出版发行。天津市作家协会和百花文艺出版社联合召开研讨会，市委宣传部、出版局、市委老领导及作家、学者、评论家共 20 余人出席。大家认为，本书达到了历史真实和艺术真实的较好统一，是当年出版的一部有影响的作品，也标志着作家创作达到了一个新的高度。领导同志还认为，一个共产党作家能较客观地写出国民党众多高级将领的心态和功绩（如蒋介石、冯玉祥、张学良、李宗仁），尤其是全面歌颂了张自忠抗日的英雄事迹，在当下所未见。这对于振奋民族意志、加强国共理解，发挥了文学的功能和作用。

紧接着，天津人民广播电台邀请作者做节目，畅谈纪念抗战的意义和抗日英雄张自忠的事迹；不久，天津、北京等地人民广播电台分别对本书做长篇小说连续播讲，前后达一百余天，并获国家颁发的"广播文艺政府金奖"；第二年获天津市文学创作一等奖。

当年，天津市出版局对外版权处，将本书向美、英、法、日等国做了推荐。

本书出版之际，正是连战先生当选中国国民党主席之时。这时有朋友鼓励我给连战主席寄书。我遵照朋友的建议，即刻给连主席写信，祝贺他当选为中国国民党主席，并寄书请予指正；连主席办公室及时给我回信表示感谢。

转眼到了 2014 年初，习近平主席会见普京总统时着重强调，明年要纪念世界反法西斯战争、中国人民抗日战争胜利 70 周年，这是一个世界性的活动。

本书出版近 20 年来，世界格局和国共关系发生了根本性的变化。而且我注意到，连战主席于当年春节后访问大陆，在和习近平总书记会谈时，也谈到两岸都要开展纪念活动。于是我再次给连战主席写信，谈了这部书再版的想法和意义，恳请连主席或写一篇序或题一幅辞。就在连主席从大陆返回台湾不久，我就收到了"捍疆卫土"这幅题辞。

张自忠将军是中国第 33 集团军总司令，上将军衔。在世界反法西斯战争中，他是牺牲在战场上的最高将领。他的牺牲轰动了世界，我国举行国葬，日本举国欢庆。今天借纪念 70 周年之机，再版本书，肯定比 20 年前的影响更大、意义更深远、受众更多。我相信，今年出版的抗战书籍中，受到中国国民党最高领导人如此重视并亲笔题辞的，本书将是唯一。

感谢天津市委宣传部、出版局、百花文艺出版社、作家协会，感谢国玺兄长期以来对我的帮助，感谢兆林兄、进刚兄、丽梅老师等对本书所做的努力。

每个民族都有自己的英雄，人们永远不会忘记。谨以本书献给那些为中华民族独立而战的英雄们！

初春的太阳从地平线上自由升起，我感受到了温暖、从容的光芒……

作者 张秋铧

乙未年清明节于仙桃老屋